ルベン・ダリオ物語全集

Rubén Darío［著］
渡邉尚人［訳］

文芸社

序　文――『ルベン・ダリオ物語全集』刊行によせて

ニカラグア言語アカデミー会長　ホルヘ・エドワルド・アレリャーノ

欧州王立博士アカデミー会長　アルフレド・ロカフォルチ

ルベン・ダリオ世界運動会長　エクトール・ダリオ・パストーラ

作家　吉本ばなな

ダリオ物語全集の邦訳

渡邉尚人氏――外交官、翻訳家、作家そして詩人――は、ルベン・ダリオ（1867-1916）のほぼすべての物語の邦訳を終えました。その知らせは多くの人にとって驚きでありますが、その驚くべき語り手でスペイン語のジャンルの近代的で素晴らしい創設者のひとりであるダリオを研究してきた者達にとってはもっともな事なのです。

100以上の短編物語が1881年（14歳）から1914年（47歳）までに彼のペンから溢れ出てきました。作家の生涯の間、アメリカとヨーロッパの数多くの雑誌や新聞に出版、再版され、彼の創造の宇宙に統合されたのです。3つの基本的テーマ分野――瀕死のエロティシズム、社会的憂慮そして芸術の超越性――に対応しつつ16言語：独語、アラビア語、バンガ語、ブルガリア語、中国語、クロアチア語、デンマーク語、バスク語、仏語、ギリシャ語、英語、イタリア語、日本語、ポルトガル語、ロシア語、トルコ語に翻訳されたのです。しかし翻訳本で最も完全なものは本書であり、ニカラグア言語アカデミー海外会員で西洋世界以外で最も多作なダリオ主義者である渡邉尚人氏の3つ目の貢献です。既に何十年も前に邦訳された彼の2つのダリオ作品：『青…』、『ニカラグアへの旅　インテルメッゾ・トロピカル』を思い起こすだけで十分なのです。愛情ある知識人によりなされた3冊です。

女性と愛、人生と死、絵になる光景とエキゾティックなもの、伝説と伝承、皮肉とユーモア、社会的告発、正当な理由による戦争の英雄的行為、少年時代と青春が語り手の不屈の仕事の中で展開するのです。9つの物語と『青…』の刷新的祈祷書の絵画的移し替え（バルパライソ：1888年、グアテマラ：1890年、ブエノス・アイレス：1905年、バルセロナ：1907年）の後で、ダリオは、写実的な物語や復興異教主義

LOS CUENTOS DE DARÍO AL JAPONÉS

Naohito Watanabe —diplomático, traductor, escritor y poeta— ha concluido la traducción a la lengua japonesa de casi todos los cuentos de Rubén Darío (1867-1916). La noticia, sorprendente para muchos, resulta explicable para quienes hemos estudiado a ese prodigioso conteur que fue Darío, uno de los fundadores modernos y magistrales del género en lengua española.

Más de un centenar de narraciones breves brotaron de su pluma desde 1881 (a sus catorce años) hasta 1914 (a los cuarenta y siete). Integrados a su universo creador, se publicaron y reprodujeron en múltiples revistas y periódicos de América y Europa durante la vida de su autor. Respondiendo a tres básicos ámbitos temáticos —el erotismo agónico, la preocupación social y la trascendencia del arte— se han traducido a 16 idiomas: alemán, árabe, banga, búlgaro, chino, croata, danés, euskera, francés, griego, inglés, italiano, japonés, portugués, ruso y turco. Pero el más completo de los volúmenes traducidos corresponde al presente, tercer aporte de Naohito Watanabe, miembro correspondiente de la Academia Nicaragüense de la Lengua y el más fecundo dariista fuera del mundo occidental. Basta recordar sus dos obras darianas vertidas al japonés hace ya varias décadas: Azul... y El viaje a Nicaragua e Intermezzo tropical. Las tres ejecutadas con intellecto d'amore.

La mujer y el amor, la vida y la muerte, lo pintoresco y lo exótico, las leyendas y tradiciones, la ironía y el humor, la denuncia social, el heroísmo bélico por causas justas, la infancia y la juventud, se despliegan en su persistente labor de cuentista. Tras los nueve cuentos y las transposiciones pictóricas del renovador breviario Azul... (Valparaíso, 1888; Guatemala, 1890; Buenos Aires, 1905; Barcelona, 1907), Darío elaboró narraciones realistas, ficciones neopaganas, recreaciones judeo-cristianas, relatos fantásticos (macabros, maravillosos, sobrenaturales, poéticos) y otros textos

的小説：ユダヤ・キリスト教的娯楽、幻想的な物語（不気味で、素晴らしく、超自然的で、詩的）そして新聞時評、現代的な写実的背景、小児的気質、おとぎ話、小説的自伝から来るその他の物語を作ったのでした。

ダリオの物語は数えきれないテーマを含んでいます。ここに最もよく知られた10のテーマがあります。1)スペイン植民以前の隠れた文化の神秘の存在、2)理想としての牧歌的平和、3)良き政府は採用されたシステムではなく全員のために権力を行使する人物の選挙に依存するとの信念、4)未来の社会革命の黙示録的な抗議の叫び、5)米国の帝国主義軍隊に対して闘いながらサンティアゴ・デ・キューバにおいてドン・キホーテの死で具体化されるアリエルとカリバンの対立、6)死のもっと向こうへの執着、7)模範的な理想形としてのキリスト像の解釈、8)ニーチェの思想とその根源的キリスト教との間に先立つ争い、9)伝統的なカトリック世界観と世俗の科学万能主義との対立、10)現実世界への疑問としての超自然への訴え。

最後に、彼の短い人生（49歳19日）でルベン・ダリオは、部分的に一躍有名となった『青…』以外の物語の本は出版しなかったのです。そのジャンル（詩作品と日々のコラムを優先）にもっぱら身を捧げる語り手ではなかったのです、また、彼の当初の手本：ポルトガル姓のフランス人カトゥール・メンデス（1841-1909）や米国人エドガー・アラン・ポー（1809-1849）を超えようともしませんでした。しかし、彼は、短編作家として――私はグスタボ・アレマン・ボラーニョスのこの評価を分かち合います――偉大な詩人であったことに比して、劣ることはないのです。

この様に、この作品は私の敬愛する友人、ダリオの深い賞賛者でニカラグアの文学的市民である渡邉尚人氏の日本語でそのことを明らかにするのです。

（マナグア、2020年12月7日）

ニカラグア言語アカデミー会長　ホルヘ・エドワルド・アレリャーノ

narrativos procedentes de la crónica periodística, la ambientación realista contemporánea, la veta infantil, el cuento de hadas y el autobiografismo ficcional.

Innumerables temas contiene la cuentística dariana. He aquí los diez más notorios: 1) la presencia del misterio de la subyacente cultura prehispánica, 2) la paz bucólica del mundo como ideal, 3) la convicción de que el buen gobierno no depende del sistema adoptado, sino de la elección del sujeto que ejerce el poder en bien de todos, 4) el clamor protestatario y apocalíptico de la futura revolución social, 5) la oposición entre Ariel y Calibán concretado en la muerte de Don Quijote en Santiago de Cuba, luchando contra las fuerzas imperiales de los Estados Unidos; 6) la obsesión por el más allá de la muerte, 7) la interpretación de la figura de Cristo como arquetipo ejemplar, 8) la lucha anterior entre la idea nietzcheana y su raigal cristianismo, 9) la pugna entre la tradicional cosmovisión católica y el cientifismo secularizante y 10) el recurso a los sobrenatural como cuestionamiento de la realidad.

En fin, durante su corta vida (49 años y 19 días) , Rubén Darío no publicó libros de cuentos, excepto parcialmente su catapultante Azul... No era un narrador consagrado exclusivamente al género (su obra en verso y el cronismo cotidiano eran prioritarios); tampoco se planteó superar a sus iniciales modelos: el francés de apellido lusitano Catulle Mendès (1841-1909) y el estadounidense Egdar Allan Poe (1809-1849). Pero él, como cuentista —comparto esta apreciación de Gustavo Alemán Bolaños — "no desmerece ante el gran poeta que fue".

Tal lo revela esta obra al japonés de mi dilecto amigo Naohito Watanabe, profundo admirador de Darío y ciudadano literario de Nicaragua.

[Managua, 7 de diciembre, 2020]

Jorge Eduardo Arellano

祝辞

物語作家、小説の語り手としてのルベン・ダリオは、詩人ルベン・ダリオよりも一般的に公にはあまり知られていませんが、それらの物語では、私達に並外れた作家で同時に身近で日常的な作家であることを示しています。素晴らしく言語に精通し、饒舌で卓越した散文の才能を有する作家であり、それは、〝彼の言葉遣い〟と呼ばれるもので、その中では言葉が鮮明に現れ、形容詞は物語を豊かにするのです。

彼の物語の中では、ルベン・ダリオは、誠実な作家です。なぜなら単純に親しみのある形で感じたことを表現するからです。そして、それをやさしく同時にまばゆい形で語ることを知っているのです。愛情深い人間的な散文であり、その中では、背後に偉大な詩人であったことを分からせずにはいないのです。

ルベン・ダリオ物語全集は、形式と同様内容においても平易で美しい本なのです。

私は、渡邉尚人アカデミー会員が正確で内容のある適切な翻訳を達成するために突き当たった困難さを強調するために、祝辞をこの様に始めました。ルベン・ダリオは、詩と同様散文においても翻訳することは容易ではなく、むしろ正反対なのです。それ故にニカラグア人作家の膨大な作品の翻訳における渡邉アカデミー会員の立派な忍耐強い仕事は、例外的な価値を持つのです。それ故に我々は、彼の知的卓抜さを強調しつつ十分にそれを際立たせなければ公正ではないでしょう。

PALABRAS DE FELICITACIÓN

El Rubén Darío cuentista y narrador de ficciones es menos conocido para el público en general que el Rubén Darío poeta, pero en esos relatos cortos se nos muestra como un escritor extraordinario y la vez cercano y cotidiano, en los que demuestra que es un literato dotado de una prosa fluida y brillante, con un magistral dominio del lenguaje, lo que se ha llamado "su lenguaje", en la que las palabras aparecen limpias y los adjetivos enriquecen el relato. En sus cuentos Rubén Darío es un escritor sincero, porque expresa lo que siente de forma simple y entrañable, y lo sabe contar con sencillez, pero a la vez de una forma deslumbrante. Se trata de una prosa tierna y humana en la que no puede dejar de verse detrás de ella el gran poeta que era. El libro de cuentos de Rubén Darío es un libro llano y hermoso, tanto por la forma como por el contenido. He iniciado estas palabras de esta manera para recalcar la dificultad que se ha topado el académico Naohito Watanabe para conseguir una traducción veraz, contenida y acertada. Rubén Darío tanto en su poesía como en su prosa no es fácil de traducir, más bien todo lo contrario, por lo que la gran y pacienzuda labor del académico Watanabe en la traducción de la inmensa obra del escritor nicaragüense tiene un mérito excepcional. Por eso no seríamos justos si no lo resaltáramos suficientemente, haciendo hincapié en su altura intelectual. No deja de ser curioso que Barcelona, ciudad en la que Naohito Watanabe ha ocupado el cargo de Cónsul General durante varios años, en los que hizo muchos amigos, entre los que afortunadamente me encuentro, fuera una de las ciudades en las que Rubén Darío residió una temporada. En esta ciudad demostró el académico Watanabe su valía como diplomático, como anfitrión de sus amigos y como representante de la cultura, hasta tal punto que fue nombrado en 2018 Académico de Honor de la Real Academia Europea de Doctores. Su ingreso en esta corporación lo hizo con un

バルセロナは、渡邉尚人氏が何年もの間総領事職に就いていた都市で、多くの友人を作り、幸いにも私もその中にいるのですが、そこは、ルベン・ダリオがある時期居住していた都市の一つでもあるということは何とも興味深いことです。

この都市において、渡邉アカデミー会員は、外交官として、友人達の接待者として、そして文化の代表としての真価を示し、2018年には欧州王立博士アカデミー名誉会員にまで任命されました。彼のこの団体への入会演説は他でもない〝ルベン・ダリオ、日本とジャポニズム〟と題する見事で賞賛されるものでした。

ルベン・ダリオは、渡邉尚人氏のほぼ100年前の1912年から1914年までバルセロナで暮らしたのであり、その年は興味深いことに欧州王立博士アカデミーが設立された年です。彼はオルタ地区に住居を構え、庭付きの小さな家で歓迎され居心地が良いと感じたのでした。私は、ルベン・ダリオと渡邉尚人氏そしてバルセロナ市の形作る文化的な三角形を喜んで強調したいと思います。

それ故、外交官であり作家、アカデミー会員の渡邉尚人氏に対し、その称賛に値する仕事につき祝意を表したいと思います。彼のたゆまぬ良き仕事により日本の教養ある読者は、偉大なニカラグア作家ルベン・ダリオの作品をより正確に知ることができるでしょう。それでは祝辞の締めくくりとして、渡邉アカデミー会員が幅広く奥深い知識人として明らかとなるこの仕事の重要さを強調したいと思います。

おめでとう、友人よ。

欧州王立博士アカデミー会長　アルフレド・ロカフォルチ

magnífico y celebrado discurso titulado "Rubén Darío, Japón y japonismo", como no podía ser de otra forma. Rubén Darío vivió en Barcelona casi cien años antes que Naohito Watanabe, desde 1912 a 1914, año que curiosamente se fundó la Real Academia Europea de Doctores. Fijó su residencia en el barrio de Horta, en una pequeña casita con jardín en la que se sintió acogido y cómodo. Me agrada resaltar ese triángulo cultural que forman Rubén Darío, Naohito Watanabe y la ciudad de Barcelona. No podemos menos, pues, que felicitar al diplomático, escritor y académico Naohito Watanabe por su encomiable trabajo. Gracias a su tesón y a su buen hacer podrá el culto lector japonés conocer con mayor precisión la obra del gran escritor nicaragüense Rubén Darío. Quiero, pués, como colofón a estas palabras resaltar la importancia de este trabajo, en el que se manifiesta el académico Watanabe como un intelectual de amplio espectro y gran calado. Felicidades amigo.

Alfredo Rocafort
Presidente de la Real Academia Europea de Doctores

邦訳ルベン・ダリオ物語全集

ダリオ世界運動会長として、著名なスペイン文学研究者である渡邉尚人氏に対し、スペイン語の古典的・世界的詩人であるルベン・ダリオの〝物語全集〟の新たな邦訳に心より祝意と謝意を表明致します。右は彼の外交官としての二度のニカラグア滞在中に邦訳された1994年の〝ニカラグアへの旅・インテルメッゾ・トロピカル〟と2005年の〝青…〟につけ加えられるのです。渡邉氏の文学的経歴は、ニカラグア共和国のルベン・ダリオ最高勲章の受勲、同時にニカラグア言語アカデミー海外会員、マイアミでは外交文化活動における米国フロリダ州の表彰そしてルベン・ダリオ世界運動の名誉副会長としての受賞等卓越したものです。

スペイン語の貴公子として世界的に知られるルベン・ダリオの逞しい創造力とコスモポリタンな視点を、一人の天才の美しい音楽的な散文の翻訳を通じて日本の皆様は楽しむことでしょう。彼はその計り知れない詩的創作の中で博学と愛を持って日本の世界を扱い、イスパノアメリカのモデルニスム文学の父として神聖化された最初の本〝青…〟（バルパライソ、チリ1888年）の中で語るのです。そこでは、〝ブルジョアの王〟やアメリカ、スペイン、パリにおける叙情的、外交的な選集作品の様に日本の文化芸術への純粋な賞賛と共にモデルニスムの物語が際立つのです。

もちろん私の祝辞は、文学批評ではなく、渡邉氏の文学的財産を歓迎し賛美するためです。私は彼に親愛の情と友情を持って1906年アルゼンチンでダリオにより刊行された日本に言及する最初の

TRADUCCIÓN COMPLETA DE LA CUENTISTICA RUBENDARIANA AL JAPONÉS

En mi caracter de Presidente del Movimiento Mundial Dariano expreso mi cordial salutación y reconocimientos al Dr. Naohito Watanabe, ilustre hispanista por su nueva traducción al japonés "Los Cuentos Completos de Rubén Darío" poeta clásico y universal del idioma eppañol, obra que se suma a "El viaje a Nicaragua e intermezzo Tropical" 1994 y "Azul..." 2005, traducidas a la milenaria lengua nipona, durante su estancia diplomática en Nicaragua en dos ocasiones, La trayectoria literaria del Dr. Watanabe ha sido distinguida, con la Orden Rubén Darío, la más alta condecoración de la República de Nicaragua, y a la vez recipiendario de la Academia Nicaraguense de la Lengua, y en su ejercicio diplomático y cultural en Miami, con proclamas del Estado de la Florida USA y preseas del Movimiento Mundial Dariano, institución que enaltece como Vice Presidente Honorario. La vigorosa imaginación y la visión cosmopolita de Rubén Darío, conocido universalmente como Príncipe de las Letras Castellanas, la va disfrutar el mundo japónes a través de la traducción de la preciosa y musical prosa de un genio que en su insondable creación poética, se ocupó con erudición y amor del mundo japonés, ora en "Azul..." (Valparaiso, Chile 1888) libro primigenio que le consagra como Padre del Modernismo literario hispanoamericano, donde se destacan cuentos modernistas con acendrada admiración a la cultura y al arte japonés, como "El Rey Burgués" etc. y en antológicos escritos líricos y diplomáticos en America, España y Paris. Desde luego mi salutación no es de crítica literaria, sino para dar la bienvenida y exaltar el acervo literaria del Dr. Naohito Watanabe, a quien dedico con afecto y amistad, la evocación de una de mis primeras lecturas alusivas al Japón "Luces del Sol Naciente," publicado por Darío en Argentina en 1906, "en la que relata bellas leyendas del primitivo Japón, cuando se vivía una

読本の一つ〝旭日の光〟を思い出し捧げます。その中では殆ど夢の様な生活を送っていた頃の旧い日本の美しい伝説を語り、その後の帝国の新しい文明化した顔を見せてくれるのです。今や旭日の光は、この邦訳を受け取り、本の出版やソーシャルネットワークの力により、世界的な精神を持ってオリンピアに多くの灯台を灯し、日本の文学の魂をかき立てるのです。

渡邉氏が〝世界的詩人でモデルニスムの巨星〟の物語全集を翻訳するに際し、文学芸術の世界に触れつつルベン・ダリオの霊感に導かれたと感じたことは疑いのない事です。それは様々な創作の面においても彼の筆跡を辿るが如きです。太陽の都として知られているマイアミ市においてルベン・ダリオの朗読と翻訳に言及しつつ行った講演の一つで彼が私達に残した表現であります。2017年のルベン・ダリオ生誕150年の記念すべき機会に、当時在バルセロナ日本国総領事でしたが、雄弁なメッセージを我々にもたらしてくれました。渡邉氏は、〝私にとっては、世界におけるルベン・ダリオの栄光の偉大な影響力を際立たせ、ダリオの文化を普及することは神聖な使命の様なものです。〟ルベン・ダリオ文学全集の出版によりその気持ちは証明されました。

ルベン・ダリオ世界運動会長　エクトール・ダリオ・パストーラ

vida casi de sueño, y, luego muestra la nueva civilizada faz del imperio" Ahora las luces del Sol Naciente, reciben esta traducción para encender más faros en el olimpo y el alma literaria del Japón con espíritu global, dado el poder de la edición del libro y de las redes sociales. No dudo que el Dr. Watanabe, al traducir los cuentos completos del "panida universal y gran astro del modernismo", "se sintió orientado por el numen de Rubén Darío tocando el mundo del arte literario. Es como si siguiera su huella trazada de pluma en multiples facetas de creaciones" Expresiones que nos dejara en una de sus magistrales intervenciones refiriendose a sus lecturas y traducciones rubenianas en la Ciudad de Miami, conocida como la capital del Sol. En memorable ocasión del Sesquicentenario del natalicio de Rubén Darío, en 2017, el Dr. Watanabe, entonces Cónsul General del Japón en Barcelona, nos honró con un elocuente mensaje: "Constituyen para mí como una sagrada misión hacer resaltar la gran influencia de su gloria en el mundo y difundir la cultura dariana" Sentimientos testimoniados con la publicación de los Cuentos Completos de Rubén Darío.

Hector Darío Pastora
Presidente del Movimiento
Mundial Dariano

詩人の魂

これはもちろん小説集なのだが、物語というにはあまりにも儚いイメージの連なりは、詩と呼ぶのがいちばんふさわしい。

悲痛な死や失恋、貧しさ、老い、すきま風、惨めさ、病、醜い心、幸福の儚さ。

そのまわりを常に鳥たちや華麗なる花々や蝶たちや色とりどりの宝石や美女たちやシャンパンの泡や葉巻の煙や王族たちの暮らしやエキゾチックな文化や伝説が、魔法のようにキラキラと飛び回っている。

それが人生という地獄をせめてもの飾りつけで力強く肯定する試みなのか、作者の風のように気まぐれで優しい心（盲導犬という子ども向けのお話の中に特に強く、作者の優しい性質と信心深さがあらわれている。私はこの掌編がいちばん好きだった）、軽みを愛し深みを追わない性格が自然と紡ぎ出したものなのか、今は亡き人なのでよくわからない。

ジャーナリストや外交官という仕事と吟遊詩人の両立は、この時代においてなら困難なものではなかったのだろうか？

いや、そんなことはないだろう。

人生に困難や不条理を感じれば感じるほど、彼の心はきらめく世界に惹きつけられ、書くことで心の美しさを昇華させていたのだろう。

この、高潔で美しく甘い味を持つ魂の大きな力に、時代を超えて触れることができてよかったと思う。

訳者の情熱についても語らずにはいられない。

渡邉尚人さんもまた、どのように重責のある公的な立場にあろうとも、常に芸術と葉巻を愛し、型破りに生きる現代の奇跡のひとりだ。

ひとりの貧しい少女との出会いが彼をこの本へと導いたエピソード自体がもう詩である。

彼の頭の中で常に渦巻く美しきものへの力強い憧憬こそが、このような珍しい本を現代の日本にもたらした原動力なのだ。

貴重な書籍はいつも、愛ゆえに、情熱ゆえに奇跡的に他の国にもたらされる。

渡邉さんが心血を注いで完成したこの本が、日本の大地に羽のように軽く降り立ち、美しさがなくなってしまった誰かの心が息を吹きかえすことを、切に願います。

吉本ばなな

ルベン・ダリオ物語全集　目次

＊本書において、現在では差別的表現にあたる言葉を使用しておりますが、これは内容の時代的背景を考慮し、作品中に表現された社会の雰囲気を忠実に描写するためであることをお断り申し上げます。（編集部）

ルベン・ダリオ物語全集

第一印象

私は、夢一杯のけがれなき魂を持ってこの世の中を歩いていました。

愛の存在を疑うことすらしない子供でした。仲間たちの愛の征服物語を聞いても、そのことには何も感激せず、何も分かりませんでした。

私の胸は愛でときめくことは決してありませんでした。どんな女性も決して私の心を動かさなかったし、楽しんでいた平穏を何ら邪魔されるようなこともなく、私の生活は、緑の花咲く牧場の澄んだ小川のように、静かに流れてゆくのでした。

私の幸せは、神の愛の如く、私の母の愛、純粋な無欲の愛の中にのみに限定されていたのです。

ああ、母の愛に匹敵できる愛はないのです！

私は母親が好きであり、それが存在する唯一の愛だと思っていました。

日々、月々そして年々が過ぎてゆき、私の人生はいつも幸福でした。そしていかなる幻滅も私の精神の平安を乱しに来ることはありませんでした。

全てが私に微笑み、私の周りは、全てが喜びと幸運であったのです。

こうして時が過ぎ、十五歳となりました。

ある夜、私は夢を見ました。私の心に刻み込まれた夢で、私はその思い出を決して頭から離すことができませんでした。

私は、夢で美しい野にいました。太陽は水平線に隠れようとしていて夕暮れ時が近づいていました。あらゆるところに緑の枝の繁茂する木々が見え、消えようとする太陽に最後の別れを羨んでいるように思えました。花たちは、その悲しげで物憂げな花冠を傾けていました。

あそこの遠くのほう、絵のような茂みの後ろには、心地よい噴水の甘いささやきが聞こえ、その清らかな水の上には、ほとりで聳え立つ千本の色とりどりの描かれた花たちが映り、自らの美しさを誇らしげに眺めているようでした。

全てが静かで穏やかでした。全てがにこやかでした。

私は木にもたれかかり、自然を愛でながら、子供の頃、母と交わした無邪気な会話を思い出していました。彼女は、単純で説得力ある言葉、美徳と信仰の言葉で全能の神から我らが常に得ている大きな恩恵を私に分からせていました。その時、私は椰子の茂みの間から魅力的な女性が現れるのを見たのです。

それは美しい若い女性でした。

その黒く光る目は明けの明星のようでした。

その長く黒い髪は、白い背に落ち、太く輝く渦巻き毛となり、その雪花石膏（せっこう）のような色を際立たせていました。その小さな口は、赤い口紅の唇で、中に真珠の歯をしまっていました。

私は、彼女を見ると身動きできませんでした。

彼女は、私の側にやって来て、額に手をやりました。

彼女と触れ合い、私は身震いしたのです。私の胸に説明できない何かを感じ、顔が焼けるように熱く感じました。少しの間、彼女は私を見つめていました。そして、その後、調和ある声、妖精の声、天使の声で私に言いました。

——エルネスト！　……。

その声を聞いた時、神経質な震えが私の体全体を揺らしました。どうして私の名前を知っているのだろう？　誰がそれを言ったのだろうか？　私には全く説明がつきませんでした。彼女は続けました。

——エルネスト、お前は何度か胸の中で愛の神秘の炎を感じたことがあるのかしら？　お前の心臓は誰か女性にときめいたことがあるの？

私は、彼女を恍惚として見ていましたが答えることができません。声は、のどの中で途切れて、どんなに努力しても私には話すことができなかったのです。

——私に答えなさい。彼女は続けました。一言でも言ってみなさい。お前は一度でも愛したことがあるの？

もう一度努力し、やっと口を利くことができました。

——愛とは何なのですか？　私は言いました。

——愛！　ああ！　愛を説明できるものは誰もいないわ。それが何かを知るには、感じることが必要なのよ。それを言い当てるためには心の中でその作用を経験していることが必要なの。愛は、時として、私たちの胸を焦がす炎よ。臓腑を焼き焦がすの、でも、でもね、あたしたちを楽しませるのよ。またその他には私たちを勇気づけ、千の快い希望を未来に示しながら、理想的な域に私たちを高めてくれる快癒の芳香油なの。愛は、痛みと喜びの混じったもの。でも、その痛みの中には何か甘いものがあるのよ。そして、その喜びの中に苦いものは何も無いわ。愛は、魂の必要とするもの。それは魂そのものよ。

これらの言葉を発すると、その顔は天使のような美しさを得ました。その目は、更に輝き、私の胸を貫く光線を放っていました。そして、それまで私が知らなかった感覚を呼び起こしました。

彼女は私を再び見つめました。そして、私は、彼女の美しさの前に恍惚となり、その美に屈服し、その瞬間に彼女が言った全てのことを私は感じ始めましたと彼女に言うために彼女の足元に身を投げようとしていました。人生で初めて愛していると。その時です。彼女は叫び声を上げて、急いで離れてゆき、先刻彼女が出てくるのを見た椰子の茂みの中に消えていったのです。

太陽は既に完全に隠れていました。そして、夜が世界をその黒い羽で覆っていました。

月は、東に厳かに昇り、その光は私の額を照らしにきました。

私は、若い女性を追いかけようとしましたが、一歩踏み出すと地面に落ちてしまいました。そして、落ちると私の頭は枕の間にありました。その間にも、窓から入り込む太陽の光が私に全ての現実を理解させせながら私の瞳に当たっていました。

全ては、私の空想の錯覚だったのです！

これが私の受けた最初の印象で、決して私の心から消えたことがありませんでした。

その時以来、私は、私の夢の女性を探して、この世界を歩いています。そして、未だに出会っていないのです。これが、友ハイメよ、私が悲しく陰気に見える原因なのです。しかし、私は絶望していません。私の歩む前に現れる日が来るはずなのです。その日は、私の人生でもっとも幸せな日となるでしょう。私の母の側で無邪気に過ごしたあの日々よりも幸せな日に。

これが、かつて友人エルネストが私に語った物語です。そして私は、エル・エンサヨ誌の感じの良い女性読者や善良な読者の気を悪くすることはないだろうと確信して、今日ここに発表するのです。

ラインの畔で

ラインの畔、ドイツのもやのかかった空の下には、いまだに封建領主の古い城の廃墟が残り、堅牢な塔には、亀裂の入ったいくつかの壁が残っています。そこには、閉じられた穴もあり、いまだに青い目の美しいマルタが出てきた窓の名残に気が付きます。

ああ、これはあるとても美しい物語です。私の言うことを注意深く聞きなさい、アデラよ。お前は、美しい物語が、特に愛がきらめき、その魅力的な甘美さで心を清涼にさせる物語がとても好きなのだから。

騎士アルマンドの紋章は、鉄の手と青暗色の野にある城が際立っています。その理由は、オットン王が狩りで精悍な若馬に乗り、歩んでいる時に、馬がハミをはずし疾走しながら崖の縁まで王を運んでいって、もし、折よく側に居た騎士アルマンドが力強い腕で暴れ馬を馴らし、確実な死の危険から強大な君主を救わなかったならば、君主はおそらく死んでいたでしょう。

なぜなら、騎士アルマンドは、勇者たちの華であり、彼の国の高貴な若者たちのえりすぐりなのですから。未だ若いものの、武具をあてがうと、槍をつかみ白熱した戦闘に飛び込んでいきました。美しいのは、彼の洗練され、同時に男らしい顔付きなのです。そして、そのうらやましいほどのりりしさに、炎のような心と類まれなる知性を備えていました。もし、馬の背中に乗る彼を見れば、樫の木のように強く、さっそうとして、優雅であり、槍鞘に入れた槍を持ち、左腕には盾を持ち、一方で、若馬は、密なたて髪を縮らせながらそれほども素晴らしいものを背に乗せて誇らし気に輪を描くのでした。

オットン宮殿の宝は、美しいマルタです。その美の前に、彼女を見るためにやってくる全ての人は、賞賛の贈り物を捧げるのです。

彼女の髪、暁のような金髪の巻き毛には、キューピッドが上品な優美さを留めています。その青い目には、燃える心の焚き火を示す神秘的な炎がきらめき、その頬には、バラやジャスミンがあわさり、彼女の口からは、半ば開かれた菫からは、えも言われぬ香りと蜜の言葉が湧き出るのです。

彼女の父親、七十歳の老人は、オットン宮殿の中で審議する十二名の長老会議の一員です。この老人が王の気持ちに及ぼす影響は大きく、いつもその言葉は全員から尊敬を持って聞かれ、経験と共にその知恵が際立つのでした。昔、彼は、仲たがいした特別のライバルであった一人の高貴なゲルマン人をすさまじい決闘により死なせたのです。この高貴なゲルマン人が、マルタの父との戦いで死んだ騎士アルマンドの父でした。

美しいマルタは、宮殿で一度、騎士アルマンドを見て、そのりりしさに捕らわれました。若者は、他方、その美しい貴婦人の類まれなる優美さを見て魅了され、その高貴で豊かな女性の虜(とりこ)となったのです。

貴婦人の胸に留めてあった花が落ちました。それを見て騎士は、走って花を取り上げると、その高貴な持ち主に渡す前に、我を忘れ、訳も分からず夢中になって花に接吻したのです。マルタは、真っ赤になり当惑して、あの出来事には気づかずに目を落としていたのですが、ざくろの花の朱色が彼女の顔を染めたのでした。乙女の年老いた父親は、眉間にしわを寄せ、恐ろしい視線を若者に投げかけました。次の日、マルタは宮殿から消えていました。老人は、ラインの岸辺の領地にある城に彼女を連れ去ってしまったのでした。

絶望した騎士アルマンドは、ひと時も休むことなくあらゆるところで甘い愛する人の行方を尋ねました。君主の王座の階段にたどり着き、彼にこう言いました。

王様、貴方様は、強大で、私の貴方様への親愛の情は分かっておいでです。私は貴方様の王国を守ってきました。貴方様によく尽くしてきました。そして、貴方様の寵愛を得るに値すると思いますし恩恵を要求する権利を持つとも思います。王様、私は私の父を殺した人の娘を愛しており、彼女もまた、私を愛しているということを知るべきです。なぜなら、その唇は私にそのことを言いませんでしたが、その目は、私に嘘をついてはいなかったからです。しかし、彼女の父親がこの情熱に反対しているのです。そして、私が乙女に私の愛をほんの少し示したのを見て、彼女を、私の目の届かないどこか知らない所に連れ去っていきました。王様、老人の固い鋼のような心を貴方様の言葉の重みで変えさせて下さい。もし、私の愛する人を獲得させて頂けるのならば、貴方様への私の感謝の念は如何ばかりでしょうか。私は、間違いなく、貴方様の数多くの家臣の中でも最も忠実な家臣となりましょう。

アルマンドの話を聞いた後、王は長い間沈黙し考え込んでいました。そして沈黙の囲いを破り、若者にこのように答えたのです。

——私は、お前に確言する。おお、勇敢で高貴な騎士よ！　不幸をもたらす老人の気持ちを屈服させることはお前にとって困難な企てだということを。私自身から彼に話そう、そして、もし、私の力が彼の堅固な意地を捨てさせることができなければ、お前の目的を追い求めるのをあきらめよ。千人もの美しい女たちは私の宮殿の華なのだ。全ての中から、お前を美しさで虜にした女を忘れさせる一人を選べばよい。なぜなら、長老会議随一の古参の決意は、堅固なものだと考えるからだ。

騎士アルマンドは、悲嘆にくれて退出し、王は王座に留まり物思いにくれていました。

次の日、若者は、オットン王の所に戻りました。そして王はつらく思いながらも老人の堅固な意思が何としてもアルマンドと彼の娘の愛を阻止することにあると彼に言いました。アルマンドは、馬具を着けると、その駿馬を鋭い拍車で脇腹を傷つけながら、当てもなく、全力で駆けだして行きました。

お城には、城主の紋章を誇示する外壁があり、そこには大河に面している窓があって、その窓には父親に囚われた美しいマルタが、毎日午後に失われた愛に泣くために現れ、その時には、太陽があざやかな色で高い山々の頂を飾る雪を描き、ラインの広い流れの上にくすんだ光を映すのでした。

窓の下枠にもたれ、恋する哀れな女性には涙が湧き出て、彼女の心を盗んだ騎士のことを思うのです。午後の光の中、櫂（かい）の音にあわせて網を打つ漁師の船の物音だけが彼女を遮るのでした。とても穏やかな午後に、悲しむ乙女は水面を見ながら涙を流していました。その時、対岸の木々の間に武具で完全武装した騎士が現れるのを見て彼女の胸は躍りました。流浪あるいは冒険の騎士と思われましたが、窓に美しい若い乙女を見ると、生き生きとした喜びを表し、顔を隠していた面をあげて、強烈な喜びの叫びをあげたのでした。

マルタはすぐに失神しそうになりました。なぜなら、あの騎士が優美で勇敢なアルマンドとわかったからでした。彼は、近くの漁師の小屋に行き、泊めてくれるよう頼み、許されたのでした。そして、太陽の最後の光線の中、木の樹皮の上に、短剣の先でいくつかの言葉を書くと、書いた樹皮を矢に結びつけ、弓を曲げ鏃(やじり)を射ました。それは、窓の木の上に刺さっていきました。白い繊細な手が矢を取りました。そし青い潤んだ目が、樹皮の上の自由の知らせである何かを読んだのでした。

真夜中を過ぎた頃、騎士アルマンドのいる漁師の小屋から二人が出てきました。小船に向かい、それに乗ると静かに櫂をこぎながら、川の水面を進み、領主の要塞の厚い濡れた防壁に触れるところまでやってきました。船にいた者たちのうちの一人が立ち上がると鳥の鳴きまねで口笛を吹きました。すぐに、城の窓が開き、壁に沿って絹でできたはしごが伸び、それを伝って、口笛を吹いた者が登っていきました。それから船に美しい荷を降ろしたのです。

——アルマンド!

——マルタ!

接吻の音が聞こえました。そして、船は水量の多いライン川の流れを追いながら軽やかにそして静かに滑っていきました。

もう分かるでしょう、アデラよ。水のままに行く三人は、騎士アルマンド、美しいマルタそして漁師なのです。

恋人たちの逃亡のすぐ後、お城の静けさを恐ろしい喚声がかき乱しました。

ずんぐりとした小びとの鷹匠が大声で叫んでいました。取り巻きの召使たちは、あちこち走り回り、その場所の守衛であるマルタの父親の老いた槍持ちは、あらゆるところで乙女を探しました。そして、皆に途方も無い拳固を食らわせました。

城の中に居ないのを見て、窓に絹のはしごがあるのに気づくと川に船を出すように命じました。そして、彼と塔の全ての守衛たちは、誘拐犯と貴婦人を追跡するために飛び出してゆきました。

赤い曙がそのバラ色のまぶたを開き、その美しい顔の魅力を示し、森の高い松の梢を光で装い始めました。あそこに恋人たちの小舟が行きます。漕げ、漕げ、漕ぎ人よ、遠くに船が見えるから、たぶん恋人たちの追跡者でしょう。

甘い酔わせるような情熱に光輝く対話の中で、マルタと騎士アルマンドは、進んでいた時、彼らを探しに来た城の人々に取り囲まれて、急に顔を見合わせました。

——止まれ！　嫉妬深い守衛たちは、投げ槍を高く掲げて、騎士を狙いながら叫びました。

——漕げ！　漕げ！　漕ぎ人よ！　風に吹かれゆれる葉のようにおびえきった美しい乙女を胸に抱きしめながら彼は言いました。

怒り狂った守衛は、勇敢な若者に向かって、ものすごい力で鉄槍を投げつけましたが、それは武装した騎士の薄い胸甲の間をすり抜けて、美しいマルタの白い胸に突き刺さっていきました。

胸全体から、恐ろしい叫び声が発せられました。赤い傷口から赤紫のほとばしりが湧き出たのです。そして、青ざめた瀕死の不運な乙女は、若者を抱きしめながら、ただ、私の愛する人よ！……としか言えませんでした。

目がくらみ、狂おしく激昂した若いアルマンドは、彼女を強く抱き、口に接吻して、こう言いました。

——私たちの愛は、地上にはありえないのだから、天国に私は君を追いかけてゆこう。

そのあと腕に彼女を抱き上げ、彼女と共に川に身を投げたのでした。静かな水は、恋人たちを受け入れて、血に染まりました。そしてすぐに何も見えなくなりました。その後しばらくして、マルタの年老いた父親は、城に閉じこもり死んだのでした。そして、吟遊詩人たちは、美しい女たちに歌うバラードのために、この事件に良い主題を見つけました。封建領主の館の廃墟の名残が残っているだけです。そして、あの事件の思い出は、靄（もや）のかかるゲルマニアの住民たちの間で口から口へと流れていきました。

かわいいアデラよ、これがお前に約束していたお話です、ラインの岸辺のようにぼんやりとして霧のかかったお話。

大佐の肉団子　ニカラグアの伝承

気が向いた時、その時に、私は本当に書きたいものを書くのです。なぜなら、誰も私には命令できないからです。そして、私の頭はいかにも私のものであり、私の両手はいかにも私のものなのです。リカルド・パルマ先生の肥沃な畑の落穂ひろいをあえてしたいから言うのではありません。リカルド・コントレーラス先生の皮肉を期待しているから言うのでもありません。私は、ただ、良きリカルド先生の科学の信奉者だから言うのです。そして、それが何かを知りたい人は、本を探しなさい。これ以上、私が教えてゆくべきではないのです。これを学ぶために少し苦労したあとですから。これら全ての警告は、二つのことを含んでいるのです。知っておくことが適当です。伝承を書いても、売上税は払われないのです。そして、私の本を読みたい人は読んで下さい。読みたくない人は読まないで下さい。なぜなら、私の作品をとり、その中にサラミ・ソーセージの一片を包むからといって、私は誰をも怒るべきではないのです。コントレーラス先生は、私が狂っているとさえ言いましたが、彼に憎悪は抱いていません。さあ、次のお話を始めることと致しましょう。

あそこでは、あの時代、植民地体制が終わろうしていました。レオンの総督は、有名なアレチャバラ大佐で、その名を知らない老婆はおらず、その富は、世に知れ渡り、黄金の日乾(ひぼ)しレンガを持っていたと語られています。

アレチャバラ大佐は、とても気高く忠実な都市であるサンティアゴ・デ・カバリェロス・デ・グアテマラの軍団司令部で高く評価されておりました。

ですから、この地では、王冠を持たない小さな王でした。私の読者たちは、レオンの近くの〝アルコス〟農園を通れば、所有地の名残を知ることができます。

毎朝、大佐は、彼の多くの良馬のうちの一頭に乗るのでした。彼は、素晴らしい騎手と自負しておりましたので、馬の急旋回を見せびらかしながら偉大な都市を一回りするのでした。

大佐には、気さくなところは何もなく、反対に、そっけなく厳格な男でしたが、このように何においても好みがあり、首都の幾人かの人たちには信頼を寄せ特別扱いしていました。

そのうちの一人はドニャ・マリアでサン・ミゲル・デ・ラ・フロンテラで亡くなったスペイン人大尉の未亡人でした。

というのも貴方、アレチャバラ大佐は、毎朝散歩の時間にドニャ・マリアの家に寄るのです。すると良き婦人は、彼に贈り物をあげるのでした。本当のことを言えば、彼は気前の良さで報いていました。いわゆるカルロス四世王時代のかなりのスペイン金貨で、未亡人は、それをトランクの底に積み重ねていたのでした。

大佐は、私が述べたように、玄関に着くと、そこからドニャ・マリアが彼に秣袋（まぐさぶくろ）を渡すのでした。袋は、スポンジケーキやリング状のパンや卵の黄身のかなり入ったおいしい菓子パンで一杯でした。そして、これら全てをもって、大佐は、チョコレートを飲みに行くのでした。

さて伝承の良いところです。

大佐は、肉団子を食べる時には指を舐めるのでした。そして、時々、良きドニャ・マリアはよく知られたご馳走をつくり、彼はそれに魂と命と胃でもって感謝するのでした。

そして何と肉団子の一皿ごとに、粗布のスカート、繊細な寄木細工のブレスレット、指輪或いは光り輝くかつらの一巻を与えるので、それ故彼には親切で、満足しているのでした。私は、ドニャ・マリアが美しい顔を持つ未亡人の一人であり、王よ、神よ！　と唱えるということを言い忘れる過ちを犯しました。しかし、こうは言っても、私は大佐が彼女と不正取引をしていたとは言いません。この留保をつけて私の話を続けます。料理には多くの関わりがあったのですが、恋愛関係は何もなかったのです。

ある朝、大佐は、未亡人の家に着きました。

——神が貴方に良き日を与えますように、私のドニャ・マリア。

——大佐殿、神が良き朝を連れてきますように。ここには、口の中でとろける菱形パンがありますよ。それに、昼食には……を送りましょう。如何ですか？

——何なのです？　私のドニャ・マリア。

——最高のひき肉の肉団子ですわ、トマトとチリとおいしい肉汁の、大佐殿。

——すごいぞ！——裕福な軍人は、笑いながら言いました。——昼食の時間に必ずよこすように。

菱形パンの袾袋を鞍の馬具にくくりつけ未亡人に別れの挨拶を告げると、馬に蹴爪の一撃を加えました。馬は早足で家への道につきました。ドニャ・マリアは、スープ鉢の中でも最高のものを探すと、肉汁と肉団子で満たし、最もきれいなナプキンで覆うと、すぐに少年、彼女の十歳の息子をお土産(みやげ)と共にアレチャバラ大佐のもとに送りました。

次の日、ドニャ・マリアが住んでいた通りに、大佐の馬のトラップ、トラップという音が聞こえました。そして、彼女は、笑顔で、心地よい訪問者を待ちながら玄関に顔を出しました。

彼は近くにやって来て、冗談と紙一重の真面目な様子で彼女に言いました。

——私のドニャ・マリア婦人、次回は肉汁の中に肉団子を入れることを忘れないように。

婦人は、何のことか全く分からずに、両手を腰に当てて、答えました。

——どれどれ見てみましょう。なぜ貴方は私にそう言うのでしょうか。そして、そんな言い方で話して、そんなにからかい半分で私を見るのでしょうか？

大佐は、その事件を彼女に話しました。大佐は、大変おなかがすいていて、肉団子を食べるのを大変楽しみにしていたところ、何と、鍋にはただ肉汁しかなかったのです！

——ブラス！　お前は何という悪さを……。

——貴方、落ち着いて——アレチャバラは彼女に言いました——。それほどのことではありませんよ。

未亡人の息子ブラスは、しょげかえってめそめそしながら現れ、指を口にくわえて歩きながら体を壁にこすりつけておりました。

——こっちに来なさい。——母親が彼に言いました——。昨日、お前は肉団子スープ鍋で肉汁しか運ばなかったと大佐殿が言われています。本当なの？

大佐は、いたずら小僧の悲しむのを見て笑いをこらえていました。

それは——彼はこう言いました——……道で男の人がいて……通りでスープ鍋が落ちて、それで……落ちたものを拾おうとして……それで肉団子は持っていかなかったんだ。だって、肉汁だけ拾うことができたから……。

——ああ、いたずら坊主——ドニャ・マリアは、うなりました。——今に見てなさい。お前をめった打ちにしてやるから……。

大佐は、上機嫌の面持ちで、笑い過ぎてもう少しで張り裂けそうになりました。

——貴方、私のドニャ・マリア、彼をたたかないように。——そう言いました——。これは褒美に値しますよ。

そして、そう言うと、金貨を出して、いたずら小僧に投げました。

——明日、肉団子を私に作って下さい。そして、貴方はかわいそうなブラスのお尻を叩かないように。

寛容な軍人は、通りに出て、去ってゆきました。そして、長い間そのことを笑うのでした。それほどでしたので、亡くなる少し前にも大笑いのままにこの話を語るのでした。

そして、それ以来、アレチャバラ大佐の肉団子は誠に有名になったのでした。

私の最初の詩

私は、十四歳で古典を学んでいました。

ある日、私は詩を作り、それを私に肘鉄を食らわせたとても可愛い少女に送り届けるという激しい願望を感じたのでした。

私は、部屋に閉じこもり、孤独の中、途方もない努力をして、いくつかの詩節の中に、私の魂の全ての苦しみをできる限り凝縮しました。

私は、原稿用紙にとても感じの良い短詩の行を見た時、そして、大きな声でそれを読んだ時に、自分の才能がそれを作り出したと思って、えも言われぬ驕りと誇りの感覚にとらわれました。

すぐに私は、ラ・カラベラという当時あった唯一の新聞にそれらを発表することを考えて、編集者にカバーをつけて署名なしで送ったのでした。

私の目的は、多くの賞賛を味わうことで、それこそが疑いもない目的なのでした。そして謙虚に作者は誰ですか？　と言うのです。その時に私の自己愛が満たされるのでしょう。

それは私の救いでした。

数日後、ラ・カラベラ第五号が発刊されました。ところが私の詩はその欄には掲載されていないのです。

六号には、すぐに掲載されるだろうと私は心の中でつぶやき、あきらめて待つこととしました。なぜならそうする他なかったからです。

しかし、六号にも七号にも八号にもその後の号にも私の詩は全く掲載されませんでした。

私の最初の詩が活字で掲載されることには既にほぼ絶望していた時、あなた方は、ラ・カラベラ十三号が私の望みを満たしたということを知るのです。

神を信じない者たちは、こぶしを握り締めて、どんな野蛮なことでも信じるのです。たとえば、番号十三が不吉であるとか不幸の前兆であるとか死の使者であるとか。

私は、神を信じますが、呪われた番号十三の宿命も信じるのです。

ラ・カラベラが私の手に届くや、私は二十五本のピンで留め、有名な番号十三を持って讃辞を集めるために街に飛び出したのでした。

少し歩くと一人の友人に会い、彼を相手に、私は次の会話を交わし始めました。

——やあ元気かい、ペペ？

——元気だよ。それで君は？

——完璧だよ。さあ言ってくれよ、君はカラベラ十三号を見たかい？

——僕は、その新聞を全く信用していないんだ。

私は、冷たい水を背中に水差しでかけられても、魚の目を思いっきり踏まれてもその六単語を聞いた時に味わったほどの不愉快な印象を持ったことはありませんでした。

私の夢は五十パーセントしぼんでしまいました。なぜなら私は、十三号は厳格な正義として世界中が少なくとも読む義務があるとさえ考えていたからです。

――それじゃあ――私は、少し腹を立てて言い返しました――ここに最新号があるんだ。とても良いと思えるこれらの詩についての君の意見を聞きたいよ。

私の友人ぺぺは詩を読むと、ひどい奴め、おこがましくもこれ以上悪いものはないと言いました。

私は、このように私の作品の価値を認めなかった横柄な者を殴りつける衝動に駆られましたが、自分を抑えてがまんしたのです。

同じことを何人にも尋ねましたが全員同じでした。そして、私は皆が愚か者だと明確に告白するしかありませんでした。

通りで自分の運命を試すのに疲れて、私は十人から十二人の訪問客のいる家に行きました。そして、挨拶の後、何千回目かのこの質問をしたのです。

――あなたたちはラ・カラベラ十三号を見ましたか？

――いいえ私は見ていませんね。――そのうちの一人が答えました――。何か良いのがあるのかい？

――ありますよ、いろいろある中でいくつかの詩があって、人が言うには、悪くはないということですよ。

――それじゃあ貴方、私たちにそれを読んでくれるかい？

――喜んで。

私は、ラ・カラベラをポケットから出して、ゆっくりと開くと、感激で一杯になりながらも、高揚して熱烈に詩節を読みました。

私はすぐに尋ねました。

——あなた方、この文学作品の価値についてどう思いますか？　返答は待たせることなく、雨のように降ってきました。

——それらの詩は好きじゃないね。

——悪い。

——最悪だ。

——ラ・カラベラでこんなたわごとを発表し続けるなら、購読者リストから自分を消してもらうように頼むよ。

——読者は、作者を追放するよう要求すべきだ。

——そして記者をだ。

——何というひどさだ！

——何というでたらめだ！

——何という愚かな言葉だ！

——何という醜悪さだ！

私は取り乱してその家に別れを告げ、あれほど無作法なあの人々を愚者の部類に入れながら、もはや自分自身をなぐさめるために、全ては愚か者に満ちていると唱えたのでした。

私の詩の美しさの価値を知らない者たちは、——私は考えていました——古典を勉強したことのない無学な者たちで、それゆえ、文学の美の分野においては、然るべき判断をするための必要な知識に欠けているのだ。

一番いいのは、私がラ・カラベラの編集者に話しに行くことなのだ。彼は学のある人であり、何らかの理由で私の詩を出版したのだから。

その通りです。私は新聞社の編集室に着くと本題に入るために編集長に言いました。

――私は、ラ・カラベラの十三号を見ました。

――貴方は私の新聞の購読者ですか？

――はい、その通りです。

――次の号のため何かを渡しに来たのですか？

――ここまで来たのはそのことではないのです。つまり、いくつかの詩歌を見たので。

――忌々しい詩です。読者が苦情を言ってきて私はうんざりしているのです。おっしゃる通りですよ。紳士、なぜなら、それらはひどくて、最悪なのです。しかし貴方は何が欲しいのですか？　時間がほんとにないですからね、まだ半分コラムが残っている。それに私を困らせるために誰かが送ってきたこれらのいまいましい詩に手を貸してしまったんですよ。

私は、これらの最後の言葉を通りで聞いたのでした。そして、私の日々に終止符を打つ決意で、挨拶もせずに去っていきました。

弾を自分に撃ち込もうか、――私は考えていました――首をつろうか、毒を盛ろうか、鐘楼から通りに飛び降りようか、首に石をくくりつけて川に飛び込もうか、飢え死にしようかと。それほどのことに耐えるための人間の力はないのですから。

しかしこんなに若くして死ぬなんて……。それに、その上、詩の作者が私であるとは誰も知らないのだし。

最後に、読者よ、私は、自殺はしなかったけれども詩作を毛嫌いすることから長い間かかって治癒したことを君に誓言します。十三号やラ・カラベラについては、私が気分のいい時に、もう一度君に本当にひどいことを話さねばなりません。それは、君の髪の毛を逆立てることでしょう。

ハチドリの物語（冬のお話）

……ああ！　そうです、私の優しいお嬢さん。あなたに聞こえている通りです。桐の飾り壷の後ろに陽が落ちる頃。快活な子供たちのようにおしゃべりをして、少し向こうのあのバラの茂みが見えるところにあるポプラから隣の葉の落ちたイチジクの木に休みなく行き来しているのです。

あなたは、我々詩人たちが、それらのことを知る方法、如何にそしてなぜゆえに理解するのか知りたいのですね？　……。簡単な問題です。

そのことを語った後には、あなたはもうそのことが分かることでしょう。あなたに軽い疑問を抱かせたそのことです。そして、私が話す通りのことが起こったのです。とても簡単なことです。青い澄み切った空の下の一羽の鳥の打ち明け話です。

寒かったのです。山脈は、花嫁のように広大な白い冠と靄のベールをかぶり、骨にまでしみる風が吹いていました。街路には、馬の地面を引掻く音や車、警笛や新聞の呼び売り子の声や通行人、大都市の騒音が聞こえていました。そして、工場からやってくる粗野で大きな靴をはいた労働者たちが、舗石や壁面を鳴らしながら通り過ぎていました。長いパレトット・コートに身を包んだ紳士たちや外套やマントに包まれた淑女たちは、暖まるために逆立った毛皮の円筒の手套(しゅとう)の中に両手を入れておりました。なぜなら寒かったからですよ、優しいお嬢さん。

それでは、あそこの私が居たところに行きましょう。あなたが寄りかかっていたところですよ。この同じ庭の中、脹らんだ足をスイカズラに覆われた大理石のサテュロス像の側です。それは噴水の輝く水の流れが大きな水盤の上に落ちるのを見、西方が茜色に染まる空を見ていたのです。

突然鳥たちはしゃべり始めました。そして、とても可愛くしゃべり、私がそのおしゃべりを理解していることを知らないようでした。二羽とも玉虫色にきらめき、小さくてかわいい小鳥でした。庭を一回りして、ほとんど知覚できないほど甲高く鳴き、そうして各々の枝の上で会話を始めるのでした。

——あなたは知っている?——一羽がもう一羽に言いました——。私はあなたの振るまいが好きなことを? 今朝、くちばしを折りそうになり、窓のガラスにぶつかって頭をかち割る危険まで冒して隣の庭の美しい女主人に言い寄りながら驚かせるっていうことは、かなりのことなのよ。おお! こんな無謀なことは見たことがないわ。女性たちのために花を置き続けていると〝黄金の羽〟と同じ目にあうでしょうよ。私のいとこで、彼はあなたよりもりりしくて、青い目をして、黄色の玉虫色の色調の服を着て、夕焼けで羽が炎のように見えたものよ。

――それで君のいとこに何が起こったんだい？　一羽がむっとして答えました。

――お聞きなさい。相談相手はとてもまじめな様子で首をかしげながら続けました。

――お聞きなさい。そして、覚えておきなさい。彼は、綺麗なとても綺麗な〝黄金の羽〟でした。なんと素敵だったのでしょう！　そして彼の物語は！

庭と呼ばれるそれら美しい都市の中で花々のお気に入りは彼の他にはいなかったのです。春の日々、バラの花たちがその最上の晴れ姿を輝かせる時、その真っ赤なみずみずしい唇の花弁の中に、戯れる騒がしい鳥のくちばしを受け入れることは、どんなにかうれしいことでしょう！　忘れな草は、茂みの中の宮殿の緑の窓の間から顔をのぞかせて、おしべの先で隠れた香水の香る口づけを投げるのでした。カーネーションは、言い寄る鳥の羽が通りすぎる時に擦りあって揺れると身を震わせるのでした。そして、スミレは、はにかみ屋のスミレは、そのベールを外して、すばやく飛ぶ甘えん坊のハチ鳥に美しい顔を見せていました。森の優雅な香水師ピノーです。〝黄金の羽〟は、大変ないたずら者でした……。なんということでしょう、もし物事をよく知っていたのなら！

月の夜に木の枝の茂みの下で、かすかでおだやかな嘆き声とにわかの芳香と気だるい羽ばたきを言葉の中に持った意地悪いそよ風が話します。

さあ、〝黄金の羽〟がいたずら者でなかったと誰が言うのでしょうか？

――ああ、どんなにか花たちは彼を愛していたでしょう。

さて、もう軽率なあなたにも起こったことが分かるでしょう。もしあなたが悪癖を続けるなら、彼に起こったことがあなたにも起こりうるのですよ。

或る春の朝、〝黄金の羽〟は日向ぼっこをしていました。その時、庭に、あの彼女たちの一人、花のような魅惑的な女性の一人が下りてきました。キキョウのような青い目と白百合のような額、椿かずらのような唇と濡れた穂のような髪を持っていました。〝黄金の羽〟が理性を失ったとなぜ言う必要がありましょうか？

何と絶え間なく飛び回ることでしょう。金髪の淑女に見られるために、一カ所から別の場所に行ったり来たりするのです！

ああ！　〝黄金の羽〟よ、お前はしていることがわかってないのです……。

その日以来、花たちは忘れられたことを嘆きました。いくつかの花は憔悴して枯れてしまいました。そして、花冠に私たちの仲間が接吻にやってきても、喜びを感じませんでした。そうする間にも抜け目のないいたずら者は、美女の住む家の鉄格子を何度も何度もたたき、庭や匂いたつ愛する花たちのことは思い出さなかったのです……。彼はかなりしらばくれる輩(やから)であったことは確かなのでは？　私は、彼がうろついていた鉄格子の近くに行き、くちばし一杯に、いとこよ、あなたはうそつきなのね、そうでしょう？　と言ってみたくなりました。

致命的な日がやってきました。それは起こるはずのことでした。

私は、自分の目でそれを見たのです。〝黄金の羽〟が飛び回っている間に、窓が開き、金髪の若い女性が笑いながら現れました。ジャスミンのような白い左手のバラ色の手のひらには蜜の盃を持っていました。そしてもう一つの手には？　もう一つの手には何も持っていませんでした。〝黄金の羽〟は、飛び、羽ばたきながら、開いたばかりの百合の花の蜜を吸うように、あの盃の蜜を吸い始めました。私のいとこよ、それをとらないで、お前は、自分の死を吸っているのですよ……私は甲高く叫び、金切り声を上げました。ところが、〝黄金の羽〟はやはり盃の上にいたのです。突然、金髪の女性が右手で不運な彼をつかみました……。すると、彼は、私よりも甲高く叫びました。しかし、既に遅かったのでした……。ああ、〝黄金の羽〟は、〝黄金の羽〟は！　私はお前にそのことを言わなかったでしょうか？

窓が再び閉まりました。そして、私は、悲嘆にくれて、哀れないとこがどうなったのかを窓越しに見るために近づきました。その時、聞いたのです……。

鳥たちの神様！　その時、淑女が彼女のようなもう一人に言っていたのを私は聞いたのです。

――見て、見て、捕まえたわよ。何て綺麗なんでしょう、帽子の剥製にするのよ……！

ひどい！　私はその恐ろしい現実を理解しました。そのことをバラたちに話すために飛びたちました。すると復讐心のとげのあるバラたちは風に揺られて声をそろえて叫びました。

――万歳、悪党を捕まえて！

数日後、不幸な彼を殺した暴君が私たちの目の前で庭を散歩していました。その帽子には、黄金の羽の冷たい遺骸をつけて……。もうそのことを信じます。私たちは流行だったのです。何と未だに流行なのです！

さあ、軽率なあなた、私の悲しみ嘆くいとこの話を聞きましたか？　それなら、私の警告を忘れないように。

おお、何という悲しいハチドリの物語なのでしょう！

やがて、私の優しいお嬢さん、二羽のハチドリたちは、ポプラからイチジクの木、イチジクからバラの木へ、バラの木から空へと飛び去っていったのです。

そして、花たちが、小声で、ほんとに小声なので私にはその時だけ聞こえたのです。

――星たちと女たちの間では、女たちは最もひどいライバルだわ。あの星たちはあんなにも遠いから！

さて、よろしいですか、私の優しいお嬢さん、私がなぜ、どうして鳥や花たちの言葉を知っているのかを知りたいのなら、私を見なさい、私を見なさい、そうすれば私の目が語るでしょう……。

青い鳥

パリは、楽しくも恐ろしい劇場である。カフェ・プロムビエに集まる者たち、善良で毅然とした若者たち――画家や彫刻家、作家や詩人たち――そう、みな、昔の緑の月桂樹の栄光を探していたのだった！

彼らの中で、ほとんどいつも悲しげで、アブサン酒をよく飲み、決して酔わなかった夢想家で、そして非の打ちどころのないボヘミアンであり、見事な即興詩人であったあの哀れなガルシンほど好かれたものはいなかった。我々の陽気な会合が行われる乱雑でむさ苦しい部屋には、壁の漆喰(しっくい)に、未来のドラクロアの素描や筆致の間に、我らの青い鳥の傾いた太い文字で書かれた詩や詩節がそのまま残っていた。

青い鳥は、哀れなガルシンであった。どうしてこう呼ばれていたかを、あなた方はご存じないだろう？ 我々が、彼にこのあだ名をつけたのだ。

これは単なる気まぐれではなかった。

あの優れた若者は、悲しい酒を飲んでいた。なぜだと我々が聞いた時や、馬鹿みたいに或いは子供のように笑っていた時に、彼は眉をひそめて、晴れ渡る空をじっと見つめ、ある種の苦みをたたえた微笑みで我々にこう返事をするのだった。

——同志たちよ、私は頭の中に一羽の青い鳥を持っているということを知るべきである。それ故に……。

また、春になれば、彼は新しい野に行くのが好きだった。詩人が我々に言うには、森の空気は肺を良くするそうなのだ。

遠足には、すみれの花束とともに、葉音の下、雲のない広い空の下で書かれた牧歌の厚いノートをよく持って来るのだった。すみれは、ニニのためだった。ニニは彼の隣人で、さわやかな薔薇色の乙女で、とても青い目をしていた。

詩は我々のためだった。我々はその詩を読み、拍手喝さいしていた。ガルシンのために我々全員が褒めた。輝くべきはずの才人であった。その時は来るであろう。おお、青い鳥はとても高く飛ぶのであろう！ ブラボー！ いいぞ、よし。おい、給仕さん、もっとアブサン酒だ！

ガルシンの信条……花の中では、きれいなキキョウ。貴石の中では、サファイア。広大無辺の中では空と愛。つまり、ニニの瞳。

そして詩人はこう繰り返していた。いつも愚行より神経症の方がましだと思うよ、と。

時々ガルシンは、いつもよりもっと悲しむことがあった。

並木道を歩き、豪華な馬車や粋(いき)な紳士や美しい淑女が通るのを無関心に眺めていた。

宝石商のショーウインドーの前で微笑んでいた。しかし、本屋の近くを通る時にはショーウインドーに近づき、嗅ぎまわり、豪華版を眺めると、決然とうらやましいのだと公言し、額にしわを寄せた。気を晴らすために、空に顔を向け、息を吸い込むのだった。カフェに、我々を探して、感激し、興奮して走ってきて、アブサン酒を一杯頼むと、我々に言うのであった。

——そうだよ、僕の頭の鳥かごの中には、自由をほしがる青い鳥が捕らわれているんだ。

理性に損傷を負っていると思うようになった者が幾人もいた。

ある精神科医が、起こったことの知らせを受けて、このケースを特殊偏執狂であるとした。彼の病理学的考察は、疑いの余地を残さなかったのである。

決定的に不幸なガルシンは狂っていた。

ある日、彼は、ノルマンディー地方の老人で衣服の商人である彼の父から一通の手紙を受け取った。

その手紙には、だいたいこんなことが書いてあった。

〝パリでのおまえの乱行は知っている。そんな風である限りは、おまえは、わしから一文ももらえんぞ。わしの店から書物を運び出すためにやって来い。そして、おまえの馬鹿げた原稿を燃やしたなら、怠け者め、わしの金をやろう〟

この手紙はカフェ・プロムビエで読まれたのである。

——それで君は行くのかい？

——行かないだろう？

——受け入れるのか？

——断るのかい？

万歳、ガルシン！　彼は、手紙を破り捨て、急に気分が乗って笑いだし、いくつかの詩節を即興で作ったのだ。私の記憶に間違いがなければこのように仕上がっていた。

——そうだ、僕はいつも怠け者でいよう、
それを拍手し、祝うのだ、
私の頭が
青いとりかごである限りは！

その時以来、ガルシンは性格が変わったのである。おしゃべりになり、喜びにあふれ、新しいフロックコートを買った。そして、三行詩を作りはじめた。題名は、それは、もちろん〝青い鳥〟である。毎晩、我々の集まりで、その作品の何か新しいものを読み聞かせるのだった。あれは素晴らしく崇高で、でたらめだった。

あそこには、とても美しい空があった、とてもさわやかな平野があった、コローの絵筆の魔法で湧き出たような国々、花々のあいだに覗く子供たちの顔や、潤んだ大きなニニの目があった。おまけに、良き神様が放った、とりわけあの青い鳥が、飛んで、飛んで、飛んで、どうやって、また、いつかはわからぬが、詩人の頭に巣を作り、そこで捕らわれの身となっているのだ。鳥が飛びたい時は、羽を広げ、頭蓋骨の壁に向かってぶつかる。すると、空に向かって目を吊り上げ、額にしわを寄せ、アブサン酒を少しの水といっしょに飲む。その上、とどめは紙巻シガレットを吸いながらだ。ほら、そこには詩があるのだ。


ある夜、ガルシンは、すごく笑いながらやって来た。……にもかかわらず、とても悲しがっていた。美しい隣人が、墓地に運ばれたのだった。

ひとつのニュースだ！　ひとつのニュースだ！　僕の詩の最後の章だ。ニニは、死んでしまった。春が来て、ニニが行ってしまう。野のために、すみれの節約だ。今や、詩のエピローグが欠けているんだ。編集者は、僕の詩を読もうともしてくれない。君たちは、すぐに散り散りとならねばならないだろう。時間の法則だ。エピローグには、こう題名がつけられるべきだ。〝青い鳥は如何にして青空に飛び立つのか〟。

春爛漫！　花咲く木々、暁には薔薇色で午後には青ざめる雲、葉を動かす優しい風は、麦わら帽子のリボンを特別な音で羽ばたかせる！　ガルシンは、野原には、行かなかったのだ。

ほら、そこに、新しい服を着て、我らの愛するカフェ・プロムビエに、青ざめて、悲しそうな笑みを浮かべて、やって来たよ。

——我が友人たちよ、抱擁を！　みんな僕を抱きしめてくれ、こんな風に、強く。さようならを言ってくれ、心の底から、全霊を込めて……、青い鳥は飛ぶのだ……。

そうして、哀れなガルシンは、泣いた、我々を抱きしめ、全力をこめて手を握りしめて、そして行ってしまった。

我々は皆、こう言った。

——ガルシンは、放蕩息子は、彼の父親のノルマンディーの老人を探すのだ。ミューズよ、さようなら、さようなら、ありがとう！　我らの詩人は、服の寸法を測ることに決めたのだ！　ヘイ！　ガルシンに一杯を！

次の日、あの乱雑で、むさ苦しい部屋であんなに大騒ぎをしていたカフェ・プロムビエの常連たちはみな、青ざめ、驚き、悲しんでいた。我々は、ガルシンの部屋にいたのだ。彼は寝床にいた。血に染められたシーツの上、弾丸に打ち砕かれた頭蓋骨とともに。枕の上には脳の一部があった……。ひどいものだ！

気が落ち着いて、我らの友人の遺体の前で泣くことができた時に、彼があの有名な詩を持っていたのを見つけた。最後のページには、これらの言葉が書かれていた。

〝今日、春爛漫に、哀れな青い鳥のために鳥かごの扉を開けておきます〟

ああ。ガルシン！　いったいどれだけの人が、おまえと同じ病気を頭の中に持っていることだろう！

一八八六年十二月

花束

美しいステラは、その十五回目の四月の春、いたずらっぽく、にこやかな初々しさの中で、賑やかな一団に伴われて庭で休んでいました。新緑の若芽と茂みの間に、じゃれあう声や喜びの声が聞こえます。天使のようなかわいい三歳、四歳、五歳の子供たちが、叫び、うるさくして、花咲く枝を摘むのです。庭では、蝶の大群か雀（すずめ）の明るい一群のように音をたてます。

すぐに散り散りとなり、それぞれの子は、母親の膝を探します。ステラは、一人一人にお菓子をあげ愛撫し、彼女の母親にキスをし、それから真っ赤になってそわそわしながら摘んだ花束を私に見せに来るのです。

私のそばに座って、スカートの上には、花びらや葉っぱが混ざり合っています。そこには、虹の砕けたかけらがあります。たくさんの色と香りが甘く混じり合っているのです。

あのスカートは、春なのです。

ステラは、生きた花で、唇に極小のバラを持っています。バラの深紅色は唇の血潮に恥じ入るのです。

とうとう私に言いました。

――それはそうと私のお友達、貴方は、私の花の閲兵に付き合うと申し出たのですよ。貴方、約束を果たして下さいね。ここにはいっぱいありますわ。とっても綺麗なの。この白百合はどうかしら？まあ、何てこと！　貴方、何か飲んで下さいな！

私たちは、その女王、バラから始めました。老いたアキレス・タティウス！　もし、ホベが花の帝王を選ばねばならないとしたら、バラは、その植物の美しさ、野原の誇り、花の女神の目として贔屓にされるでしょう。

ほらここにありますよ。そのビロードのような花びらは、キューピッドの羽の形をしています。古代ギリシャの宴会では、これらの花弁は両手付の壺の中でワインと混ぜられたのでした。ここに、アナクロンテがいます、明るい老齢の甘い歌い手。唇の琥珀は、魂の喜びを告げるのです。優美さはその花を好み、恋愛の時にその花でおめかしするのです。ヴィーナスとミューズは、その尊さと美しさでその花を探すのです。バラは机の上の光のようです。妖精の腕や暁の女神の指はバラでできているのです。ヴィーナスを詩人たちはバラ色と呼ぶのです。

それから花の女王の起源です。

ヴィーナスが泡の中に生まれた時、ミネルバが神々の父の頭脳から出てきた時に、シベレスは、原始的なバラを咲かせたのです。

その上に、おお、ステラよ！　バラは最良の露のガラス箱で、鳥の最良の盃で、お前の頬の最も誇らしいライバルであると納得せねばなりません。

お前が取り分けた大好きな花は、ベンガラからやってきたのです。夢と真珠、燃えるような目と恐ろしい虎のいる処です。そこから、偉大な花の友人――お前や私のような――であるとても高貴なマック・アートニー卿によってヨーロッパに持ち込まれたのです。

バラの側に、お前は紫陽花を置きました。それは、絹の切れ端から切り取られたようで、その色はお前の妖精の指の腹に似ています。

紫陽花は、あの哀れな女帝のジョセフィーナの娘の名前を持っているのです。この偉大な女性が、フランスにあったこの種の最初の花を所有したことが理由です。

紫陽花は、ベンガラのバラの優雅な貴族の功績により、今やヨーロッパのものなのです。

ああ、あそこに、白く、ほとんど青ざめたユリがあります。純潔の優美な花です！　神の玉座がせり上がる神々しい炎の前で至福を得た者たちは、明けの明星の冠とゆりの枝とで恍惚となっています。それは、月の夜の物憂げな花です。ステラ、物静かな木立の中で星やユリの神秘的な愛をうたうロマンティックな鳥たちがいると言われているのです！

ここに忘れな草がありますよ！　悲しい花で、女友達よ、ドイツの小歌曲に歌われています。それは古くからの感動的な伝説です。彼女と彼は、愛し愛され、夢と幸せに満たされて河岸を行くのです。

突然、彼女が岸辺の花を見て、それを望むのです。彼は、行って、その花を手折ろうとして滑り、流れに沈むのです。そして、死を感じましたが、愛する彼女に花を投げることができて叫んだのです。

――私のことを忘れないで！

あそこに小歌曲があるのです。金髪のドイツ人たちの甘い忘れな草なのです。

すぐに白百合を私に並べさせて下さい。そのがくからは、花の女神の呼気を発散しているようです。聖なる古くからの花です！　聖書には、白百合の種が蒔かれています。聖書の雅歌は喜ばせる芳香を持っています。

私には彼女が天国の女王だったと思えるのです。エデンの門で、白百合の芳香を嗅いだはずなのです。

スイスは、とても美しい花々に縁どられた湖の岸辺を持っています。花が豊富な地です。

ここには、椿があります。おお、マルガリータ！　白く美しく、欲張りな香りです。その発祥地は、あの遠い東洋、中国の地にあるのです。香りのついたジャスミンとともに生まれました。その花びらは、無臭です。それは、あの哀れなマリア・ドゥプレシの花です。自死した椿姫と名付けられたのです。

今世紀初頭に、中国で老いた司祭が福音を説いていました。その神聖さと科学により、あの司祭は、愛され尊敬されました。未開で未知の地域に入り込むことができました。あそこで彼の教義を説教し、科学を広めたのです。あそこで椿を見つけました。彼の名を永遠なものとした花です。

司祭の名前はカメリン神父です。

レモンの花もですか?

それは純潔の花です。婚約した処女たちの花冠です。幸せな結婚式の花冠の輝く額には、神の祝福があるのです。

家庭の聖女は、その聖堂の鴨居で天上の微笑みとレモンの枝と共に恩恵を与えられた者たちを迎えるのです。

お前は百合を好きにならねばなりません、ステラよ。その紫の薄い色と心地よいほとんど消え入るような香りで何か安らかにするものを持っているのです。

白百合は、妖精物語の遠い国ペルシャのものです。

その名前は、ペルシャ語の青を意味するリランから来ています。

その美しい花はトルコに運ばれて、そこでリラエと呼ばれました。

カトリック王ルイ十四世の時代に、彼の大使ノイテがフランスに白百合を運びました。

それは甘く感じの良い花です!

お前の好みの花を忘れていたから、お前は、私を嫉妬と奇異な感じで見ているようですね。

嫉妬と恐れは放っておきなさい。実際、美しい少女は、世界のすべてのバラや白百合を、菫一輪のために軽蔑するのだろうと私はお前に言いましょう。

それならその他の全ての花々を脇に置いて、この愛された力のある花のことについて話しましょう。

その密な葉の外套の下で、風がこっそりと接吻をするのですよ。彼女は震えて隠れるのです。すると風と蝶と陽の光が枝の間、緑の間から入り込んで密かに愛撫するのですよ。

暁の最初のざわめきと夜明けの最初の鳴き声の中、はじらう素朴な菫は、世界の目覚める時に、通り過ぎる風にその純潔の花の香り、命の偶然を与えるのです。

菫を愛する花がひとつあります。

三色菫は、菫に恋した魅力ある花です。

もし、遠くにあればその香りを送り、もし近くにあればその枝と混同してしまいます。

そして、女友達よ、やがて、フロックコートのボタン穴の中で新鮮で新しく摘み取ったばかりの愛と思い出の花々は一緒になるのです！　或いは白い繊細な手が開く祈祷書の聖なるページの間で乾かされて一緒になるのです。そしてミネルバの目のような青い目あるいは黒い燃えるような目が読むのです。ステラよ、私を見つめるそのような目で！　……

梱

はるか遠くのほう、海と空を分ける青鉛筆で引いたような線の上に、黄金の塵埃と深紅の火の粉の疾風とともに、熱い鉄でできた大きな円盤のような太陽が沈みつつあった。

すでに、国庫埠頭は静まりつつあった。監視人は、帽子を眉まで深くかぶり、あちらこちらを見回りながら、一地点から次の地点にと移動していた。

吊り柱の巨大なアームは動かなくなり、日雇い労働者たちは、家路についていた。水は桟橋の下でざわめき、夕刻になってから外洋から吹いてくる湿った塩気を含んだ風は、近くにある小舟をたえず上下に揺らし続けているのだった。

船頭たちは、もうみな帰ってしまった。ただ、午前中に荷馬車に樽(たる)を上げようとして片足をくじき、びっこをひきながらも、一日中働いていた老いたルーカスおじさんだけが、石の上に座り、パイプを口にくわえて、悲しげに海を見ていた。

――やあ、ルーカスおじさん、休んでるのかい？

――へい。ところで、だんな。

そして、雑談が始まるのだ。この快い気ままな雑談を、力仕事で暮らす陽に焼けた荒くれ男たちと始めるのが、私はうれしいのだ。その暮らしは良き健康と筋肉の力を与え、インゲン豆とブドウ畑のたぎる血（ワイン）で栄養をとるのである。

私は、愛着を持って、あの荒くれ老人を見ていた。そして、彼の話に興味深く聞き入っていた。その話は全部このように途切れ途切れで、すべてが粗野な男の話ではあるが、素朴な胸の内からのものだった。

――ああ、それじゃあ、軍人だったのかい。若い頃は、ブルネスの兵隊だったって！　それでもなお、ミラフローレスまでライフルを持っていくのに抵抗されたって！　それで結婚していて、息子が一人いたって、それで……。

そして、ここで、ルーカスおじさんが言った。

——そうなんですよ、だんな。二年前に死んじまって！

あの目、灰色の毛深い眉の下で、小さくギラギラ光る目が、その時潤んだ。

——どんなふうに死んだかって？　仕事でさぁ、みんなを食べさせるために、女房や小さな子供たちやわしを。だんな、当時、わしは病気だったんですよ。

そして、すべてを私に話したのである。あの夜が始まる時には、波は、靄に包まれ、街には明かりが灯っていた。彼は、腰掛にしていた石の上で黒いパイプの火を消し、それを耳に挟んだあと背伸びをして、くるぶしまでまくり上げた汚いズボンに包まれた、痩せて筋肉質の脚を組んだ。

——小せえあいつは、とても素直で、とても働き者だったんでさぁ。大きくなってから学校にやりたかったんだがね、ひでえ貧しい者たちは、むさくるしい部屋で人が腹を空かせて泣く時は、読むのを習ってちゃいけねえんだ！

ルーカスおじさんは結婚していて、子だくさんだった。

彼の奥さんは、貧者の腹の呪いを背負っていた。子だくさんだ。だから、パンをほしがる開いた口がたくさんあり、ゴミの中でのたうつ汚い子供がたくさんいて、寒さに震える痩せた体がたくさんあった。何か食べるものを運んできたり、ボロを探したりしに行くことが必要だった。そして、そのためには、息つく暇もなく、牛のように働くことが必要だったのだ。

息子は、大きくなると、父親を助けた。隣人の鍛冶屋（かじや）がその業を教えたがったが、当時はとても虚弱で、ほとんど骨格だけだったので、ふいご吹きでは、肺を吐き出さねばならぬほどであり、疲れ果てて、病気になって、ボロ屋に戻ってきたのだ。

ああ、大病だった！　だが、死ななかった。死ななかったのだ！

人がひしめきあうようなところに住んでいた。ガタの来た、古くて汚い四方の壁に囲まれ、堕落した女たちのいる汚れた横丁にあって、そこはいつ何時も臭く、夜はわずかな街灯で照らされていた。そこでは、売春の周旋のひっきりなしの大声や、竪琴、アコーデオンや、売春宿にやって来る船乗りたちの騒がしい音が鳴り響いていた。船乗りたちは、長い航海での貞操に絶望して、樽のように泥酔するため、また、地獄に堕ちた者のように、喚き、足を踏みならしにやってくるのだった。

そうなのだ！　貧乏とならず者たちの乱痴気騒ぎの騒々しさの中で、少年は暮らし、すぐに元気になって立てるようになった。

ルーカスおじさんは、数限りない不自由を我慢したあとに、一艘のカヌーを購入するに至った。漁師になったのだ。

夜が明けると、釣り道具を持って、立派な若者となった息子とともに海に出ていった。一人は漕ぎ、もう一人は釣り針に餌をつけていた。見つけたものを売ろうという良き希望を持って、冷たい風と靄の不透明さの中を海岸に戻ってきた。悲しげな歌をいくつか低い声で歌いながら、泡を滴らせる櫂を勝ち誇ったように高く掲げて。もし、うまく売れたら、午後にもう一度出漁するのだ。

ある冬、時化(しけ)があった。父と息子は、小さな舟の中で、海上の波と風の狂気に苦しめられていて、陸に着くのは難しかった。漁獲ともどもすべてが水の中に滑っていってしまった。そして、命が助かることだけを考えた。陸に近づくため絶望したようにもがいていた。陸の近くには、いたのだ。しかし、呪われた突風が岩に押しやって、カヌーは、木っ端みじんとなった。彼らは、ただの打撲傷を負っただけで脱出した。神のおかげだ！　ルーカスおじさんが話をする時に言っていた如くに。そのあとは二人はもう艀の船頭なのである。

そうだ、艀の船頭なのだ！　大きな平底の黒い船の上で、絞首台に似た頑丈な吊り柱から鉄の蛇のように吊り下がり、きしむ鎖にぶら下がりながら、立ったまま漕ぎ、拍子をとって、小舟に乗り、桟橋から蒸気船へ、蒸気船から桟橋へと渡りゆくのであった。振り子のように揺れながら荷物を持ち上げる強力な爪に荷物を引っかけるために、重い荷物を押しやる時には、〝イーオーエーップ！〟と叫びながら。

その通り！　艀の船頭だ。老人と少年、父と息子は、二人とも大きな箱にまたがって、二人で頑張って、彼らとボロ屋に住む愛すべき蛭たちのために、二人して日銭を稼いでいたのだった。

毎日仕事に出かけていた。古びた服を着て、腰に各々色のついた帯を巻き付けて。そして、仕事が始まれば、脱いで、船の隅っこに放り投げてしまう粗野な重い靴を鳴らしながら。

運搬、積み上げ、積み下ろしが始まった。父親は用心深かった。

――若造、頭をぶつけるぞ！　網のはじに腕を取っていかれるぞ、子供！　すねの骨をなくしちまうぞ！

そして、彼のやり方で、息子を教え、訓練し、指導していた。年老いた労働者として、また、愛情を持つ父親としての荒くれ言葉によって、ルーカスおじさんがベッドから動けなくなる日まで。というのは、リューマチが彼の関節を膨れ上がらせ、骨をむしばんでいたのだった。

——おお！　薬と食料を買わなければならなかったな、そりゃそうだ。

——息子よ、仕事に行け、銭をもらいに行け、今日は土曜だぞ。

それで、息子は、一人で、走るように、朝食もとらず、日々の仕事に出かけていった。

金色の太陽の日差しが明るい美しい日だった。栈橋では、荷車がレールの上を走り、滑車がきしみ、鎖がぶつかり合っていた。たいへん混然とした作業で、目が回るほどであった。鉄の音や、ゴトゴトという物音がそこら中に響いていた。そして、風は、木々の森を通り抜け、船団の船道具のあいだを吹いていた。

栈橋の吊り柱のうちの一本の下に、ルーカスおじさんの息子は、ほかの船頭たちといっしょにいて、大急ぎで荷下ろしをしていた。積み荷でいっぱいの艀を空にしなければならなかったのだ。時々、先端が鉤（かぎ）となった長い鎖が降りてきて、綱車といっしょに滑る時には、マトラカのような音を立てていた。若者たちは、二重の綱で積み荷をしばり、鉤に引っかけていた。そして、積み荷は釣り針にかかった魚か、測鉛のように上がっていって、時に落ち着き、時には、空中にある鐘の舌のように揺れていた。

荷物は、山積みとなっていた。時々、波が、積み荷で満載された船をゆっくりと動かしていた。これらは、中央にピラミッドの形を作っていた。ひとつ、とても重い、そうとても重いのがあった。全体の中で一番大きく、幅広く、厚く、タールの臭いがしていた。艀の底から出てきていた。

その上に立つ男は、分厚い台座に対しては、ちっぽけな姿だった。

それは、鉄のベルトで巻かれ、帆布に包まれた平凡な輸入品のうちの何かであった。その側面には、数本の線と黒い三角の中程に目のように見える文字があった（〝ダイヤモンド〟の形の文字だとルーカスおじさんは言っていた）。

その鉄のベルトは、大きな頭のざらざらした釘で押さえつけられていた。その内部には、怪物か、少なくともモスリンやカナキンが入っているのであろう。それだけが、残っていた。

——すごいのがいくぞ！

船頭の一人が言った。

——太っ腹だ！

もう一人が付け加えた。

ところが、ルーカスおじさんの息子は、早く終わらせたくてうずうずしていて、首に格子柄のハンカチを結びながら、給与をもらって、朝食を食べに行くための準備をしていたのだ。

鎖が宙を舞いながら下りてきた。梱に大きな綱が結びつけられ、じゅうぶんに安全かどうか確かめられた。

そして、人が叫んだ。

——引き揚げろ！

そのあいだにも、鎖がきしりながら、塊を引っ張り上げ、宙に持ち上げていた。

船頭たちは、立ったまま、巨大な重い荷物が上がってゆくのを見ていた。

そして、着地するのを準備していたのだが、その時恐ろしいものを見たのだった。

梱が、分厚い梱包荷が、まるで緩んだ首輪から犬が頭を抜き出すように、綱からはずれて、ルーカスおじさんの息子の上に落ちたのだ。彼は、艀の縁の大きな梱のあいだに挟まれ、腎臓が砕け、脊柱がはずれ、口から黒い血を吐き出していた。

あの日、ルーカスおじさんの家には、パンも薬もなく、あったのは、ずたずたになった若者だった。亡骸(なきがら)を墓地に運んでゆく時には、リューマチ持ちは、泣きながら彼を抱いていた。妻や子供たちの喚き声の中で。

私は、年老いた船頭に別れを告げ、しなやかな足取りで桟橋をあとにし、家への道をたどっていた。そして、一人の詩人のあらゆる悠長さを持って哲学に耽(ふけ)っていた。そのうち、凍(い)てついた風が、外洋からやってきて、鼻と耳を執拗につねるのであった。

一八八七年四月

太陽の宮殿

あなた方、貧血症の女の子たちを持つお母様方に、この物語はぴったりです。ベルタの物語、オリーブ色の目をした女の子、花咲く桃の枝のようにさわやかで、暁のように輝いて、青いおとぎ話のお姫様のように優しい女の子です。

もう、おわかりでしょう。健全で尊敬すべきご婦人方、けがれなき美しい頬に血潮をともらすには、砒素(ひそ)や鉄分よりももっと良い物があるということを。そして、その鳥かごの扉を、あなた方の魅力的な小鳥たちに開け放つことが必要だということを。特に、春の季節がやってくれば、葉脈や樹液に輝きが宿り、半ば開いた薔薇の上の黄金の群蜂のように、太陽の限りない微粒子が庭でざわめくのですから。

十五歳の誕生日を迎えた時、ベルタは悲しむようになりはじめ、その燃えるような目は、物憂げな隈(くま)に囲まれておりました。

——ベルタ、おまえに人形を二つ買って来たわよ……。

——いらないわ、お母様……。

——夜想曲を持ってこさせたわ。

——指が痛むの、お母様……。

——それじゃあ……。

——あたし悲しいの、お母様……。

——じゃあ、お医者様を呼んでもらうわ。

そして、べっ甲の枠の眼鏡、黒い手袋、令名高きはげのダブルのフロックコートがやって来ました。

——それは自然なことですよ。発育、年頃……。明らかな兆候は、食欲がないこと、胸苦しさのようなもの、悲しみ、こめかみを刺すような痛み、動悸(どうき)……ですね。もうわかってますね、お嬢さんに砒素の丸薬をおやりなさい、そのあとはシャワーだ。治療は……。

すると、彼女の憂鬱(ゆううつ)は、丸薬とシャワーで治りはじめ、春の始まる頃には、ベルタは、オリーブ色の目をした女の子は、花咲く桃の枝のようにさわやかで、暁のように輝き、青いおとぎ話の姫様のように優しくなっておりました。

それにもかかわらず、隈はしつこく残り、悲しみは続きました。そして、ベルタは、美しい大理石のように青白くなり、ある日、死の門に至ったのでした。宮殿では、みなが彼女のために泣いていました。そして、健全で感傷的なお母様は、乙女たちを純潔の処女のまま葬る棺（ひつぎ）のことを考えなければなりませんでした。ある朝、暁が微笑みかける時間に、貧血症のやつれた女の子が、一人で、いつものようにぼんやりと物憂げで力なく庭に降りるまでは。

ため息をつきながら、彼女は、あてどもなくあちらこちらをさまよっておりました。花たちは彼女を見るのが悲しかったのでした。尊大で勇ましい牧神ファウヌスの台座に寄りかかりました。大理石でできたその髪は露に濡れ、その輝く裸の胴体は、光を浴びておりました。一本の白百合が、白く純潔な花蕾（かがい）を青い空にもたげておりました。彼女は、それを取ろうと手を伸ばしました。するとすぐに……。

——そうです。妖精のお話ですよ、ご婦人方、しかし、親愛なる現実への適用につきご覧あれ。花の花蕾をさわると、すぐに、そこから、一人の妖精が突然現れ出たのです。黄金のちっちゃな車に乗り、ぴかぴかの微細な糸でできた服を着て、露でできた耳飾りと、真珠の冠と銀の棒を持っていました。

ベルタが怖がったとお思いでしょうか？　全然。嬉しそうに手を叩いて、歓喜で生気を取り戻したのです。そして、妖精に言いました。

――あなたは、夢の中の、とってもあたしのことが好きな妖精なの？

――お乗りなさい。

妖精は、答えました。そして、まるでベルタが小さくなったかのようになり、こうして黄金の貝殻の車に入ることができたのです。貝殻の車は、水面近くの白鳥の湾曲した翼の上に休んでいたのかもしれません。

そして、花たちや誇らしげな牧神や日の光は、オリーブ色の目をした、暁のようにさわやかな、青いおとぎ話のお姫様のように優しい女の子、ベルタが妖精の車に乗って、どんなふうに風の中を、楽しく、太陽に微笑みながら過ぎ去っていったかを見たのです。

神々しい御者がもう馬車を停車して、ベルタが瑠璃を模した庭の階段を通り、サロンに上がった時には、お母様や、いとこ、召使たち全員が口をOの形にしたのでした。彼女は、鳥のように飛び跳ねながらやって来ました。活気と血潮に満ちた顔で、胸は美しくふくらんで、栗色ののびのびとした無造作な髪の分け目を愛撫されて、腕は、肘までも露わとなって、ほとんど知覚できない青い静脈網を半分のぞかせ、唇は、歌を歌うかのように笑みを浮かべて、半ば開かれておりました。

皆が叫びました。

――ハレルヤ！　栄光！　エスクラピオスの王様に喜びの歌を！　勝利の砒酸の丸薬とシャワーに永遠の名声を！

そして、ベルタが錦織の最高に豪華な服を着に私室に走るあいだに、べっ甲の枠の眼鏡、黒い手袋、命令高きはげの、ダブルのフロックコートの老人には、贈り物が贈られました。

それから、今度は、あなた方。多くの貧血症の女の子たちのお母様、お聞きなさい。けがれのない美しい頬に血潮を灯らせるには、砒素や鉄分よりもどんなにか良いものがあるということを。そして、知るでしょう、いかに間違っていたかということを。丸薬ではありません、違うのです。シャワーでもなかったのです、違います。オリーブ色の明るい、花咲く桃の枝のようにさわやかな、暁のように輝き、青いおとぎ話のお姫様のように優しい女の子、ベルタに健康と命を取り戻したのは、薬剤師ではなかったのです。

それからベルタは、妖精の車の中に入るとすぐに、妖精に尋ねました。

――それで、どこにあたしを連れてゆくの？

――太陽の宮殿よ。

確かに、女の子は、両手が熱くなるのを感じ、小さな心臓が激しい血気でふくれあがり、飛び出しそうになるのを感じたのでした。

――お聞きなさい。

妖精は続けました。

――私は、思春期の女の子たちの夢の良き妖精よ。私は、白化症の女の子たちを、私の黄金の車に乗せて、太陽の宮殿に行くだけで治すのよ。そこにはおまえも行くの。踊りの美酒を飲みすぎないように注意してね。それに、最初の急な喜びの中で、失神しないように。もう着いたわ。すぐにおまえは、住処に帰るのよ。太陽の宮殿の一分間は、肉体と心の中に数年分の情熱を残すのよ、あたしのかわいい人。

本当に、魅惑の美しい宮殿の中にいたのでした。そこでは、周りに太陽を感じるようでした。おお、何という光、何という燃え上がる火なのでしょうか！

ベルタは、野と海の空気に肺を満たされ、脈に火照(ほて)りを感じました。また、頭の中で、ハーモニーが広がり、魂が広がって、女性の繊細な肉体がもっと柔軟に滑らかになるのを感じたのです。そのあと白昼夢を見、酔わせるような音楽を聴いたのでした。

広々とした目も眩むような回廊、明るさと芳香と絹と大理石でいっぱいの中で、ワルツの目に見えない圧倒する波に、我を忘れたカップルたちが目まぐるしく旋回するのを見たのです。彼女のような貧血症の多くの女の子たちが、青白いまま、悲しみながらやって来て、あの空気を吸い込むとすぐに、たくましくすらりとした若い男たちの腕の中に身を投げるのでした。その金色の口ひげや繊細な髪は、光で輝いていました。そして、彼らと踊って、踊って、熱烈に抱きしめ合っていました。心に届く神秘的な愛の言葉を聞きながら、バニラやトンカ豆やすみれやシナモンのしみ込んだそよ風をあまりに吸い込み過ぎて、熱であえぎながら、長い飛行で疲れ切った鳩のようにぐったりして絹のクッションの上に倒れ込み、胸をどきどきさせて、薔薇色に染まって。そして、このように陶酔的なことを夢見、夢見ながら……。

そして、彼女もまた、そうでした！　渦の中に、魅力的な大渦巻きの中に落ちて、心を揺さぶる快楽の痙攣(けいれん)の中で、踊り、叫び、過ごしたのです。そして、踊りの葡萄(ぶどう)酒でそんなに酔ってはいけないことを、その時思い出していました。それでも、春のようなまなざしの大きな目で美しい相手を見るのを止めなかったのです。それから、彼は、広い回廊の中を彼女を引きずり、彼女の腰のあたりに巻きつき、心地よい愛の言葉とリズムのある虹色に輝く香りの良い語句で、水晶のような東洋の時代についいて、彼女の耳のそばで話しかけるのでした。

そうすると、彼女は、その体と心が太陽と強烈な発散と活気で満たされるのを感じたのでした。

――いいえ、もうこれ以上は望まないで下さい！

妖精は、彼女を宮殿の庭に戻したのでした。彼女が、芳香の波に包まれた花々を摘んでいた庭に。そして、香気の波は、死んだ花蓋のさまよえる魂のように漂うために、震える枝のほうに神秘的に昇っていきました。

貧血症の女の子たちのお母様方！　あなた方に、お医者様の砒酸塩や次亜燐酸塩が勝利したことを祝福します。しかし、本当は、あなた方に言いましょう。美しいけがれなき頬のためには、あなた方の魅力的な小鳥たちのために鳥かごの扉を開けることが必要だということなのです。特に、春の時期には、葉脈や樹液に輝きが宿り、半ば開いた薔薇の上の黄金の群蜂のように、太陽の数限りない微粒子が庭でざわめくのですから。

あなた方の白化症の女の子たちのためには、体と心に太陽が必要なのです。

そうです。太陽の宮殿へ。そこからは、オリーブ色の花咲く桃の枝のようにさわやかな、青いおとぎ話のお姫様のように優しい目を持つ、ベルタのような女の子たちが戻って来るのです。

一八八七年五月

チリにて

情景を探して

絵筆もなく、パレットもなく、紙も鉛筆も持たずに、どうしようもない抒情詩人リカルドは、機械や積み荷の震動や喧騒、路面電車の単調な騒音、石の上で馬の蹄がぶつかり合う音、商人たちのひしめき、新聞売りたちの叫び声、この港の絶え間ない騒がしさと果てしないたぎるような熱気から逃げながら、様々な印象や描写を探して、アレグレの丘に登ったのでした。そこは、花の咲いた大岩のように堂々としていて、その緑色の側面を輝かし、その小山には、高いところに段々となって、庭に囲まれた蔓の波打つカーテンや鳥かごや花の壺や艶やかな鉄格子があり、天使のような顔をした金髪の子供たちのいる長閑な家々が建ち並んでおりました。

下のほうには、取引をするバルパライソの屋根があります。そこでは、人が疾風のように歩き、倉庫を満たし、銀行に押し寄せ、朝には、クリーム色か鉛色の格子縞の三つ揃いの服に羅紗地の帽子をかぶり、夜は、光沢のあるシルクハット、外套を腕に、黄色い手袋をして、飾り窓からあふれ出る光の中で、通り過ぎる女たちの美しい顔を眺めながら、カボ通りをうごめくのです。

もっと、向こうには、はがねのような靄のかかった海や、船団や青いはるかな水平線がありました。

上のほうには、くすんだ中に太陽がありました。

凝り固まった夢想家のいた場所は、ほぼ丘のてっぺんにあって、下のほうの震動はほとんど感じられませんでした。彼は、丘のくびれたウエストの道に沿ってさまよい、富豪でもあるかのような詩人の厳かな厚かましさでもって、牧歌について考えていました。

そこには、肺にとって新鮮な空気があったのです。頂上にある家々は、風に吹かれる巣のようでした。そこに、愛し合うカップルを置いても良いのかもしれません。そして、その上には広大な青い空が広がり、それを、——彼は完全にそれを知っていました——讃美歌や讃え歌を作る人は、思いつくままに使うことができるのです。

突然、——メアリー！　メアリー！　と呼ぶのを聞きました。そして、印象を追い求め、描写を探して歩いていた彼は、振り返って見たのでした。

水彩画

近くには、つつじよりもバラが多く、バラよりもすみれの多い美しい庭がありました。美しく小さい庭には、大きな壺はありますが、彫刻はなく、白い水槽はあるのに噴水はありません。甘く幸せな、おとぎ話のために作られたような小さな家のそばにありました。

水槽の中には、白鳥が、水を掻き回しながら潜っていました。雪のように白い両翼を振るい、竪琴（たてごと）の腕の形が油壺の取っ手のように、首を曲げ、濡れたくちばしを動かしながら。そして、あまりにつやつやしているので、バラ色のめのうに彫り込まれたようでありました。

家の玄関には、ディケンズの小説から抜け出したような、独特の、孤独で古典的な英国人の老婦人たちの一人がおりました。リボンで飾った帽子と、鼻の上にかけた片眼鏡、腰の曲がった体と、しわくちゃですが熟したリンゴ色の素晴らしく健康的な頬をしていました。黒のスカートの上は、エプロン掛けなのです。

彼女は叫んでいました。

――メアリー！

詩人は、庭の片隅から一人の若い女性がやって来るのを見ました。美しく、誇らしげで、微笑みながらやって来ました。そして、黄金の髪が、大理石のようなうなじの上に流れる時は、素晴らしく、うなじの上には暁に十分に値する顔があると思い巡らす以外の時間を持ちたいとは思いませんでした。

それからは、すべてがうっとりとさせるものでした。あのバラの花の十五歳、――十五歳、そうなのです。少女の澄んだ瞳やまだふくらんでいない胸や春のようなさわやかさがそれを告げていました。踝（くるぶし）まであるスカートは、心を乱す肉色のストッキングの始まりを見せていました――緑のアーチを波立たせるあの震えるバラの木、金色の粉だらけのさまよう蝶たちや透明で虹色に光る翅を持つトンボたちが通りがかりに止まる群がり咲く明るい花の桃の木、広い水盤の中にいるあの白鳥は、雪花石膏のような白い羽をふくらませ、透明な水の中、羽ばたいたり、泡のあいだに心地よさそうに潜り込んでいたのです。そして、入り口には、あのあらゆる活気の中では冬である老婦人が、花咲く純潔であるメアリーの近くにいたのでした。

描写を追求して歩いていた抒情詩人リカルドは、そこでは、美味な物を味わう甘い物好きのように満足しておりました。

そして、老婦人と若い女性が、言いました。

――何を持って来たんだい?

――お花よ。

メアリーは、砕けた虹でできたようなスカートいっぱいの花を見せていました。それを妖精の華奢(きゃしゃ)な両手の一方でかき混ぜていました。そのあいだにも、美しい深紅の口は、微笑みを浮かべながら、丸く見開いた目はラピスラズリの色と光り輝く潤いを、見せてくれていたのでした。

詩人は、先に進みました。

風 景

少し歩くと立ち止まりました。

太陽は、雲のくすんだベールを破り、金色と真珠色の明るさで道の曲がり角を照らしていました。そこでは、何本かの柳が、芝生に触れるまでその緑の髪を傾けておりました。

奥のほうには、高い断崖が遠くに見え、そこには、黒い土や赤い土、ガラスのように輝く石の塊がありました。曲がった柳の下で、哲学的な頭を振りながら、枝葉を食べているのは――おお、偉大な師ユーゴーよ!――数頭のロバでした。そしてその近くには、肥えた牛が、知られざる無上の恍惚の眼差(まなざ)しと優しさをたたえて回る大きな憂いある思いに沈んだ目で、ゆっくりと、ある種のけだるさとともに牧草を咀嚼(そしゃく)していました。特に、牛の熱い息と踏み倒された草の心地よい野原の匂いが漂っておりました。奥のほうには、青空の一角が見えていました。がっしりした粗野な一人の男、一頭の牛を取り押さえていたそれらたくましい農民たち、粗野なヘラクレスたちのうちの一人が突然、断崖のてっぺんに現れたのでした。彼の後ろには、広大な空がありました。両脚は、すべて筋肉で、むきだしとなっていました。両腕の一方には、太い、巻かれた綱を持っていました。頭の上には、かわうその帽子のように、もつれて、目の詰んだ、野性的な頭髪を持っていました。すぐに牛のところに追いつき、角に綱をかけました。彼の近くには、舌を出した一匹の犬が喘（あえ）ぎながら、尻尾（しっぽ）を振り、ぴょんぴょん跳ねていました。

エッチング

近くの家から金属的で規則正しい音が聞こえていました。黒い、とても黒い煤（すす）でいっぱいの壁のあいだの狭い場所では、男たちが溶鉱炉で働いていました。一人が荒い息を立てるふいごを動かし、石炭をパチパチといわせながら、青白い、黄金色の、青みがかった光輝く舌のような火花と火炎の旋風を立ち上げていました。長い鉄の延（の）べ棒が真っ赤になっているその炉火の輝きの中、労働者の顔が、キラキラ反射して見えていました。粗っぽい骨組みで組み立てられた三つの鉄床が、厚い金属を打ち延ばしている男らしい男たちの打撃に耐えて、真っ赤に焼けた雨を飛び散らせているのでした。鉄を鍛える男たちは、首の開いた織物のシャツを着て、長い革のエプロンをつけていました。太い首筋と毛深い胸の始まりを見ることができました。そして、だぶだぶの袖から、巨大な腕が出ていて、アミコの腕のように、筋肉が激流に洗われて磨かれた丸い石のようでした。あの洞窟の暗闇の中では、火焔の輝きで、男たちは、一つ目巨人のような身の丈がありました。片側には、小さな窓があり、太陽の光の束をかろうじて通していました。炉の入り口では、暗い額縁の中のように、白い娘が葡萄を食べていました。そして、あの煤と石炭のあの奥底では、華奢で滑らかな裸の肩が、ほとんど知覚できないほどの黄金の色調を持った白百合の美しい色を際立たせていたのでありました。

鳩の聖女

歩き、歩きました。

もう、彼の住処に戻ってきたのです。エレベーターに向かっている時に、幼子の調子の良い笑い声を聞いたのでした。そして彼は、どうしようもない詩人は、あの笑いが湧き出てきた唇を探しました。スイカズラのカーテンの下、香りの良い植物と花の咲いた植木鉢の棚のあいだに、青白くおごそかな女性、母親が幼いにこやかな子といっしょにいたのです。両腕の一方で子供を抱き、もう一方の腕を高く上げ、手には鳩がいました。それは、虹色に光る翼の小鳩に向かって、処女の胸のように胸をふくらませ、愛撫の甘い音楽が流れ出るくちばしを開き、クウクウ鳴きかける、そんな真っ白い鳩の一羽でした。

母親は、幼子に鳩を見せていました。そうして幼子は、鳩を捕まえようとして、両目を開き、小さな腕を伸ばして、嬉しそうに笑っていました。彼の陽に当たった顔は、光輪を持っているようであり、母親は、愛情のこもった至福のまなざしと、厳粛で上品なすらりとした姿、暁の瞳、唇には祝福とキスを持ち、まるで聖なる白百合のように、また、慈悲に満ちたマリア様のように、えも言われぬ純白の光を放っていたのでした。幼子の神のように荘厳な幼児イエスは、楽園の天使ケルビムのように可愛らしく、青い空の広大な丸天井の下で、あの白い鳩を掴もうとしていたのでした。

頭

夜に、まだ彼の耳の中では、オデオン座のアストルの長ぜりふが響いていました。車の騒音や物売りの悲しげな朗唱を聞いていた通りから帰ると、あの夢想家は、仕事場の机にいたのです。そこには、真っ白な原稿用紙が、いつものように即興詩やソネット、燃えるような目の女たちを待っていました。何という即興詩だ！　何というソネットだ！　抒情詩人の頭は、色と音の大饗宴でした。あの脳のくぼみの中で、一つ目巨人の金槌を叩く音や、響きわたるダルシマーに合わせて、賛歌、素晴らしいファンファーレ、美しい通る笑い声、鳥たちのさえずり、翼を打つ音、キスのはじける音、すべてが熱狂的な入り乱れたリズムの中で鳴り響いていました。

そして、集められた色は、盆の上で混ざり合った異なるつぼみの花びらのようであり、また、画家のパレットを埋める、絵の具の悪魔につかれたような混ぜ合わせのようでもありました。

水彩画

春。すでに、花咲いた蜜でいっぱいの白百合は、日光の黄金色のもと、青白い花蕾を開いておりました。すでに、玉虫色の雀たち、それらのじゃれあう恋人たちは、鮮やかなバラの花たち、それら豪奢な紫色の女帝たちを褒めそやしておりました。すでに、素朴な花、ジャスミンは、緑の空の白い星のように、濃く茂った枝にちりばめられていました。もうすでに、優雅な淑女たちは、明るい服をまとい、冬の毛皮やオーバーを忘れようとしていたのでした。

そして、そのやわらかな明るさで、雪をバラ色に染めながら太陽が沈んでいるあいだに、その輝く頂やその荘重ですらりとした姿や新しい葉を光の粉の中で輝かせる並木道の木々のそばでは、音楽の騒音の中、ぼんやりとしたひそひそ話や、儚い言葉の群衆がうごめいていました。

ここに情景がありました。まず第一に、輝く馬車の黒があり、最後の太陽の反射光を砕いておりました。馬たちは、その馬具の輝きに誇らしげで、紋章の獣のように伸ばした不動の首を持ち、寡黙な御者(ぎょしゃ)たちは、その無関心の静けさの中で、長い制服の上の燃えるような金属のボタンをひけらかしていました。そして、馬車の奥には、女奴隷のように寄りかかり、女王のように背筋を伸ばした夢見る目をした金髪の女たちや、黒髪の青ざめた顔の女たち、春の鳥のように喜び、笑うバラ色の若い女たちがおりました。物憂い美しさ、大胆な美しさ、白い百合の純潔さと熱い誘惑がありました。その小さな扉の中には、智天使ケルビム風に現れ出ている顔がありました。あちらの扉には、男の子のものといえる手袋をはめた手が出ていました。そして、それは、褐色なので心を引きつけるのでした。もっと向こうには、黒い小さな靴を履いたシンデレラの足と竪琴の半分が見えました。それからあちらには、女神のような顔つきの優しい、赤色を帯びた象牙色の美しい、荘厳な首と髪の冠を持つミロのヴィーナスがいたのです。ヴィーナスは、片腕ではなく、両腕があり、その両腕は、ムリリョのケルビム天使の筋肉のように太く、パリの最新モードで着飾っていました。

もっと向こうには、行ったり来たりする波がありました。恋人たちのカップル、兄弟姉妹、非の打ちどころのない小さな騎士たちの群像があり、顔、まなざし、派手な色、衣服、女性の帽子がすべて渾然としておりました。また、時々、黒く油っぽい背景の上で、優雅なつばのある帽子や女の白い顔、蜂鳥やリボンや羽根の飾りをつけた麦わら帽子、水兵ふうのゆったりとした襟元にエナメルの靴、青い長靴下を穿いたにこやかな子供が持つ糸に宙ぶらりとなった赤いふくらんだゴム風船が際立っていました。

奥には、宮殿がその正面の豪壮さを青い空に高く掲げていました。その中では、聳え立つポプラの木が、儚い午後の震え、消えゆくざわめきのあいだに、葉の茂った円柱に肩を並べておりました。

ワトーの肖像画

君たちは、化粧室の秘密の中にいるのです。君たちは、妖精のその腕や、この素晴らしい髪の金色の巻き毛の束に化粧粉をつける、それらの小さな手を見ています。不透明な光のシャンデリアは、すべての場所にその燭台の物憂さを振りまいております。そして、ここで、その顔を振り返って見たときに、私たちは、過去の良き時代を夢見ることとなるのです。現代の侯爵夫人マダム・ドゥ・マントゥノンが、一人、彼女の化粧室で最後の化粧の仕上げをしているのです。

すべて正しいのです。化粧粉をつけた髪の毛や巻き毛の中に全ての東洋を持つ髪、胴衣の襟は、広く、ハートの形をして、しっかりした磨かれた胸の始まりを見せています、刺激的な白さを見せる開いた袖、揺れる絞った胴、そして、フレアの長い、短い可愛いスカート、赤いヒールの小さな靴をはいた小さな足。

青い潤んだ瞳を見てごらんなさい。素晴らしく素描された口、スフィンクスの謎の笑みを浮かべているのです。おそらくは、凛々しい恋人のことや、牧歌的または神話的な壁掛けのそばで朗唱された愛の牧歌のこと、或いは、暗闇の中、森の神の像の背後で奪われた口づけのことを思い出しているのでしょう。

二つの鏡のあいだで頭に足をのせた淑女を見てごらんなさい。視線や歩行、笑み、その香ばしいバラ色のうなじの上、踊る際、風が揺さぶるほとんど蝕知できない産毛の効果を計算しているのです。そして、物思いに耽(ふけ)り、ため息をついています。そして、あのため息は、女の化粧室にある女性の芳香をじゅうぶんにはらんだその空気の中に漂っているのです。

そうこうしているうちに、台座の上で、魅力的に裸でそびえる月の女神ディアナが、大理石の目で彼女を眺めるのです。そして、頭の葡萄蔓のあいだで燭台を支えるブロンズ製の森の神サテュロスが彼女に大胆に笑いかけます。香のついた水で満たされたルーアンの大壺の取っ手に、銀色の鱗(うろこ)の輝く曲がった尻尾を持つ人魚が両腕と胸をさしのべ、一方で、卵型の飾り天井画には、広大な青みがかった背景の中を、美しいエウロペが、たくましい神々しい牛の背の上にのって、黄金のいるかや、広大な波音の上に響きわたるホラ貝のしわがれた音を震わせる巨体の海の神トリトンたちのあいだを行くのです。

美女は満足しています。今はもう、首には真珠をつけ、手には絹の手袋をつけているのです。馬車が待ち、二頭立ての馬があがく入り口にすでに急いでいます。そして、ほら、そこでは、仮装舞踏会に向かう虚栄心の強い上品なそのサンティアゴの貴族的な女性に対して、偉大なワトーが、その絵筆を捧げるのでありましょう。

静物画

昨日、私は、ある窓越しに、リラと青白いバラでいっぱいの三脚の上にある植木鉢を見たのです。奥のほうには、東洋の王子たちを思わせる黄色っぽい豪奢なカーテンがひとつありました。切り取られたばかりのリラは、綺麗で穏やかな色で、こうしんバラのふっくらとした花びらとともに際立っていました。

植木鉢のそばの、黄金の象嵌（ぞうがん）細工の朱鷺（とき）に飾られた漆（うるし）の杯の中で、新鮮なリンゴが、半分色づいて、新しい果実の繊毛と欲望を刺激するふくれた美味な果肉とともに、大食をかきたてておりました。金色のおいしそうな梨は全部果汁でできていそうで、甘ったるい果肉を切るはずの銀のナイフを待っているかのようでした。

私は近づいてゆき、すべてを近くで見たのでした。

リラとバラの花はロウでできており、リンゴと梨は色を付けられた大理石で、葡萄はガラスでできていたのでした。

木炭画

オルガンがトレモロの音で震え、交唱聖歌に伴奏しながら震え、その栄光のハーモニーで寺院を満たしていました。寺院の境内をその聖なる香であふれさせる香煙の煙のあいだで、ロウソクは、ロウの涙をしたたり落としながら燃えていました。そして、あの祭壇の上では、司祭が、全身黄金で光り輝いて、ひざまずく群衆に祝福を与えながら、宝石で覆われた聖体顕示台を高く掲げていました。

突然、私は、私の近くの物陰の隅の横に視線を戻しました。祈りを捧げる一人の女性がいたのです。黒をまとい、マントで覆われて、彼女の顔は、奥の方に懺悔(ざんげ)室のぼんやりとした暗闇があるので、その厳めしさと、崇高さが際立っていました。

目と唇に祈りをたたえた天使の美しい顔でありました。彼女の額には、白百合の花の青白さが、そのマントの黒の上には、合わさった小さな白い愛らしい両手が際立っていました。明かりは、徐々に消えつつあって、絶えず、奥の暗闇が広がっていました。そして、その時に、私は、目眩みがして、あの顔が白い神秘的な光で照らされているのを見たかのように思えました。燃えたつ智天使たちのひざまずいた合唱隊の中にいたに違いない顔のようでした。白い光、雪の粉、天井の光、至福を得た者たちの白百合の花束を濡らす聖なる波なのでした。

そして、マントと夜に包まれた、あの物陰の片隅にあった、あのけがれなき青白い顔は、木炭画のデッサンのための見事な題材であったことでしょう。

風　景

あのかなたに、別荘のある湖の岸辺に、絶えずその緑の髪を、空と枝の茂みを映し出す水につけている物憂げな柳がありました。まるで、その奥底に魅惑の国があるかのように。

老いた柳には、鳥たちと恋人たちが対になってやって来るのでした。そこで、私は、ある午後に、聞いたのです。――空には、波の中に消えてゆく太陽のすみれ色の色調がほんの少しだけ残って、偉大な雪を頂くアンデスの上は、恋する光のおずおずとした愛撫のような、徐々に衰えゆくバラ色に染まっていました――曲がった幹の近くで口づけの音と梢の頂での羽ばたきの音を聞いたのです。

二人がおりました。愛される彼女と愛する彼が、粗野なベンチの上、柳の天幕の下に。正面には、静かな湖が、弓なりになった橋と岸辺の震える木々とともに広がっていました。そして、もっと向こうには、葉の緑のあいだに博覧会宮殿の外面が、飛び立つ姿勢のコンドルのブロンズ像とともに聳えていました。

婦人は、美しいのでした。彼は、優しい青年で、指と唇で、妖精の黒い髪や華奢な両手を愛撫していたのです。

そして、二つの熱い魂の上、合わさった二つの体の上で、二羽の鳥が、リズムのある軽快な言葉でひそひそ話をしていました。

そして、上のほうでは、その広大な空が、雲の祭りのように黄金の羽や火の翼や紫の羊毛と、それから奥のほうにはオパールのユリの紋章を伴って、その華やかな壮麗さと荘厳で偉大な尊大さをばらまいていました。

水の下では、生気のある血の渦の中にいるように、黄金のひれを持つすばやい魚たちが、騒ぎ立っていました。

黄昏(たそがれ)の輝きの中で、すべての風景がふるいにかけられた太陽の埃(ほこり)に覆われているように見えました。

そして、あの二人の恋人たちは、その情景の魂でありました。彼は、褐色で、凛々しく、たくましく、女たちがさわりたがる細い絹のような顎ひげを持っており、彼女は金髪で――ゲーテの詩です――光沢のある灰色の服を着ていて、胸には、口づけを欲しがる赤い口のようなさわやかなバラの花をつけていたのでした。

理　想

そして、すぐに、象牙の塔、神秘の花、誰かに恋をさせる星は……過ぎ去ったのです。私は、逃げるように急ぐ、無情な暁を見た人のように彼女を見たのでした。それは古い彫像で、その目、天使のような目、全てが優しさで、全てが青空で、全てが謎に満ちた目には、魂が覗いておりました。私が、まなざしで口づけしているように感じて、その美の荘厳さをもって私を罰したのです。そして、女王か鳩の如く私を見たのです。しかし、目眩みさせる幻影のように、魅了し、勝ち誇って、過ぎ去ってゆきました。

それから私、風景と魂の哀れな画家であり、韻律(いんりつ)と空中楼閣の創造者は、妖精の輝く服を見、その冠の星を見て、美しい愛の焦がれる約束を思ったのでした。

しかし、あの至高の運命的な光線のうち、私の脳の奥底には、ただ、ひとつの女性の顔、ひとつの青い夢だけが残ったのでした。

一八八七年十月

マブ女王のベール

マブ女王は、黄金の胸当てと宝石の羽を持つ四匹の甲虫に引かれた、ただひとつの真珠でできた車に乗って、太陽の光線の上をたどっておりましたが、痩せて髭を生やした横柄な四人の男たちが不運な者たちのように嘆いていた屋根裏部屋の窓をくぐり抜けて中に入ったのでした。

あの当時、妖精はその恵みを人間たちに分け与えていたのです。ある者には、商売のための重い金庫を黄金で満たす不思議な棒を与えていました。またある者には、穀粒をとれば、穀倉が豊かさで満たされる驚くべき穂を授け、また、別の者には、母なる大地の中心にある黄金や貴石を見せてくれる水晶を、ふさふさした頭髪と巨人ゴリアテの筋肉を、そして、熱い鉄を打つための大きな槌（つち）を、そして、ある人たちには、走る際に風を飲み、たてがみをなびかす俊足の馬たちに乗るための、力強くすばやい脚を与えたのでした。

四人の男たちは嘆いていました。一人には、くじで石切場が、他の一人には虹が、もう一人にはリズムが、そしてもう一人には青空が当たっていました。

マブ女王は彼らの言葉を聞きました。最初の者が言うのでした。

――それはそれとして、さあ、ここでは、俺が夢に見た大理石とのおおいなる格闘の中にいるんだ！　俺は、ブロックを切り出してきた。俺はノミを持っている。みんな持っているんだ。ある者は黄金を、他の者は調和を、そして他の者は光を、俺は白い神々しいヴィーナスのことを思う。彼女は、空色の天井画の下で裸体を見せているのだ。俺は、ミューズの神に線と造形美を与えたい。そして、塑像の脈の中に神々のそれと同じ無色の血を流させたい。俺は、頭の中にギリシャの精神を持っているし、妖精が逃げ出し、林野の神ファウヌスが腕を差し伸べるような裸体を愛するのだ。おお、フィディアスよ！　お前は、俺にとって、半神のように傲慢で厳かなのだ。永遠の美の場所にあって、薔薇色で白雪の体形の見事さを見せながら、美しいキトンをお前の目に投げつけてくる美の軍団を前にした王なのだ。お前は、大理石を打ち、傷つけ、馴らすのだ。そして、調和のとれた打撃は、一つの詩のように響きわたり、処女地の葡萄畑の葡萄の葉のあいだに隠れて、太陽の愛人の蝉がお前に媚びるのだ。お前にとって、アポロンたちは金髪で光り輝き、ミネルバたちは、厳粛で尊大なのだ。お前は、魔術師の如く岩を偶像に変え、像の牙を饗宴の盃に変えてしまうのだ。そして、お前の偉大さを見るとき、俺は俺の小ささに苦悩を感じるのだ。なぜなら栄光の時代は過ぎ去ったのだから。なぜなら今日の視線の前に震えるのだから。なぜなら果てしない理想と枯渇した力を見つめるのだから。なぜなら、塊を彫るに従い、落胆が俺を苛むのだから。

そして、もう一人が言うのでした。

——今日、僕の絵筆を折るつもりだということさ。何故に、虹とこの花咲く野の大きなパレットを欲しようか。最後には、僕の絵はサロンでは認められないというのに、何に取り組もうか？　僕は、すべての学校や芸術的なひらめきをひと通り見て歩いてきた。ディアナの胴部やマドンナの顔を描いてきた。広い野原にその色やその色合いを乞い、愛人に対するように光に媚びへつらってきた。そして、好きな人に対するように愛撫してきた。僕は、壮麗さと肌色の色調、その儚いおぼろげなところを持つ裸体の礼賛者だ。僕は、キャンバスに聖人の光輪や智天使たちの翼を描写してきた。ああ！しかし、いつもひどい幻滅だ！　未来は！　昼食にありつくために、クレオパトラを二ペセタで売るなんて！　そして、僕は、いったい、僕のひらめきが身震いする中で、僕の心の中に持つ大きな絵を描くことができようものか！

それから、他の一人が言うのでした。

――私の魂は、私の交響曲の偉大な幻想の中に失われてしまった。あらゆる幻滅が怖いんだ。私は、テルパンドロの竪琴からワーグナーの管弦楽幻想曲まですべてのハーモニーを聴く。私の理想は、私の受けたひらめきの大胆さの中で輝くのだ。私は、星たちの音楽を聴いた哲学者の知覚を持っている。すべての物音をとらえることができる、すべてのこだまは、組み合わせることができるのだ。すべてが、私の半音階の線の中に入るのだ。響きわたる光は讃美歌だ。そして、密林のメロディーは、私の心の中でこだまする。嵐の音から鳥の歌声まですべてが混ざり合い、つながり、永遠の律動となるのだ。一方において、はるか遠くに見えるのは、あざける大衆や精神病院の独房しかないのだ。

また、最後の一人が言うのでした。

――皆イオニアの泉の透明の水を飲んでいるんだ。しかし、理想は青い空の上に浮かんでいる。精神が至高の光を享受するためには、上昇することが必要だ。私は、蜜でできた詩、黄金でできた詩と熱い鉄でできた詩を持っている。私は、天空の香水の壺なのだ。私は愛を持っている。鳩、星、巣、百合よ、お前たちは、私の住処を知っているだろう。途方もない飛行をするため、ハリケーンを魔法の一撃で分かつ鷲の翼を持っているのだ。そして、子音を見つけるために合わさった二つの唇の中を探す。すると接吻がはじける、それから詩を書くのだ。そして、その時に、私の心を見るならば、私のミューズの神が見えるだろう。私は叙事詩を愛する。なぜなら、そこからは、槍の上にはためく旗や鉄冑の上で揺れる羽根飾りをゆさぶる勇壮な一陣の風が湧き上がるから。抒情詩を愛する。なぜなら、神々について、そして愛について語るから。それから牧歌を愛する。なぜなら、くまつづらやたちじゃこうそうの香や薔薇の花の冠を戴く牛の聖なる息の香りがするから。私は、何か不滅のものを書くのであろうか。しかし、貧窮と飢えの未来が私を押し潰すのだ。

　その時、マブ女王は、ひとつの真珠でできた車の奥から、溜め息か或いは思いに沈んだ金髪の天使たちの視線でできたかのような、ほとんど蝕知できない青いベールを取り出したのでした。そして、そのベールは、夢のベールでした。人生を薔薇色に見せる甘い夢のベールだったのでした。それから、そのベールで、痩せて、ひげを生やした、横柄な四人の男たちを包んだのでした。彼らは悲しむのをやめました。なぜなら、彼らの胸には希望が、頭には明るい太陽が虚栄心の小悪魔とともに深く入り込み、深い失望の中の哀れな芸術家たちを慰めたのでした。

　その時以来、輝かしい不幸者たちの屋根裏部屋では、青い夢が漂い、薔薇色の未来を思い、悲しみを取り去る笑い声が聞こえ、白いアポロンや美しい風景や古いバイオリンや黄ばんだ原稿の周りで、奇妙な道化の踊りが踊られるのでした。

一八八七年十月

ブルジョアの王（楽しいお話）

友よ、空はくすんで、風は冷たい、さびしい日だ。楽しいお話をしよう……霧のかかった灰色の憂鬱を紛らわしてくれるような、ほら、ここにあるよ。

広大な光り輝く都市に一人のとても富裕な王がおりました。彼は気まぐれで、豪奢な服、白や黒の裸の女奴隷たち、長いたてがみの馬たち、輝くばかりの武器、俊足の猟犬や角笛を持つ狩人たちを所有し、空威張りの風を吹かせておりました。詩人の王だったのでしょうか？　いいえ、我が友よ、ブルジョアの王だったのです。

王はとても芸術に熱を上げておりまして、音楽家や熱狂的讃歌を作る者たちや画家、彫刻家、薬剤師、理髪師、フェンシングの教師たちをおおいに贔屓にしておりました。

森に行った時には、のろ鹿や傷つき血を流すイノシシのそばで、彼の修辞学者たちに、暗示的な歌を即興でつくらせました。召使たちは、たぎる黄金のワインで杯を満たし、女たちは、リズムにのった煌びやかな動きで手を叩くのでした。彼は、音楽や高笑いや饗宴の騒ぎでいっぱいのバビロニアの太陽王だったのです。騒がしい都市に飽き飽きした時には、狩りに出かけ、そのひしめきで森を唖然とさせ、驚いた鳥たちを巣から追いたて、その喚き声は、洞窟の奥深くまで鳴り響いておりました。しなやかな脚の犬たちは、茂みを突き破りながら走ってゆき、狩人たちは、馬の首筋の上に前屈みになり、紫のマントをはためかせ、赤らんだ顔で髪を風になびかせるのでした。

王は、富と驚くばかりの美術品を集めた豪壮な宮殿を持っていました。そこには、取り澄ました召使たちよりも先に、リラの群生や広々とした池のあいだを通って、白い首の白鳥に挨拶されながら、たどり着くのでした。良い趣味です。雪花石膏や瑠璃の柱でいっぱいの階段を上ってゆくのです。その両側には、ソロモンの王座のライオンのような大理石のライオンがありました。洗練されております。鳩の鳴き声やさえずりの調べを愛する人でありましたから、白鳥のほかにも、大きな鳥舎を持っておりました。そのそばで、M・オーネットの小説や文法的問題についての美しい本や美辞批評を読みながら、精神を広めに行くのでした。そう、その通り。文字の学術的な構成や芸術上のきざな様式の熱烈な擁護者であり、崇高なる精神と、磨き上げることと正書法の愛好家でありました。

日本趣味！　中国趣味！　贅沢のため、ただそれだけです。ゴンクールや何百万もの大富豪の王クロイソスの趣味にふさわしいサロンの快楽に耽ることができました。

大きな口を開けたブロンズのキメラたちが、尻尾をぐるぐる巻いて、怪奇で驚くばかりの群れとなっております。京都の漆器は、奇怪な植物群の葉や枝、知られざる動物群の象嵌細工がついております。壁にとまる珍しい扇の蝶々、色とりどりの金魚や鶏、生きているかのような目のついた地獄の形相の仮面や、大昔の刃のついた矛には、蓮の花を貪る龍の柄がついております。卵の殻には、黄色の絹の貫頭衣、蜘蛛の糸で織ったようで、赤い鷺や緑色の稲が散らされております。それからお椀です。多くの世紀を経た磁器で、そこには、腰まで覆う毛皮をつけて、張り切った弓と矢の束を持ったタタールの戦士たちがいるのです。

そのほかにも、大理石の彫刻でいっぱいのギリシャのサロンがあり、神々や女神や妖精やサテュロスたちがいるのでした。恋愛の時代のサロンには、偉大なワトーやシャルダンの絵がありました。二、三、四、いったいいくつのサロンがあるのでしょうか！

そして、芸術のパトロンは、すべてのサロンの中を散歩しておりました。ある種の威厳に満ちた顔と満腹の腹で、トランプの王様のように頭に王冠をつけて。

ある日、彼の王座の前に珍しい種類の男が連れてこられました。そこでは、男は、廷臣たちや修辞学者や乗馬や踊りの教師たちに取り囲まれておりました。

——何なのだ、それは？

王が尋ねました。

——王様、詩人です。

王は、池には白鳥を、鳥舎には、カナリヤや雀やセンソンテを持っておりましたが、詩人というのは何か新しく珍しいものでありました。

——ここに、放してやれ。

そして、詩人が言いました。

——王様、私は何も食べておりません。

すると王は言いました。

――話すのだ、そうすれば食べられるぞ。

彼は、話しはじめました。

――王様、随分前から私は、未来の言葉をうたっております。嵐の中に私の翼を広げてきました、暁の時に私は生まれてきたのです。私は、口に讃歌を、手に竪琴を持って、偉大なる日の出を待つべく選ばれた種族を探しているのです。不健全な都市や香水でいっぱいの寝室や卑しい心を満たす肉のミューズや、白粉(おしろい)の顔からのひらめきは捨ててしまいました。おべっか使いのひ弱な弦を持つ竪琴を、力なく酔わせる葡萄酒の泡立つボヘミアの杯や壺に向けて打ち壊し、私を手品師或いは女のように見せていたマントは投げ捨て、それから、私は、野蛮で輝かしい身なりをしました。私のボロは高位の者の着る紫の衣なのです。私は密林に行き、そこで豊饒なミルクや新しい命の酒を飽きるほど飲み、力強くなりました。そして、険しい海の岸辺、力強い黒い嵐のもと、頭を振るいながら、尊大な天使かオリンポスの半神の如く、牧歌を忘れて抑揚格の詩の練習をしてきたのです。

私は、偉大なる自然を愛撫してきました。そして、熱い理想のもと、空の奥にある星の詩や大洋の底にある真珠の中の詩を探してきました。

私は、たくましくなりたかった！　なぜなら、眩いばかりの救世主、興奮と力に満ちたおおいなる革命の時がやって来るからです。そしてその精神を凱旋門やはがねの詩節、黄金の詩節、愛の詩節の如き詩で、迎えることが必要なのです。

王様！　芸術は、冷たい大理石に包まれた中にはありませんし、きざな絵画や優れたオーネット氏の中にもありません。

王様！　芸術は、ズボンを穿いておりませんし、ブルジョア語では話しませんし、微に入り細を穿って仕上げるものでもありません。彼は、荘厳であり、黄金かまたは炎のマントを持ち、或いは裸で歩きますし、熱で粘土をこね、光で絵を描き、それに富裕であり、鷲のように翼で打ちつけ或いはライオンのようにかぎ爪で一撃をくらわせるのです。王様、アポロンとガチョウでしたら、アポロンを選びなさい、ひとつは、焼いた土で、もうひとつは大理石でできていたとしても。

おお、詩よ！　それはそれとして！　韻律は、身売りし、女たちのほくろはうたい、詩のシロップが作られています。その上、王様、靴職人が私の十一音節を批評し、しかも、薬屋の先生様は、私のひらめきに句読点をつけるのです。王様、あなたはこれらすべてに許可をお与えになるというのですか！　理想、理想、理想が……、
王は、遮りました。

――さあ、おまえたち、聞いただろう。どうしたものか？

そうすると一人の哲学者が言いました。

――もしお許しをいただけるなら、王様、彼には、オルゴールで食事を稼がせても良いでしょう。庭園の白鳥のそばに置いて、あなた様が散歩される時のために。

――そうだな。

王は言いました。そして、詩人に向かって言いました。

――ハンドルを回すのだ。口を閉めろ。オルゴールを鳴らし、ワルツやカドリールやギャロップを

弾くのだ。飢えて死にたくないのならな。一曲につき、パン一切れだ。たわごとや理想は無しだぞ。さあ、行け。

そして、その日から白鳥のいる池の岸には、ハンドルを回す腹を空かした詩人を見ることができました。

ティリリリン、ティリリリリン……。偉大な太陽に見られて恥じ入って！　王は、近くを通ったのでしょうか？

ティリリリン、ティリリリリン……！　胃袋を満たさなければならなかったのでしょうか？　ティリリリン！　すべては、花咲くリラの露を飲みにきた自由な鳥たちのからかいの中で、顔を刺すハチたちの唸り(うな)の中で。

彼の目には涙があふれて……苦い涙は頬を伝わり、黒い土の上に落ちてゆくのでした！

やがて、冬が到来し、哀れな詩人は、体と心の中に寒さを感じました。その頭は、石のようになり、偉大な讃歌は忘れられ、そして、鷲たちを頂いた山の詩人は、ハンドルを回す哀れな鬼となっていたのでした。

ティリリリン！

そして、雪が降った時には、王やその廷臣たちは、彼のことを忘れておりました。鳥たちには、覆いをかけてやり、彼はというと、凍てつく戸外に放っておいたのです。風は肉を噛み、顔を鞭打(むちう)っていました。

そして、ある夜。天からは、結晶化した羽を持つ白い雨が降っていました。宮殿では饗宴があり、シャンデリアの光が、大理石や黄金や古い磁器のシナの高官の貫頭衣の上に明るく笑いかけておりました。そして、修辞学の教師様の乾杯の辞は、長短短格詩、短短長格詩、二短音節詩の凝結したものであり、熱狂的な拍手が起きておりましたし、一方で、クリスタルの杯には、光り輝く儚い泡立ちのシャンパンがたぎっておりました。冬の夜、饗宴の夜です！

けれども、不幸な詩人は、雪に覆われ、池の近くで、暖まるためにハンドルを回しておりました。わなわなと震えながら、かじかみ、北風に罵られ、容赦ない凍てついた白雪のもと暗い夜に、葉の落ちた木々のあいだでギャロップやカドリールの狂ったような音楽を響かせながら。

そして、死んでしまいました。未来の日に太陽が昇るであろうことや、彼とともにある理想が……。そして芸術がズボンを穿かず、炎または黄金のマントを纏うであろうことを考えながら……。

次の日になって、ようやく王や廷臣たちが、凍え死んだ雀のような、哀れな詩人を見つけました。唇に苦い笑いを浮かべ、なおもハンドルに手を掛けたままでした。

おお、我が友よ、空はくすんで、風は冷たい、さびしい日だ。霧のかかった灰色の憂鬱が漂っている……。しかし、遅すぎない一言やひとつの握手が、どんなにか心を暖めることでしょうか！

さようなら、また会う時まで。

一八八七年十一月

妖精（パリのお話）

レスビア、この気まぐれで悪魔に憑かれたような奇行でおおいに世の評判となっている女優が最近手に入れたばかりのお城では、六人もの我らが友人がテーブルを囲んでいたのでした。

我らのアスパシアの主催でありましたが、彼女は、甘い物好きの少女のように、薔薇色の卵黄菓子のあいだの白く濡れた砂糖の塊を吸うことに興じている最中でした。シャルトルーズ酒の時間でありました。テーブルのガラス器の中には、燭台の明かりが半分空となったコップの中で分解し、貴石が溶けたように見えていました。そこには、ブルゴーニュの葡萄酒の紫色とシャンパンのたぎる黄金とミントのエメラルド色の液体でできた何かが残っているのでした。

良き食事のあとには、裕福な芸術家たちのように高揚して話をしておりました。我々はみな、多かれ少なかれ芸術家だったのです。そして、奇怪なネクタイの大きな結び目を、汚れない純白の胸当ての上で見せびらかす太った学者がおりました。

誰かが言いました。

――ああ、そうだ、フレミエだ。

そして、話は、彫刻家フレミエから、動物へ、そしてその熟練したノミさばきに、さらにブロンズの二匹の犬に移りました。一匹は獲物の足跡を探し、もう一匹は狩人を見ているように首筋を上げ、固く起立した細い尻尾を高く掲げておりました。

誰がミュロンのことを話したのでしょうか？　学者は、ギリシャ語でアナクレオンの風刺詩を暗唱しました。〝牧人よ、お前の牛の群れをもっと遠くに連れていって草を食べさせるのだ、ミュロンの牛が休んでいるものと信じて、お前が一緒に連れていきたくなってはいけないから〟。

レスビアは、砂糖菓子を吸い終わったところで、銀鈴のような高笑いをしておりました。

――どうだか、あたしにとっては、やっぱり森の神サテュロスよ。あたしは、あたしのブロンズ像たちに命を与えたいの。そして、これができるものなら、あたしの愛人は、これら毛むくじゃらの半神たちの一人でしょうね。あなたたちに注意しとくけど、サテュロスよりも半馬人ケンタウロスたちを熱愛しているのよ。そうして、そのたくましい怪物たちにあたしをさらっていかせて、ただ、欺かれたものの嘆きを聞くためだけに。彼は、その悲しみでいっぱいの笛を吹くのよ。

学者が遮りました。

――よろしい！　森の神サテュロスや半人半獣のファウヌスや半馬人ヒポケンタウロスや人魚は存在してきたのだ、サラマンダーや不死鳥のように。

皆が笑いました。しかし、高笑いの合唱の中では、レスビアの高笑いが、抑えきれない魅力的なものに聞こえていました。その美しい女の火照った顔は、喜びで燦然（さんぜん）と輝いておりました。

――その通りだ。

学者は続けました。

――どんな権利があって、近代の人々は、昔の人が肯定する事実を否定するのだ。アレキサンダー大王が見た巨大犬は、人間のように背が高く、海の底に棲むクラケン蜘蛛と同様に存在するものだ。

大修道院長アントニウス・アバッドは、九十歳の年に、洞窟に棲んでいた年老いた行者パウロを探しにいった。レスビア、笑わないでくれ給え。聖人は、荒野のあいだを、杖にすがり、探している者をいったいどこで見つけられるのかも知らずに行くのであった。ずいぶん歩いたところで、たどるべき道しるべを教えてくれたのが誰だか知っているかい？　一頭のケンタウロスであったと作者は述べている。怒っているように話し、あまりに速く逃げたので、聖人は、すぐに見失ってしまった。こんなふうに、怪物は駆けていたのだ、髪を風になびかせ、腹を地面に向けて。

その同じ旅において、聖アントニウスは、一頭のサテュロスを見たのだ。〝奇妙な姿の小男で、小川のほとりにいて、湾曲した鼻と、ざらざらしたしわの寄った額で、奇形の体の最後の部分は、山羊の脚で終わっていた〟。

——まさにその通りね。

レスビアが言いました。

——ムッシュ・ド・コクロー、学会の未来の会員さん！

学者は続けました。

——聖ヒエロニムスがこう断言している。コンスタンティヌス大帝の時代に、アレクサンドリアに生きたサテュロスが運ばれてきて、それが死んだ時にその体は保存された。その上、アンティオキアにおいては、皇帝がそれを見たのだ。

レスビアは、ミント酒の盃を再び満たしておりました。そして、雌の動物がするように、緑のリキュールで舌を湿らせていたのでした。

――アルベルトゥス・マグヌスは、彼の時代に二頭のサテュロスをザクセンの山中で捕まえたと言っている。エンリコ・ソルマノは、タルタリアの地には、一本の脚と胸に生えた一本の腕だけの男がいたと断言している。ビンセンシオは、犬の頭を持っていた（レスビアは笑っていました）。太腿、腕、手は我々のと同様に毛が生えていないのだ（レスビアは、くすぐられた少女のように身を揺するのでした）。煮た肉を食べ、美味そうにワインを飲んでいたのだ。

――コロンバイン！

レスビアが叫びました。そうするとコロンバインがやって来ました。綿の玉のような小さな愛玩犬です。女主人がそれを捕まえて、皆がどっと笑いだす中で言いました。

――受け取りなさい、お前の顔をした怪物さん。

そして、口にキスをしたのです。そのあいだにも、その動物は体を震わせ、快楽で満たされたように小さな鼻を膨らませていました。

――そして、フレゴン・トラリアーノは、

学者は優雅に結論づけました。

――二種類のヒポケンタウロスが存在すると断言する。そのうちの一頭は、象のようだ。その上に……。

――もう知識はたくさんよ。

レスビアが言いました。彼女は、ミント酒を飲んだところでした。

――あたしは、幸せだったわ。私の唇を開いてはいなかったのよ、おお！　叫んだのよ。あたしには、妖精たちね！　あたしは、森や泉で彼女たちの裸体を見てみたいわ。アクテオンのように犬にずたずたにされたとしても。でも、妖精たちは存在しないのよ！　あの楽しい集いは、大きな笑いと人々で盛り上がり、終わったのでした。

――それが何だって言うの！

私にレスビアは言いました。森の女神のような目で私を焦がしながら、私だけが聞こえるように密かな声で。

――妖精たちは存在するわ、あなたは、彼女たちを見るでしょう！

春の日でありました。私は、お城の公園を、凝り固まった夢想家風にさまよっておりました。雀たちは、新しいリラの上で甲高く鳴いていました。そして、エメラルドの胸甲と黄金と鋼の胸当てで、くちばしのついばみから身を守ろうとする黄金虫たちを襲っていました。薔薇園の中には、洋紅薔薇や朱薔薇が貫くような甘い芳香の波を立て、もっと向こうのほうには、おだやかな色と穢れなき匂いのすみれが大きな群れをなしていました。その後方には、高い木々があって、目の詰んだ枝は数限りない蜂たちのざわめきに満ちていました。薄闇にある彫像たちは、力業の堂々とした姿勢のブロンズの円盤投げ選手や、筋肉隆々の剣闘士たちです。香をたきこめたあずまやは、蔓で覆われ、柱をめぐらせた柱廊は、美しいイオニア様式の模倣で、女人像の柱は、すべて白色でみだらであり、たくましい男像の柱はアトランテイーズ形式で、広い背中と巨大な太腿を持っていました。私はこの魅惑の迷宮をさまよっていて、ひとつの物音を聞いたのでした。あの木立の暗いところ、池には雪花石膏に彫られたような白い白鳥たちがおりました。そして、別の白鳥たちは、黒い長靴下を穿いた白い脚のように、首の半分が黒檀の色でありました。

もっと近寄ってみました。夢を見ているのでしょうか?

〝おお、ヌーマ王よ! 私は、初めて洞窟でエゲリアを見た時、お前が感じたものを感じ取ったのだ〟

池の真ん中で、驚いた白鳥たちの騒ぎの中に、一人の妖精が、本物の妖精が、透き通った水の中に薔薇色の肉体を沈めていたのでした。泡の近くにある腰は、時々、葉のあいだから届いていた、曇った光で金色に見えていました。ああ! 私は白百合や薔薇や雪や黄金を見ました。命と形のある理想を見ました。そして、かき鳴らされた清水の響きわたる泡立ちのあいだ、私の血を熱くする、からかうような響きの良い笑い声を聞いたのでした。

すぐに幻影は、逃げてしまいました。妖精が池から現れ出たのです。波の中のシテレスと同じでした。そして、雫が輝いて滴るその髪を束ね、薔薇の木のあいだを、リラやすみれをあとにして走ってゆきました。密な木立のもっと向こうに、見失ってしまうまで。

——ああ!

曲がり角で、私は、抒情詩人、からかわれた森の神、ファウヌスとなって立ちつくし、くちばしの先端が、めのうのようにつやつやと光る長い首を私の方に伸ばして、私をからかうかのような雪白の大きな鳥たちを見つめていたのでした。

そのあと、昨晩のあの友人たちと一緒に昼食をとっていました。皆の中に、勝ち誇ったように、その胸当てと、大きな黒っぽいネクタイをした学者、未来の学会会員がおりました。

そして、皆がサロンで、フレミエの最新の作品についておしゃべりをしていた時に、突然、レスビアがパリ風の嬉しそうな声で叫んだのでした。

——お茶にして！　タルタリンが言うように詩人は、妖精を見たのよ！

……皆が驚いて彼女を見つめました。彼女は私を見ていました。雌猫のように私を見て、そして、くすぐられた少女のように笑うのでした。

一八八七年十月

青の国からの手紙（頭脳の景色）

私の友よ！　君の伝言を受け取りました。そして、遠くから君と握手し、君の明るい顔と渇望する視線、田舎（いなか）の香りや通りがかりに踏まれる庭の緑の野草の葉や花咲く鉢の晴れがましいリンドウの香りに今や飽き飽きした君の官能的な鼻を見ましたよ。乾杯！

昨日、私は、青の国をさまよい歩きました。少女のことをうたい、一人の芸術家を訪ねました。聖堂で信者のように祈りに祈りました。懐疑主義の私。そしてその私、私自身が黄金に満ちた祭壇から翼を持ったバラ色の天使が私に挨拶したのを見たのです。最後は、一つの冒険です！　部分部分に分けてゆきましょう。

私は少女のことをうたいました！

少女は、金髪でした。それは、甘美なのです。妖精たちの髪は黄金色で、私が曙の輝く黄色を愛することを君は知っているでしょう。そして、青い目とバラ色の唇は、私の竪琴の二本の弦なのです。それから彼女の天真爛漫さです。純潔で美しい笑みと無限の魅力を持っていました。無垢な巫女（みこ）を想像して下さい。全てが無邪気さでまぶしく純潔の血は頬をバラ色に変えるのです。

彼女は鳩がくうくう鳴くように話すのでした。そしてそのアクセントは、時々憂いを秘め、優しく悲しげで、柔らかく、神々しいリトルネッロを奏でるようでした。もし、花に変わるのなら、白百合の間に彼女を探すことでしょう。そして、その中でも花びらが黄金色の或いは青い花蕾をもつ花を選ぶことでしょう。私が彼女を見た時には、彼女は鳥と話していました。それはまるで鳥が彼女のことを理解しているかのようでした。なぜなら、鳥は羽を広げ、くちばしを開けて、あたかも耳に心地よい声を飲みたがっているようでした。私はその少女のことをうたいました。

私は、ある芸術家を訪ねました。ミロンがその円盤選手を造ったようにホッケー選手を造った偉大な芸術家です。

この彫刻家のアトリエに分け入ると、私には古代に暮らしているかのように思われました。そして、私は、裸の腕と直立した胸を持つ女神たちが話すイオニアの黄金の言葉で大理石の唇からささやかれたように、挨拶を受けたのでした。

壁には、仮面が無言の笑みで笑っており、レリーフや瞳のない落ち着いた目の頭部を持つ円形の浮彫り彫刻、刻まれた帯状彫刻、フィディアスの模造品、何世紀もの摩擦で剥がれたもの、筋肉隆々の半馬人が槍を振るう小間壁、そして、コリント様式の柱の磨き上げられた柱頭のふっくらとした曲線を描くアカンサス葉飾りが際立っていました。それから、あらゆるところに彫刻がありました。ミロのヴィーナスの尊大な裸像、メディシスの官能的、肉感的、退廃的な裸像、偉大な霊感の一陣の風で芽生えた彫像たち。礼賛するかのように叙情的に立ついくつかの尊大な仕上げられた彫像。他にも濡れた陶土で形作られたものや濡れた布で覆われたもの、既に粗く削られた石の塊、最初の荒削りのブロックや粗い謎めいた形のもの、或いは、栄光の炎により命を与えられ、不死のために作られたような褐色の肉体の永遠のブロンズ像。彫刻家は、あそこにおりました。あの全ての中で、厳かな創造者は、石膏だらけの服を着て、泥をこねる指で誇らしげにたたずんでいたのです。彼と握手をする際には、もう私は半神を触るかのようにとても誇らしく思いました。

彫刻家は、岩で詩を作る詩人です。彼の詩歌は、炉の上にほとばしる真っ赤な溶岩であり、鉱脈から引き抜かれた青みがかった縞の塊の中でけがれなく湧き出てくるのです。

ひとつの石切り場から百の神々を呼び覚まし、造り出すのです。そして、彼のノミで荒々しい石の角を壊し、愛の女神アフロディータの胸やアポロ神の胴体を作るのです。彼が工房から出る時は、私には聖堂を後にするかのように思えました。

夜です。私は成り行きに任せさまよっていて、教会に行きあたり、無遠慮に中に入っていきました。しかし、自制心から私は既に帽子を手にとっていました。そして、感覚の記憶に満たされて私はとても感動していました。未だにオルガンのすさまじく崇高なトレモロが響き渡っています。広間は沸き立っていて、黒いマントの大勢の人たちがいました。多くの大人のグループの中に、子供の金色の巻き毛や白いはげた頭がありました。そして、教会のあの静けさの中を香しい煙が漂っていました。それは、黄金色の香炉の赤く起こった炭の間に、風が襞を作る広げられた軽やかなバチスタ麻布のように湧き上がっていたのです。そして、一陣の祈りが、唇を通り抜け魂を感動させるのでした。

説教台に若い修道士が現れました。剃冠の黒く縮れた丸い輪の中で剃られた頭の青が光っていました。苦行僧の容貌で青白く、垂れた頭巾と胸にかけた象牙の大きな十字架の上に白い両手を合わせ、頭を上げて、国歌を歌うかのように説教を始めました。それは、最高の神秘説で聖人ジェロニモから引き出された宗教的信条でした。

もし、誰かが私のところに来て、両親、妻や子供、兄弟や自分の人生さえも見捨てられないというのであれば私の弟子になることはできない。この世で自身を捨てた者には、永遠の命が保たれるのだ。彼の言葉に涙ととどろきが起こり、彼の両手が群衆の上で開かれる際には、稲妻がふりまかれるように思えました。

そうしてその説教師や広くひときわ輝く大広間、光の花咲く祭壇、鍾乳石を滴らせるロウソクを見る時に、そして教会の聖なる香りを吸い込み、これほど多くのひざまずく人々を見る時、私は膝を折り、私の子供の頃を思い起こしました。白い被り物をつけ、しわくちゃの顔で太目の秘跡の数珠（じゅず）を持っていた祖母、私が信仰を学んだ私の町の大聖堂、共鳴する大広間、金剛石の聖体顕示台、神の守護と共に私が身近に感じた守護天使、母が教えてくれた祈りを暗唱していました。それから私は祈りました。子供が小さな両手を合わせる時のように祈ったのでした！

黄金の釘でいっぱいの青味がかった広い石盤の上の銀貨のように天空を照らす満月で銀色に照らされて聳え立つポプラの間で、甘い空気を吸い、明るい愛撫を感じるために私は外に出ました。苦行者は、私から消えていました。不信心が残っていました。私がここ地上の貧しさを忘れるために蒼穹を眺めるのが楽しみであることを君は知っているでしょう。このことで私は誰も怒らすことはないと思います。その上、星は私にしばしば讃美歌の感興を与え、人は抑揚格を与えるのです。私は前者の方を好みます。私は美を愛し、裸体を好みます。森の白い凛々しい妖精の裸体を、貝殻の中のヴィーナスの裸体を、ダイアナの裸体を、剃った弓を持ちシカやイノシシの後を追いグレイハウンドの群れの間を行く神々しい肉体を持つ純潔の女狩人の裸体を。そう私は不信心なのです。古代の神々と昔の市民の崇拝者です。私は、ジュピターの前に身をかがめます。なぜなら、稲妻と鷲を持っているからです。シテレアをうたいます。なぜなら、裸であり、求め合う二つの唇の接吻を庇護するからです。私はパンを愛します。なぜなら、私のように音楽と響きの高い熱狂的讃辞を好むからです。そこは水の精が飛び跳ねる耳に心地よい小川のそばで、清水の上の腰や剥き出しの胸の全てが、偉大な太陽の豊沃な熱い口づけによりバラ色に染められるのです。女性に関しては、私は男性の魂に光をともす目を愛し、その曲線を、そのすみれの強い香りを、そしてそのバラのような唇を愛します。他の者は禁じられた寝室や禁じられた不義の寝床や手軽な愛を探せばよいのです。そして私は天国の聖なる白百合の前にいるかのように、暁或いは鳩である聖母の前にひざまずくのです。おお、じゅずかけ鳩の愛です！　明るい夜明けには、竪琴の前奏曲に似たくうくうという鳴き声で挨拶し合うのです。異なる二つの枝にいて、そよ風はその喉から震える音楽を運ぶのです。その後、天頂が黄金を降り注ぐ時には、翼とくちばしを互いに合わせるのです。そして巣は深く崇高な空の下の新婚の寝床であり、翼のある恋人たちにその優しい青いまなざしを送るのです。

さて、私は、命と健康に満ちた新鮮なそよ風を吸い込むために並木道のベンチに座りました。その時、まるで月の光でできたような青白い女性が通り過ぎるのを見たのです。黒いマントで慎み深く行くのでした。私は彼女の後を追いました。彼女は近くにいた時に私をしっかりと見ました。そして、おお！　我が友よ！　私の理想が実現したのを見たのです。私の夢、手を触れられないベッケル風の女性、微笑むだけで抒情詩の感興を起こすことができる女性、私たちが眠っている時に白い服を着て現れ、適時に心と頭脳を震撼させる深い動悸を私たちに感じさせるあの女性です。逃げるように素早く神秘的に通り過ぎて行きました。私には彼女の追憶しか残っていません。しかし、あの瞬間に私は恋をしていたと言っても君には嘘をついていないのです。そして、真夜中の一陣の風が私の上に降りて来た時に、私はこの手紙を君に書きたいと思ったのです。それは、私が放浪する青い神々しい国からの手紙で、夢の香がしみ込んだと思われる手紙です。狂おしく、無邪気で、陽気で、悲しく、つらく、靄のかかったものです。そして、アブサン酒の味で、君が知っているように、その酒はその緑のガラスの中にオパールと夢を持っているのです。

黄金の歌

あの日、ボロをまとった一人の男が、外見からは乞食（こじき）か、たぶん巡礼者でしょうか、おそらくは詩人でありますでしょうか、高いポプラの木の陰の下の宮殿の大通りにたどり着きました。そこでは、縞めのうと雲斑石とのあいだで、また、めのうと大理石のあいだで尊大さが競い合われ、高い柱や美しい絵様帯や金色の丸屋根が、消え入りそうな太陽の青白い愛撫を受けているのであります。

立派で広大な建物の中の窓ガラスの向こうには、きらびやかな女たちとうっとりするような子供たちの顔がありました。鉄格子の後ろには、広い庭が見えました。リズムの法則のもとに、拍子を取って柔らかに揺れるバラの花や枝が点在する大きな緑です。

そして、向こうの大きなサロンには、紫に染められた素晴らしい壁掛けや白い彫像、中国のブロンズ像、青田や密な稲田に覆われた椀、スカートのようにたくしあげられ、豪奢な花々に飾られた大きなカーテンがあるに違いないのです。そこでは、東洋の黄土が、ひときわ光彩を放つ絹の上で光を震えさせるのです。

それから、ヴェネチアの鏡や紫檀や杉、螺鈿（らでん）、黒檀（こくたん）の品々があり、開いた黒いピアノは、綺麗な歯の列のような鍵盤を見せながら笑っています。そして、クリスタル・シャンデリアです。そこでは、夥（おびただ）しい数のろうそくが、白い高貴なろうを高く掲げているのです。

おお、そして、もっと向こうには！　もっと向こうには、黄金時代の高価な絵が、デュランド或いはボナが署名する肖像画があります。そして美しい水彩画は、そのバラ色の色調が澄んだ空から現れたようで、遠い水平線から震える、しおらしい牧草までを心地よい波の中に包み込むのです。そして、もっと向こうには……。

（夕暮れとなります。宮殿の入り口に、ぴかぴかのエナメルを塗った馬車が到着しました。一組のカップルが降り、邸宅の中にあまりに大層な尊大さで入っていくので、乞食は思うのです。きっと、鷲の雛と雌は巣に行くのだと。二頭立ての馬は、騒がしく、落ち着きがなく、むち打たれ、敷石を煌めかせながら馬車を引きずるのです。夜です。）

そうすると、すりきれた帽子で隠された狂人のあの頭には、ある考えが胚（はい）のように芽生え、胸に移りました。それは、苦悶でありましたが、唇に至り、舌を熱くする讃え歌となって、歯をがちがちと言わせていたのでした。それは、全ての乞食たちの、全ての自殺者たちの、全ての酔っぱらいの、ぼろを着た潰瘍（かいよう）もちの、おお神様！　長い夜に、胃袋を満たすパンくずを持っていないために、奈落に落ちながら暗闇を探りつつ生きる全ての者たちのまぼろしであったのです。そして、次は、幸せな群衆、柔らかな寝床、トリュフと沸き立つ黄金色のワイン、サテン、擦れて笑うスカートのすそ、金髪の新郎と宝石と絹のレースで包まれた褐色の新婦、そして、幸運が持つ幸せで富裕な者たちの生活を測るための大きな時計です。それは、砂粒の代わりに、金貨を落とすのです。

あの詩人の輩が笑いました。しかし、顔は恐ろしい形相でありました。ポケットから褐色のパンをひとつ取り出すと、食べ、風に向かって讃え歌を歌いました。ひと齧りしたあとのあの歌よりも残酷なものはないのでした。

黄金を讃えよう！

黄金を讃えよう、世界の王、行くところどこにでも幸運と光を運んでくる、粉々になった太陽の欠片（かけら）のような。

黄金を讃えよう、母なる大地の豊饒な腹から生まれる、無限の宝庫。その巨大な乳房から出る金色の乳。

黄金を讃えよう、水量の多い川、生命の泉は、その素晴らしい流れの中で水浴する者を若く美しくし、その奔流を楽しまぬ者を老いさせるのだ。

黄金を讃えよう、なぜなら、そこから司教たちの冠や王たちの王冠や帝王の笏（しゃく）が作られるのだから。なぜなら、マントのあいだから固形の炎がばらまかれ、大司教のガウンを満たし、祭壇の上を照らし、光り輝く聖櫃（せいひつ）の中で、永遠の神を支えるのだから。

黄金を讃えよう、なぜなら、我らは、堕落者となれるから。そして黄金は、酒場のさもしい狂気や不義の寝床の恥を覆うため、我らについたてを置いてくれるのだから。

黄金を讃えよう、なぜなら鋳型から飛び出せば、シーザーたちの尊大な横顔をその円盤の中に持ち、広大な寺院や銀行の金庫をいっぱいにするのだから。そして、機械を動かし、生命を与え、特権的な豚の脂身を太らせるのだから。

黄金を讃えよう、なぜなら、それは、宮殿や馬車、流行の服やあでやかな女たちの涼しい胸や、卑屈にこびへつらう者の両膝を折っての礼拝や、永遠に笑みを唇に浮かべたしかめ面を与えるのだから。

黄金を讃えよう、パンの父なのだ。

黄金を讃えよう、なぜならそれは、こんなにもバラ色で綺麗な巻き毛の毛先の、美しい貴婦人たちの耳にあるダイヤモンドの露の支えであるからだ。なぜなら、胸の上では心臓の鼓動を感じ、手の平では時として、愛と聖なる約束の象徴であるのだから。

黄金を讃えよう、なぜなら、我らをののしる口を塞(ふさ)ぐから。我らを脅かす手を抑えるから、そして、我らに仕える悪党たちに目隠しするのだから。

黄金を讃えよう、その声はうっとりする音楽だから、なぜなら、それは英雄的で、ホメロスの英雄たちの心の中や女神たちのサンダルの上やギリシャ悲劇の高靴の上やヘスペリスたちの庭のリンゴの上で光り輝くのだから。

黄金を讃えよう、なぜなら、それによって、偉大な竪琴の弦や、最もいとしい愛する人の髪や、穂の一粒、起きた時にオリンポスの暁の髪が纏う貫頭衣ができているのだから。

黄金を讃えよう、労働者の褒美であり、栄光であり、盗賊の糧(かて)であるのだから。

黄金を讃えよう、紙や銀や銅や鉛にまで姿を変えて世界のカーニバルを渡り歩くのだから。

黄金を讃えよう、死の如く黄色い。

黄金を讃えよう、飢えた者たちには、卑しいものとされる石炭の兄弟、ダイヤモンドを孵化する黒い黄金、金属の王。そこでは、人間が闘い、岩が砕かれる、西方における血に染まる権力者だ。偶像の肉体、ミネルバの服を作るフェイディアスの布地なのだ。

黄金を讃えよう、馬の甲冑の上の、戦車の上の、剣の柄の上の、頭に頂いた輝ける月桂樹の上の、酒神の饗宴の中の、女奴隷の胸をさすピンの上の、星の光線の上の、煮えたぎるトパーズの溶液のように泡立つシャンパンの上の。

黄金を讃えよう、なぜなら、我らを上品にし、行儀よくし、垢抜けさせるのだから。

黄金を讃えよう、なぜなら、すべての友情の試金石なのだから。

黄金を讃えよう、苦悩に清められた人間の如く、火に清められ、妬みで削られた人間の如くヤスリで削られ、貧窮に打ちひしがれた人間の如く槌で撃たれ、大理石の宮殿で引きたつ人間の如く、絹の小箱で引き立てられた。

黄金を讃えよう、亡者を、ヘロニムスに軽蔑され、アントニウスに追い出され、マカリオにさげすまれ、聖ヒラリオンに侮辱され、荒削りの洞窟を王宮に持ち、夜の星たちと曙の鳥たち、剛毛の猛獣たちと荒野の野人たちを共にする隠者パウロに呪われた。

黄金を讃えよう、子牛の神々、神秘の岩の髄、その奥底では沈黙し、いっぱいの太陽のもと、元気に湧き出した時には騒々しく、ダルシマーの合唱のように鳴り響くのだ。天体の胎児、光の残滓、エーテルの化身を。

黄金を讃えよう、夜に恋した太陽のような。最後の接吻のあとに、その薄絹のシャツは、夥しいポンドのような煌めく星たちをばらまくのだ。

おい、哀れな者たち、酔っぱらい、一文なし、売春婦、乞食、浮浪者、すり、盗賊、物乞い、巡礼者、お前ら流刑者たち、お前ら怠け者たち、そして、特に、お前ら、おお、詩人たちよ！　幸福な者たちや、権力者、銀行家、地上の半神たちといっしょになろうではないか！
黄金を讃えよう！

そして、うめき声と、熱狂的賛美と高笑いの交じったあの讃え歌は、こだましていきました。それから、すでに暗く寒い夜になっておりましたので、こだまは暗闇の中を鳴り響きました。一人の老婆が通りかかり、施しを乞いました。

そうすると、あのボロを着た輩は、外見からは乞食か、たぶん巡礼者でしょうか、おそらくは詩人でありましょうか、石のように固くなったパンの最後のかけらを老婆に与えると、恐ろしい闇の中に、ぶつぶつと不平を言いながら去っていったのでした。

一八八八年二月

（来年はいつも青色）

〝来年はいつも青色です〟私は以前セマナ紙の中でこう述べたのですが、この語句が女性の甘い打ち明け話の動機となるとは思ってもいませんでした。

来年は、しばしば灰色となるのです。女性読者諸君、そして、あなた方に、そのことを実証するために私は書いていています。ただ単に、エル・ヘラルド紙の勤勉な女友達により語られた物語で、おそらくは憂いある物語であり、多分本当のことで、韻律や韻律学を知っている少々夢想家である神経質な誰かに書かれる一連の十四行詩ソネットの主題となるかもしれません。物語はこれです。

昔、一人の金髪の少女がおりました。愛らしい目がつくる甘い湿り気と輝くほとんど楽園のような顔の青白さによって彼女は、非常にたやすく鳩か白百合として生まれたかもしれません。

この少女が三つ編みの髪をほどく時には、太陽は光で髪の毛を浸し、庭に面した窓から彼女が現れる時には、蜂は、その唇を新鮮なケンティフォリアのバラと取り違えてしまうのでした。あまりの美しさが叙情短詩のぶ厚い手帳を作ることを誘発しました。しかし、父親は賢い男で、娘を詩人たちに近づけさせないための素晴らしい考えを持っておりました。

美しい少女がロングドレスを初めて着た年に春の季節がやって来ました。彼女は、空の青を見た時に初めて神秘的な午後のことを思いました。そしてそこでは、彼女の耳は優しいリトルネッロの調べを心地よく聞き、バラ色の唇の上にはもはや絹と黄金の薄い口ひげはないのです。

燃えたつような天啓の春の後には、全てが熱く、胚種を目覚めさせ、穂を黄金色にし、その炎で大地を熱くしながら夏がやって来ました。

少女は、赤い唇の上に亜麻色の薄い髭を見つけました。しかし、サロンや大きな首都ではなく、シェークスピアによれば、女性の如き不実な波でいっぱいの巨大な海の岸辺でです。花咲く思春期のあこがれと共に愛の願望の人生に目覚め始めた少女が夏の定めにより到着した港です。

時が経ちました。恋人たち——いぶかしく思わないで下さい、女性読者諸君、なぜあなた方がいぶかしがる必要がありましょうか！——は、同じ光の震えが瞳を射した日に理解し合ったのです。視線——そして、それは愛の主題においては共通の場所です——は、告白なのです。

おお！　互いにとても愛し合ったのです。彼は若く、魂は彼女のように純潔でした。あれは、互いの崇高な信頼でした。魂の親密なベールを引き裂き、沈黙の二つの口から発せられた〝君を愛している〟は、こだまして同時に二つの胸の中で響いたのです。

彼らは、遠方から花で話し合うのでした。それは香りのついた神秘的な心地よい言葉です。彼女の胸の上の白百合は一つのメッセージでした。彼のフロックコートのボタン穴のバラのボタンは誓いでした。

海風は、恋人たちにふさわしく、それぞれのため息を運びながら、彼らに恩恵を与えるのでした。自然と夢は、互いに愛し合う恋人たちの心のために幾人かの使者を持つのです。一羽の鳥は、一つの詩歌をとてもうまく運ぶことができます。そしてパックは蝶となり、物音や眩惑なしに愛する男性から女性に、またその逆に接吻を届けることが許されているのです。

あの遠方からの愛は大変深いものでした。彼の心には、太陽があり、彼女の心には暁がありました。

しかし、夏は去ってゆきました。

老いた冬が雪の白髪とともにその到来を告げていました。

少女は、都会のサロンに出発しなければなりませんでした。そこでは、乙女となった彼女が、光がその上で笑うサテンのきしむ服を着て、初めて全員の目の前に現れることでしょう。

そして、出発しました。しかし、彼女と一緒に――ほとんど信じられない事例です！――目覚めた時に魂を満たしていたえも言われぬ全ての夢を一緒に持って行ったのです。

彼は、動揺し、震撼し、未来の年を夢見ながら希望の暮らしの中にとどまりました。

――来年は常に青色です！――そう考えるのでしょう。

偉大な首都で彼女の美しさは称賛を得ました。彼女は多くの求愛者から求愛されたのです。しかし、忠実でたぐいまれなあの女性の心は、ここ、偉大な大洋の側に道連れを持っていたのです。そこでは、英国詩人によれば、潮風が吹き、女性のような不実の波があるのです。

そして、考えていました。――彼女もです！――青色の年、来年の幸福について。

しかし、神は、これほども深い悲しみを用意するのです。それは、祖父の無限の愛の中で、時々不可解にも人間たちに瞑想させるものです。

甘美な少女は、肺結核になったのです。

植木鉢から花を引き抜く者のように、死は、富と贅沢、絹と黄金と大理石の中の富裕さから彼女を連れ去ったのでした。

青ざめた星！　あの魅力は墓穴に沈みました。そしてレモンの花冠と白いベールは、土に還ったのです。

私にこの話をしたエル・ヘラルド紙の女性読者は、亡くなった恋人の親友でした。

死に際して、彼女にその愛を明かし、ほぼ青年の薄髭を持った初恋の人を思いながら永遠に目を閉じたのでした。

そして、語り手は付け加えました。

——おお！　この若者は、今では懐疑主義者で氷の心を持っているのです。やって来た年は彼にとって黒色でした。

——そうです。しかし彼女にとってはいつも青色でした。聖なる魂が天上のバラになるために飛び立っていったのです。そこでは、夢が現実として存在し、詩が言葉として、そして、光が愛として存在するに違いないのです！

ルビー

ああ！　それじゃあ、本当なのか！　パリのその学者が蒸留器やフラスコの底から、わしの宮殿の壁に嵌め込まれている紫の結晶を取り出したんだって！

そして、そう言いますと、地の精の小びとは、住処となっている深い洞窟の中をあちこちと小さく飛び跳ねながら、行ったり来たりして、その長い髭と先のとがった青い帽子の鈴とを震わせるのでした。

実際に、百歳の老人シェブレウル——ほとんどアルトタスのようであります——の友人の化学者フレミーは、ルビーとサファイアを作る方法を発見したばかりだったのです。

興奮し、感激した小びとは、——彼は物知りであり、とても頭の回転の速い才人でありました——

独り言を続けました。

――ああ、中世の賢者たちよ！　ああ！　アルベルトゥス・マグヌス、アベロエス、ライムンド・ルリオ！　お前たちは、賢者の石でできた偉大な太陽が輝くのを見ることができなかったのだ。そして、さあ、ここに、アリストテレスの公式を学ばず、カバラ神秘哲学や降神術を知らずに、十九世紀の一人の男が、我らが地下で作っているものを日の光のもと、創り出すに至るのだ！　それでは、呪文だ！　硅土と鉛アルミン塩酸を混ぜ合わせ、二十日間融合し、苛性カリの重クロム酸塩或いはコバルトの酸化物で着色だ。

本当に、悪魔の言語と思われるような言葉でありました。笑いがありました。そして、立ち止まったのです。

犯罪の証拠物があそこにありました。洞窟の中央部の金でできた大きな岩の上に、丸くて日に当たったザクロの実のようにいくらか輝く、小さなルビーが。

小びとは、腰につけていた角笛を吹きました。こだまは、広々としたくぼみの中に響きわたりました。少しして、どよめきとひしめきと喚き声がしました。小びとたち全員がやって来たのでした。

広い洞窟で、その中は、奇妙に白く明るかったのでした。それは、石の天井の上で、いくつもの焦点に、嵌め込まれ、埋め込まれ、詰め込まれて、煌めいていた紅玉の明るさだったのでした。柔らかな光がすべてを照らしていました。

その光の中に、驚くべき館が、眩く輝いて見えておりました。壁には、金銀の欠片の上のラピスラズリの鉱脈のあいだに、非常に夥しい数の貴石が回教寺院のアラベスクの如く、気まぐれな模様を形作っていました。水滴のように、白く混じりけのないダイヤモンド、その結晶からは虹が立ち上がっていました。鍾乳石にぶらさがる玉髄の近くには、エメラルドがその緑の輝きをまき散らしていました。そして、サファイアは、奇妙に寄せ集まって、水晶からぶら下がる花の束となっていて、青く、震える大きな花たちのようでありました。

金色のトパーズや紫水晶は、その場所を帯状に取り囲んでいました。舗床には、オパールが磨かれたクリソファシアとめのうの上で鈴なりとなっておりました。ところどころに水脈が湧き出ていて、とても軽やかに吹かれた金属製のフルートのように、ハーモニーを奏でながら、快い音楽とともに滴り落ちておりました。

妖精パックが、この事件に首を突っ込んでいたのでした。いたずら者のパックが！

彼は、犯罪の証拠物を運んできていました。偽造のルビーです。それは、そこの、金でできた岩の上にありました。あの全ての魅惑の煌めきの中では冒涜（ぼうとく）の如きものでありました。

小びとたちが一堂に集まった時、ある者は手に金槌や短い斧（おの）を持ち、また、他の者は、晴れ着で派手な赤いとんがり帽子をかぶり、宝石をいっぱい身につけており、皆、興味津々でありました。

パックがこう言いました。

――諸君は、私に人間の作った新しい偽造品の見本を持ってくるように頼み、私はその希望を満足させた。

小びとたちは、トルコ椅子に座り、髭を引っ張っていましたが、パックにゆっくりと頭を下げて、ありがとうを言ったのでした。そして彼の間近にいた者たちは、驚きの表情で、ヒプシピロの羽に似た彼の綺麗な羽を調べていました。

彼が続けました。

——おお、大地よ！　おお、女よ！　妖精の国の女王タイタニアを見た時から、私は、大地のただの奴隷であり、女のほとんど神秘的といえる崇拝者以外の何者でもないのだ。

それから、夢心地の中にいるように話しました。

——それからルビーは！　パリの大都会の上を見えないように飛びながら、あらゆるところで見たのだ。宮廷夫人たちの首飾りの上で、成金のエキゾティックな勲章の上で、イタリアの貴公子の指輪の上や、プリマ・ドンナの腕飾りの上で輝いていた。

そして、いつものようにいたずらっぽい笑みを浮かべて言ったのです。

——わたしは、とても流行っていた薔薇色の、ある小部屋まで忍び込んだのだ……。一人の美しい女が眠っていた。彼女の首からメダルを引きちぎり、メダルからルビーを引き抜いたのだ。そこにあるだろう。

全員がどっと高笑いしました。何という鈴の鳴るような音でしょうか！

——おい、友人パックよ！

そして、皆がそのあと、意見を言うのでした。あの偽造の石、人間の仕業について。或いは賢者の仕業でありましょうか、それならなおさら、悪いのです！

——ガラスだ！

——魔術だ！

——毒だ、カバラだ！

——化学だ！

——虹の欠片を真似ようというものだ！

——地球の奥底の赤っぽい宝だ！

——西日の光線が固まってできている！

一番年老いた小びとが、曲がった脚と白いたいそうなあご髭、長老の風貌のしわだらけの顔で、歩きながら、言ったのでした。

——諸君、おまえたちは、何も話がわかっていない！

全員が聞き入りました。

——わしは、おまえたちの中で最長老だ。もうほとんど、ダイヤモンドの切り子面を金槌で叩くのには役にたたないからな。わしは、この奥底の砦（とりで）が造られるのを見てきた。わしは大地の骨をノミで彫ってきた。黄金を練り上げてきたのだ。ある日、石壁を拳固で殴って、そして湖に落ち、そこで妖精を犯したのだ。わし、この老人が、おまえたちに、ルビーがどうやってできたかを話してやろう。聞くのだ。

パックは、好奇に満ちて微笑んでいました。小びとたちは全員、老人を囲みました。老人の白髪は、貴石の輝きで青白くなっていました。そしてその手は、米粒が投げ入れられた蜜でいっぱいのカンバスの如く貴石で覆われた壁の上に、その動く影を伸ばしていました。

――ある日、ダイヤモンドの鉱脈を担当している我々の中隊は、全大地を震撼させたストライキを行い、そうして、火山の噴火口から逃げ出したのだ。

世界は、楽しく、全てが活気と若さに満ちていた。薔薇たちや緑の鮮やかな葉、それに、鳥たち、その餌袋に穀粒が入り、さえずりが湧き出るのだ。そして野原、すべてが太陽と馨しい春に向かって歓呼していた。

山は調べに満ち、花咲いていた。鳥のさえずりと蜜蜂たちに満ちていた。それは、光が祝う偉大な聖なる婚礼であり、この中では、樹液が奥底から燃え立っていた。そして、動物たちの中では、すべてが震えか鳴き声、または讃美歌であったし、小びとには、笑いと喜びがあったのだ。

わしは、火が消えた噴火口から出ていった。わしの目の前には広々とした野原があった。ひとっ跳びで大木の上に身を置いた。古い樫の木だ。それから、幹を伝って降りた。わしは小川のそばにいた。小さな澄んだ川で、水が透きとおった冗談を言い合って、おしゃべりをしていた。わしは、のどが渇いていた。そこで飲みたかったのだ……

さて、今からだ、よく聞け。

腕、背中、裸の乳房、白百合、薔薇、さくらんぼを頂く象牙の小さなパンだ。金色の陽気な笑い声が響いた。そして、向こうのほうの、泡のあいだ、砕け散る清水のあいだの緑の枝の下には……。

――妖精か？　いいや、女たちだ。

――わしは、どれがわしの洞窟か知っていた。地面に一撃を食らわし、黒い砂を開けば、わしの領域に着くのだ。お前たち、可哀想な者たち、若い小びとたちよ、まだまだたくさん学ぶべきことがあるのだぞ！

新しいシダの新芽の下、泡立つおしゃべりな流れに洗われた石の上を、わしは滑り降りた。そして、昔は、あんなにも筋骨たくましかったこの腕で、彼女を、美しい人、女を腰のあたりで掴んだのだ。彼女は、叫び、わしは、地面を叩き壊し、そして、わしらは、降りて行った。地上には驚きが残り、地下には、尊大で勝ち誇った小びとが残ったのだ。

ある日、わしは、巨大なダイヤモンドの断片を槌で打っていた。それは、星のように輝き、わしの槌で撃つと粉々になっていた。

わしの仕事場の床は、粉々になった太陽の残骸に似ていた。愛する女は、傍らで休んでいた。彼女は、サファイアでできた植木鉢のあいだにある肉体の薔薇であり、黄金でできた皇后だ、岩のような水晶の寝床の上で、女神のように全裸で輝いていた。

しかし、わしの支配の裏で、わしの女王、わしの愛する人、わしの美女は、わしをだましていたのだ。男が本気で愛する時、その情熱はなんでも突き通すのだ。そして、それは大地をも貫通できる。彼女は、ある男を愛していた。そして、その牢獄から、彼に、ため息を送っていた。それは、地殻の気孔を通って、彼に届いていたのだ。彼もまた、彼女を愛し、ある庭の薔薇に接吻する。そうすると、恋をしている彼女は、——わしは気づいていた——突如痙攣を起こし、彼女の薔薇色のみずみずしい唇をセンティフォーリアの花弁のように広げるのだ。

二人がどのように感じ合っていたかって？　このわしであっても、それは、わからんのだ。

わしは仕事を終えていた。一日でできたダイヤモンドの大きな山があった。大地は、渇きを覚えた唇のように、その花崗岩の割れ目を開け、美味な水晶の輝く粉砕片を待っていた。

作業が終わり、疲れたわしは、槌を打ちつけ岩を割ってから、眠りについた。少しして、何かうめき声のようなものを聞いて、目が覚めた。

絶望したわしの愛する人、盗まれた女が、その寝床から、その東洋のあらゆる女王の館よりも、もっと輝かしく豪華な館から、飛ぶように逃げ去ったのだ。ああ！　そして、わしの花崗岩の槌であけられた穴から逃げようとして、裸の美女は、レモンの花や大理石や薔薇でできたような、その白く柔らかな体を、割れたダイヤモンドの刃でずたずたにしてしまったのだ。脇腹が傷つき、血がほとばしっていた。嘆きは、心を揺さぶり、涙さえ誘うほどだった。おお、痛みよ！

わしは、彼女を起こし、わしの腕の中に抱きかかえ、最も熱烈な接吻をしたのだ。しかし、血は流れ出てその場をあふれさせ、ダイヤモンドの大きな塊は深紅に染まっていた。

わしには、彼女に接吻をする時、あの赤い口から、ある香気が出てきたように思えた。魂だ。体は動かなくなってしまった。

我らの偉大な長老、地の底の百歳の半神が、そのあたりを通り過ぎた時に、あの夥しい赤いダイヤモンドを見つけたのだ。

間がありました。

――わかったか?

小びとたちは、非常に真剣になって、立ち上がりました。彼らは、もっと近くで、偽物の石を、学者の作ったものを調べたのでした。

――見ろよ、切り子面がないぞ!

――輝きに精彩が欠けてるぞ!

――ペテンだ!

――黄金虫の甲みたいに丸いぞ!

そして、輪になって歌いながら、一人がこちら、もう一人があちらに行って、壁から、アラベスクの欠片、血でできたダイヤモンドのように真っ赤で、煌めくみかんのような大きなルビーを引き抜いたのです。そして、言いました。

――さあ、ここに俺たちのがある! おお、母なる大地よ!

あそこは、輝きと色の乱痴気騒ぎのようでした。それから、小びとたちは輝く巨大な貴石を宙にほうり投げて笑ったのでした。

突然、一人の小びととしての威厳に満ちて言いました。

――よろしい、軽蔑を!

全員が理解しました。皆は、偽物のルビーを掴むと粉々にして、その断片を――ひどく軽蔑して

――穴の中に投げ捨てました。その穴の下のほうは、太古の炭化した密林に続いておりました。

そのあとは、彼らのルビーの上で、オパールの上で、また、あの煌めく壁のあいだで小びとたちは、

熱狂的で鳴り響く踊りを、手を握り合って踊りはじめました。そして、影で自分たちが大きく見えるのを笑いながら祝っておりました。

パックはすでに、外を飛んでおりました。生まれたばかりの暁のざわめきの中、花咲く牧場の道を。そして、つぶやくのでした。

——いつも、薔薇色の笑みを浮かべている！——大地は……女は……。なぜならおまえは、おお、母なる大地よ！　おまえは偉大で、豊饒で、とめどない神聖な乳房を持つからだ。おまえの褐色の腹からは、たくましい幹の樹液が湧き出るのだから。黄金やダイヤモンドの輝き、純潔な白百合であるのだ。純粋なもの、強いもの、偽造できないものだ！

そして、おまえは、女よ、おまえは精神であり、肉体であり、愛そのものであるのだ！

一八八八年六月

白い鳩と褐色の鷺

私のいとこのイネスは、ドイツ人女性のように金髪であった。私たちは、良き祖母の家で、とても幼い頃から一緒に育てられた。祖母は、私たちをとても愛していて、姉弟のようにさせていたし、私たちを注意深く見守りながら、けんかをしないように見ていた。

素晴らしいおばあちゃん、その大きな花の服と巻き毛の束ね上げた髪は、ブーシェの描く老侯爵夫人のようであった。

イネスは、私よりも少しだけ年上であった。しかし、私は、彼女よりも先に、読むことを覚えた。そして、――私はたいへんよく覚えている――彼女が、牧歌劇で、機械的に暗唱したものを理解していた。牧歌劇では、彼女は、幼児イエスや美しいマリア、聖ヨセフ様の前で踊ったり、歌ったりした。そのすべてに家族の素朴な大人たちは喜び、小さな女優の才能を褒め讃えながら、甘やかな笑い声で笑っていた。

イネスは、大きくなっていた。私もであるが、彼女ほどではなかった。私は学校へ入らねばならなかった。ひどくさびしい寄宿舎生活に、中等学校の無味乾燥した勉学に従事しなければならなかったし、学生の古典的な料理を食べねばならなかったし、世界を見られなかった――少年の私の世界を！――私の家、私の祖母、私のいとこ、私の猫――それは、優れたローマ猫で、私の脚の上で、優しく体をこすりつけ、私の黒い服を白い毛でいっぱいにするのだった。

あそこの学校で、私の思春期は完全に目覚めたのである。私の声は、甲高いしわがれた音色となり、少年から若者に移行する滑稽な時期に至った。すると、特別の現象により私は、ニュートンの二項式を決して私に理解せしめられなかった数学の先生のことを気にする代わりに、私のいとこイネスのことを――まだ漠然と神秘的に――思ったのだった。

その後、深い天啓を得た。多くのことを知った。その中でも、口づけがえも言われぬ喜びであった。

時が流れた。私は、『ポールとヴィルジニー』を読んだ。学年末が到来し、休暇で外出すると矢のように我が家への道を急いだ。

——自由だ！

私のいとこは、——しかし、何てことだ、神様、こんなにも短いあいだに！——完全な女性になっていたのだ。私は彼女の前では、何かしら恥ずかしくて、いくらかまじめになっていた。私に話しかけてきた時には、私は、彼女に、ただの笑みを浮かべて微笑み返すのだった。

すでにイネスは十五歳半であった。髪は、黄金色で日光に輝き、ひとつの宝物であった。白い、軽く赤みのさした彼女の顔は、もし、正面から見たならば、ムリリョふうの創造物であった。時々その横顔を眺めながら、シラクサの立派なメダルの王女のことを考えていた。以前短かった服のすそは、下がっていた。胸は、しっかりと、ふっくらとしていて、密かな至高の夢であった。澄んだ響きわたる声、青い瞳、えも言われぬ生の香しさと深紅の色に満ちた口。健康的でけがれない青春だ！

祖母は、両腕を広げて私を迎え入れてくれた。イネスは私を抱擁するのを拒み、私に手をさしのべてきた。以後、私は、以前のような遊戯に、あえて彼女を招く勇気はなかった。私は、臆病になっていたのだ。それが何だ！　彼女も私が感じるものと同じような何かを感じているはずなのだ。私は、いとこを愛していたのだった！

イネスは、日曜日には、祖母と一緒に早朝のミサに行っていた。私の寝室は、彼女たちの寝室の隣にあった。鐘楼が朝の響き渡る呼び声を告げる時には、もう私は起きていた。

耳をそばだてて、衣類の物音を聞いていた。半開きとなった扉の間からは、大きな声で話す夫婦が出ていくのが見えた。私の近くを祖母の昔ふうのスカートと、色気のある、ぴったりとした、私にとってはいつも啓示であるイネスの服のカサカサという衣擦(きぬず)れの音が通り過ぎた。おお、エロスよ！

——イネス……。

——………？

それから、私たちは、銀色の甘美な月の光のもと、二人きりでいた。ニカラグアの国の美しい月のひとつだ！

私は、彼女に、感じていることをすべて語ったのだ。嘆願し、どもりつつ、言葉を吐き出しながら、ある時は早口に、また、ある時は抑制し、興奮し、恐れながら。そうだ！　彼女にすべてを語ったのだ。彼女の間近で、私の中で経験していた密やかで奇妙な動揺、愛、苦悶、欲望の悲しき不眠、かつて、学校で瞑想している時の彼女についての確固とした私の考えを。そして、聖なる祈りのように、偉大な言葉を繰り返したのだ。愛！　おお、彼女は、私の礼讃を喜んで受け入れるに違いない！　私たちは、もっと成長するであろう。私たちは夫と妻になるであろう……。

私は待った。青白い空の明るさが、私たちを照らしていた。周囲の空気は、生暖かい香りを私たちに運んできていて、熱烈な愛にとっては、最適であると思われた。黄金の髪、楽園のような目、真っ赤な、半ば開かれた唇！

彼女は、突然、しかめっ面で言った。

——見てよ！　ばかげてるわ……。

そして、陽気な猫のように、良き祖母が、ロザリオの祈りと応答唱歌の黙祷をしているところに走っていった。意地の悪い女学生の臆面のない笑い、それにそそっかしい女の子の様子で。

――ね、おばあちゃん、もう、あたしに言ったのよ……！

彼女たちは、私が〝言う！〟……はずであることをもう知っていたのだ！

彼女の笑いが老女の祈りを遮り、老女は、数珠玉を撫でながら考え込んでいた。

そして、遠くからすべてを見て、詮索していた私は、泣いていた。そう、苦い涙を流していたのだ、私の男としての幻滅の最初の涙を！


私の中で生じていた生理的な変化と精神のゆさぶりは、私を心底から震わせていた。

――何てことだ、神様！

夢想家で小さな詩人であると自分のことをそう思っていた。そして口ひげが生えはじめると、頭が幻影で、唇が詩で満ちるのを感じ、私の心と体は、愛の渇きを覚えていた。いつ至高のその時が来るのだろうか、私の存在の奥を天のまなざしが照らすその時は、そして魅惑の謎のヴェールが引き裂かれるその時は？

ある日、真昼時に、イネスは庭にいて、灌木と花たちのあいだで小麦を撒いていた。彼女が友達と呼ぶ、白い胸を持ち、クウクウと鳴き、優しい音楽を奏でる数羽の白鳩たちのために。一着の服を着ていた――いつも彼女の夢を見る時には、彼女は同じ服を着ていた――青みを帯びた灰色で、袖が広く、つややかな白い腕をほぼ全部露わにしていた。髪は束ね上げて潤いを帯び、白い薔薇色のうなじの雑然とした産毛は、私には、ちぢれた光のようであった。鳥たちは、彼女の周りを歩き、その足で黒い地面に赤い星のような足跡をつけていた。

暑かった。私は、ジャスミンの枝の茂みの後ろに隠れていた。彼女を貪るように見ていたのだ。とうとう彼女は私の隠れ場所に近づいた、優しいいとこ！

彼女は、震える私を見た。赤くなった顔。私の目には生き生きとした不思議な愛撫をするような炎があった。そして、彼女は、残酷に、ひどく笑いはじめたのだ。それはそうとして！　おお、あれは有り得ないことだった！　私は、彼女のまえにすばやく躍り出たのだ。大胆で、凄まじかったに違いない。その時、彼女は驚いて、一歩後ずさりした。

――君を愛している！

すると彼女は再び笑いだした。一羽の鳩が彼女の片方の腕に舞い上がった。彼女は、さわやかで官能的な口の中の真珠の間に麦の粒を与えながら、鳩を可愛がった。私はもっと近づいた。私の顔は彼女のすぐそばにあった。無邪気な動物たちは私たちを取り囲んでいた……。

私の脳を、女性の香りの目に見えない強烈な波が乱した。私は、美しい人間の、白い崇高な鳩、同時に、火照りと情熱と幸せの財宝に満ちた鳩であるイネスが欲しくなった。

もうそれ以上言わなかった。彼女は、いくらか怒った様子で逃げだした。彼女の頭を取ると頬に口づけした。すばやい、激情で焼けるような口づけだ。彼女は、驚いて飛び立っていった。鳩たちは、驚いて飛び立っていった。震える灌木の上を翼のくすんだ音を立てながら。私は、圧倒されて、不動のままでいたのだった。

少し経って、彼女は別の町に去っていった。白い、金髪の鳩は、ああ！　神秘的な快楽の夢見る楽園を私の目に見せてはくれなかったのだ。

私の心にとっての燃えたつような聖なるミューズ神は、いつの日か到来するはずなのであった！エレナは、愛嬌があり、陽気な女性で、彼女が、新しい恋人であった。あの口に祝福あれ、それは、初めての、私のそばで、えも言われぬ言葉をつぶやいたのだ！

それは、あそこの、私の故郷の湖の岸辺にある町であった。魅力的な湖で、花咲く島々や色とりどりの鳥たちでいっぱいだった。

二人は、手を取り合って、古いはしけに座っていて、その下では、浅緑色の暗い水がチャポチャポと音楽のように音をたてていた。愛撫するような夕暮れだった。それらは熱帯の恋人たちの無上の喜びなのである。オパール色の空は、おだやかに透き通って見えていたが、東側ではだんだんと衰えて暗い菫色の色調に変わり、奥の水平線の上では、透明度を増して薔薇色を帯びた黄金色に変わっていった。そこでは、最後の太陽光線が、斜めに、赤く、衰えながら震えていた。欲望に引きずられて、私の熱愛する人は私を見ていた。私たちの目は、燃え立つような不思議なことを語り合っていた。私たちの心の奥底で、目に見えない神々しい二羽の小夜啼鳥のように、陶酔して声を揃えさえずっていた。

私は恍惚となって、優しい燃えるような女性を見ていた。私の両手で撫でる彼女の栗色の髪、シナモンと薔薇の色の顔、クレオパトラのような口、凛々しい、けがれのない体を見ていた。そして、彼女の愛情のこもった言葉を語る小さな声、とても小さな声を聴いていた。私のためだけのように小声で語っていた。おそらく、夕暮れの風がそれを運んでいくことを恐れていたのだろう。

私をしっかりと見つめる彼女のミネルバの目は、私を幸福であふれさせた。緑の目、いつも詩人たちが惚れるに違いない目で。やがて、私たちの視線は、いまだにぼんやりとした明るさに満ちた湖のあたりをさまよっていた。岸辺の近くに、大群の鷺がとまった。白い鷺や褐色の鷺、暑い日には、ワニたちを驚かしに湖畔にやってくる鷺たちである。ワニたちは、黒い岩の上で広く開いた顎で、日光を飲み込むのだ。

美しい鷺だ！　何羽かは、その長い首を波の中や翼の下に隠していて、それは、鮮やかな、薔薇色の、揺れ動くのどかな花々の大きな斑点に似ていた。時々一羽が、一本の脚の上で、くちばしで羽を梳かしていた。彫刻のように、或いは気取ったように不動のままで。或いは、数羽の鷺が低く舞い上がり、緑に満ちた湖畔の底や、空に、中国の日傘の鶴の群れのような気まぐれな模様を作っていた。

私は、私の愛する人のすぐそばで、あの天上の国から、たくさんの鷺たちが、多くの知らない夢見る詩を届けてくれるのだろうと想像していた。白い鷺たちは、鳩の純潔と白鳥の官能を持ち、より純粋で、より官能的であった。艶やかであり、その荘厳な首は、シェークスピアがロンドンの宮殿で朗読する、あの絵画の中に見える巻き毛の小姓たちといっしょにいる英国の貴婦人たちの首に似ているのであった。その翼は、華奢で白く、消え入るような婚礼の夢を思わせるのだ。すべてが――ある詩人がうまく言っているように――碧玉に彫られたようであった。

ああしかし、ほかの鷺たちは、私にとり、もっと魅力的な何かを持っている！　私は、鷺たちと同様、そのシナモンと薔薇の色を持つ、艶やかで優しい私のエレナを、欲しがっているのだ。

すでに、太陽は、東洋の王様の豪奢な紫の衣を引きずりながら、消えようとしていた。

私は、愛する人を、私の誓いの言葉と甘ったるく熱い語句で優しく誉め讃えていた。私たちは一緒に、無限の熱情のけだるいデュエットを続けていた。そこまでは、私たちは、お互いを神秘的に神聖化した二人の夢見る恋人たちであった。

突然、そして、秘密の力に引き寄せられたかのように、説明できない一瞬のあいだに、私たちは口づけをした。すべてが震えて、口づけは、私にとって、極めて神聖で至高なものであった。女の唇から受けた初めての口づけだった。

おお、ソロモンよ、聖書にある真の詩人よ。お前は誰よりも上手に言ったのだ。

〝Mel et lac sub lingua tua.（蜜とミルクが、お前の舌の上にある）〟と。

ああ、私の崇拝する、私の美しい、私の愛する褐色の鷺よ！　お前は、私の心の中に作られる思い出の中で、最高に崇高なものである不滅の光を持っているのだ。

なぜなら、お前は私に、愛のえも言われぬ最初の瞬間における神々しい喜びの秘密を啓示してくれたのだから。

一八八八年六月

病気と影

一人の陽気な男が近くの通りで棺桶（かんおけ）を売っていました。彼は買い手によく絶妙な冗談を言うので葬儀屋の中では非常に人気者なのでした。

もう君たちは知っているでしょう、風疹が半月の間に、町の全ての子供の世界を荒廃させてしまったことを。おお、ひどいものでした！　残酷でつらい死が、花々を引き抜きながら家庭を通り過ぎていったことを想像して下さい。

その日は、雨が降りそうでした。鉛色の黒雲の塊は、もうもうと幅広く立ち上がる煙の巨大な姿となって積み重なっていました。湿った空気は、咳をばらまきながら有害な風となって吹き、絹や羊毛のハンカチが衛生的で富裕な人々の首筋を包んでいました。ふふん、ばかな！　好人物は、広い丈夫な肺を持っているのです。凍える突風が、彼を襲っても、あられが夏の太陽に焼かれた褐色の裸の背中に降ってきてもこたえないのです。ブラボ、チリ人！　彼の胸は、凍れる風が齧る岩であり、彼の粗野な大きな頭は、偶然の出来事にもいつも堂々と見開いた両目を持ち、胸を強くする潮の香りの海風の毒気をこうして吸い込む鼻を持っているのです。

ニカシア婆さんはどこに行くのでしょう？

顔を伏せ、粗い目のメリンスの黒いマントに包まれて、あそこを通るのです。

時々つまずき、ほとんど倒れそうになりながら、そういうふうにさっさと急いで歩いてゆきます。

ニカシア婆さんはどこに行くのでしょう？

歩いて、歩いて、歩いて、通り過ぎる知り合いたちには挨拶もせず、黒い外套の間から唯一気づくしわくちゃの顎は、震えているようです。

いつも買い物をする売り場に入り、釣り銭を包んだ四角いハンカチの端を結びながら手に蝋燭（ろうそく）の箱を持って出てきました。

葬儀用品店の入り口に着きました。陽気な男が、うまい冗談で彼女に挨拶しました。

――これ！　ニカシア婆さん、どうしてそんなに急いでるんです？　お金を探しているのがわかりますよ！――

すると、彼女は、魂を深く震撼させる痛々しい一言を言われたかのように、涙をあふれさせ扉を開けました。めそめそ泣き、店主は両手を後ろに組んで、彼女の前を行ったり来たりするのでした。とうとう話すことができました。彼に欲しい物を説明しました。

男の子が、ああ！　彼女の子供、彼女の娘の子供が、数日前に大変な熱で病気になっていたのでした！　二人の産婆が処置しましたが、その療法は役に立ちませんでした。幼児は、だんだんと重態となり、とうとう今朝、腕に抱かれたまま死んでしまったのです。祖母の苦しみはいかばかりでしょうか！

――ああ、ご店主、私の子に、唯一あげたいのは、あれらの棺桶ですよ。それほど高くないものを。ピンクのリボンがつけてあり、青の上張りがなくてはなりません。それから花束です。私は、現金で支払いましょう。ここにお金があります。――どれどれ見せて下さい？

すでに涙は乾き、彼女は、にわかに決意でいっぱいになって小さな棺を選びに向かいました。その店は、大きな墓のように狭く長くなっていました。あちらこちらに、あらゆる大きさの棺があり、黒色やいろいろな色で上張りされていて、成金の檀徒のための銀板を張ったものから、貧者のための飾りのない粗野なものまでありました。

老婆はあの全ての悲しい棺の一団の中で一つの棺を探していました。赤い花蔓をくちばしで運ぶ菫色の小鳥の見栄えのする厚い刺繍のある最も綺麗な服を着て、バラの花々に頭の周りを囲まれて家の中の机の上に横たわる青ざめて命のない愛する孫の遺体にふさわしい棺をです。

好みの棺を見つけました。

――いくらだい？

陽気な男は、いつも消えることのない笑い声でぶらぶら歩きながら言いました。

――さあ、貴方、けちけちしないで、婆さん、七ペソだよ。

そして、ハンカチの端をほどくと、わずかな小銭の目方不足の音がしました。

――七ペソだって？　だめだめ無理じゃよ。あんた、さあ、五ペソを持ってきたよ、五ペソさ。

――五ペソ、無理だよ、奥さん。あと二ペソ、それであんたのもんだよ。あんたは、孫が大好きだった！　わしは知っているぞ。はしっこく、いたずら好きの悪がきだった。小さなルビーだったんじゃないかい？

そう、小さなルビーだったのですよ、ご店主。小さなルビーでした。そして貴方は、この痩せて傷ついた老婆の心を打ち砕いているのですよ。彼は、はしっこくて、いたずら好きで、彼女がこんなにも大切にし、甘やかし、洗ってあげ、歌を歌い、膝の温かい突起の上で踊らせ、古い時代の鼻歌や子供たちを眠らせる単調な歌を口ずさんだのです。小さなルビーだったのですよ、ご店主！

――六ペソ。

――七ペソだよ、婆さん。

それはそうとして！　あそこで彼女は、持ってきた五ペソを置きました。残りは後で支払うのでしょう。彼女は誠実な女性なのでした。断食をしてでも、支払うことでしょう。彼は彼女のことをよく知っていました。彼女は、棺を運んでゆきました。

大急ぎで老婆は、棺を抱えて坂を上ってゆきました。へとへとになりながら大きく息をして、冷たい風に乱れたマントで頭の白髪をなびかせて。

こうして家に着きました。皆、棺がとても可愛いらしいものだと思いました。それを見て、眺め回しました。何と可愛らしいのでしょう！　その間にも老婆は、花の上で硬直し、髪の一部が乱れて額に張り付き、何か神秘的な永遠のように唇に曖昧で謎めいた痙笑を浮かべる死体に接吻をしていました。

老婆は通夜を望んではいませんでした。その子を抱いていたかったのです。

しかし、これではだめです。だめなのです。その子を連れてゆくように！

彼女はあちらこちら歩いていました。喪にやってきた隣人たちは、小さな声で話していました。子の母親は、青いスカーフで頭を包み、台所でコーヒーを作っていました。

そのうちに、ふるいにかけられた細かな煩わしい雨が少しずつ降りました。風は、扉や割れ目から入り込み、その子の横たわる机の白いテーブルクロスを動かしました。花は、風が吹くたびに揺れていました。

埋葬は、午後のはずでしたが、既に日は暮れていました。何と悲しいことでしょうか！　靄がかかり湿気のある憂鬱な冬の午後、身繕いしたチリ人たちは、巨体をざらついた縞模様の毛布で包み、老女たちは腹鳴と共に音を立てるマテ茶のストローを吸うのです。

隣の家では、人々がサマクエーカ民謡風の甲高い声で歌っていました。小さな遺体のそばで、犬が穏やかに目を閉じながら耳でハエを払っていました。そして、立て続けに落ちる水の音は、わずかな間隔で屋根から床に落ちていました。それは、すすり泣きながら独り言を言う老女の唇で軽く舌打ちする音と混ざり合っていました。

午後のくすんだ雲の背後に陽が落ちてゆきました。埋葬の時間が迫っていました。

あそこに、雨の下、よろめく二頭の骨と皮ばかりの馬に引かれてほとんど役立たない馬車がやって来ます。通りの泥の上でぴちゃぴちゃと音を立てながら喪中の家の入り口に到着しました。

――もう来たのかい？――老婆が言いました。彼女自身がその子を小さな棺の中に置きに行きました。哀れな死者を傷つけないように、そして墓穴の暗闇の中で快適にいられるように始めにボロ布（きれ）の白い敷布団を敷きました。次に、花を入れました。花の間で、その子の顔は青ざめて失神した大輪のバラのように見えました。

店主さん、いたずらっ子の小さなルビーは、もう墓地に向かうのですよ。棺は七ペソかかりました。五ペソが前払いされました。店主さん、老婆は、断食してでも、貴方に足らない二ペソを支払うことでしょう！

雨が強くなりました。はがれた古い馬車のエナメルから厚い泥の上に雫が落ち、背がずぶ濡れとなった馬は鼻から湯気を出し、歯の間でくつわを鳴らしていました。

家の中では、人々がコーヒーを飲み終わろうとしていました。

タック、タック、タック、タック、蓋の釘を埋め込んだばかりの金槌の音が響きました。可哀想な老婆！

母親は墓地に死者を置きに一人で行かねばなりませんでした。老婆はマントを準備していました。

——墓穴に入れる時には、棺に私のキスを与えておくれ、わかったかい？——

もういってしまうのです。棺を既に馬車に運び込みました。そして、母親も乗りました。

益々雨が激しくなります。ヘップ！　鞭が鳴りました。そして、馬たちが、通りの上の方に黒い土の上を役に立たない大きな馬車を引きながら去っていきました。

老婆は、そうすると、彼女一人で！　割れて崩れかけた壁の割れ目から頭をのぞかせました。そして、水たまりから水たまりへびっこをひいてぼろぼろの馬車が遠くに消えてゆくのを見ながら、彼女の深い悲しみの中でほとんどすさまじい様子で、くすんだ空に干乾びたしわくちゃの両腕を伸ばすと、こぶしを握り締め、恐ろしい形相で——あなた方の誰かに訴えかけるのでしょうか、おお死か、おお天命か？——悲鳴と呪いの声でこう叫んだのでした。

——悪党め！　悪党め！……。

盲導犬（子供たちのためのお話）

盲導犬は噛みつかず、害をなしません。寂しそうで謙虚で優しいのです、子供たちよ。決して悪さをしようとしてはいけません、そして、君たちの家の玄関を通り過ぎる時には、何か食べるものをあげなさい。私は感動的な物語を知っていますので、これから君たちにお話ししましょう。

私が子供だった頃、とても残酷な一人の友達がおりました。同級生の誰もが彼を好きではありませんでした。なぜなら、みんなに険しく意地が悪かったからです。年下の子を、つねり、叩き、年長には、石を投げて仲が悪かったのです。先生が、彼を罰しても決して泣きませんでした。時々、怒って、唇に血をにじませ、こぶしで髪をむしるのでした。憎らしい子供でした。

動物たちには、少年たちに対するほどには残酷でなかったというわけではありません。

君たちは小鳥が好きですか？　というのは、彼は、カンポアモールのいくつかの詩の中でカシルダがしたように、鳥の巣で見つけた小鳥たちを捕らえて、羽をむしり、卵を壊し、目玉を引き抜いていたのです。このスペインの詩人は、ドローラスと呼ばれるとても思慮深くて、とても美しい詩を創作したのです。

悪童の家には、一匹の猫がおりました。ある日、彼はギリシャ人アルシビアデスが犬にしたように、哀れな動物の尻尾を切り取ったのです。

パコ――あの悪童はそう呼ばれていました――彼は、片足で歩く人や片目の人、せむしの人たち、時々、暗い物笑いの悲惨さの名において物乞いをして歩く乞食たちを冷やかしていました。君たちが分かっているように、それは善き心を持つすべての子供にはふさわしくない行いで、君たちは、決して彼がしたことと同じようなことはしないものと私は確信しています。

あの頃、学校の入り口に、袋と椀を持ち、犬を連れた盲目の哀れな老人がやって来るのでした。人は彼にパンを与え、台所で彼の袋を一杯にし、レオンという名の四本足の良き盲導犬には骨が足りなくなることは決してありませんでした。

レオンは、おとなしいので私たち全員が彼を撫でていました。そして、背を触られたり、頭をもみくちゃにする子供の手を感じると、犬は、目を閉じ、舌で愛撫を返すのでした。盲人は、犬の導きに愛情で感謝し、その返礼として、物語を語り、歌を歌っていたのでした。

パコは、午後の休み時間に大笑いしながらやってきました。とても愉快なことをしてきたのです。君たちは、さそりがどういうものか知っているはずです。先端が鉤となった尻尾の一種を持つ、醜く、ぞっとするような、黒い生き物です。この鉤は、刺すのに役立ちます。サソリが刺した時には、傷口に毒が入って人は病気となるのです。

パコは、生きたサソリを見つけたのでした。それをパンの細長い切れの間に置き盲人のところに食べるよう持って行ったのです。その生き物は、乞食の口を刺し、彼はほとんど死にかけたのです。わかるでしょう、この種の子供は、卑しい人にしか成りようがないのです。

子供が善い行いをすると、バラ色の翼の天使たちが喜びます。もし行いが悪ければ喜びで震える黒い翼の天使もまたいるのです。子供たちよ、バラ色の翼を愛しなさい。君たちの夢の中でそれらは、いつも、君たちの前に愛撫する甘く美しい姿で現れるのです。それらは、君たちに神々しい夢を与え、恐ろしい巨人或いは寝床の近くにやって来るずんぐりむっくりした小びとたちの脅すような顔を追い払うのです。

黒い翼の天使たちはいつも私の物語のパコに大喜びしていたのは疑いないのです。

君たちが知っている私たちに悪い行いをする人物が、神の動物に心ないことをし、時々、ひどいことをして母親を泣かせる人物であるということを想像してごらんなさい。

青い天の黄金の割れ目から待ち伏せする智天使たちが、ここ下界で授業がわかり、父や母に従い、あまり多くの靴を壊さず、良き心と綺麗な手を見せる振舞いの良い子供たちについて神に報告する時には、彼は時々、微笑みながら良き白い髭を動かすのです。そうです、私の子供たちよ、もし、子供たちがいたずらをし、しつけが悪く、もっとひどいのは、心のねじまがった者！　だということを神が知った時には、君たちは神がどんなにかあの眉をしかめるかを見、合唱隊や能天使たちが驚くほど神秘的な神の言葉で怒り散らし、怒ってもう子供たちは嫌いだと言うのを聞くということになるのです。

そうすれば、ああ！　ガブリエルにペストを解き放つように言うのです。そして死すべき運命がやってきて、子供たちが死に、墓場に運ばれ、これらの子供たちは昼夜ほかの死者たちと一緒にいることとなるのですよ。

それだから、良き神が微笑み、お菓子が降り、自転車が発明され、多くのロスさんやパトリジオ伯爵たちがやって来るように良い子となる必要があるのです。

ある日、盲人は学校にやって来ませんでした。そして、休み時間には、お話も歌もなかったのです。私たちがもう老人は病気なのだろうと考えていたその時に、長い杖に支えられ、つまずき、倒れながら老人が現れるのを見たのです。レオンは、彼とは一緒には来ませんでした。

――それで、レオンは？

――ああ！　わしのレオン、わしの息子、わしの道連れ、わしの犬は、死んだんじゃ！

そして、盲人は、計り知れないほどの残酷で深い悲しみにさめざめと泣いたのでした。

今や誰が彼を導くのでしょうか？　犬は多くいますが、あの犬と同じというのは不可能です。別の犬を見つけることはできるでしょう。しかし、盲導犬となるように教えねばなりませんし、いずれにしても同じではないのです。そうして、さめざめと泣くのでした。

――ああ！　わしのレオン、可愛いレオン……。

それは蛮行で犯罪でした。彼が死んだ方がましだったのかもしれません。彼は、不運な人で、彼をもっと苦しませたかったのです。

――おお、神様！

もうわかるでしょう、子供たちよ、これは、魂を引き裂くことです。

盲人は、食べようとはしませんでした。

――いやじゃ、どうやって一人で食べられようか？

そして、悲しそうに、悲しそうに階段に座り、痛々しげにまばたきし、額を痙攣させて、見えない目から涙をあふれさせ、ある種の苦悶と苦しみに口角をこわばらせるのでした。

彼と同じような苦しみを感じる子供は、神が祝福する素晴らしい子です。

私はそのような幾人もの子供を見てきました。そして、みんながその子供たちのことが大好きで彼らのことを話すのです。何という良い子供たちでしょう！　そして、彼らを慈しみ、可愛い物や千一夜のような本を贈るのです。君たちはこうであるべきと思います。それゆえに君たちのために、私は物語を書かねばならないのです。そして、君たちが幸せであるように願うのです。でも先に進みましょう。

盲人が泣き、子供たちが彼を憐れみながら取り囲んでいるうちに、パコが高笑いを響かせながらやって来ました。あざ笑っていたのでしょうか？　何か悪さをしたに違いありません。それは前兆でした。彼の笑いはただそれだけを示していました。悪党！　君たちは子供のならず者を見たことがありますか？　彼は、哀れな老人のいたところにやって来ました。

――こら、おじさん、ところでレオンはどうしたんだ？――益々高笑いするのです。

君たちが考えているように彼にはこう言うべきでした。〝パコ、それは悪いことで、恥ずかしいことです。君は不幸な老人を愚弄（ぐろう）しているのですよ〟と。しかしあの小悪魔を皆が怖がっていたのでした。

そのあとずうずうしく甲高い声と厚かましい態度で、盲人の前で、どうやってあの犬を死なせたかを語り始めました。

——とても簡単さ。ガラスを拾って、それを砕き、それから一切れの肉に砕いたガラスを入れて、それを犬が全部食べてしまったのさ。それですぐに、犬は踊り始めた。それからすぐにおじさんを引きずることができなくなった。——そして、笑いながら不幸な老人を指さし——最後に、足を伸ばして、そんなにも硬くなったのさ。

そうするとおじさんは泣くに泣いたのです。

もうわかるでしょう、子供たちよ。パコは、冷酷で有害なたくらみに満ちた心を持っているのでした。

鐘が鳴りました。全員が教室に走りました。学校から出てくると、まだ、老人が死んだ盲導犬のために泣いていました。何という悪いことを悪党の子が見つけたことでしょう！

しかし、子供たちよ見て下さい。良き神様が聖なる怒りでいらだっているのです。

パコは、同じ日に、水疱瘡（みずぼうそう）にとりつかれ、痛みに苛まれ、ものすごく醜くなった後に埋葬されたのでした。

盲人のことを尋ねるのですね？　あの日から、打ち身や転倒を被りながら石の上に響く曲がった杖で、踏みつけられる危険を冒して一人で物乞いをする姿が見られました。しかし、彼がいつも涙を流した道連れの愛すべき動物、レオン以外の盲導犬は欲しがらなかったのです。

子供たちよ、良い子になりなさい。盲導犬——昼間から追われて物憂く、光の国をなつかしむ——

は、おとなしくて、寂しそうで、謙虚で、優しいのです、子供たちよ。犬には決して悪いことをしようとしないこと、そして、君たちの家の玄関を通りすぎる時には、何か食べ物を与えなさい。

そして、そうすれば、おお、子供たちよ！　神の祝福を受けるでしょう。神は、君たちに、優しいおじいさんの皇帝のようにその白髭を動かしながら笑いかけるでしょう。

ヘブライ人

あの日、年老いたモーゼはテントの中に一人でいて未だに神の幻影を見て聖なる神経の震えを感じていました――なぜなら、エホバから偉大なレビ記の多くの戒律の一つを受け取ったばかりでしたから――。外から彼を呼ぶ不思議な小さい声を聞きました。

――おはいりなさい――そう答えました。

すぐに、野兎が中に飛び込んできました。

可哀想に野兎は、疲れて喘ぎながらやって来ました。なぜなら、シナイ山の麓（ふもと）から、立法者の住む所まで、懸命に走ってやって来たからです。

――モーゼは？

――わしじゃが……。

野兎は、重大事に巻き込まれていたので、大きな関心を持って話し始めました。

——貴方様が不浄でない動物と不浄な動物を宣告する戒律を公布したばかりということが私の耳に届きました。前者は、罰を受けずに食べることができ、後者は、動物たちにとっては特別な神の慈悲ですが、それ故に、人間の胃のためには働くことができないのです。この問題に関心がありますので、あなたの言葉をお待ちします。

そして、モーゼは言いました。

——差支えないぞ。わしの弟アーロンとわしは、新しい戒律を神の口から聞いたのだ。わしについてくるのじゃ。

神殿の入り口には、大司教に叙階されたばかりのアーロンが神殿の王のように美しく、堂々としておりました。

光は、豪華な祭服を輝かせ、司祭は、ジルコンのチュニカ、黄金と紅玉、紫と緋色の麻布の法衣をまとい、締めつけられた光り輝く帯を誇示していました。

司祭の衣の宝石は、ふるえる虹となって分解するのでした。聖書の言葉、ソルディオ、トパーズ、緑のエメラルド、碧玉、青く詩的なサファイア、ルビー、極小の太陽、リグリオ、瑪瑙（めのう）、紫水晶、貴かんらん石、縞瑪瑙、ベリリウムです。十二の宝石、十二の部族です。そしてアーロンは、その美しい衣服で、いつもミサを行うのです。なんと美しい！

アーロンは、モーゼの口から、野兎の願いを聞きました。そして、機嫌よく笑いながらこう答えました。

――覚えておきなさい――そう言いました――神の戒律は、

〝イスラエルの息子たちは、これらの動物を食べねばならない。割れた蹄があり、反芻（はんすう）する動物を。〟

〝反芻をするが割れた蹄のないものは、不浄であり、食べてはならない。〟

〝岩たぬきは、不浄である。〟

〝そして、野兎だ（ここで野兎は跳び上がりました）。なぜなら、反芻をするし、蹄が割れていないからだ。〟

〝豚は、逆なのだ。〟

〝ひれや鱗のあるものは、海のものでも川のものでも食べられる。〟

〝これが魚に関するものである。〟

〝鳥の中では、鷲やひげはげ鷲やみさごは食べてはいけない。同様に、とび、はげたか、からす、ダチョウ、ふくろう、そしてインコも食べてはいけない。ハイタカも全くだめだ。このりやかいつむりや朱鷺や白鳥もだめだ。〟

〝ペリカンや青鵁（せいけい）やヘロデイオンやカラデイオンややつがしらやこうもりも食べてはいけない。〟

〝羽があって四足で歩くすべてのものは忌むべきである。毛虫やアタコやエビのように後ろ足を持たないものである。〟

〝反芻し、蹄を持つものは不浄な動物である。しかし、蹄の割れてないものである。そして、四本足があり、両手で歩くものである。〟

〝ほかにも、いたちやネズミやワニやカメレオンや土蜘蛛やもぐらである。〟

そして、最後に、戒律の抜粋を終わらせる〝わたしは言った〟という言葉を宣告したのです。

野兎は沈思していました。

――みなさん――少しして叫びました（不幸者よ！　これで彼の種族が全て失われることも知らずに）、残虐な犯罪が犯されたのです。――イスラエル人、ホンの息子、フェレスの息子、ルベンの息子は、私の兄弟を煮物にして食べてしまったのです。

アーロンとモーゼは、驚いて互いに顔を見合わせました。

偉大なヘブライ人の白いあご鬚は、胸の上を脇から脇に動きながら、厳かな老人が本当に興奮していることを表していました。何ということ！　彼から神の言葉を聞いたいくつかの部族は、その同じ日に真新しい戒律の一つにおこがましくも違反したのです！　何ということ！　神の偉大な石版を彼が受け取ったことや彼の弟アーロンを司祭に叙階したことは、何の役にも立たなかったのです！　今に見ていろ、今に見ていろ。雷鳴が彫刻のような髪の上で聞こえ、稲妻が額にみぞを刻みました。そして今度はこう言いました。何だと？　何とヘブライ人が！

よかろう。

素早く、素早く罪人が探され、見つけられたのでした。犯行の残骸までもってやって来ました、誰かが鍋ごと全部一緒にという通りに。子兎は、バターのような湯気を出し、まさにレストラン、シェズ・ブリンク或いはホテル・イングレス或いはパパ・ボウナウトのような揚げ物の豊かなにおいを放っていました。野兎の遺骸は、あそこにありました。

はしっこい野兎は、驚いた丸い目で、二匹の兄弟を見ていました。アーロンは、罪人を尋問しました。一方でモーゼはあの祖先のルクロやドゥーマスに真に恥ずかしくないように、煮物を調べました。被疑者は、できる限り弁明しました。新しい戒律を知らなかったと主張しながら、その必要性を説明し、食欲につき弁解したのです。厳しく彼を裁かねばならなりませんでした。おそらく石投げの刑となったかもしれません。

しかし、ある情況が彼を救ったのでした。告発した野兎が恐怖で熟視した細部です。二人の裁判官は、ルベニスタに料理されたご馳走を試食しました。そして私が読んだ羊皮紙に書かれたこの物語が語るところでは、指をなめながら被疑者を赦免にするとの結論を下したのでした。よく知られたこの種の動物は、食べられること、そして美味(おい)しいと宣告されたのでした。

しかし、良き神は、告発した動物の嘆きを聞き、彼に同情し、彼の宿命に耐えるのを助けるために介添えを与えたのです。

あの憐憫の日から、時々、野兎に代わり猫が与えられたのです。

芸術と冷淡

あの壮麗な都市のアトリエに尊大な彫刻家がいることを想像して下さい。ブロンズの英雄や厳かな表情で神秘的な微笑みを浮かべた大理石の多くの白い裸像の間に、赤い花柄の黄色い作業服を着て、斜めに縁なし帽をかぶり、背が高く痩せて角ばった彼を誰もが見ることができました。髭の濃い仮面の側には妖精の脚や酒神の祭姫の胸があり、現代的な円形浮彫の前には、バッカス酒神の腹やオリンポスの神の瞳のない目がありました。

誇り高く、うぬぼれ屋で、激しく、たくましい！　彼を想像して下さい。

自身の神経の虜であり、熱烈な肉体と深い苦悶の犠牲者であり、彼をとりまき彼に霊感を与える美しくりりしい不動の一族の父であり、ネズミのように貧しい彼を想像して下さい。

彼をそのように想像して下さい！

ビリャニエべは、美しい所でした——無駄です、無駄です、地図で探さないで下さい！——そこは、女性たちが全員女神のようで、聳え立ち、荘厳で、威圧的でその上、冷たいのでした。女性たちは氷塊に彫られたように、とても白く、とても白くて、まれにしか微笑まない真っ赤な唇を持っていました。宝石と豪華な服を好み、通りをゆく時には、その熱い身のこなしとまっすぐな頭、その壮麗さを見れば、女帝たちの行列行進と言えるものでした。

ビリャニエベには、栄光に値する偉大な彫刻家がおりました。そして、彼はあそこにいたのです。なぜなら、神は、その男にはキノコと同様、祖国を選ぶことを求めないからです。そして、ビリャニエベでは、誰も彫刻家のアトリエがどういうものかを知りませんでした。多くの人々が彼を見ていたにも拘わらずです！

ある日、芸術家は、正気の時に、パンが足らないこと、そして、アトリエが、美の神々で一杯なのを見て、パンを探すために多くの中の一人を通りに遣りました。

月の女神が出てゆきました。そして、神々しい清らかさにより、都市でおおーっ！　という驚きの声を引き起こしました。

何と！　裸体は芸術の特別な礼賛であり得えたのでしょうか。

何と！　そうして腕のその目立つ曲線、肩のその丸味とその腹、それは、冒涜ではないのでしょうか？　そして、すぐに、

中へ入れ！　中へ入れ！　出てきたアトリエに！

そして、月の女神は、手ぶらでアトリエに戻りました。

彫刻家は、彼の欲求につき沈思し始めました。

いい考えがある！　いい考えがある！　彼は考えたのです。

そして、公共の広場に走っていきました。そこでは、流行の最新の香水を知っている最も美しい女性たちやきれいに整髪した男性たちそして、修道僧と思われる太った幾人かの老人たちや歩く時には

ミヌエットを踊っているように思える痩せた老人たちが集まっていました。全員が、先の尖ったぴかぴかの靴を履いていて、それが彼には何とも不可解と思われるのでした。

彼は、彫像の台座のところにやってきて、話し始めました。

――諸君、私は何の何某で、誇り高い彫刻家であるがとても貧しい。私は、裸或いは着衣のヴィーナスを持っている。

〝私はお前たちに裸体を愛するのだと警告しておこう。私のアポロたちは、お前たちを不快にはさせないだろう、なぜなら、荘厳なライオンの縮れて輝くたてがみを持ち、魔法の神々しい楽器をうならせるかのように両手を握り締めるのだから。私の月の女神たちは、お前たちには気が重いだろうが純潔なのだ。その上、彼女たちの腰は愛が降りてくる柔らかな丘であり、その外見は狩猟の女神なのだ。青銅のネストルとミケランジェロ風のこれほども荘厳なモーゼ像があるのだ。お前たちには、神話のヘベスのような聖書風のスサナスを作ろう、そして、大槌を持つヘラクレスとロバの顎を持つサンソンを作ろう。私の像たちは、曲線或いは直線、男らしい或いは女らしい線で際立つだろう。そして、私の白い神々の血管の中には霊液があり、私のノミは、褐色の金属の中に血液を注ぐだろう。

お前たち、親愛なる女たちには、サチュロスや人魚を作ろう。それらはお前たちの化粧台の宝石となるだろう。

そして、お前たち、派手な男たちのためには、戦士の胸像、円盤選手の胴体、豹の膝下を切り落とす裸の女戦士たちを持っているのだ。

私はもっと多くの物を持っている。しかし、お前たちに言っておこう、私は生きる必要もあるのだと。私は宣告した。〟

次の日でした。

――私は欲しいのよ――荘厳なサロンの最もあか抜けた皇妃の一人が、両手をキスで覆っていた彼女の崇拝者の一人に言いました――、その有名な彫刻家のアトリエに行って、私に最もふさわしい何かを持って来て欲しいの。

撫でるような、期待をもたせる声でそう言ったので崇拝すべき恋人の命令には従うしかないのでした。粋な紳士は――当時、最近の汽船で到着した高襟を初めて着るのを自慢していました――、膝を折って、英語の文句で別れを告げました。おお！　素晴らしい、その通り、その通りです！　そして通りに出てアトリエに向かいました。

芸術家は、彼の住まいに大きな襟と先の尖った靴が現れるのを見た時に、アロマオイルで空気が飽和するのを感じ、内心こう言いました。〝私が真の芸術の称賛者である有力者の庇護を見つけたことは事実だ。宮殿は、私の作品で満たされるだろう。私の神々と英雄たちの一族は、一杯の光の中、自由な空気を感じるであろう、そして栄光の風は私の名前を運び、私は、私の仕事で日々のパンを得るだろう。〟

――ここには何でもありますよ――彼は叫びました――選んで下さい。

その恋人は、あの全ての素晴らしい芸術品の集まりを点検し始めました。そして、初めから不満気な様子で、しかし知識人風にしかめ面をしたのです。いやいや、これらの妖精たちには腰巻が必要ですよ。これらの丸味は誇張されています。大槌を持ち上げるそのすさまじい戦士は、硬くなった足を持っていないのですか？　筋肉が破れていますね。こうあるべきではない。表情がひどい。その粗暴な頭髪は研磨が足りない！　あのマーキュリーは、おお神様、その葡萄蔓の葉は？　一体何のためにあなたは、これらのみだらなものを彫るのですか？

芸術家は、あっけにとられて、あのリンネのホモサピエンスを見ていました。彼は、右目のくぼみに片眼鏡をかけ、おどけた驚きの視線を投げかけながら、扉を掴んで、円い正方形の発明者のように言いました。

――しかし、何とまあ、あなたは正気ですか？　幻滅だ！

そして、その知識人は、気まぐれな恋焦がれる人を満足させるために、パリの輸入品の百貨店に入り、そこで鳩の巣のついた木が美点の煙突のある大時計を買いました。そこでは、三十分ごとに、木でできたこの小動物がくう、くう！　と鳴きながら羽ばたくのでした。

そして、貧しい芸術家たちだけが知る、パンが足らないこれら苦しい日々の一日でした。その間にも幻想や希望が浪費されているのです！　最後の希望が彫刻家を台なしにし、これらの素晴らしい創造物に命を与えてきたノミで叩き壊そうとした時に、誰かが彼の家の扉を叩きました。数百万の腐るほどのお金の中で暮らす多くのブルジョアの王たちの一人のように頭を高く上げ、威圧的な様子で入って来ました。

彫刻家は、丁重に前に進み出ました。

——貴方様——彼に言いました——貴方様を知っております、このアトリエを礼遇して頂き感謝いたします。貴方様の意のままに。ご覧下さい、ここには、彫像やメダルや小間壁や女人像柱やグリフォンや男像柱があります。その驚かせるラオコーンやあの威圧するヴィーナスを見て下さい。もしかして、あのミネルバが貴方様の図書館に必要でしょうか？　貴方様が称賛するアテネアがここにありますよ。貴方様の庭の飾りを探しに来られたのですか？　厚顔で好色な笑いの森の神サテュロスやその山羊の蹄を見て下さい。アクテオン風の変形を彫ったこの大きな噴水盤は貴方様を喜ばせるでしょうか？　あそこにはまるで生きているようなけがれなき、白い純潔の狩猟の女神がいます。老いたアナクレオンテの彫像は貴方様の目の前にあります。竪琴を弾くのですよ。りりしさに溢れて微笑むその林野の神ファウノは、お好きですか？　何がお望みですか？　言いつけて頂ければご満足頂けるでしょう……。

——紳士よ——まるで言葉の半分も聞いていなかったかのように訪問者は答えました——、私は非常に良いアラブや英国や北欧の馬を持っているのです。私の馬小屋は素晴らしい。あそこには知られているすべての種類の家畜があり、建物は非常に高価なのです。あなたが彫像で巧みだということを聞いて、それで玄関に置く良き馬の頭を注文しに来たのですよ。また会いましょう。

怒りと驚き！　……。しかし、沈黙が、台座から大理石の唇で話しながら芸術家を落ち着かせました。

――ほら、先生！　ひるまないで。彼に胸像をお作りなさい……――

耳の聞こえないサテュロス（ギリシャのお話）

オリンポスの近くに、一頭の森の神サテュロスが住んでおりました。彼は、密林の年老いた王でした。神々は彼に言っておいたのでした〝楽しむのだ、森はおまえのものだ、幸せないたずら者になって妖精を追い、おまえの笛を鳴らすのだ〟。

サテュロスは、楽しんでおりました。

ある日のこと、父なる神アポロンが神々しい竪琴を弾いておりました。サテュロスは彼の領地から出て、無謀にも聖なる山に登ってゆき、長い髪の神を驚かしたのでした。この神は、彼を罰して、岩のように耳が聞こえないようにしてしまいました。

鳥たちでいっぱいの密林の茂みの中ではさえずりがこぼれ、鳩の鳴き声があふれていましたが、無駄でした。サテュロスには、何も聞こえなかったのです。

小夜啼鳥が、やって来て、彼のもつれた髪の葡萄蔓の冠の上で、小川の流れを止め、青白い薔薇の花を赤くするような歌を歌いました。彼は、平然と動かずにいるか、或いは、裂け目だらけの茂みのあいだから、太陽が亜麻色の光で愛撫する、何か白く丸味を帯びた腰が見えた時には、野性の高笑いを発して、みだらに、陽気に飛び跳ねるのでした。すべての動物たちは、まるで主人に従うかのように、彼を取り巻いていました。

彼の目の前で、彼を楽しませるために、燃えるような酒神の巫女たちの合唱団が、熱狂の中で踊り、心地よい調べを添えておりました。彼の近くには、美しい若者たちのような若い牧神ファウヌスたちがいて、その微笑みで、恭しく彼を愛撫しておりました。そして、彼は、どの声も、カスタネットの音も聞こえなかったのですが、いろいろなやり方で楽しんでいました。このようにして、山羊の脚を持つこの髭もじゃの王は、どうにか暮らしておりました。

きまぐれなサテュロスでありました。二人の宮廷の助言者を持っておりました。ひばりとロバでした。前者は、サテュロスが耳が聞こえなくなって帰ってきた時に、信望を失いました。以前は、もしサテュロスが放蕩に疲れて、その笛を優しく吹きますと、ひばりが彼に伴奏していたのでした。

その後、彼の偉大な森では、オリンポスの雷鳴の声さえも聞こえなかったのですが、長い耳の辛抱強い動物が、乗馬のために彼に仕え、一方でひばりは、暁の絶頂において、空に向かって歌いながら、手から飛び立って行きました。

密林は巨大でありました。その密林では、梢の頂がひばりに属し、牧草がロバに属しておりました。ひばりは、暁の最初の光線に挨拶されるのでした。若枝の上の露を飲んで、樫の木を起こしていました。〝老いた樫の木よ、起きろ〟と言いながら。太陽の口づけを楽しんでいました。朝の明星に愛されていました。そして、深い青空はこんなにも大きくて、こんなにも小さな彼女がその広大な大空の下に存在することを知っておりました。

ロバは、世間一般が言うには、(当時は、カントと会話していなかったにもかかわらず) 哲学の専門家でありました。サテュロスは、ロバが牧場で、まじめな様子で耳を動かしながら、牧草の葉を食べるのを見て、この思想家について高い理想を持っていたのでした。あの頃は、ロバは、今ほどに多くの評判を博してはいなかったのです。その顎を動かしながら、彼を称讃してダニエル・ハインシウスがラテン語で、バセラット、ビュフォン、そして、偉大なユーゴーがフランス語で、ポサダとバルデラマがスペイン語で執筆するなどとは想像もしていなかったのです。

根気強い彼は、虻が刺せば、尻尾で追い払い、時々ぽんぽんと蹴り、森の天蓋の下、奇妙な和音を喉から発していました。そして、そこでは、甘やかされていたのです。黒い優しい土の上で昼寝をすると、草や花たちがその香りを彼にあげていました。そして、大木たちは、彼に陰を作るために茂みを傾けていたのでした。

その頃に、オルフェウスは、詩人は、人間の悲惨さに驚いて、森に逃げることを考えていました。そこでは、彼のことを幹や石たちが理解してくれ、うっとりとして聞いてくれるだろうと。また、そこでは彼は楽器の響きに合わせて、震える調べと愛と生命の火を与えられるのだろうと。

オルフェウスが、彼の竪琴を鳴らす時、アポロンの顔に微笑みが浮かぶのでした。デメテルは、喜びを感じたのです。椰子の木は、その花粉をばらまき、種子がはじけ、ライオンは、そのたてがみを穏やかに動かすのでした。ある時には、その茎が赤い蝶でできたカーネーションが空を舞い、一個の星が魅了されて降りてきて、白百合の花に変わったのでした。

サテュロスの密林よりも良い密林があろうものか。彼はサテュロスを魅了するであろうし、そこでは、半神として扱われよう。密林は全ての喜びと踊り、美しさと、淫楽に満ち、そこでは、妖精が、酒神の巫女が常に愛撫され、いつも処女であり、そこでは、葡萄と薔薇と、シストルムの音があり、そこでは、山羊の足の王がファウヌスたちの前で、酔っぱらって踊り、セイレーンの身振りをするのだろうか？

彼は、月桂樹の冠と、竪琴を持ち、誇り高く、背筋を伸ばし、光り輝く詩人の顔で出かけたのでした。毛深い山育ちのサテュロスのいるところまでやって来ました。そして、彼に歓待を乞うためにうたったのです。偉大なジュピターやエロス、アフロディータ、凛々しい半馬人ケンタウロスや燃えるような酒神の巫女たちのことを。ディオニソスの杯を、陽気な調べを鳴らす酒神の杖を、そしてパン、山々の皇帝を、また、森の帝王、歌も歌える神、サテュロスのことをうたったのでした。

大気と偉大な母なる大地の秘め事をうたいました。風琴のメロディーは、こう説明しました。木立のささやき、ほら貝のしわがれた音、パンの笛から湧き上がる調和ある旋律であるのだと。詩の行をうたいました。それは空から降りてきて、神々を喜ばすのです。バルビトスが讃え歌で伴奏する詩を、ダルマーが祭壇の高座でうたった詩を。生温かい雪のように白い胸を、細工された黄金の杯を、鳥の胸を、太陽の栄光をうたったのでした。

讃え歌の最初から、光は輝きを増して光り輝きました。巨大な幹たちは感動しました。そして、葉の落ちてしまった薔薇たちがあり、白百合たちは甘美に失神したように、けだるく傾いたのでした。なぜなら、オルフェウスは、リズムのあるその竪琴の音楽で、ライオンを唸らせ、石ころを泣かすからでした。最も激しい酒神の巫女たちは黙ってしまい、夢心地で聞いておりました。一人のけがれなき水の精が（その彼女をサテュロスのまなざしは、決して一度もけがしたことがありません）、おずおずと歌人に近寄ると、彼に言いました。〝あたしは、あなたを愛しているわ〟と。

小夜啼鳥は、アナクレオンの鳩のように、飛んできて竪琴の上にとまりました。

オルフェウスの声の響きのほかは、こだまするものは何もありませんでした。大自然が讃え歌を感じていたのでした。ヴィーナスは、近くを通っていて、遠くから神々しい声で尋ねました。

〝もしかして、アポロンがここにいるのかしら？〟

そして、あのすべての素晴らしいハーモニーの広大さの中で、唯一、何も聞いていないのは、耳の聞こえないサテュロスだけだったのです。

詩人は、歌い終えた時、サテュロスに言いました。

――私の歌を気に入っていただけますでしょうか？　もし、そうでしたら、私は、あなたたちとこの密林に残りましょう。

サテュロスは、二人の助言者に視線を向けました。彼が理解できないことは、彼らが解決する必要があったのです。その視線は意見を求めていました。

ご主人様――

ひばりが言いました。その胸から最も力強い声を出そうと努めながら、

――このように歌った者は、私たちといっしょに居残るべきです。ここにおいては、彼の竪琴は美しく、力強いのだということです。あなた様には、偉大さとともに、あなた様の密林で今日、あなた様が見た不思議な光を捧げたのです。あなた様には、そのハーモニーを与えました。ご主人様、私は、

こんなことを知っております。裸の暁がやって来れば、世界は目覚めるのです。私は、空の奥深くに高く舞い上がり、高みから、私のさえずりの見えない真珠を降り注ぐのです。朝の明るさの中、私のメロディーは、空気を浸すのです。そして、それは、空間の喜びなのです。

それでは、あなた様に言いましょう。

オルフェウスは、上手に歌いました。そして、彼は、神々により選ばれた者です。彼の音楽は、森全体を酔わせました。鷲たちは、近づき、私の頭の上で飛び回りました、花咲く灌木たちは、優しくその神秘の香炉を揺らせました、蜂たちは、聞きに来るために、その巣穴をあとにしてきたのです。私に関しましては、おお、ご主人様！　もし、私があなた様の立場にあったら、私の葡萄蔓の冠と杖を与えることでしょう。二つの力が存在します。現実の力と理想の力です。ヘラクレスが手首でやるであろうことを、オルフェウスは、彼のひらめきで行うのです。たくましい髪は、拳固の一撃でアトスさえも粉々にするでしょう。オルフェウスは、その勝ち誇った声の効力をもって彼らを馴らすのです。

ネメアでは、そのライオンを、そしてエリマントでは、そのイノシシを。男たちからは、ある者は、金属を鍛えるために生まれ、ある者は、肥沃な土地から麦の穂をもぎ取るために生まれ、また、他の者は、血なまぐさい戦争で闘うために、また、ある者は、教え、讃美し、歌うために生まれてきたのです。もし、私が、酌をする召使であれば、貴方様に葡萄酒を与えましょう。味覚を楽しみなさい。もし、讃え歌をあなた様に捧げるのであれば、あなた様の心でお楽しみなさい。

ひばりが歌っているあいだに、オルフェウスは、その楽器で伴奏していました、そして、広々とした、抒情詩が主調をなす一陣の風が、緑の香ばしい森から漏れていきました。

耳の聞こえないサテュロスは、もどかしがりはじめていました。あのよそ者の訪問者は誰だったのだ？　なぜ、彼の前では、熱狂的で官能的な踊りをやめてしまったのだ？　二人の助言者たちは何を言っていたのか？

ああ、ひばりは歌ったのですが、サテュロスには聞こえていなかったのでした！

最後に、その視線をロバに向けました。

彼の意見が欠けていたのでしょうか？　さて、いいでしょう、巨大な響きの良い森の前、聖なる青空の下で、ロバは、頭をあちらこちらに動かしたのです。まじめに、頑なに、静かに、そして、黙想する賢者のように。

そうすると、割れた爪で、サテュロスは、地面を打ち、怒って額にしわを寄せ、何もわからずに叫んだのでした。オルフェウスに密林の出口を指し示しながら。

――だめだ！

隣のオリンポスの山にこだまが届き、あそこで鳴り響きました。そこでは、神々たちが、ふざけ合い、後にホメロス風と呼ばれたすさまじい高笑いの合唱があったのでした。

オルフェウスは、耳の聞こえないサテュロスの密林から悲しげに去りました。

そしてその道にある最初の月桂樹で、ほとんど首を括る覚悟でありました。（首は括りませんでしたが、エウリディスと結婚したのでした。）

パイプの煙

私たちは食事を終えたばかりでした。

儚いひそひそ話や美しく透き通る言葉が響く――女性がいるのでしょう――サロンから遠く離れて、私は、友人フランクリンの部屋にいました。彼は、とても考え込む若者で夢見る目と優しい言葉を持っていました。

黄金のシャンパンは、私の舌に喜びを、頭に光明を与えました。ひじ掛け椅子にもたれかかり、頭の中では、人が触れたいと望む遠方のことや甘美なことを考えていました。それは曙が消え入るようで私は目を半ば閉じて幸せでした。

すぐに、壁にかかった細いパイプの一つを見つけました。それは、ある種愛好家たちが好むもので、トルコ人の頭を落ち着かせるには十分に長く、ドイツ人の学生を満足させるためには十分に短いものでした。

私の友人が火をつけて、私の唇にそれを近づけました。

あの時には、私はパシャのように感じていました。

煙の最初の一服目を新鮮な空気の中に吹き出しました。

おお！　私の望む東洋、私は未知のものの郷愁を忍ぶのです。

私の前で精神を包み込む繊細なベールのように漂うあの曇った不透明さの中、彼が目の前を通り過ぎました。赤い薔薇のようにヴィーナスの真紅の唇で微笑むとても白い女性でした。黒と黄色の数枚の絨毯があり、エチオピアの舞姫がタンバリンを鳴らし、サーカシアの舞姫が無感覚の腕を上げながら裸足で踊っていました。そして、彼は、薔薇色の豪奢なきしむ衣服と腰の近くまで下がった白いターバンに、更に白い密な顎鬚を持つアブラハムのような立派で偉大な老人だったのです。

老人が去って、踊りは終わりました。

鮮血色の唇の女と私だけになりました、彼女は、アラビア語で、消え入る朗唱のように歌いかけ、絹の絹紐を織っていました。おお！　私たちは無限の情熱で愛し合い、その間にも黄金のたて髪のライオンは、近くに寝そべり、薔薇園やリンゴの木のある大理石の板石敷の中庭に落ちる太陽の雨を物思いに沈みながら見ていました。

そして、風が最初の煙の一服をかき消し、その瞬間に、私に熱い香りの良い一杯のコーヒーを運んできた黒人の巨人が消えてゆくのでした。

二服目を吹かしました。

寒いのです。くすんだ空の下のライン川です。密林のこだまがやって来て水の音と共に、私の耳に不思議で神秘的な調べを作っていました。それは始まるとすぐに終わる狂おしいシュトラウスの断章やワーグナーのフーガ或いは神々しいショパンの悲しげな和音でした。あちらの上のほうに青白い和らいだ月が現れました。空で松と椰子のため息が口づけしました。私は、多くの愛を感じ、私の失われた幻影を探していました。森の暗がりの中から赤いとんがりずきんと象牙の角を腰にぶらさげた何人かの小びとたちが私の方にやってきました。幻影を探して歩いているお前――私に言いました――ちょっとだけ幻想を見たいかい？

そして、私は、暁の光と菫の匂いの湧き出る洞窟についてゆきました。そして、そこで、私の幻想を見たのでした。彼女は、愁いを帯び金髪でした。彼女の長い髪は、女王のマントのようでした。細身で白に包まれてすらりとして光り輝く望まれた人は、幻影と夢を持っていました。微笑んでいて、その微笑みは、純粋な天国の接吻を思わせました。

彼女の後ろには、聖書の大天使のような羽が生えていると思われた愛らしい女性がいました。私は彼女に話しかけました。すると私の舌から、魂の恋人たちの見知らぬ魅力的な詩がひとりでに生まれました。

彼女は腕を私に差し出しながら前に進み出ました。

――おお！――彼女に言いました――やっと君を見つけた、もう決して私を離さないでおくれ！私たちの唇は混じり合おうとしていました。しかし、煙は消えてしまい、私の視界からは、その理想的な姿と逃げるときに角笛を吹く小びとたちのひしめき合いが消えてゆきました。

三服目は鉛色で、私の目の前に漂ってきて煙は塊となり集積し、ほぼじっととどまっていました。それは、熱帯の空の下の島々で一杯の湖でした。青い湖面には、白鷺がおり、緑の島々からは、太陽の炎で騒々しく酔わせるような野生の芳香が立ちのぼっていました。

新しい舟で私は島の一つに向かって漕いでいて、褐色の女性が私の近く、すぐ近くにおりました。そして、彼女の目には、全ての望みが、彼女の唇には全ての情熱が、そして口には全ての蜜がありました。彼女の香りは、生き生きした白百合のようで、彼女は、波を分かち、昼間の銀色の泡をほとばしらせる櫂の音に合わせて、狂おしい少女のように歌っていました。島に到着すると鳥たちが私たちを見て一斉に叫び始めました。〝何という幸せ！　何という幸せ！〟と。小川の近くを通ると、また、その銀色の声で叫びました。〝何という幸せ〟と。私は野の花を褐色の女性のために摘みました。すると愛撫の熱さで花たちはすぐにしおれてしまいました。何という幸せ！　と言いながら。そして、全てが、風の妖精の緞帳が降りるように消えてゆきました。

四服目では、全てが緑に色づく大きな繁茂した月桂樹を見ました。月桂樹の上で竪琴がひとりでに鳴っていました。その調べは私を震わせました。なぜなら、調和ある声で、竪琴は〝栄光、栄光！〟と告げていたからです。

竪琴の上には、男声合唱の声の大音響で鳴る銅製のラッパがありました。そして、竪琴の下には、白い鳩が巣をつくっていました。木の周りや根元近くには、鋭い棘でいっぱいのいばらの茂みがあり、棘には、偉大な月桂樹に近づいた者たちの血がついていました。私の前で、もがきずたずたになる多くの者たちを見ました。そして、幾人かが、それほども闘い苦しんだ後、近づくに至り、聖なる木陰を楽しむことができた時には、四重奏のラッパが鳴り響きました。

そして、大きなラッパの音で、周囲の全ての鷲たちが月桂樹の頂の上を飛び回るためにやって来ました。

そうすると私も近づきたくなりました。あの枝影を探しに飛び込んだのでした。私に話す声を聞きました。〝おいでよ！〟その一方で、いばらとアザミで私の肉は引き裂かれていました。血が出て、弱り、意気消沈しましたが、いつも希望のことを考え、あのひどい苛みから逃れようとして、全力でもがいている時、煙の四服目が消えました。

五服目を吹かしました。

春でした。私は、不思議な森の中をさまよっていて、その時、すぐに、芝生の上、広い青空の下で妖精たち全員が秘密の会合を開いていたのを見たのです。庇護者のマブが仕切っていました。何という美しさ！　星の冠を戴いたいくつもの額！　そして私は、これほどの秘密の隠れた会合を私の視線でけがしていたのでした！　私に気付いた時に、それぞれが、罰を提案しました。一人が言いました。――目を見えなくしてしまいましょう。もう一人が言いました。――石に変えてしまいましょう。――木に変えてしまいましょう。――猿の王国につれてゆきましょう。――地下で黒人奴隷により二百年の鞭打ちにしましょう。――カマラルサマン王子と同じ目に遭わせましょう。――海の底で捕虜にしましょう……。

私は、最終審判の恐ろしい時を待っていました。どんな運命が私に与えられるのでしょうか？　ほぼ全員の妖精たちが意見を出しました。災いの妖精とマブの女王だけが残っていました。

おお、恐ろしい災いの妖精！　彼女が全員の中で一番残酷でした。なぜなら、多くの美女の中で、彼女は皺だらけで、せむしで、斜視で、びっこで、恐ろしかったのです。

恐ろしい笑みで笑いながら前に出ました、妖精たちは全員、彼女を少し恐れていました。彼女はすさまじかったのです。――いや――言いました――、お前たちが言うことは全く役に立たないね。苦しみが少ないよ。なぜなら、その苦しみで愛されてしまうから。鳥に狂おしい恋をした姫の話や大理石や氷の彫像を熱愛した王子の話を知らないのかい？　そうだねえ、それじゃあ決して愛されることなく、愛の道を決して立ち止まることなく早足で歩かせる刑を負わせるのだよ。災いの妖精が威圧しました。私は刑に処されたのでした。全員が銀の棒を振りながら去ってゆきました。マブが私を哀れに思い、より苦しまないために、――私に言いました――偉大な言葉が聖霊によって刻まれたお守りを持って行きなさいと。

読みました。希望と書かれておりました。

そうして、判決の執行が始まりました。私は黄金の鞭に苛まれました。そして、私に言う声がありました。――歩くのだよ！　それから、私はたくさんの、たくさんの愛を感じましたが、その渇きを鎮めるために立ち止まることはできなかったのでした。全ての森が私に話しかけました。――私は愛されている――椰子の木がその葉を揺らしながら私に言いました。――私は愛されている――キジバトが巣の中で言いました。――私は愛されている――鶯が歌いました。――私は愛されている――虎がうなりました。そして、全ての地上の動物たち、海の全ての魚たち、空の全ての鳥たちが私の耳に合唱しながら繰り返しました。――私は愛されている。そして、偉大なる母、肥沃で褐色の大地が私に太陽の接吻に震えながら言いました。――私は愛されている。私はいつも飽くことを知らぬ渇きを感じながら走り、飛ぶように進むのでした。私を痛めつける黄金の皮の鞭が響き、――歩くのだよ！との不吉な声が繰り返されました。それから、街の中を通りました。そして、接吻とため息の音を聞きました。老人から子供たちまで全員が叫びました。――私は愛されている！　そして、新婚者たちが遠くから私にレモンの枝を見せました。

そして、私は大声で叫んだのです。――喉が渇いた！　でも世界は耳を貸しません。ただ冷たいお守りを唇にあて、自分を励ますだけでした。

そして歩き続けました。

五服目は、風にかき消されました。

六服目が漂いました。

再び鞭を感じ、同じ声を聞きました。歩くのだ！　と。

七服目を吹き出しました。土の上に黒い穴が掘られているのを見、その中に棺があるのを見ました。

私は、女性の真珠色の遠い笑いに目を覚まされました。

パイプの火は消えてしまっていたのでした。

マトゥシュカ（ロシアのお話）

おお、何という一日、何という闘いでしょう！　私たちは、とうとう打ち負かしました。しかしその代償に多くの血が流れました。偉大な聖ニコラスが祝福する私たちの旗は、それゆえに勝利の旗なのです。しかし、あの恐ろしい峠で何人の同志が命を落としたことでしょうか！　私の同僚で助かったのは非常に少数でした。私は重傷ではないのですが負傷し、野戦病院にいました。あそこでは、銃弾が骨を砕いて貫通した私の筋肉に包帯が巻かれたのです。私は痛みを感じませんでした。祖国ロシアは勝利したのです。私の兄弟イバンについては、とてもよく覚えています。絶壁の縁で胸に弾丸を受け、恐ろしい叫び声をあげて、銃を手放して倒れました。その銃剣は、もうもうたる煙の中できらめきました。私は幾人かの同僚が死ぬのを見ました。良き軍曹レルノフ、横笛をとても上手に吹き、露営地の時を明るくしたパブロ・テノビッチ。私の全ての友人たちを！

私には熱がありました。悲しくとても悲しい夜が既にやって来ていました。そして戦闘の物音の中で、哨兵の誰か生きているか！　の声によってのみ中断される沈黙が続いていました。人が怪我人を収容しながら歩いていました。そして、はげ頭で大変な怪力の外科医ラザレンコは、黒い箱の中にしまわれた人間の肉を薄く切るために取り出されるあの光る長いナイフに多くをしてもらわねばならなかったのです。

急に、誰かが私のいるところにやって来ました。熱病がしつこく閉じようとする目を開くと、全身雪だらけでショールに包まれた連隊の老いたマトゥシュカが私のそばにいるのが見えました。テントのわずかな光の中、青白い彼女が尋問するような視線で私をのぞき込むのを見たのです。

——それはそうと！——私に言いました——、ニコラシンについて知っていることを言いなさい、私のニコラスについて。どこで彼を見失ったの？　なぜ来ないの？　彼のために少しのパンと熱いスープを持参していました。スープは、最後の大砲の音が私の耳に届いた時には鍋の中で煮立っていました。ああ！　私は言いました。少年兵たちは勝利しつつあるのです。そして、ニコラシンについては、神が私から取り上げてしまうにはあまりにも子供なのです。既に六つの戦闘を耐えてきて、その全てで彼も彼の太鼓も無傷だったのです。私は彼のことが好きで、彼も私のことが好きでした。彼は彼のマトゥシュカ、彼の母親が好きでした。彼は美しいのです。——どこにいるの？　なぜ、お前と来なかったの、アレクサンドロビッチ？

私は、闘いの後は鼓手を見ませんでした。最後の攻撃の恐ろしい瞬間に、死んでしまったのかもしれません。おそらくは、単に怪我をしただけで、もっと後に野戦病院に運ばれてくるのかもしれません。その少年は、全連隊で好かれていたのでした。

——マトゥシュカ、待って下さい、悲しまないで。聖ニコラスがあなたの少年を守るはずだから。

私の言葉は、かなり彼女を落ち着かせました。そうなのです、少年は来るに違いないのです。彼女は彼を看病し、私もひと時も放ってはおかないでしょう。おお、おお！　早朝演奏を彼だけがしていたように、樽の焼酎は、それほどもりりしく太鼓の連打の準備をさせるのだよ。そうでないかい、アレクサンドロビッチ？

しかし時間は経っていきました。彼女は、近郊まで彼を探しに出て、彼の名前を呼んでいました。しかし、その叫びには、岩の先端や雪の積もった木の梢が白い幽霊のように現れるあの暗い夜のこだまの他には応答がなかったのです。

マトゥシュカは、多くの野戦でロシア軍に同行していました。どこの出身だったのでしょうか？

誰も知りません。ロシア人と同様ポーランド人にも同じことをしようとし、大きなビロードのツバなし帽の粗野なコサック人にも郵便を届け、ムジック人にも同じ焼酎を与えていました。私に関しては、あわれなパブロ・テノリッチと同様私のことも少しだけ好いていました。というのは、私は野営地で民謡を歌っていて、マトゥシュカは、民謡が好きだったからです。彼女は、私にしばしばそのことを話していました。

——若いの、ある日ペテルスブルグでの閲兵の日、その顔を私が決して忘れない一人の男が大公と共に歩いていたのだよ。これはもう何年も前のことだ。大公は、私に微笑みかけ、そしてもう一人が、私に近寄ると言った。——おや、勇敢なマトゥシュカ！　そして、私の肩を手で二回たたいた。その後で、あの男は美しい歌を作る詩人で、プーシキンという名前だということを知ったのさ——

老女は、テノビッチの歌が好きでした。兵士の合唱隊で彼が楽器で好きな歌〝クルギの兵士〟を前奏するとすぐにマトゥシュカは、彼女のひび割れた陽気な声で、彼についてゆき、両手で、拍子をあわせていたのです。

——お前たち、若いの、限度はないよ。スープを飽きるほど飲んで、好きなら樽の焼酎も飲んで、酔っぱらいな。

そして、荷車にいる彼女を見るのでした。手に長い竿を持って、張りのある痩せた体、太陽と雪に焼かれた褐色の腕と黒いガラス玉の厚い数珠玉のネックレスをつけた皺くちゃの首と白髪に覆われた頭。フエ！　太っちょ！　ジューイップ、シベリア人！　と獣たちを怠けないように追い立てていました。そしてマトゥシュカの荷車は、全員にとって偉大なものでした。そこには、糧食があり、寒さの中、体を暖め、戦闘で元気を与える良き焼酎があったのです。

行進する軍隊の後にはいつも老女がついて行きました。もし戦闘があれば、兵士たちは近くに将軍の好意でいつも満杯の樽の酒類の一杯があることを知っていました。

――マトゥシュカ、私の兵士たちには、二つのことが必要だ。私の命令の声とお前の樽だよ。

そして、焼酎は決して足らなくなることはありませんでした。いつ足らなくなったでしょうか？しかし、もし、老女が全員の若者たちを愛していたとしても例外なく最も母親の愛情を与えていたのは鼓士、ニコラシンでした。少年は十四歳から十五歳の間で、兵役に入ったばかりでした。

全員が彼を自分のことのように大きな愛情を込めて見ていました。そして、彼が整列した連隊の前で太鼓を連打する時には、その大きな青い目と明るい笑みで全員を愛撫したのです。美しい少年は立派な大人の風采で左目の上に垂れ下がった斜めの帽子をかぶっていました。帽子の下には、金髪の豊かな縮れ毛がはみ出していました。

ニコラシンが部隊にやって来た時に、マトゥシュカは、彼を養子にしたとも言えるでしょう。彼女は、兵士の他には家族はなく、流血や割れた頭や開いた腹を見ることに慣れており、鉄の気性でかなり粗暴でした。ニコラシンには、甘かったのです。誰か荷車から何かほしいものがあるかい？それならニコラシンと話すことだ、焼酎を、ニコラシン、干し肉一切れを、ニコラシン、その他の誰でもないのです。老女は、彼を可愛がりました。いつも彼が一緒の時は、微笑み、おしゃべりとなりました。私たちに野戦の盗賊、英雄、水の精の話や物語をしていました。時々、国の民謡や面白い小歌を歌っていました。ある日、私は彼女にいくつかの歌を作り彼女を大笑いさせました。その中では、ラザレンコ医師の頭を大砲の玉と比較しました。それは面白くて外科医も笑い、全員がかなり飲んだのでした。

少年は、一方で、老女を母親かむしろ祖母のように見ていました。彼女は、全ての太鼓の音の間に、ニコラシンの音を聞き分けていました。遠くから彼女は荷車に座って彼に合図を送り、彼は、頭の上に帽子を掲げながら挨拶しました。何らかの戦闘に行く時は、彼女にとって偉大な瞬間でした。

——ごらん、お前と同じ名前の庇護聖人を忘れないように。隊長から目を離さないように、彼の背中とその大声に注意を払うように。逃げないように、でも決してお前が殺されるのはいやだよ、ニコラシン、なぜなら、そうなるとあたしも死んでしまうから。

そして、彼の皮張りの水筒や雑嚢を整えていました。それから全員が行進して行ってしまう時に、背中に袋をつけ、肩に武器をつけ、足踏みをし、戦闘にゆく背の高い屈強な兵士の列の間にいる彼を視線で追っていました。

たくましいニコラシンがたたくその太鼓に、明るい起床の音を聞かない者がいたのでしょうか？滑らかな皮膚が愛情をもってたたく撥の打撃で鳴り、たがからは、透明の音符が芽生え、そして、太鼓の皮は銅板のように鳴りました。太鼓はその主人に愛情をもって世話をされ、よく準備が整っていました。私は、勝利の後、少年が六度にわたり緑の花房飾りで飾られるのを見ました。そして、白熱した拍子で行進する時、頬が焼け、灰色の髭の大勢の私たちをニコラシンは、赤くなり、疲れ切り、しかし、いつも微笑み、健気に見ていたことが、私たちに涙を流させたのでした。ロシア万歳、ニコラシン万歳！　ビバ！　ドンドンドン。

それだから、誰かが戦場で亡くなった時には、私はもう彼のことを考えていました。彼は、野戦病院の天使でした。これが欲しいですか？　あれが欲しいですか？　君たちのは大したことないですよ。すぐに良くなります。元気をだしてマトゥシュカと一緒に歌いましょう。盃は？　お皿は？　万歳、ニコラシン！　私は、あたかも私の兄弟か息子のように彼のことが好きなのでした。

最初に主要地点が敵に占領されていたことを想像して下さい。私たちの道はただ一つしかありませんでした。前進することです。私たちの多くの人が死ぬに違いありません。しかし、そうであるなら、もし、勝利するのであれば、戦争は構わないのです。肉体は銃弾のための肉となる準備ができていました。私は戦いの先頭にいたのです。あそこでは、ニコラスが行進の太鼓を連打し、私たちは、撃鉄に指をあて、前に弾薬箱を置き、頭は怒りに狂っていました。

最初に大きな物音を聞いたことを覚えています。それは、まず銃声でその後、人間のうめき声が響き、恐ろしい衝突では、誰もが我を忘れたのでした。全ての銃剣は、腹と胸を探していました。もし、私たちが歩兵である代わりに、コサック兵や軽騎兵であれば、最初の瞬間に私たちは勝者となっていたでしょう。私は太鼓の音を聞きながらついて行きました。二回目の衝突でした。

しかし、ニコラシンは……。その後、私は負傷して倒れました。それ以上は知りません。

神よ、何というすさまじい夜なのでしょう！　マトゥシュカは、私を置いて、外科医の方に向かいました。一方、彼は、光る刃物を並べていました。老女がめそめそ泣いているのを見て、彼のやり方で慰めました。ラザレンコはこういうふうでした……。

――マトゥシュカ、悲しまないで。金髪の少年はやって来るよ。もし、血を流し骨折してやってきたら、私が治そう。骨を接ぎ合わせ、肉を縫い、内臓を中に入れるよ。悲しまないで、マトゥシュカ。

彼女は出てきました。少しして、私が既にうとうとしている時に、鋭い女性の叫び声を聞きました。彼女でした。二人のコサック兵が、担架を担いで入ってきました。あそこには、ニコラシンが全身血まみれで、頭蓋骨を砕かれて、それでもまだ生きていました。口はききませんが広い眼窩の中で痛々しい目をぐるぐる回していました。マトゥシュカは、泣きませんでした。医師に視線を釘づけにしてもどかしく尋ねていました。ラザレンコは、悲しそうに頭を動かしました、哀れなニコラシン！

そうすると彼女は荷車の方に走りました。焼酎の壺を持ってきて、ボロ布を濡らし、それを死にかけの少年の唇に運んだのです。彼は、彼女を悲痛さと優しさで同時に見ました。藁の寝床から、私は、あの引き裂かれるような場面を見て、のどが詰まりそうでした。最後に、可愛がられた鼓士、金髪の少年は、急な痙攣で体をひきつらせました。腕がよじれ、口から生気のないうめき声が出ました。瞼を半ば閉じ、死んでしまいました。

――ニコラシン！――老女は叫びました――ニコラシン、私の子よ、私の息子よ！

そして、わっと泣き出したのです。彼の顔や両手にキスをし、凝固した血で額にくっついた髪を綺麗にしながら、頭をゆらし、狂ったように彼を見ていました。

かなり夜遅く、再び雪が降り始めました。冷たく険しい風が吹き、近くの木々を嘆かせるのでした。野戦病院のテントが動いていました。構内を照らしていた明かりが、絶えず消えていくように思われました。

ニコラシンの遺体が運ばれていきました。

私は、その後、一睡もできませんでした。近くでは、夜の沈黙の中で、マトゥシュカの悲しげで絶望した息づかいが聞こえていました。彼女はオオカミのように風に向かって吠えていたのです。

中国の女帝の死

人の宝石のように繊細で上品な薔薇色の肌のあのうら若き乙女が、消え入るような青の壁掛けのある小さなサロンを持つ小さな家に住んでいました。それは、彼女の宝石箱でありました。

あの愉快で陽気な黒い目で赤い口の鳥の主人は誰だったのでしょうか？ 誰のために、その素晴らしい歌を歌っていたのでしょうか。春の乙女が、勝ち誇った日の光のもと、その美しいにこやかな顔を見せ、野の花々を咲かせ、雛たちを騒がせていたその時に？ 絹の鳥かごの中に、ぬいぐるみやレース編みを置いたその小鳥は、スゼットという名前でした。夢想家で芸術家の狩人が、空にいっぱいの光があり、たくさんの開いた薔薇の花があった五月のある朝に彼女を捕まえていたのでした。

レカレド——父親の気まぐれなのです！ 彼は、レカレドと呼ばれる罪はないのでした——は一年半前に結婚しておりました。

——あたしを愛してる？

——君を愛してるよ、それで君は？

——心から。

黄金の日は美しい、神父の執り行う婚礼の後は！　その後、新しい野原に出かけていきました。愛の喜びを自由に味わうために。あの緑の葉の窓辺のあたりでは、小川のそばで匂い立つ野生の風鈴草やすみれがささやいていました。二人の恋人が通る時には、彼の腕は彼女の腰にあり、彼女の腕は、彼の腰にありました。花咲く赤い唇は、口づけを漏らしておりました。その後、大都市の若さと幸せな暖かさに満ちた巣に戻っていきました。

もうレカレドが彫刻家だということを言いましたでしょうか？　それでは、もし言ってなかったなら、そのことを覚えておいて下さい。

彼は彫刻家だったのです。その小さな家には、工房があり、大理石や石膏やブロンズやテラコッタがふんだんに置いてありました。時々、通り過ぎる人々は、鉄格子とブラインドのあいだから歌う声と響き渡る金属的な金槌の音を聞いたのでした。スゼットとレカレドは、讃美歌の出ずる口であり、ノミの一撃であったのでした。

やがて、絶え間ない婚礼の牧歌的恋物語がありました。彼女は、つま先で彼の仕事をしているところにやって来て、彼のうなじを髪でいっぱいにして、すばやくキスするのです。静かに、静かにして、彼女が長椅子で眠っているところにやって来ました。履物を履いた可愛い足、黒いストッキングを穿いて、足を重ねていて、開かれた本を膝の上に置いて、半分まどろんでいるのです。そして彼は、そこで唇にキスをするのです、息を呑み込むキス。彼女は、えも言われぬ輝きを持つ目を開かせるのです。そしてすべてこれに、九官鳥の高笑いが入ります。鳥かごに入った九官鳥は、スゼットがショパンを弾くと、悲しくなって、歌わなくなるのです。九官鳥の高笑いです。つまらないことではなかったのです。

——私のこと好き?

——知らないのかい?

——私を愛してる?

——君を崇めている!

そのちっぽけな動物は、もう、くちばしから大笑いを発していました。鳥かごから取り出されると、青みがかった小さなサロンの中を飛び回り、石膏のアポロンの頭の上や老いたゲルマン人の薄黒いブロンズ像の投げ槍の上に止まるのでした。チイイイイリット……ルルルルッチフィイイ……。何てこと、時々そのたわごとは、躾が悪く、横柄でした!

しかし、それを甘やかすスゼットの手の上では、可愛かったのでした。彼女は、その歯のあいだで、九官鳥を絶望させるほどまでに、くちばしを締めつけるのでした。そして、時々、優しさで震える厳めしい声で言いました。

——九官鳥さん、あなたはいたずら者よ!

愛し合う二人がいっしょにいる時には、互いに髪を整えておりました。

——歌ってごらん。

彼が言うのでした。そして、彼女は歌いました。ゆっくりと。そして、ただ貧しい愛し合う若者たちであったのでしたが、美しく、燦然として、荘厳に見えたのでした。彼は彼女をエルザを見るように見て、彼女は彼をローエングリンを見るように見ていました。なぜなら、愛は、おお、血潮と夢でいっぱいの若者たちよ！　愛は、目の前に青いガラスを置き、無限の喜びを与えるからなのです。どれほど愛し合っていたのでしょうか！　彼は、彼女を神々の星たちの上に眺めていました。彼の愛は、情熱のあらゆる段階を駆け巡り、愛することにおいては、時に抑制され、時に激しく、時々は、ほとんど神秘的ですらあったのでした。

時々、あの芸術家は、神知学者であると言われていました。愛する女性の中に何か至高の人間以外のものを見ていたのでした。ライダー・ハガードのアイーシャのように。彼女を花のように切望し、星にするように彼女に微笑みかけ、あの愛らしい頭を彼の胸に抱きしめる時、自分を尊大な勝者のように感じていたのでした。あの頭は、思いに沈み静かにしている時には、ビゼンティン帝国の女帝のメダルの神聖な横顔に匹敵するのでありました。

レカレドは、彼の芸術を愛していました。造形に情熱を注いでいたのです。大理石から、白く、静謐な、瞳のない目を持つ裸の凛々しい神々を生み出しておりました。彼の工房には、無言の彫像、金属の動物、雨水落としの恐ろしい怪獣、植物でできた長い尻尾のグリフィン、といったおそらく神秘学にひらめきを受けたゴシック様式の創造物たちの住民が住みついておりました。そして、特に、偉大な趣味！　日本趣味や中国趣味です。レカレドは、このことにおいては、独創的でした。中国語或いは日本語を話すのに一体何をしたのかは、知りません。最良の収集帳に精通しておりました。良き異国趣味作家の作品を読んでおり、ロティやユディアス・ゴーティエを崇めていました。そして、横浜、長崎、京都或いは南京や北京から本物の細工物を入手するために犠牲を払っておりました。ナイフ、パイプ、催眠術にかかった夢の中の顔のような醜く神秘的なお面、瓜のような太鼓腹と切れ長の目をしたシナの小びとの役人たち、歯が生えた大きな口を開いた蛙の怪物、不愛想な顔のタルタリアの極小の兵隊たち。

——おお！

スゼットが彼に言いました。

——あなたの魔法使いの家、この恐ろしい工房、奇妙な櫃にはうんざり、私の愛撫をあなたから奪ってしまうわ！

彼は微笑んで、彼の作業場である、その珍しい小物の殿堂をあとにして、小さな青いサロンに走ってゆきました。彼の素敵な生きている小さな飾りを眺め、甘やかし、歌うのを聞き、陽気でおかしな九官鳥を笑うために。

あの朝、サロンに入った時には、優しいスゼットが三脚台に支えられた大きな鉢の近くで眠たげに横たわっていました。眠れる森の美女でしょうか？　半ばまどろんでいました。白いガウンの下の豪奢な整った体、一方の肩の上で玉になった栗色の髪、彼女全体からやわらかな女性の香りを発散させていました。〝むかし昔、ある王様が……〟で始まる愛すべき物語の中のとてもかわいい人物のようでありました。

彼女を起こしました。

——スゼット、私の美しい人！

彼は、うれしそうな顔をしていました。仕事用の赤いトルコ帽の下の黒い目が光っていました。手には手紙を持っているのでした。

——ロベルトの手紙だよ、スゼット。あの、悪党め、中国にいるんだ。〝香港、一月十八日……〟スゼットは、いくらかまどろんでいましたが、座って、彼から手紙を取り上げました。

あの放浪者が、とうとうあんな遠くまで行き着いていたなんて！〝香港、一月十八日……〟面白いやつだった。素晴らしい青年だった、あのロベルトは。旅行狂で！世界の果てまで行き着くことだろう！ロベルト、偉大な親友だ！家族のように見ていた。二年前にカリフォルニアのサン・フランシスコを出発していた。同じようなとんでもない奴は見たことがないよ！

読み始めました。

〝香港一八八八年一月十八日

僕の良き友レカレドよ……。

来て、そして見た。僕はまだ征服していないよ。

サン・フランシスコで、君たちの結婚を知り、うれしかったよ。僕は、ひとっ飛びし、中国に落ちたんだ。絹、漆器、象牙、その他の中国産品の輸入業者であるカリフォルニアの商会の代理人としてやって来た。この手紙とともに、私の贈り物を受け取ってくれ給え。この黄色の国の事物が趣味の君にはぴったりだろう。

スゼットにくれぐれも宜しく。この贈り物を君の親友の思い出として取っておいてほしい。

ロベルトより〟

ちょうどいいわね。二人は高笑いしたのでした。九官鳥は、九官鳥で音楽的な叫び声を爆発させて、鳥かごをはじけさせておりました。

箱は、到着していました。普通の大きさの箱で、検査済印や番号や壊レ物アリと告げ、そう理解させる文字でいっぱいでした。箱が開かれた時、神秘が現れました。それは、上品な磁器の胸像でした。微笑んだ、青白い、魅力的な女性の素晴らしい胸像だったのです。底に三つの銘刻がありました。ひとつは、中国の漢字で、もうひとつは、英語で、他のひとつはフランス語の文字でした。

〝La Emperatriz de China（中国の女帝）！〟一体どんなアジアの芸術家の手が、あの神秘の魅力的な形を作り上げたのでしょうか？

束ね上げ、詰めた髪で、顔は謎めいており、伏せた目は天上のお姫様のような変わった目をしていました。スフィンクスの微笑みと、清純な肩の上に首がまっすぐ立っていて、龍の刺繍の絹のウエーブで包まれていました。すべてが、けがれのない白いろうの色調を持つ白磁器に魔力を与えていました。

中国の女帝だ！　スゼットは、薔薇色の指を、あの優美な君主の目の上に這わせていました。目は、いくらか傾いていて、眉の澄んだ上品なアーチの下に、カーブした蒙古襞を持っていました。彼女は、満足していました。そして、レカレドは、その磁器を持つことに誇りを感じていたのでした。女帝が一人で暮らし、君臨するための特別の陳列室をつくるのでありましょう。その聖なる場所で天井画に覆われ、堂々と勝ち誇ったような、ルーブルのミロのヴィーナスのように。

そうして、その通りにしたのです。工房の端に小型の陳列室を作りました。水田や鷺で覆われた屏風とともに。黄色い基調が際立っていました。

あらゆるものがありました。黄金、火、東洋の黄土、秋の葉、白色の中に溶けて消えていく青白いものまで。中央の黄金と黒の台の上に、異国趣味の女帝は、微笑みながら聳え立っていたのでした。彼女の周りに、レカレドは、あらゆる日本趣味や中国趣味の品々を配置しました。彼女を、椿と大きい鮮血色の薔薇の花の描かれた大きな日本の日傘が覆っていました。おかしなことでありました。夢想家の芸術家がパイプとノミをおいたあとに、女帝の前に来て、腕を組んでお辞儀をするのでした。
一、二、十、二十回も彼女のところにやって来たのでした。
それは、情熱でありました。横浜の漆器のお皿に、毎日新鮮な花を供えていました。目を楽しませる不動の威厳の中、感動を与えるアジアの胸像の前で、彼は、時々本当に恍惚となる時があったのでした。そのわずかな細部をも調べていました、耳にかかる巻き毛、唇のアーチ、磨き上げられた鼻、まぶたの蒙古襞。偶像だ、有名な女帝だ！

スゼットは、遠くから彼を呼んでいました。

——レカレド！

——行くよ！

それでも彼は、芸術作品を眺め続けていました。スゼットがやって来て、彼を引きずり、口づけして連れていくまでは。

ある日、漆器の皿の上の花が魔法のように消えていました。

――誰が花を取り去ったんだ？

芸術家は工房から叫びました。

――あたしよ。

震える声が言いました。

それは、カーテンを半ば開けていたスゼットでした。真っ赤になって、その黒い目をぎらぎらと輝かせておりました。

あの、彼の頭脳の奥深いあたりで、彫刻家で芸術家のレカレド氏は、自問していました。

――いったい何があったのだ、私の可愛い人に？

ほとんど食べなかったのでした。彼の象牙のへらで輝きを失ったあの良き本は、黒い小さな本立ての中で、頁が閉じられ、薔薇色の柔らかな手と香水の香る生暖かい膝を懐かしみ、耐え忍んでいました。

レカレド氏は、彼女が悲しそうなのを見ておりました。

――一体何があったのだ、私の可愛い人に？

彼女は、テーブルの上では、食べたくないのでした。彼女は、深刻そうでした。なんて深刻なんだ！　彼女は、時々彼を目じりで見て、そして夫は、まるで泣きたそうなあの黒い、潤んだ瞳を見ていたのでした。そして、彼女は、答える時には、お菓子を拒まれた子供のように話すのでした。

――いったい何があったのだ、私の愛しい人？

――何でもないわ！

その〝何でもない〟を彼女は、嘆きの声で言っていました。そして、言葉の端々で涙するのでした。おお、レカレド氏よ！　君の奥さんが感じているのは、君がひどい男だということなのですよ！中国の女帝の良き胸像が君たちの家に着いた時から、小さな青いサロンは悲しくなり、九官鳥は鳴かず、その真珠色の笑いで笑わないのです。スゼットは、ショパンで目覚め、ゆっくりと黒い響くピアノで病んだ物憂いメロディーを湧き上がらせるのです。嫉妬しているのですよ、レカレド氏！嫉妬の病を持っているのです。嫉妬は、魂を締めつける燃え上がる蛇のように、窒息させ、やけどをさせるのですよ。

嫉妬！　多分、彼はそのことを理解したのでしょう、なぜなら、ある午後、可愛い最愛の妻に、面と向かってコーヒーカップから立ち上る湯気越しに、次の言葉を言ったのですから。

――君は、あまりに不当だよ。もしや僕が君を心から愛していないとでも思っているのかい？　もしかして僕の目の中のぼくの心の中にあるものを読めないのかい？

スゼットは、突然泣き出しました。彼女を愛しているですって！　違うわ、彼女をもう愛してはいないのよ。良き輝くばかりの時間は逃げて行ったのよ。そして、からかいの口づけも去ってしまった、逃げる鳥たちのように。もう彼女を好きじゃないのよ。あの彼女は、彼の中に宗教と歓喜と夢と王とを見ていたのよ、彼女、あのスゼットを他の女のために捨てたのよ。

――他の女だって！

レカレドは、驚いて飛び上がったのでした。

――間違っているよ。金髪のエウロヒアのことかい？　彼女には、ある時、愛の歌を捧げたことがあるけど？

彼女は、頭を動かしました。

――違うわ。

――大金持ちのガブリエラのことかい、長い黒髪で雪花石膏のように白い。僕はその胸像を作ったことがあるけど？　それとも、あのルイサのことかい、舞踏家でスズメバチの腰と良き乳母の胸と挑発的な目を持った？　それとも、若い未亡人アンドレアのことかい、笑う時に、輝く象牙のような歯のあいだから赤い雌猫のような舌の先を出していた？

――違うわ、彼女たちの誰でもないの。

レカレドは、大変驚きました。

――ごらん、可愛い人。本当のことを言っておくれ、誰なんだい、彼女って？　どんなに僕が君を熱愛しているか知っているだろう。私のエルザ、私のジュリエット、魂、私の愛よ……。

その途切れ途切れの震える言葉の中に、そんなにも愛の真実が揺れていましたので、スゼットは、既に涙が乾いて、泣きはらした赤い目で、紋章のような美しい頭を持ち上げながら立ち上がったのです。

――あたしを愛している？

――それはよくわかっているだろう！

――それじゃ、わたしのライバルに復讐させて。彼女かあたしか、どちらかを選んで。もし、あたしを熱愛しているのが真実なら、彼女をあなたのゆく道から永久に引き離して、あなたの情熱を信じるあたしだけが残ることを許してくれるかしら？

――その通りにするよ。

レカレドが言いました。そして、彼の嫉妬深い強情な小鳥が立ち去るのを見ながら、インクと同じくらい黒いコーヒーを啜（すす）り続けました。

三口吸わないうちに、彼の工房の中から大きな砕ける音がしたのです。

行ってみました。その目は、何を見たのでしょうか？　胸像は、黒と金色の台から消えていました。そして、落ちた極小のシナの役人とはずれた扇のあいだの床の上に、スゼットの小さな靴の下できしむ磁器の破片が見えました。彼女は、真っ赤になって、垂らした髪で口づけを待ちながら、銀鈴のような高笑いのままに、驚く夫に向かって言ったのでした。

――あたしは、復讐したわ！　もう、あなたにとって、中国の女帝は死んだのよ！

そして、唇の熱い和解が始まると、小さな青いサロンでは、全てが歓喜に満ち、九官鳥は、鳥かごで、笑い転げておりました。

一八八九年八月

良き神様（冒涜的と思われるもののそうではないお話）

孤児院のすべての子供たちは、一杯のお椀のチョコレートを飲んだ後、既にお祈りを済ましていました。より小さな子たちには、慈愛深い修道女が十字を切っておりました。隅に置かれたガス灯に照らされた大きな部屋の中、巣と揺りかごとなる小さなベッドには、規則正しい寝息が発散され、漂っていました。修道女アデラは、寝ずの番をしていました。良き修道女アデラ！　小さな足が剥き出しとなった子は、白いシーツで覆うのでした。心臓に手を当てて眠った子には、そこから手をはずし、右側に伸ばしておくのでした。なぜならこうするとよく眠れ、悪夢を見ないからです。一人一人とても大切に世話をしていました。小さなホルヘには、ブロンドの髪で、幼児のとてもかわいい手を持っていました。ふとっちょのロベルトの愛嬌は無上の喜びです、庭で綺麗な歯で笑う甘い小さな真珠、バラの木の下で空に両腕を上げる清々しく、優しく、明るいエステファニイア。他に何人の子供たちがいるのでしょう?　ああ、比類なきレア、青白く、穏やかで、娯楽の遊戯では最もまじめで、そして就寝の時間には、小さな天使のように両手をあわせて良き神に最も美しく祈り、その時に彼女の密な黒髪は、女生徒の白いシャツに黒いシミをつけるのでした。

この少女ほど素晴らしい子は他に誰もいません！　彼女は、小さく愛らしい子たちの祝福された幼稚園のあの慈善の館に住む無垢の孤児たちの中で最も愛されていました。そこでは、溢れ出る笑いが、魅惑の鳥舎の若鳥たちのかまびすしい歌のように響いていました。日曜日、孤児院の全ての子供たちが散歩に出る時に、真面目にツンと首を伸ばし微笑む、はちどりの姫の柔和で生まれつきの威厳を持つレアが注意を引きました。そして、帰りには、一体どうやったのか、黄金の蜜柑や、野の花束、白百合やバラを持ってくるのを見るのでした！　アデラ修道女は、彼女が大好きでした。なぜなら、他の子のように彼女に無作法なことを言う子ではなかったからです。〝アデラ修道女、なぜ、あなたは牛乳を運ぶ給仕のように、頭を剃っているのですか？〟以前、彼女にうぶで純粋なことを言いました。〝アデラ修道女、街角で歌を歌っている盲目の女の子に私のすみれをあげても良いですか？〟別の時のミサに行く時には、礼拝堂には、香しい香煙、輝くような祭壇があり、神秘的な響き渡るオルガンがあり、そこでは老いた聖なる司祭が聖餅顕示台を掲げていました。レアは動かずに、祭壇に釘づけとなっていました。あそこの上のほうでは、合唱隊の宗教的讃美歌が響き、白と黄金の僧袍を着た司祭は、黄金の盃を上げていました。全員が彼の前にひざまずいていました。

あそこで、レアは言いました。太陽の下、生まれたばかりの雀の小さな頭の中で言いました。聖餅は、神聖で白くて、丸いわ。神父は頭に聖餅のような冠をかぶっている。彼は黄金の盃を上げ、額の上で三回聖餅顕示台を上げる時には、あたしを愛する良き神様は、あたしを見ているのよ。そして、あたしに柔らかなベッド、朝の新鮮な牛乳、昼の人形と夜のチョコレートを与えるの。アデラ修道女はこう言いました。おお、良き神様！

そして、司祭とのお話の時！　それは、聖体拝受の後でした。あそこでは、素朴な司祭が、微笑みながら、彼の言葉で、あれらの子供たちに理解させようとしていました。みなさんは、一人の母親を持っているのです、私の子供たちよ、たとえ本当の母親がいなくても。その方は、あの空の上にいて、私がミサを行う祭壇の上にもいる神々しい女性です。三日月の上にいて、青いマントを着て、君たちのようなバラ色の翼を持つ子供たちの小さな頭に囲まれた女性なのです。彼女は、慈愛深く、母親のように君たちを祝福するのです。君たちの父は、天上の父で、良き神様なのです！

どんなにか、子供たちは、偉大なムリリョにより創造された〝天上の父〟や優しく美しい栄光の聖母マリアを愛し理解したでしょうか！　そして、特にレアは、礼拝堂や祭壇の彫物の上にある本当に堂々とした尊敬すべき良き神に視線を注いでいました。白い髭の偉大な長老で、世界に両腕を開き、頭に三角の光を持ち、雲の上に足をのせた、優しさと威厳に満ちた神でありました。祖父のように！

鳩が卵を抱くような小さな生温かい寝床につく時に、彼女は天上の祖父によって享受されるすべての善きことについて考えておりました。礼拝堂の人、青を創造した人、鳥、牛乳、人形、司祭の僧袍そして本当の母親のように彼女に十字を切り、子守歌で寝かしつける修道女アデラのことです。

十二時です。明るい夜でした。

修道女は、お祈りを始めていました。戦争について。この恐ろしい嵐を、おお神様！　私たちから取り除いて下さるように。悪い男たちの怒りを止めて下さるように！　我らの礼拝堂を、十字架の旗を尊ぶように！

市が占拠された当初から、旗は、既に孤児院の高いところに掲げられていました。この戦争は、この国で見られた最も血なまぐさく恐ろしいもので、略奪、放火、暴力、恐ろしい暗殺が知られていました。孤児院を率いていた慈愛の修道女たちは、子供たちを尊重するように破壊者たちに求めていました。そうしてそれは与えられたのでした。なぜなら白い大きな赤十字の旗が掲げられたからです。

日暮れとなり、アデラ修道女は、爆撃があったとの知らせを知り、チョコレートの時間に小さな子供たち全員に言いました。私の子供たち、祈りましょう。いつも食事の前には祈っていました。すぐに遠くで大砲の音が聞こえ始めました。レアを除いて子供たち全員がテーブルでは陽気でした。レアはすぐに修道女に言いました。聞こえますか、修道女？ 大砲の音ですよ。ほかの子が言いました。戦争だ。修道女は再び命令しました。私の子供たちよ、祈りましょう。

遠くで叫び声と人々が闘う物音が聞こえました。大砲の音がとどろきわたりました。空の上の方では、限りなく清い青の中で、明るい銀色の月が、全ての輝きの中、青白い、無関心なその光をまき散らして悲惨な地上を照らしていました。

神様お救い下さい、慈悲に満ちたマリア様！ ……。アデラ修道女は既に起き上がっていて、真夜中に孤児院の中庭に最初の爆弾が落ちるのを見たのでした。砲撃です！ やがて、これら不逞の輩やこれらヘロデたちは、怒りと復讐に任せて無邪気な者たちを生贄（いけにえ）にするのでしょう。不吉な地獄の音と共に榴弾（りゅうだん）が空を切りました。孤児院の上にあった十字の旗は、邪悪な大砲の恐ろしい砲弾の前に哀れな理想の大鳥のようでした。あそこのそう遠くないところでは、爆弾の爆発音が聞こえ、負傷者の嘆き声が痛ましく震えました。一、二軒の家が炎に包まれていました。空は火災を映していました。神様、お救い下さい、マリア様……。アデラ修道女は、子供たちの寝床を見に行きました。そこでは、寝床の一つ一つに神々しい香りでいっぱいの幼い子たちの繊細な花が息づいていました。

彼女は、窓を開けて、血だらけの絶望した人々や気絶する負傷兵や両腕に子を抱え髪を振り乱した女たちが火災の無慈悲な光の中、如何に長い列を作って、街路を通るのかを見たのでした。

その時、子供たちが眠っている場所に榴弾が落ち始めました。聖なる旗に対する何という尊敬の仕方なのでしょう！　何の赤十字でしょう！　何の無垢でしょう！　最初の爆弾が落ち、二つのベッドが砕け散り、眠っていた二人の子供が死にました。そして、罪人たちは凄まじい雨となって落ち続けました。アデラ修道女は悲鳴を上げました。なぜなら、死はこのようには決して貧しい無垢の子供たちには来ないのであり、それ故に、あれらゆりかごの巣を香らせていた生きたバラにとって死は天の忘れ物であったからです。大音響に子供たちが目を覚まし、泣き始めました。一方で修道女は、手に数珠を持って祈っていました。榴弾につぐ榴弾で、建物は、徐々に破壊されていきました。最後に孤児院に火が付きました。修道院の管理人たちや子供たちの教師たちは、全員狂わんばかりになって、突然起こされて眠そうな慌てて惑う裸の子供たちを両腕に抱えられるだけ抱えて救い出そうとしました。

修道女アデラは、レアの寝床に走りました。そこでは、既に少女はひざまずき、とても善良な太陽や牛乳や五月の新鮮な花々を創造した礼拝堂の老いた神に祈っていました。理解できないあのことやあの炎の嵐やあの流血やあの悲鳴のために祈っていました……。おお、〝良き神様〟は、彼女が懇願したように、このようなことは許さないでありましょう……。

しかし、アデラ修道女が彼女を助けようとして近寄ると、近くに爆弾が落ち、修道女は怪我を負い、青い木綿の服と白い麻の僧帽が血まみれになりました。

小さなレアは、目を真丸(まんまる)く開いて、何か超人的なものにとりつかれ、急にマットレスの上に上がると石でできた男性をも驚きで凍りつかせる声で、両腕をよじりながら、上の方を向いて叫びました。

——おお、良き神様！　意地悪しないで！　……。

靴墨と血

毎朝、暁が歌う時、彼は小さな寝床から、巣を離れる陽気な雀のように飛び起きるのでした。口でラッパを鳴らし、巡業の手回しオルガンが都市の通りの風に乗せる歌を一通り歌いながら、その日、着替え始めました。

お金持ちの家の女中がくれた女性用の大きな靴下や一週間の間毎日ブーツを磨くことでホテルの米国人から勝ち取った格子柄のカシミヤの半ズボンや腕まくりしたシャツ、デニムのジャケットを着て、あらゆるところが開いて笑っている靴を履きました。新鮮な水で満たしたブリキの金盥で顔を洗いました。

小窓から太陽の光の束が入り、乱雑なむさくるしい部屋を照らしました。彼、ペリキンが〝ママ〟と呼ぶ年老いた祖母の足の欠けた折り畳み寝台、革張りの古いトランク、銅製の柄杓(ひしゃく)の金具、木版画、着色石板画、聖人たちの肖像画、大天使ラファエルや聖ホルヘ、イエスの心臓、小さな額の中の時が経過してしわくちゃになり黄ばんだ紙に印刷された疫病祈祷文。

整髪を終えると叫びました。

——ママ、僕のコーヒー！

老婆が黒いまずい飲み物に満たされたカップと小さなコッペパンを持ち、ぶつぶつ言いながら入ってきました。少年は、ガブガブと飲み、大急ぎでガツガツとかみ砕きながらも一方で、お使いの依頼を聞いていました。

——ブラウリオのところで、ソーセージの代金を支払うんだよ。飛び跳ねて歩くのは注意しな！　一レアル半かかった椅子の脚をカンチェの大工に支払うんだ。口を開けて道で立ち止まるんじゃないよ！　それに干し肉を買って、チョジン料理をつくるためにとうがらしを持ってきておくれ。——それから、荒っぽい大声、怒鳴りつける声で——一昨日は四レアル、昨日は七レアルだ。もし、今日一ペソも持ってこなかったら、どうなるかわかってるだろうね！

老婆がせき込みました。ペリキンは、肩をすぼめて、おやおや！　とつぶやくのでした。そして、ペリキンの、ああ、そう、ああ、そう！　という返事が祖母を怒らせました。すると靴墨の入った小さな箱と水の小さな瓶と三本のブラシをつかみ、やぶれた帽子を深くかぶると、二回飛び跳ねて、ボウランゲールの行進曲をらっぱで吹きながら、たちまち通りに現れたのでした。テーテーレーテーテーテ　チン！　……。太陽は、既に神の青い空にまぶしく輝いて、身軽い体に包まれた十二歳のあの陽気な少年を見て微笑まざるを得なかったのです。巨大な森の中で自分が幸せと思っている鳥の歓喜なのです。

彼はホテルの階段を登りました。番号1の部屋の入口で、二対の半長靴を見つけました。ひとつは普通のなめし革の上等で頑丈な男性の履物でした。もうひとつは、靴磨きのペリキンがもし三歳年上なら瞑想させたであろう繊細なくるぶしと、上方に行くに従い、ふっくらとなっている極く小さな長靴でした。長靴は、桃色の絹が張られた子羊の革でできていました。少年は叫びました。

靴磨き！

それは、扉にとっての開けゴマ！　ではありませんでした。やがて、ホテルの女中が現れて、笑いながら言いました。

——まだ起きてないわ。昨夜、アンティグアから到着した新婚さんよ。新郎の靴を磨きなさい。他の靴は、つやを出さないのよ。布で磨くの。それは私が磨きます。

女中は、埃を払い、一方でペリキンは、新郎の靴につやを与える仕事に取り組みました。あの軟らかな頭の中では、ボウランゲール将軍の行進曲は既に忘れられていました。しかし、手に負えない音楽好きの本能は、出口を見つけなければならず、それを見つけたのでした。少年は、ブラシで拍子を取って、低い声で鼻歌を歌うのでした。〝僕は、綺麗で新鮮でみずみずしい花を見た。〟しかし、耳に注意を集中するために歌うのを止めました。部屋では、調和のある女性的な物音が響いていました。女性の高笑いの声が真珠を散らすように響くのでした。活気に満ちて話し、ペリキンは時々、キスのはじける音が聞こえたと思いました。実際、燃えるような魂は、間を置きながらバラの息を吸い込んでいました。少しして、扉が半ば開き、若い男の頭が現れました。

——もう、それはできたのか？

――はい、旦那様。

――入りなさい。

彼は入りました。

彼は中に入りましたが、少しの間、部屋の半ば暗がりの中で何も見ることができませんでした。そう、香水は感じました。ホワイトローズの香気とまじりあう生温かい〝唯一の〟香水、それは、大きな夫婦用のベッドの寝床のかすかな波の中で芽生えたものでした。そこでその目ではっきりと見えた時に、彼はシーツの白さの中に豊かな髪のブロンズの兜を戴いたほとんど少女のような顔としなを作る体の上にある、ものうく、けだるく伸ばしたバラ色の腕に気付きました。

ベッドの近くに二つ、三つ、四つの大きなトランクがあり、それが全ての荷物でした。椅子の上には、菫色の飾り紐のついた鉛色の絹のガウンがあり、衣類掛けには、赤いズボンと、軍隊のフロックコート、飾り紐のついた将校の正帽と輝く鞘のついた剣がありました。紳士は、上機嫌でした。なぜなら、寝床にいって、美しい女性の腰を愛情込めて軽くたたくからでした。

――それはそうと、怠け者さん！　一日中寝てるつもりかい？　コーヒーかチョコレートは？　早く起きなさい。私は指令部に行かなくてはならないんだ！　もう遅いよ。私はここで守備隊として残ると思うよ。さあ！　キスをしておくれ。

チュッ、チュッ！　二つのキスです。彼は先を続けました。

――どうして可愛い子を起こさないだろうか？　ひとつ鞭打ちだ！

彼女は、彼の首にぶら下がりました。そして、ペリキンは、白百合とバラの間に黄金の髪を見ることができました。

――気だるいわ！　もう私は起きるんだから。貴方はついにここに残るのね！　神の祝福を！　戦争を呪うわ。ガウンを渡して頂戴。


ガウンを着るためにシャツで跳ねました。あそこにはペリキンがおりました。しかし、何と、子供です。しかしペリキンは、彼女から視線を離しませんでした。そして、唇の口隅から底意のある微笑みが漏れました。彼女は、ガウンのボタンを留め、スリッパをはき、陽の光の波が入り込むように窓を開けました。少年に視線を注ぐと尋ねました。

――何て名前？

――ペドロ。

――いくつなの？　どこの出身？　お父さんやお母さんはいるの？　姉妹たちは？　毎日の仕事でどのくらい稼ぐの？

ペリキンはすべての質問に答えました。

アンドレス隊長は、結婚したばかりの善良な若者で、部屋の中をぶらぶらしながら、隅の方から一対のフェデリーカのブーツを新しい輝く一ペソ銀貨と共に取り出すと、それを磨くよう少年に渡しました。少年は、とても満足して、仕事にとりかかりました。時々目を上げました。すると彼は二つのことに惹き付けられ、釘付けとなりました。貴婦人と剣です。貴婦人！　そうです！　花の香りを放つあの美しさの中に超人的な何かを見出したのでした。十二歳の年頃には、既に幾人かのいたずら者の同僚たちが話していたある事柄を知っていました。あの思春期の始まりに、初めての凄まじい神秘の瞬間を感じていたのです。そして、剣です！　それは、軍人たちが帯につけているものです。太陽の下で刃は鋼の稲妻のようです。彼は、もっと小さい時にブリキの短剣を持っていました。彼の武器が羨望を引き起こしたことを思い出しました。友達たちと戦争ごっこをしていた時、彼は、偉大で一番であり、一度、ぼろを着た太っちょとけんかになり、彼の剣で腹をひっかいたのです。

剣と女性を見ていたのです。おお、可哀想な子よ！　これほど恐ろしい二つのものを！

彼は、満足して通りに出て、軍の広場に到着すると、銅製のラッパの震える叫びのような軍隊のファンファーレを聞きました。軍隊が入って来ました。戦争は始まったのでした。恐ろしい死の戦争です。兵営は、兵士でいっぱいとなりました。市民は、祖国を救うために銃を取ったのです。国中の血がたぎっていました。大砲や旗が準備され、整備品や食糧品が準備されました。ラッパは、そのエイの音を聞かせていました。そして、あそこの、あまり遠くないところでの戦場では、戦いの煙の間で、青ざめた死がその赤いワインで酔っぱらっているのでした……。

ペリキンは、兵士たちの入場を見、軍歌を聞きました。青と白の旗がはためきながら通り過ぎた時、旗手になることを望みました。そして、あの日は、もう靴磨きは考えずに、家路へ野兎のように走り始めました。あそこでは、がみがみと叱りつける老女が彼を迎えました。

――それで、今頃何？　何しに来たんだ？

――僕は一ペソ持っているんだ――ペリキンは、気を落ち着かせ、誇らしげに言いました。

——どれ、それをお渡し。

彼は、うぬぼれ満足した身振りで、仕事の箱を放り投げると、ポケットに手を突っ込みました……。しかし何も見つかりません。神の雷鳴！　ペリキンは、戦慄して震えました。ズボンのポケットには穴があいていたのです。すると老婆は、

——ああ、恥知らずめ、おろか者、馬、畜生！　ああ、恥ずかしい！　ああ、盗賊！　もう見てなさい！

そして、実際に、棍棒を掴むと、哀れな彼を一打、もう一打と打ちつけました。

この獣、受け取りな！　この嘘つき、受け取りな！

棍棒で殴られ、更に棍棒で殴られて絶望した少年は、泣きながら、うめきながらそして髪の毛をむしりながら、帽子を耳まで深くかぶると〝ママ〟に怒りのしかめ面をして、尻尾にブリキ缶をつけた犬のように走り去りました。彼の頭は、家には戻らないとの考えにとりつかれていました。最後に市場の入り口で立ち止まりました。知り合いの果物売りが彼を呼び、蜜柑を六個くれました。彼は怒りにかられて全部食べてしまいました。その後、歩き始め、考え込みました。逃げ出した不運な靴磨きは、脳を熱する太陽の下、玄関で眠くなり、雑貨屋のかごのそばで横になって眠り込んでしまいました。

アンドレス隊長は、あの同じ日に、軍と共に国境に進軍する命令を受けました。午後、太陽は西にその偉大な朱色の法衣の裾を引きずりながら落ちようとしていました。隊長は、黒い落ち着きのない

馬に乗り軍隊の先頭に立って出発しました。

軍歌は、行軍のたくましい音符を震わせました。ペリキンは、大きな音に驚き、目を覚まし、目をこすり、あくびをしました。戦いに行く兵士たち、肩にかけた銃、背中の背嚢を見ていました。そして音楽に合わせて、彼らと一緒に歩き始めました。歩いて歩いて、街の郊外まで到着しました。その時、偉大な考え、輝かしいアイデアがあの鳥の頭に浮かびました。ペリキンは行くのでしょう。どこへ？　戦場です。

何という鉛のあられでしょう、神様！　敵の兵士たちは、絶望し戦い、多くが戦死しました。彼らの最良の陣地は奪われました。戦場には血と煙が満ちていました。銃撃は中断することなく、あの爆音の過酷な演奏会で大砲の音は恐ろしい拍子を刻んでいました。アンドレス隊長は、彼の部隊の中で勇敢に戦いました。

一日中戦いました。敵味方の戦死者は数知れません。夜のとばりが落ちると砲火を止めるラッパの音が聞こえました。露営となりました。負傷者の捜索と戦場の偵察が始まりました。

一本の脂の蝋燭に照らされた石の後ろに作られた円い空き地で、ペリキンは、耳と目に注意を集中しながら、身をすくめていました。アンドレス隊長が消えたという話がされていました。少年にとり彼は愛すべき人でした。あの紳士の軍人は、ホテルで一ペソをくれた人でした。道で、真昼に彼が歩いているのを見つけると彼を呼び、馬の尻に乗せてくれ、野営地ではランチを与え、彼と会話をする人でした。

――隊長が見つからない――一人が言いました――。伍長は、敵の一群が彼を取り囲み、馬を殺したのを見たが、その後は、それ以上彼については分からないと言いました。

――負傷したのかを調べろ！――他の人が付け加えました。それにしても何て夜だ！

夜は、暗くはないのですが、曇っていました。幽霊や霊魂や邪悪な小びとたちに好まれる不吉で冷たい夜でした。噛むような微風が吹いていました。はるか遠くには、水平線の境界で、青白い星が、靄薄絹の間に消えかかっていました。時々、歩哨の叫び声が聞こえ、丸い空き地で会話がなされていました。ペリキンは姿を消しました。彼はアンドレス隊長を探すのでしょう。彼は良き紳士を見つけるのでしょう。

彼は、二つの平たい丘の長い距離を通り過ぎました。さほど遠くない小さな森に到着する前に、たくさんの死体に気付き始めるのでした。素晴らしい確固とした考えを持っていたので影も気がかりとはならず、怖くもないのでした。しかし、急に考えが変わり、〝ママ〟や夜に子供が出歩くことを妨げるために彼女が話したお話〝これは、ある修道士でした……〟が頭に浮かびました。別の物語は、頭のない男のことを話していて、別の物語は、白い蝋のような肉体と両目に青い炎と開いた口を持つ爪の長い死体のことでした。ペリキンは震えました。その時までにその状況について考えました。木々の枝は、風が通るだけで動くのです。月は、とうとう戦場に妖怪じみたわずかな波動を振りまくことができました。ペリキンは、多くの死体の間に、飾り紐を持つ一体を見つけました。恐ろしさにおびえながら、隊長を確認できるかどうか見るために近づきました。髪の毛が逆立ちました。彼ではありません。首に銃弾を受け死んだ中尉でした。異様に大きな目と不気味な顔そして口には、陰気で気味の悪いひきつった笑いをたたえていました。もう少しで少年は気絶するところでした。しかし、そこからすぐに森の方に逃げました。そこでは、なにかうめき声のようなものを聞いた気がしました。歩いていて、いくつもの死体につまずきましたが、その手がズボンを掴んでいるように感じるのでした。

心臓がどきどきし、失神しそうになりながら、木の幹にもたれました。そこでは、こおろぎが割れ目の間から鳴き始めるのでした。

――ペリキン！　ペリキン！　ペリキン！　ここで何をしているんだ？

哀れな少年は、うめき声を再び聞きました。そして、彼の期待は恐怖を鎮めました。森の間に入り込むとすぐに、彼の近くで、〝アイッ！〟という声をはっきりと聞きました。

彼は、アンドレス隊長でした。三発の銃弾に貫かれ、血だまりの上に横たわっていました。彼は話せませんでした。しかし、震える声はよく聞こえました。

――隊長、隊長、僕です！

彼は上体を起こそうと試みましたが、ほとんどできません。力を振り絞り指輪を、結婚指輪を外しました。そして、それをペリキンに与え、彼はそれを理解しました……。月は、あそこの上からすべてを見ていました。悲しい、悲しい、悲しい深い夜の底で……。

再び横たわる時に、傷を負った者は身震いし、息絶えました。少年は、その時、苦さと驚きとのどの詰まりを感じ、野営地を探して立ち去りました。野戦の軍隊が帰還した時に、ペリキンは、一緒にやってきました。到着の日、ホテルXでは、汚れたはしっこい少年が部屋番号1の部屋に入った時に女性の大きな悲鳴が聞こえました。召使の一人は、同様に悲しみに気も狂わんばかりの未亡人が、涙に濡れて、有名な靴磨きで、来る日も来る日も――靴磨き！　と叫んでいたペリキンを抱擁するのを見ました。そして、いまいましい少年が亜麻色の金髪の縮れ毛が花咲き、酔わせるような香水が発散されるうなじのそばで顔を抱擁されたと感じた時、彼の両目にはある種喜びの光があるのに気付いたのでした。

どこにでもいる人物の小説

昨日の午後、私がバルコニーに座って、新聞を読んでいた時に、誰かが玄関の扉を叩きました。それは杖に支えられ擦り切れた質の悪い生地の服を着た青ざめて病んだ男でした。弱々しい声で、彼は私に挨拶をしました。私は、貧者に半分を与え、自慢をしない法衣の聖人のようです。私は、黄金の勝利の日々の間に、いくつかの暗い時を持ってきました。

それ故に、全ての苦しみの中に慰めを切望する何かを私の魂の中に見て、全ての貧困の中にあって困窮者の口に私のパンのひとかけらを与えるよう鼓舞する何かを見、全ての失望の中に、私の慰めの財宝を浪費するように強いる内なる力を見るのです。

（そして、この括弧内で、若く御し難い夢想家の君に質問します。一度ならずも――君の精神が陰気となっている物寂しい朝に確かに感じたのではないですか？　すなわち、君のチョッキのポケットの中の唯一の硬貨を取り出し、盲目の物乞い或いは物乞いの老婆の手に与える時、幸せな約束に身を捧げながら無限の喜びの中に天空が開けるようなことを君は感じたことはないですか？）

不幸な男は、壮年の二十八歳において病気の槌に砕かれ押しつぶされた老人のように見えました。病弱で、悲しそうで、屈辱的な恵みを乞いそうな男でズボンの覆いの下に突き出た痩せた大腿骨に使い古した帽子を押し潰していました。低い声で途切れ途切れのとりとめのない会話を始めました。あれやこれや、更にもっと向こうのことを。私たちが同郷であったこと、暑い地で生まれたこと、私の詩の本を持っていること。私たちはどこに行き着くのでしょうか？　私が学校の同級生の一人を知っているはずで思い出すはずだと言うのです。彼は、休み時間には、昔の頃はお金持ちでしたから、全生徒がうらやむ赤いビロードのつばなし帽子をよくかぶっていたのです。いずれにせよ、副領事であったあのフランス人の息子、太っちょのリゴット氏の息子ということでした。

彼のことを思い出さないなんて！　私は、既にそれは思い出したと思います。休暇の時期に、大きな美しい馬車で彼を迎えに来た時に、寄宿生の寮生たちがどんなにか大きな口を開けたことか！　どんなにかリゴット氏の息子フアン・マルティンが私たちの耳を引っ張り、大きく横柄な肩越しに私たちを見ていたことか。どんなにかテーブルで最良のパンを食べ、ワインを少量味わい楽しみ、最後には、王子のように扱われていたかを！　思い出さないわけにはいかなかったのです！　私の町では、洗礼で一時代を画したのでした。なぜなら副領事は、晴れがましさや舞踏会や大騒ぎのためには何も惜しまなかったからです。フランス人の豪華な邸宅で少年を甘やかし、好きなように育てていました。最初の自転車、ヨーロッパのあでやかで上品な服、豪華なおもちゃを持っていました。そして、おお、フアン・マルティンよ！　彼は、私たちと遊んで下さる時には、時間を見るためにポケットから輝く金の小さな時計を取り出すのでした。

これが、神が銀の馬車でこの世に連れてきて、粗いかつぎ棺で運んでゆく数多くの少年たちの物語なのです。

あの少年は、見栄と偉大さの中で数年を過ごしました。既に年頃となり、いつも良きフランス人である父親と彼の全てのいたずらを許す聖女のような母親に愛され、現代的な紳士として狂気じみた騒がしい生活に慣れてしまいました。でたらめに浪費し、良い身なりをして、可愛い愛人を持ち、まな板の肉ならもっと良かったのですが、遊ぶようになり、そして、そこには、遺産を残すであろう老人がいたのです。

学校でのあの日々の後、私は、フアン・マルティンを見ることなく長い時を過ごしました。彼の良馬や消費する数知れないビール瓶により彼の名前がいまだに噂されていた頃には、私は彼の友人ではなかったのです。彼は何になるのでしょうか！　彼は欧州にいたのでドイツ語を話しました。外国の店の金髪の店員とのみ関係を持ち、単眼鏡を使っていました。先に、先に続けましょう。副領事は愚かだったので、最良の日に悪魔が彼を連れて行ってしまいました。ドラ息子は、狂気じみた虚栄心と致命的な軽率さとそしてサイコロとバカラと共に、リゴットおじさんを破産させたのでした。哀れで素晴らしい副領事！　しかしそれほどでもなかったのです。なぜなら、二つの農場を売却し、債権者に大百貨店が分配された後、フランス語で次のように考えました。〝私は、この無分別の怠け者が私を路頭に迷わせるのを許すほどの愚か者だ。彼が私を破産させたからには、損失をいくらかでも回復させるのを手伝わせることが公平だ〟。そして、ファン・マルティニートに明確なスペイン語で言いました。〝棍棒でお前の魂を打ち砕くかそれとも大学のある隣の国に行き、職につくかだ〟。若者は後者を選んだのです。

　さて、昨日私の前に現れた青白い哀れな男の話を続けましょう。

　貴方様、私は、ここに着き、勉強を始めたのです。私の両親は、その不運にも拘わらず、良き年金を私に宛てていたのです。私は寄宿舎に住んでいました。最初は勉強するためにできるだけのことをしました。しかし、この呪わしい頭が抵抗し、すぐに、以前の生活に慣れていて、放埓で富裕な日々が懐かしくなったのです。だめだ！　ある日私は言いました。覆水盆に返らずです！　そして、またその癖が出たのです。ここでは父親は見ていません。教室では、多くの友人を作り、そして、レストランでは、友人のリストが増えました。酩酊と不眠が続きました。私の勉強は何も先に進みませんでした。しかし、私は満足でした。そして、友人たちは私の年金を四方八方に放蕩するのを助けました。突然私の運命の車輪は、早回りし始めました。同じ年に私の父と母が亡くなりました。私は、いわゆる小川で首を吊る木さえも見つからなくなったということです。私は何を知っていたでしょうか？

何も知りません。ドイツ語さえ忘れてしまいました。乱痴気騒ぎの宴の仲間たちは、少しずつ私を置き去りにしてゆきました。しかし、私は、酒場やある館に頻繁に行くことを止めませんでした……。私の言うことがわかりますか？　悪癖と屈辱で、ある朝、私は、さもしい快楽の多くの夜の後に喉に痛みを感じました。そして、その後、貴方様、その後すぐに骨を穿ち、血に毒を盛る恐ろしいこの病がやって来たのです。ほとんど施しと、或いは施しなしで、一定期間遠い地区で暮らしました。私は汚れた部屋の板の上で、誰も少しの慰めも与えてくれず、痛みに身をよじっていたのでした。

ある日、老婆の隣人が私に同情して、自家製の薬を与えてくれ、私は立ち上がれる状態になり、通りに出ました。打ちひしがれ、髪を振り乱し、恥をさらして、通行人に半レアルを乞うためにほとんど手を差し伸ばす衝動にかられました！

私は、カフェの何人かの友人たちに会いました……。彼らは私が分かりませんでした！　一人が私に一ペソをくれ、伝染を恐れて私の手を触ろうとしませんでした。貴方様がここにいることを知り、私のためにできることをしてほしいと懇願するためにやって来たのです。私はもう歩くことさえできません。私はすぐに死ぬでしょう。私が横たわるためのひとかけらの土地が必要なのです。

おお、許してほしい、哀れな男よ、許してほしい、ぼろをまとった人間、お前の苦い怯えと共に陽の光の下に姿を現してほしい。しかし、我々の思想により世界に奉仕する掟の者たちは、詮索しなければならないのです。悪を探しそしてペン先で、その隠された穴から実話を引き出すのです。作家は、楽しませますが、害も指摘するのです。青、喜び、薔薇の春爛漫、愛を表現します。しかし、叫ぶのです。深淵の端を指さして、注意しなさい！　と。

君よ私の物語を読みなさい。午前十一時でも起床せず、ベッドの上で新聞を読んでいる騒がしい若者よ。もし君がお金持ちであれば、これらの文章を読みなさい、もし貧しく、学生で、両親が期待しているのであれば、二度読みなさい。そして、無慈悲なスフィンクスの謎について考え始めなさい。

あそこを行くよ、やせっぽちで背が曲がり、腐肉の男が。あそこを行くよ、杖に支えられて、卑しく哀れな二十八歳の老人が。あそこを行くよ、ファン・マルティニートが、墓場への旅路で病院への道を。

サロメの死

歴史は、時として確かなものではありません。伝説は、時々真実で、マブやティタニアやプロセリアンダ、超自然力や圧倒的な美女に関連する全てに多くの偽りがあることを妖精自らが幾人かの詩人たちに内緒で打ち明けるのです。昔の時代の事柄や出来事に関しては、二人或いはそれ以上の現代の歴史家たちにも食い違いがあるのです。このことを言っておきます。おそらく、私がこれから書く短い物語は、嘘だと判断する誰かがいるだろうからです。その物語は、パレスティナで発見された羊皮紙から私の友人の物知りの司祭が翻訳したもので、その事件は、カルデア語の文字で書かれていました。

ヘロデスの宮殿の真珠、サロメは、淫らな寸劇の後、琴とカスタネットの音楽でローマ風に踊りを踊った有名な饗宴で、偉大な王と尊大な参加者たちを歓喜と狂気の熱狂で満たしました。高貴な若者が蛇のような、魅惑的な女性の足元で新鮮な薔薇の花冠をむしりとりました。肥満で飲んだくれで大食漢の司法官カヨ・メニポは、ワインで満たされた黄金の彫刻の施された盃を急いでひと飲みしました。それは、歓喜と驚嘆の爆発でした。そうすると、君主は、勝利の褒美に彼女の懇願するファン・エル・バウチスタの頭を与えたのです。そして、エホバは、神の怒りの稲妻を放ちました。伝説は、サロメが、凍った湖で首を氷で切られて死んだと確言しています。

そうではありません。こういうふうだったのです。

饗宴の時を過ごした後、魅惑的で残酷な姫君は、疲れを感じました。彼女は、寝床のある寝室に向かいました。大きな象牙の寝床は、四匹の銀のライオンの肩の上に支えられていました。エチオピアの若くにこやかな二人の黒人女性が彼女の服を解きはずし、そして全裸でサロメは、憩い場に飛び込み、白と薔薇色の調和した姿を際立たせる紫の布の上で、白く魔法のように輝いたのでした。

微笑を浮かべ、他方で大きな扇の柔らかな風を感じながら、彼女から遠くないところにある三脚台に置かれた黄金の皿の上の青ざめたファンの頭を眺めているのでした。急に、奇妙な息苦しさに苦しみ、彼女は踝の足輪や腕の腕輪を外させるように命じました。命じるままになりました。首には、ネックレスふうの黄金の蛇を持っていて、それは、時代の象徴でその目は鮮血色に輝くルビーでした。

それは、彼女のお気に入りの宝石でした。ローマの執政官の贈り物で、ローマの職人から手に入れたものでした。

はぎとろうとした時に、サロメは、急に恐怖を覚えました。蛇は、生きているかのように皮膚の上で騒ぎ立ち、絶えず金属製の鱗でできた上品な首輪を締めつけたのです。女奴隷たちは驚き、動くことができず、石像のようでした。突如、彼女たちは叫び声をあげました。豪華な舞姫、サロメの悲劇的な頭は、床から三脚台の脚まで転がったのでした。そこには、イエスの先覚者バウチスタのヨハネの悲しく蒼白の頭がありました。そして、裸の体のそばには、紫の寝台の上に黄金のとぐろを巻いた蛇が残っていました。

フェベア

フェベアは、ネロンの豹です。

本物の大きな猫のように優しく飼いならされ、堕落した両性具有の繊細で悪癖のある手で愛撫する神経症のシーザーの近くに寝そべるのです。

あくびをし、二列の細かい白い歯の間からしなやかな濡れた舌を見せるのです。人間の肉を食べ、堕落したローマの不吉な半神の館で、いつも三つの赤い物を見ることに慣れていました。血と赤紫色の僧衣とバラです。

ある日、ネロンの前に、キリスト教徒の一族の雪のように白く若い処女、レティシアが連れてこられました。レティシアは、とても美しい十五歳の顔を持ち、バラ色の小さな愛らしい両手を持っていました。神々しい視線の目、女性に変化しようとする乙女の体――詩人オビディオの変形である六歩格詩の勝利の合唱にふさわしいものです。

ネロは、あの女性にたまらぬ欲望を抱き、彼の芸術、音楽、詩を通じて彼女を所有したいと思いました。純潔の白さの中、無言で揺るぎなく落ち着いて、乙女は竪琴の伴奏と共に凄まじい帝王の詩歌を聞きました。そして、彼、王位にある芸術家が、官能的で彼のセネカ教師の規則に従いうまく韻を踏んだ詩歌を歌い終えた時に、彼の捕らわれの女、彼の気まぐれな欲望の処女は、白百合や大理石の巫女のように、無言のまま無邪気にじっとしていました。

するとシーザーは、ままならぬ憤りで一杯となり、フェベアを呼び、彼の復讐の犠牲者を指し示しました。強く尊大な豹は、背伸びし、光る鋭い爪を見せ、あくびをし、のっそりと広く大きな口を開き、絹のような尻尾を素速く一方から他方に動かしながらやって来ました。

そして獣が語るということが起こったのです。

――おお、称賛に値する強大な皇帝よ。あなた様の意思は、不朽のものです。あなた様の容姿は、ジュピターのそれに似ております。あなた様の額は、栄光の月桂樹をかぶっております。しかしながら、あなた様に今日、二つのことを知らしめましょう。私の手は、星のように輝きを撒き散らす彼女のような女性に対しては決して動かないということを、そして、あなた様の長短短格で二短音節脚韻の詩は、ひどいものでした。

ダビデ王の家系樹

ある日——空の凪は、無限の海の上で曙の船の黄金の帆をほとんど膨らませていませんでした——、老いたダビデは、詩人の君主で王の寝床を温める無邪気でこの上なく無垢な回教徒のバラである金髪のアビサグの肩に支えられ、王宮の大理石のライオンの間の階段を、微笑みながら厳かに下りてゆきました。

寺院に向かっていた司祭のサドックは自問しました。愛されるお方はどこにいかれるのか?

野心家のアドニスは、遠くの木立の間から、王と少女が、あやめや白百合やバラがたくさん咲く近くの野に散歩するのを見て顔をしかめました。

彼らを見かけた預言者ナタンも、深くお辞儀をして司祭のように両腕を広げ、エホバを祝福しました。

ホイアダの息子レイイ、セメイ、バナイアスは、ひれ伏し、言いました。

——聖油を塗られた方に栄光を、聖なる牧者に光と平和を!

ダビデとアビサグは、森の下に鳩のくうくうという鳴き声が聞こえる庭ともいえる小森の中に深く入り込みました。

それは春の勝利でした。地と天が甘く輝き結合して一つになっていました。天空では輝き勝ち誇る太陽が、下界では、世界が目覚め、茂みの調べ、芳香、森の讃美歌、鳥たちの陽気な喧噪、宇宙の月の女神や自然の輝かしい調和がありました。

アビサグは、彼女の君主の目をしっかりと見据えていました。竪琴の全能の王子は、おそらくは何か聖なる詩を黙想していたのでしょうか？　二人は立ち止まりました。

やがて、ダビデは、小森の奥に入り込み、右手に枝を持って戻ってきました。

——おお、スナミータ！——叫びました——今日は、永遠の神の見ている下で、無限の善の木を植えよう、その花は、勝ち誇る至高の力を持つ白百合と同様、不滅の愛の神秘のバラなのだ。

私たちは、種を蒔こう、お前は、老いた預言者のけがれなき妻であり、私は、石投げ縄でゴリアテに、私の歌でサウルに、そしてお前の若さで死に勝利した者なのだ。

アビサグは、彼の話を夢の中にいるかのように、また神秘の愛の恍惚の中にいるかのように聞いていました。そして、朝日の光は、処女の黄金の髪と豊かな長い銀色の白髭を取り違えていました。

彼らがあの枝を植えると生い茂る百歳の樹齢の木になるに至ったのでした。

のちの時代、ヘロデスの日々に、ヤコブの息子、マサンの息子、エレアザールの息子、エリウッドの息子、アキムの息子である大工のホセは、昼間に野に出ていて、抒情詩人の聖なる王の木から細い枝を切り、それが星であり神の真珠、イエス・キリストの母マリアとの結婚式に聖堂で花咲いたのでした。

はかない女性

蝋燭のように青白く、病んだ薔薇のようです。彼女は黒髪と慌ただしい仕事の痕跡である青い隈のある目と既に過ぎ去ってしまった多くの夢の幻滅を持っているのです……。憐れな少女よ！

名前はエマです。彼女は、劇団のテノール歌手ととても若くして結婚しました。輝かしい曙の勝利の中で思春期が花開いた時には、彼女は舞台に専念していました。端役の俳優から始めたのです。そして、喜劇を装った愛人たちの偽りの口づけを受けました。彼女の夫を愛していたのでしょうか？彼女自身もわかりませんでした。絶え間ない口論とドーデが描くであろう説明のできない競争関係がありました。過酷で嘘の多い場所での生きるための闘い、そこでは、一夜の花かずらとはかない栄光の花が咲くのです。苦い時間は、おそらく、狂気の饗宴の時により半分かき消されているでしょう。最初の息子、最初の芸術の幻滅、決してやってこなかった黄金の物語の王子！　そして、結局は、その将来は、微笑む未来の幻想のないなりゆきにまかせた道なのです。

彼女は、時々考え込んでいました。上演の夜には、彼女は女王、姫、イルカ或いは妖精でした。しかし、鮮紅色の下には、青白さと愁いがありました。観客は、見事な毅然とした容姿、巻き毛、調和を持って曲線を描く盛り上がった胸を見るのですが、絶えざる心配、固定観念、女優の仮装の下の女性の悲しさには気づかないのです。

彼女は、一分間は幸福で、一秒間は完全に幸せなのでしょう。しかし、彼女の繊細で甘美な魂の底には絶望があるのです。憐れな少女！　何を夢見るのでしょうか？　私はそれを言うことはできないでしょう。彼女の外観は、最良の観察者をあざむくでしょう。明日行くだろう未知の国について考えているのでしょうか？　ありうべき契約について或いは息子たちのパンのことについて考えているのでしょうか？　もはや愛の蝶は、プシケの息によりやつれたその白百合を訪れることはないでしょう。もはや、黄金の物語の王子は、来ないでしょう。彼女は、少なくとも、来ないものと確信しているのです！

おお、君は、ほとんど消え入る炎であり、人間の巨大な森の中の迷子の鳥です！　君はとても遠くへ行くのでしょう、駆け足の幻想のように通り過ぎるでしょう。そして、君のことを考え、君の思い出をページに書き、おそらくは、その蝋の青白さと愁いと病弱な顔の魅力に恋し、結局はボヘミアの国の鳩に恋をした夢想家をそばに持っていたことを決して知ることはないでしょう。そして、来たる日に、君は、空の四方から吹くどの風にその翼を広げようとするのかを知らないのです！

赤

――しかし、このような蛮行の後に、パラントゥを許すというのですか？

――編集部に居合わせたほとんど全員が叫び、フラウベルチアーノ風の体格で砲声をとどろかせるレモニエル編集長の方に驚いて向かっていきました。

――そうだよ、諸君！――彼は応じ、それから威厳をもって両腕を組みました――。

パラントゥは、ギロチンには値しない。おそらく療養所は値するが……。犯罪にまで進んだというのは確かだ。センセーショナルな長い解説ニュースや報告記事に誘因を与え、犯した殺人は、情事の犯罪の中では今年最も血なまぐさく恐ろしいものだ。だが……。しかし、聞き給え。君たちは、どのようにしてそこまでその不運な男が行き着いたのかをよく知らないのだ！

彼は、大きな椅子に座り、膝の上に肘を置き、続けました。

――私は彼のことをよく知っていた、ほとんど子供の頃から。その才能ある画家は、今日、芸術のために身を滅ぼし、その名は名誉を失墜したが、彼はプロヴァンスの地の生まれだ。それ故に、頭の中に一杯の太陽を持っているかが分かるだろう。とても早い頃から孤児となり、流浪の運任せの人生を始めた。しかし、良き本能を持っていて、役立たずな男にはならないと考えていた。内心に芸術がうごめくのを感じたのだ。クローの風景の中、北西の風の響き渡る一陣の風の下、カマルグの野原の中で、少年は彼の夢を培っていた……そう！　彼は〝ひとかどの人物〟となるであろう。その名が良き紳士ロウマニレの名前のように、詩句の名のように響くことを欲したのだ……。

彼は、音楽の見習いとしてアルレスにいた。司祭の家の召使としてアビニョンにいた。印刷見習いとしてマルセイユに……。そして、ほら、見て、あそこのマルセイユの海のほとりで、暑く光り輝く午後に、彼は初めて彼の天職の衝動を感じたのだ。光が彼に啓示した。そして、その日以来、我らの偉大な画家たちの一人となりたいと思ったのだった。それを獲得したのかどうかは、もうお分かりだろう。のちに彼自身が私に話したよ。貧窮、苦しみ、闘い。とうとうパリに来て、最大の闘いを挑んだ。ほぼ絶望するところだったが、ある日、老いたメソニエルに気に入られたのだ。メソニエルは、彼を支援し、有名にした。そして、それ以来、彼の署名入りの繊細な独創的で素晴らしいそれらの美しい風景画は人気を博し始めた。パラントゥは、画家を職業としていた。しかし、裕福ではなく、裕福にもなれなかった。なぜなら、パリの真ん中で、ボヘミアの国を旅するのが大好きだったからだ……。哀れな若者よ！　恋をしたのか？　それは知らない。不運な恋愛はしたと思う。彼は少しずつ寡黙となっていった。パリは彼を青ざめさせ、その美しい南の笑いを忘れさせ、彼を弱らせた。時々、私には、パラントゥの全ての頭のねじがはずれているかのように思われた。そして、狂ったのか？と自問したものだ。彼は苦しみ、その苦しみは、顔に現れていた。そうすると彼は卑猥(ひわい)なミューズとアスファルトで靴音を立てる小さな足の後を追うことで楽になろうとしていた。私は、彼に会う時には言っていた。――結婚するのだ、パラントゥ、そうすれば幸福になるだろう！　そして、その瞬間にだけは、彼は良きプロヴァンス人として笑うのだった……。哀れな若者よ！　数ある中でも、ある突飛なことをしでかしていたことは知っている。ワーグナーを批判する記者に挑み、長い間絵を描かなかった。公に画家ブグローをののしり、そしてボウランゲール主義者になった。あまのじゃくよ！　そして、良き昼に私の家の前に現れ、この文句で私に挨拶したのだ。

――僕は結婚する！

だ？

――神に称讃あれ、パラントゥ！　もう君はきちんとした男となるのだ。それで、誰と結婚するんだ？

私にそのことを話した。良家の出で、誠実で、貧しく、家庭のためには素晴らしい若い女性で彼が言っていたように〝とても家庭的な女性〟であった。彼は、彼を甘やかし、彼の気まぐれを忍び、靴下を繕い、寒い夜に外套の上の首にスカーフを結んでくれる人が好きだった。結局は、彼を理解し愛してくれる人が好きだったのだ。

――私は、君の友人バンビリャの良き妻ロライネのような人が好きだ――そう言った。

――万歳、パラントゥ！　君は分別があり、才能がある。その手で握手してくれ。

彼は去っていった。その頃、哀れな彼は、てんかんの発作を持っていた。少しして結婚し、ベルギーに出発した。本日、恐ろしい悲劇に終わったその悲しい人生の過程を君たちは今から知るだろう。パラントゥの家族には、狂人や偉大な才人、自殺者やヒステリー患者がいた。それだ、それ！　分かるかい？　カルロス・ドゥランドと競い合う水彩画や肖像画、サロンでこれほど騒がれ称讃された油絵は、友よ、最も恐ろしい病的な状態を道連れにする才能の産物だったのだ。君たちはイタリアで行われた刑法医学の研究を知っているだろうか？　私はロンブロソやガロファロや我らのリシェットと同意見だ。その上、才能と狂気は緊密につながっていることは事実である。なぜなら、我らの愛すべきモーパッサンの知性の喪失に関しては、これを肯定する厳密性を否定する者がいるにも拘わらず、経験は逆のことを示しているからである。医療用語では、時代の早熟児という不幸な受難者が生まれるのである。それから、資産、環境、不機嫌、生殖の乱用、アルコール、強烈な印象……。神経の竪琴が、その弦の上に不吉な交響楽を奏で始める地獄の手を感じる時が来るのだ！　神経症の獣の手にかからなかった令名高き男たちの例を挙げよう。ガリレオ、ゲーテ、ボルテール、デスカルテス、シャトーブリアン、ラマルティーネ、レセップス、シェブレウ、ビクトル・ユーゴーだ。しかし、あぁ！　彼らの前を無間地獄に堕ちた者たちの行列が通るのだ。エゼキエル、ネロン――歴史的な病理学の症例だ――、ダンテ、コロン、ルソー、パスカル、ヘゲシッペ・モレウ、ボードレール、コムト、ビリャメイン、ネルバル、プレボストーパラドル、ルイス・デ・バビエラ、理想的な王、モンタヌス、シューマン、ハリントン、アンペレ、ホフマン、スイフト、ショーペンハウアー、ニュートン、エル・タソ、マレブランシェ、バイロン、ドニゼッティ、ポール・バーレーン、ロリナット……。神様！　終わりなきリストだ。さて、いいかい、パラントゥは、その呪われた家族に属し、無間地獄に堕ちた世代の隔世遺伝の一員なのだ。

編集長は、立ち上がり、右腕を上げて続けました。

――それらの突き刺し傷を与えたのは彼ではない。彼の存在の恐ろしい女神アナンケがやったのだ。君たちは、全ての原因が何だったのか知っているだろうか？　二つの性格の衝突だ。マダム・パラントゥは、誠実で純潔だが冷たく鉄のように厳しかった。哀れな画家は、慈悲のある妹が必要だった。彼は、大きな病める幼児だったのだ。ところで臨終医学では、この種の精神異常は如何に治療しなければならないかを諸君は既に知っているだろう。マリア・バシュキルセフにつき話す時は、ロンブローゾであり、症状として或いは倫理的狂気の根拠として、性格の奇異、愛情の欠如、誇大妄想狂、無限の虚栄心と指摘しており、これら全てをパラントゥは持っていたのだ。風変わりで情熱的で、奇抜で、震撼する。こういうふうだった。それらすべての気質、そのすべての病的状態、そのすべての繊細で恐ろしいガラスが、あの鉄の冷たい無理解で仏頂面の女性とぶつかったのだ。

互いに愛し合っていただろうか？　その通りだ。そして、あそこにこの物語の最も残虐なところがあるのだ。衝突の後の衝突で破局が到来した。ある日、とても愛し合って、未来の幸せな快い夢の中で愛し合っていた時、彼が突然言うのだった――それは、こがね色の生温かい午後だった。

――見てごらん、なんて美しい菫色の雲なんだ！

――菫色じゃないわ――彼女は甘く答えた。

――そうだ！　彼は恥じ入り紫色になって反論した。

――違うわ――彼女は再び微笑みながら答えた。そうすると、パラントゥは、変貌し、気がふれたように、熱愛する女性に更に近づき、彼女に面と向かってこの言葉を投げつけたのだった。

――愚か者！

ああ！　顔に描かれた嘆きによって、諸君が私に同意していることがわかるよ。哀れな若者！　これが一度目だった。パラントゥは、泣いて許しを乞い、自分の名誉を傷つけられ、負けたと思い込み、恐ろしい神経症にとらわれたのだった。二回目は……――おお！　彼女は何も理解していない。無知による残酷、我慢ならない辱めの復讐が、あの黒いかまどの火を更に燃え上がらせた。二度目はキリスト像の前だった。彼は、全ての夢想家と同様、神秘的な精神と焦燥を持っていた。白い海より出ずるヴィーナスの裸体の画家は、キリストの木像に魅力を感じていた。不信心な芸術家は、月の女神ダイアナの額から、マリアの足元まで転がっていった神々しい三日月を眺め、震えあがった。十字架の前にお辞儀をする時に、彼を笑うのを見たのだ。そして、あそこの受難の聖なる彫像の面前で、たぎる血と震える神経により、手をあげ、平手打ちを食らわせたのだ！　一分一秒後に、彼女は、泣きながらひざまずき、ろくでなしと彼を呼んだのだった！

それは少し前に起こった。三回目は、友よ、三回目は、不吉で陰気な悲劇だった！　それは、〝神秘的な錯乱にとらわれた病人〟による想像上の事例、トルストイのポスドニチェフの事例ではなかった、ランティエールの事例でもない。私の言葉は飛び回るだろう。もう遅いから簡潔に言おう。三度目は、神経症の引き縄が抑制可能な興奮の高い段階に達していた。そのすべてを絶望とほぼ完全な病理学的精神錯乱状態で見ていた。

そして、不幸な彼女はそのことを知らずに――というのは、私は彼女がそれを知らなかったと君たちに誓う！――あの爆発性のかまどを絶えずたきつけていたのだ。それは、既に前回とは違い、精神異常或いは錯乱の代わりに彼を邪悪だと判断して最も危険な感覚神経を傷つけようとしたのだ。

それは、発作だった。その日は暑く重苦しかった。パラントゥは、彼のアトリエをぶらぶらしていた。一人のモデルの女性が服を脱ぎ、ポーズをとろうとしていた、その時……。――そう、私が語る通りに！――扉が開いた時に、〝彼女〟が現れた。

彼女は彼を叱責した……。芸術家は黙っていた。彼女は彼を罵った……。芸術家は黙っていた。彼女は彼を軽蔑した……。

——はい？——てんかん持ちがうなった。危機は極点に達した。——やめて、もうやめて！　あとはただ不貞を働くだけね……。

——おそらく！　彼女は、女性特有のひきつった笑いを浮かべ、彼を傷つけるために叫んだ。

そして、諸君、あそこが、これほども語られてきたパラントゥの襲撃の時だ。彼は武器をはずし、目がくらんで完全に無意識で、彼の妻を刺したのだった！　彼は釈放されることはないだろう。

裁判は、世界を四つん這いで歩くのだ。私としては、彼をパリの死刑執行人に引き渡す代わりに、私の友人の神経科医チャルコットのところに連れてゆくべきなのだ。哀れな若者よ！　いずれにせよ、彼は首を切られること以上に幸せなことはないのであろう。さようなら。

外套の物語

それは、一八八七年の冬、バルパライソでのことです。カボ通りは、大いに活気に満ちていました。多くの綺麗な女性たちが、大百貨店のアスファルトの通りを厚い袖に手を入れて歩いていました。商店の多くの店員や多くの仲買人が外套に身を包んで飛ぶように行き交うのです。骨を噛むような寒さです。御者たちは縞模様のポンチョを着て素早く通り過ぎます。そして、プラット通りの金持ちの紳士や銀行家たち、太っちょの金利生活者たち、地主たち、相場師たちが口に葉巻をくわえ、毛皮の半外套のオーバーを着て、ゆっくりと、満足げに、しっかりと手袋をはめて通り過ぎます。

私は、夏物のジャケットの下で震えながら、そして自分が熱帯の子であることを認識させる凍てつく風の激しさに堪えながら行くのでした。私は、友人のポワリエールの家を満足気に出てきたばかりでした。なぜなら、私は、昨日の午後、毅然とした頑固な小男……エンリケ・バルデス・ベルガラが私に支払ったエル・ヘラルド紙の給料を受け取ったからです。ポワリエールは、微笑みながら、彼の金縁眼鏡越しに私を見て言いました。

〝友人よ、まず最初に外套を買うことだ！〟私も確かにそう思います。怠惰な太陽を濁らせる半透明の午前、海の水平線は、密な灰色の靄により、かき消されて、海からくる微風が、私をそのことに駆り立てるのでした。

あそこに既製服の店がありました。私の外套がピナウドの商標を持っていなくても何を構うものでしょう？　私はコウシーニョやエドワルズではありません。立派な百貨店です。あらゆるところにマネキンがあって、入荷したばかりの喜劇俳優のような衣服や、人目を引く大きな格子柄の服、けばけばしいフロックコート、どうしようもないズボン、その他にも二重マントやフロックコート、ケープ等です。

大きな戸棚には服また服があって、それぞれ番号のつけられた段ボール箱に入っています。売り場の近くには、店員が――世界中で同じです――気取って、髪を整え繕いながら理髪師の頭とマネキンの体で、各々の買い物客を研究された微笑みと甘い言葉で迎えるのです。入店してから、私は品選びをします。望みの品が、あたかもロンドンの最良の裁断鋏でわざわざ切断されたように私にぴったりと合うことの幸せを感じるのです。それは、優雅で、驚くばかりにきらびやかなアルスターの外套なのです！　売り子がすそを広げ、袖を撫でながら、その品がウェールズの皇太子或いはモルニー公爵が使うものに劣らないことを私に確信させようとして繰り返すおべっかに合わせて、私は比類なき快感と共に、厚く上品な生地や格子の羊毛の裏地を見て調べるのです。

――〝それで、特に、貴方様にとっては、とても安いものですよ！〟

――〝私のものです〟――私は威厳と嬉しさと共に答えます。――〝おいくらですか？〟――〝八十五ペソです〟――神様……私の給料の半分近くです。しかし、その品はあまりに魅惑的で、売り子はあまりにおしゃべりなのです！　その上、すぐにも編集者が、一人以上の慎ましいブルジョアを屈服させるアルスターの外套を着てカボ通りを歩き、一人以上の港の薔薇色の女性の注意を引くという見込みがあるのです……。私は支払い、おつりを乞い、大きな鏡の前に立ちました。アルスターの外套は、織毛の帽子でより大きな価値を得て、私は、幸せで美しい物語の王子よりももっと誇らしげに通りに出るのでした。

ああ、あの外套の冒険物語は何と長いものとなることでしょう！　それは、造幣局の宮殿からサンティアゴの場末までを知るのでした。サンティアゴの冬の夜に夜歩きをしました。その時は、肺炎が油断した宵越しのだらしのない者の肺を刺すのでした。それは、〝シェ〟ブリンクで夕食をとりました。そこでは、コーヒー店の柱が巨大なソーセージに似ていて、カウンターは、銀の宝石に似ているのです。それは、凛々しいボルボン家の人物で偉大な犯罪者、偉大な悲劇作家を身近に知りました。不幸な努力家のバルマセダの声を聞き、その顔を見たのでした。

テーブルや箱の上で〝フラメンコ歌手たち〟がたたく明るい太鼓の音に拍子をとりながら、それは、ハープとギターの音でチリ人を陽気にするクエカの踊りを好むのでした。その時手から手に回される細長いガラスのコップの中でチチャがたぎり、誘うのです。そして、恐ろしく震え上がらせるコレラの病気が、チリの国を毒している時に、それは、孤独な悲劇的な夜に、死体の積まれた救急搬送の荷車を見たのです。その後、それは、幾度となく、太平洋の波の上に、蒸気船の甲板から南の見事な星座の黄金の震える薔薇を眺めたことか！　もし、素晴らしいアルスターの外套が日記を携えていたら、その中には、ビニャ・デル・マールの絵のような別荘やリマの美しい女性たちやカジャオの入り江についての印象が書かれていることでしょう。それはニカラグアにいました。しかし、その国については、何も書かなかったことでしょう。なぜなら、それを知りたくなかったからです。あそこでは郷愁の時を過ごし、トランクの中に閉じ込められ、思い出の中で暮らしていたからです。エル・サルバドルでは、そう、街に出て、メネンデスやカルロス・エゼタと知り合いました。あそこでは、鉄砲の音に驚く鳥のように慌て惑い、六月二十二日の爆発の時にグアテマラに逃げたのでした。あそこで夜遊びの生活に戻りました。演劇俳優のエリサ・ザンゲリを聞き、鶯のように歌う彼の女友達リナ・セルネを聞きました。

そして、ある日、ああ、その恩知らずの主人は、それを贈ったのでした。

そうです、私は長年連れ添った外套にとても残酷だったのでした。その物語を見て下さい。ペドロ・デ・アルバラドの町で、知的でふざけ屋で素晴らしくも、また腹立たしくもある一人の文学の友が私を尋ねてきました。彼は、アントニオ・デ・バルブエナを称讃し、良き芸術的な天賦の才能を持ち、グティエレス・ナヘラとフランシスコ・ガビディアに逆らって発表した二つの論文により私の反感を買いました。若者は、エンリケ・ゴメス・カリリョという名で、私のホテルにいつものようにやって来て、向こう見ずで、間の抜けた意見とウンザリする笑いで私の胆汁を引っ掻き回すのでした。しかし、私は彼のことが好きで、良き作家としての題材を持っていることをよく理解していました。ある日、やって来て私に言いました。――〝僕はパリに行くんです〟――〝うれしいよ。君は、我らの政府がよく派遣する間抜けな者たちの群れよりも多くのことを行うことだろう。〟おしゃべりを続けました。私たちが別れを告げた時に、エンリケは、もうカボ通りのアルスターの外套を見せびらかしながら歩いて行くのでした。

どんなにか時代は変わったでしょう！　バルデス・ベルガラ、〝毅然として頑固な小男〟、エル・ヘラルド紙の私の編集長は、最後の革命で英雄として死にました。彼は、議会の評議会書記で、沈没した〝コクラン号〟の中で、死んだのです。

ポワイリエール、私の忘れられないポワイリエールは、独裁者が自殺した時に、バルマセダ政権の大臣としてメキシコにいました。バルパライソは、革命者たちの勝利を見たのでした。そしておそらくは、私が外套を買った既製服店の店主は、素晴らしいフランス人でしたが、今日ではその損害と迷惑に抗議しているのです。それでアルスターの外套は？　そこに行きましょう。君たちは、偉大な詩人のポール・ヴェルレーヌの名前を知っているでしょうか？　サテュルニアン詩集の詩人です。ゾラ、アナトール・フランス、フリオ・レマートルは彼の熱狂的なファンです。フランスの若い文学者たちは、年老いた芸術家を愛し、尊敬しているのです。退廃主義者や印象派主義者たちは、先生の如く彼に相談するのです。フランスは、特別な言葉で彼を〝尊大な素晴らしい野蛮人〟と呼びます。マウリシオ・バレスやモレアスは、〝哀れなレリアン〟を病院に見舞うのです。若きゴメス・カリリョ、放浪のあの若者は、パリで過ごした時代にすべての悪魔を私に与え、私のすべてを変えたのでした。その審美的な基準は、既に別のものでした。彼の記事は、だらしなく、狂人じみたものではありますが、素晴らしいできばえなのです。私は彼の散文が好きであり、それは芸術的な良き気質を知らしめるものです。偉大な首都では、彼の国の政府により年金が与えられており、若い文学者たちを身近に知ろうと努め、それを成し遂げました。ほぼ全員と友達になったのです。そして、彼らの多くは、せいぜい二十一歳の悪魔に憑かれた中米人が病気の日々に、彼を助けたのでした。さて、よろしい、彼の手紙の一通でゴメス・カリリョは、追伸を書いています。〝貴方の外套が今日誰に仕えているのか貴方は知っていますか？　ポール・ヴェルレーヌ、詩人にです……。私はアレハンドロ・サワ――パリに住むロペス・バゴの序文家――に、外套をあげたのです。そして、彼は、それをポール・ヴェルレーヌに与えたのです。幸せな外套です！〟

その通り、とても幸せなのです。なぜなら、貧しいアメリカの作家の手もとから、毎日病院を変えはしますが、フランスの最も偉大な詩人の一人である輝かしい風変わりな詩人の手元に昇りつめたのですから。

ファン・ブエノのなくし物

それは、ファン・ブエノ（善人ファン）という名の男でした。そう呼ばれているのは、子供のころから頭の片方にげんこつを受けると他方を差し出すからでした。彼の仲間たちがお菓子やビスケットを奪いほとんど裸にされて家に着くと、両親が、あちこちつねり、げんこつをくらわせ、聖ラサロのようにするのでした。そういう風にして大きくなり、成人となりました。哀れなファンはどれほど苦しみを受けたのでしょうか？　彼は、痘瘡（とうそう）になりましたが死にませんでした。しかし、一ダースの鶏が顔をくちばしで突っついたような顔になりました。別のファンであるファン・ラナスのせいで囚人にもなりました。そして、全てを忍耐で堪え忍んだので、人は、あそこにファン・ブエノが行くよ！と囃（はや）し立てるまでになりました。事このような風でありましたが、ある日結婚する日が来ました。

ある朝、新しいマントを着て、頭に栄光の光を持ち、新調のサンダルと花咲く長い杖を持った聖人ホセが微笑みながら上機嫌でファン・ブエノが苦しみながら住んでいた村に散歩に出ました。クリスマスの夜が近づいていて、彼は、子イエスと生誕祭の準備について考えておりました。そして、良き信者たちを祝福しながら、時々、いくつかクリスマスの歌を口ずさんでいました。ある通りを過ぎる時に、彼は、うめき声を聞き、そして、おお、ファン・ブエノの妻には嘆かわしい光景です！　ピム、パム、プムと不幸な夫をなぐっているのに出くわしました。

——そこでやめるのだ——聖なる救世主の父親と思われているお方が叫びました。私の前では醜聞はなしだ！

その通りとなりました。猛々しいゴルゴンは落ち着き、仲直りがなされました。そしてファンが彼の苦しみにつき話すので、聖人は同情し、彼の背中を手のひらで叩くと別れを告げながら彼に言いました。

——心配することはない。お前の苦しみはもう止まるだろう。私はお前をできる限り助けよう。もうわかるだろう、教区や右手の祭壇に捧げられるもののためにじゃ、さらばじゃ。

善人のファンは、とても満足しました。そして、もし日に日に、また、ほぼ一時間ごとに慰めの力となる人の所に行けるのなら言うべき言葉もありません。貴方様、これです！　貴方様もうひとつ！　貴方様もっと向こうのものを！　全てを乞い、全てが彼に与えられました。その聖人に語るのが恥ずかしかったことは、妻の暴君が棒で彼を叩く癖をなくすことでした。頭にあるそのこぶは何なのだ？サン・ホセが彼に質問した時、彼は、笑い、会話を変えました。しかし、サン・ホセは、よく分かっていました……。そして、彼の忍耐を褒め称えたのでした。

ある日、彼はとても悲しい顔をしてやって来ました。

——私のがなくなりました——めそめそ泣いたのです——しまっておいた銀の闘牛ズボンです。それをあなたに見つけてほしいのです。

——それらは、聖アントニオの受け持ちだが、できるだけやってみよう。

そして、その通りとなりました。ファンが、家に戻ると、闘牛ズボンが見つかったのです。

別の日に、ファンが膨れた下あごと、半分突き出た目でやって来ました。

——貴方様に頂いた牛が消えたのです！

すると、親切な老人は言いました。

——歩いて行け。すぐに見つかる。

そして、もう一度です。

——貴方様に頂いたロバが、私の畑から出てゆきました！

すると聖人は、

——やれやれ、行くのだ、ロバは戻って来るだろう。

そして、こんな風でした。

ある機会に聖人があまり上機嫌ではなかったところに、ファン・ブエノがトマトのように真っ赤な顔とバンレイシの頭で現れた時です。彼を見てから、——ふむ、ふむ——と聖人が言いました。

——貴方様、私は新たな奉仕を頂くためにやって来ました。私の家内が去ってしまったのです。それで貴方様は親切なので……。

聖人サン・ホセは、花咲く長い棒を高く上げて、ファンの二つの耳の間を叩きながら、怒りの声で言いました。

——地獄に彼女を探しに行くのだ、愚か者が！

なぜ？

おお、神よ！　世界は、とてもひどい状態にあり、社会は、常軌を逸している。来るべき世紀は、地上を血まみれにしてきた革命の中でも最大の革命を見ることとなるだろう。大魚は少年を食べてしまうのか？　そうかもしれない、しかしすぐに報復を受けるだろう。貧困がはびこり、労働者は、肩に山積みの呪いを運ぶのだ。もはや、卑しい黄金でなければ何の価値もない。相続権のない者たちは、永遠の屠殺(とさつ)場に行く永遠の牧群だ。貴方には、磁器のようなシャツを着たこんなにも多くの成金や絹とレース編みにくるまれ取り澄ました令嬢たちが見えないのか？　一方で貧者の娘たちは、十四歳から売春婦とならねばならないのだ。彼らが最初に娘たちを買うのだ。盗賊たちは、銀行や百貨店を占有している。アトリエは正直者の受難の場所だ。富豪の気ままに欲する給料しか支払われず、不幸者が固いパンにありついている間に宮殿や富裕な館では、幸福者たちがトリュフや雉(きじ)をたらふく食べるのだ。通りを行き過ぎる各々の馬車は、車輪の下に、貧者の心を踏みにじりながら行くのだ。鶴のようなそれら若旦那たち、それら消化不良の金利生活者たちそしてそれら太鼓腹の刈り入れ人たちは、卑しい迫害者たちなのだ。私は血の嵐を欲したいものだ。私は名誉回復と社会的正義の時が鳴り響くことを欲したいものだ。詩人たちがうたい、演説家たちが褒め称えるその政治的パズルは民主主義という名前ではないのか？　そうなら、そんな民主主義なんていやなことだ。それは民主主義ではなく、侮辱であり没落なのだ。不幸者は、災厄の雨に苦しみ、金持ちは味わい楽しむ。プレスは、いつも金次第、腐敗していて、変わらぬ黄金の讃美歌しかうたわない。作家たちは、偉大な権力者たちが演奏するバイオリンなのだ。人民には無頓着だ。そして、人民は、賤しい業に身を落とし、上層階級の者たちのせいで腐りつつある。男には、犯罪とアルコール中毒、女には、こうして母や娘や身を包むマントだ。

貴方は、何で勘定をするのか？ 稼いだ一センタボが、なぜただ単に焼酎のためだけ使われなければならないのか？ 雇用主たちは、彼らに仕える者たちには厳しい。都市や農村において雇用主たちは、暴君である。ここでは、人の首を締め付ける。農村では、日雇い労働者をののしり、日給をけちり、彼らに泥を食べさせ、最後は彼らの娘たちを辱める。全てがこのように進むのだ。私は、一体どうして世界を脅かす地雷が既に爆発しなかったのかが分からない。なぜなら、もう爆発しているはずなのだ。あらゆるところで同じ熱病が燃え上がるのだ。下層階級の精神は、容赦ない未来の復讐者に変わるのだ。下層の波は上層の大衆を倒すだろう。コミューン、インターナショナル、無政府主義、それでは少ない。巨大な勝利する連合が足らないのだ！ 全ての専横は、地に落ちるだろう。政治的専横、経済的専横、宗教的専横だ。なぜなら、司祭もまた、人民の死刑執行人の同盟者だからだ。司祭は、不幸な者のためよりも富豪のために神への謝恩の歌をうたい、主の祈りを祈るのだ。しかし、天変地異の兆しは、既に人類の目前にあり、人類はそれを見ない。確かに見るのは、怒りの日の驚きと恐怖だろう。致命的な復讐の奔流を抑制できる力はないだろう。ヘリコのラッパのように卑しい者たちの住処を破壊する新マルセイエーズを歌わねばならないだろう。大火は、廃墟を照らすだろう。

人民のナイフは、憎まれた首と腹を切り裂くであろう。下層民の女たちは、誇り高き処女たちの金髪をひとつかみに引き抜くであろう。裸足の男の足は、富裕の者の絨毯を汚すであろう。卑しい者たちを抑圧した盗賊たちの彫像は破壊されるであろう。そして天は、臆病な喜びと共に贖(あがな)いの破局のとどろきと横柄な悪人たちの懲罰そして貧しい酔っぱらいたちの恐ろしい最後の報復を見ることだろう！

——ところで、君は誰なのです？　なぜそのように大声で叫ぶのです？

——私の名前はフアン・ラナスです。そして、一センタボも持っていないのです。

バラの復活

友人パサペラよ、私は貴方に一つお話をしましょう。一人の男が一輪のバラを持っていました。それは、彼の心から咲いたバラでした。そのバラを彼は宝物のように眺め、愛情をもって世話をし、そしてそれが彼にとって称讃すべき、貴重で、いとおしく、愛すべき花であったろうことを想像して下さい！　神の奇跡です！　バラは小鳥のようでもありました。甘くしゃべり、時々、その香りは、芳香を持つ星の魔法の甘い発散のようで、あまりにえも言われぬほど感動的なのでした。

ある日、天使アズラエルが幸せな男の家を通り過ぎ、花に彼の瞳を釘付けにしました。哀れな花は震え、青白くなりはじめ、悲しんだのでした。なぜなら、天使アズラエルは、青白い、容赦のない死の使者だからです。花は憔悴し、ほとんど息も絶え絶えとなり、生気がなく、彼女に幸せを見ていた者を悩ませました。男は、良き神の方を振り向き、言いました。

——神様、なぜ私に与えてくれた花を私から奪おうとするのですか?

そして、彼の目に涙が光りました。

優しい神は、慈愛深い涙に、感動し、これらの言葉を述べました。

——アズラエル、そのバラを生かしてやりなさい。もし欲しいのなら、私の青い庭の花をどれでも持って行きなさい。バラの花は、命の魅力を取り戻しました。そして、その日、天文学者は、彼の天文台から、天にあるひとつの星が消えるのを見たのでした。

説教

一九〇〇年一月一日、ローマにとても早く到着した私が最初にしたことは、新聞によれば偉大なことが期待されるというオーガスチン派司祭のスペイン語の説教を聞くための場所取りにサン・ペドロ教会堂に走ってゆくことでした。ああ、私としたことが! 丁度良い時間に到着したと思ったのですが、神聖な広間は多くの信者で一杯となっていたのです。

あらゆる場所から来た人々、主に、スペイン、ポルトガル、アメリカの巡礼者たちは、宣教師にできるだけ近い席に着くために早起きをしてきていたのでした。私は、闘い、もがき、最後に勝ち誇って、席を確保しました。大きな蝋燭が、祭壇の上で燃えていました。主祭壇は、立派なねじれ柱と共に黄金と光で輝いていました。広大な教会堂全体が、輝かしい勝利に満ちていたのです。時々、力強く、深いオルガンの響きが調和を保ちつつ、香りの良い香煙の空気を震わせていました。大きな説教台が尊大かつ堂々と聳え立ち、その上で、司祭の言葉が響く時を待っていました。時が経ちました。

軽いささやきが、全ての信者たちの間に広がった時に、熱望された瞬間がやって来ました。オーガスチン派の神父がずきんにすっぽりと包まれ、腕を組んで現れたのです。締めつけられた腰から、厚い数珠玉の数珠の先端に鉄の聖キリスト像がぶら下がっていました。彼は、祭壇の前でひざまずき、一分間じっと祈っていました。その後、ゆっくりと、重々しく、厳粛に、説教壇の階段を登りました。白髪の剃冠の間の象牙色の艶のある大きなはげた頭を露わにしました。背丈は高いというよりも低く、大きな鋭く光る目を持つ修道士でした。通り過ぎる時に、私は、彼のいくらか皺の寄った額を見ました。彼の剃られた顔には、最も厳格な苦行の跡が見えました。彼は、視線を高く上げました。彼の顔の上には、神秘の鳩が羽を広げていました。使徒たちを天上の炎に送った霊感を与える聖なる精霊が、荘厳で神聖な境内に迫っていたと言えたのです。修道士の舌は、至高の清めを熱望しながら天国の聖餅を受け入れ、その中で、神々しい聖霊が彼に雄弁と力強さを引き起こさせるのでした。パブロ・デ・ラ・アヌンシアシオン師——こういう名前です——は、話し始めました。

彼は、消え入りそうな声で、ラテン語の言葉を話しました。その後、その後は、同じようなことは諸君には全く想像がつかないでしょう。最初の至高のハーモニーが創世記の承諾で始まり、黙示録の荘厳な驚きと共に終わる素晴らしい讃美歌を思って下さい。そして、あの口から感動させながら、驚かせながら芽生えたものに諸君は、ほとんど近づけないでしょう。シナイを前にしたモーゼと民でした。レビ記の中で最も重要なエホバの言葉でした。聖書の中の騎兵隊の大音響でした。年老いた預言者の幻想であり、凄まじい若者たちの長広舌であり、悪魔の憑いたサウルであり、竪琴の音にあわせてサウルを落ち着かせる抒情的なダビデでした。アブサロンと騎士団、すべての王たちとその勝利と壮麗さでした。年代記の中の驚きの後は、堆肥場のドロールで穴の奥で泣くホブでした。華麗な或いは恐ろしい聖詩の後には、賢明な格言と讃美歌があり、その後は全てがリンゴや薔薇や没薬（もつやく）であり、そこから、宣教師は、鳩の群れを飛ばしたのです。雷が預言者たちと共に去っていきました！　イサイアにとっては恐ろしい幻想家で、ジェレミアスと共に泣き、エゼキエルの〝神〟が彼に取り憑きました。ダニエルは、彼に力を与え、オセアスは、彼の苦い象徴でした。テクアの牧人アモンは、彼の脅威で、ソフォニアは、彼の激烈な叫びでした。アッジオは、彼の警告で、サカリアスは彼の夢、そして、マラキアスは、イザヤの〝荷物〟でした。しかし、特に偉大な旧約聖書において甘く、至高の詩と共に輝きながらイエス・キリストの姿が現れた時ほどのものはなかったのです。パブロ修道士の言葉は、抑揚がつき、歌い、震え、当惑させ、調和させ、飛び、上昇し、下降し、唖然とさせ、楽しませ、愛撫し、打ちのめすのでした。そして、その言葉は、比類なき螺旋（らせん）を描きながら、崇高な大司教の勝利の中で、銀のラッパがキリストの助任司祭に歓呼する丸屋根までカロフォニカ的、超人的に高く舞い上がったのです。マテオが我々の目の前に現れました。マルコスが私たちの前に現れました。ルーカスは、私たちに導師のことを話しました。〝お気に入り〟が私たちにとりついたのでした。偉大なサン・パブロが彼の無敵の権威で我々を震えさせた後に、震えあがらせる夢想家のパトモスに私たちを導いたのはファンでした。ファンは、あの至高の宗教家の言葉では、アウグストの治世の下、苦しんだユダヤの殉教の宗教を数多く説教した多くの者たちの中で最初の人物でした。塗油の稲妻は、殉教の事実を描いた時の警句でした。仙人の伝説的な生活、砂漠のライオンが青白い男たちの足を舌でなめる洞窟、隠遁者パブロ、ジェロニモ、パコミオ、ヒラリオン、アントニオ、そして、残酷な異教徒たちのかがり火の中で死んだ数千人の宣教師たちと数限りないキリスト教徒たち。彼らの間には、天上の純粋で無垢な白百合のような白い処女たちがいて、その白い肉は、炎で焼かれ、猛獣にずたずたにされ、馬小屋に撒かれたその血は、薔薇の花のための肥料となり、そこでは、天国の星たちが花咲くのです。宣教師は、説教を終えました。〝我ら聖なるキリストの慈悲が私たちと共にありますように〟アーメン。

外に出た時、私は未だに私の中にあの偉大な修道士の魔術的な影響を感じていました。メモを取るために教会に入っていたフランスの記者に私は質問しました。

——その天才は誰なのですか？　この賞賛すべきクリュソストモスはどこから来たのですか？

——知るべきなのは、本日、彼は、最初の説教を行ったということです——私に言いました——。七十歳近いスペイン人です。パブロ・デ・ラ・アヌンシアシオンという名前です。前世紀の天才の一人です。世界では、エミリオ・カステラールと呼ばれていました。

修道女フィロメラ

――既になされたのだ、なんてことだ！――太っちょの興行主は、アプサン酒のコップの琥珀の波の中に苦々しさを消していた哀れなテノール歌手のいる大理石の机に向かってうなりました。

興行主は、――かの有名なクラウ、アルコールの亜麻色で飾られた本物のサンゴの下げ飾りであるその高名で尊大な鼻を諸君は知らないでしょうか？――、アプサン酒を少しの水と共に頼みました。その後、額の汗をぬぐい、盆とコップを震わせる拳固を打ち付けながら、饒舌に話し始めたのでした。

――知っているか、バルレット？　私は儀式の間中、いたのだ。全てに立ち会った。もし、お前に本当のことを言わねばならないとしたら、それは感動的なことだった……。我々は鉄ではできていないのだ……。

彼は見たことを語りました。可愛い少女、彼女の一座の宝石がベールをかぶり、修道院にその美しさを葬り、尼僧の黒い衣服で修道の誓いを立て、白い手に蝋燭を持つのを。その後は人々の噂だ。喜劇だ、修道女だなんて！　……。〝そんなこと信じられるわけがない〟。恋する男バルレットは、上を向き、アプサン酒を啜りました。

エグランティーナ・シャルマットは、パリの観客に甘やかされ、アメリカの国々の巡業のための契約を結びました。美女、物静かな美女は、小夜啼鳥の声を持っていました。ニュース解説者がある機会に、小夜啼鳥という抒情的な名前を彼女につけました。彼女は、少し暗色の髪を持ち、騒ぎ立つ場面で髪が解きほどかれた時に、独自の愛らしさでそれをたくし上げるのでした。レイシェンバーグと同じ魅力的な動きです。芸術的な情熱で演劇の世界に入りました。彼女を熱愛し、甘やかすボルドーの商人の娘でした。ある良き日に、素晴らしい紳士が、音楽学校時代の後に自ら彼女を初演に導いたのです。内気で愛すべき彼女は、輝かしい勝利を得ました。彼女が比類なきミニョンの演目で愛をささやくのを見れば、全員の中に目ざめさせた狂おしさを誰が思い出さないでしょうか?

Connais-tu le pays où fleurit lóranger...?（知っていますか、蜜柑の花咲くあの国を……?）

富豪や成金たちにより言い寄られ、特に〝舞台の肉体〟という純潔な名称で説明される絶え間ないスキャンダルと淫乱の波の間で、彼女は、珍しい気質と不思議な魂で貞節を守ることができたのです。彼女は栄光と利潤の職業を続けました。彼女の名前は、有名になりました。公演の夜には、母親が彼女を家に送るために見張っていました。彼女の評判は、無傷で保たれたのでした。ジル・ブラスは、決して、言外で、或いは禁じられたことを指し示すほのめかしや暗示で彼女に取り入ることはありませんでした。拍手喝さいを受けるエグランティーナが、如何なる幸せな崇拝者や約束と希望の優しい花を持った幸せな崇拝者にすら好意を寄せないことを誰も知りませんでした。バラ色の大理石の最も魅力的な彫像に閉じ込められた天使の魂なのでした!

彼女は、調和のとれた神の国の夢想家でした。愛は? そう、彼女は、愛の衝動を感じていました。

彼女の純潔な熱い血は、その炎で顔を満たしていたのです。しかし、彼女の夢の王子は、いまだ到着していませんでした。そして、彼を待ちながら、平然と舞台裏の無益な口説きや欲しがり屋の富豪のばかげた手紙を無視していたのでした。彼女の魂の奥底では、見えない小鳥が繊細な青春の憧れのようにそして新しい花の新鮮な花束のように繊細な歌を歌っていました。そして彼女が歌う時には、その声に魂の鳥のさえずりをつけていました。彼女はミューズ神のようであり、垣間見る憧れの理想の化身であり、小さな赤い唇からは、旋律の花咲くアルペジオと偉大な巨匠たちの愛すべき音楽が震える水晶のように調和のとれたしずくとなって落ち、それに彼女は心の底の宝物の無上の喜びを付け加えるのでした。そしてまた芸術家の歓喜に、深く神秘的な恍惚を合わせるのでした。彼女は、敬虔(けいけん)だったのです……。

しかし、君は喜劇のことを書いているのではないのですか?

……彼女は、敬虔でした。彼女の寝床の枕元の小さな聖母像にすがらずには決して歌いませんでした。それは最初の聖体拝領式の聖母像でした。そして、聴衆を感動させた彼女の同じ声で、世俗の愛の多様な交響曲を歌いながら、仕切り席や平土間席を魔法の力で震えさせたのでした。無限の神の愛の昏倒をとてもうまく歌いながら、いくつかの教会の合唱団の中で、宗教音楽の音符の響き渡る神聖な雨を降らせるのでした。そうして、彼女の精神は、美徳の蝶のように地上のバラの間を彷徨(さまよ)い、天上の雛菊を天国の処女たちと共に摘みにゆくのでした。その花は、永遠の幸福にとりつかれて至福の者たちの不滅の魂が彷徨う光の道に香りをつけるのでした。そうすると彼女は、オルガンの栄光の嵐の中で、小夜啼鳥の声を震わせながら心の底から歌い、彼女の舌は、女王、聖母マリアや優しい王子イエスの讃辞を楽しむのでした。

　それでも、ある日、彼女の夢の愛する人がやって来ました。彼女のいとこで、パブロ隊長という名前でした。そして牧歌的な恋が始まりました。ボルドーの老人は、全てを是認しました。そして、隊長殿は、エグランティーナの春の白百合の清らかな額に勝利の口づけで花を摘み取ったと自慢できたのでした。彼女は、優しい小さな頭の力で、すぐに二つの空中楼閣を作りました。一つは、クラウとして知られる太っちょに随分前から提案されていたアメリカ巡業の契約を受け入れることで、二つ目は、既に富裕となって帰り結婚することでした。結婚が取り決められ、エグランティーナは、有名な契約に署名し、クラウは、大変満足して、契約の日には、そのすごい鼻をもっと豪奢に火照らして見せたのでした。何というビジネス！　何という凱旋旅行！　そして、想像の中で、リオやブエノス・アイレス、サンティアゴ、メキシコ、ニューヨーク、ハバナの黄金の雨が降るのを見ていたのでした。

　そしてまた、バルレットも契約に署名しました。そのテノール歌手は、良い声にも拘わらず、不運にも人嫌いで、自身に過度の化粧やポマードを費やすのでした。そして、バルレットは、何ということでしょう！　女神に恋をしたのです。彼女は、クラウがテノール歌手を引き立てて暗示しても、その情熱を最も残酷なあざけりで報いるのでした。愛の愚弄？　できそこないです。十八世紀のプロバンスの良き日には、抒情詩人ファブレ・デウゼスの厳めしい詩が値するのでしょう、そして、マレスピネスの侯爵夫人は、その残酷さで、不幸でひどく傷ついた彼女の崇拝者に少なくとも一つの口づけを公衆の面前で与えるという罰を与えたことでしょう。エグランティーナは、彼女の心に隊長の姿を携えていたのでした。夜、横になる時には、彼のために祈り、彼女の祈りで彼を神に託し、その思いと共に愛を彼に送っていました。

……最初の空中楼閣は、堅固となり始めました。リオ・デ・ジャネイロでは、女神は、莫大な金額を稼いだのです。彼の慈善興業の日には、小さな籠一杯のダイヤモンドを集めました。故ドン・ペドロ皇帝は、彼女にダイヤの指輪を贈りました。モンテビデオ、ブエノス・アイレス、リマでは、うっとりさせるような演目ミニョンのために、花と黄金の終わりなき宴が開かれました。そうこうするうちに、バルレットは、愛で調子を乱し、一度ならずも、最もひどい叱声が彼に向かって投げつけられ始めました。数か月が過ぎました。帰国する直前に、クラウは、サンティアゴ・デ・チリからの素晴らしい提案を受けました。そして、彼の一座であそこに向かったのです。エグランティーナは、喜びで輝いていました。すぐに、フランスに帰るのでしょう、そうして……。

しかし、ある日、市劇場でのシーズンを終えた後に、パリから届いた手紙を読んだ後、女神は青白く、青白くなりました……。磁器とあへんのあの遠い地である酷いトンキンで隊長は死んだのでした。二つ目の空中回廊は、地に落ちてしまいました。悲しい天使の小さな魂の最も愛する夢は、大きな音を立てて砕け散ってしまいました。その夜はミニョンを演じなければなりませんでした。お気に入りの大好きな演目でした。エグランティーナは、彼女の夢中にさせる黄金の声で歌わなければなりませんでした。

Connais-tu le pays où fleurit lóranger...?（知っていますか、蜜柑の花咲くあの国を……?）

そして、彼女は歌いました。そして、ああ！　これほどの魅力と優しさで歌ったことはありませんでした。彼女の唇では、別れのけだるいバラードが震え、全ての悲しみのうめきと全ての絶望のつらい歌曲が……。命の奥底では、彼女、パリのバラは、地上には既に愛や夢はないことを知り、唯一その慰みを女王、聖母マリアと優しい王子、イエスに見出すのでありましょう。

サンティアゴは、驚嘆していました。プレスは論評を掲載しました。娘に同行していた老いたボルドー人は、トランクを用意しながら泣いていました……。

さようなら、私の良きエグランティーナ！

そして、修道院の合唱団の中で、オルガンが大喜びしていました。なぜなら、その音符は修道女の喉の銀鈴のような音楽に伴奏していたからです……。修道院の小夜啼鳥、本物の修道女フィロメラです！

そして、今や紳士諸君、真実の前では、微笑まないように願います。

その方はある女王でした……

グロリアナでしょうか？　多分、あるいは、おそらくはビリアナか彼女たち全員なのでしょう。そして、一群の先頭にはマブがいて、彼女たちは彼女の付き添いの女性たちでした。

彼女は、アメリアという名前です。その名前は、聞いての通り、お姫様によく似合っています。彼女はマドリッドではその美貌で勝利し、金髪の王子と恋愛結婚した優しい女王であるポルトガル女王アメリアなのです。決してろくろでは、真珠や素晴らしく輝くダイヤモンドが最高に似合うその首を作ることはできなかったでしょう。そして外套にこれ以上似合う体が見られたのは稀なことです。その上、この美しいご婦人は、いわゆる〝親しみのある女王〟なのです。私は、早起きして荘厳な美を称揚する私の友人デユプレッシーの主情的な二、三の抒情詩を探していました。しかし、悪魔に憑かれた記者マリアノ・デ・カビアが、今朝、宮廷の夢から私を引きずり出したのです。エル・リベラル紙のバルコニーから叫んだのでした。陽気な女王万歳！　全くその通りです。この貴婦人は、身体、身分、美しさにおいて高みにあり、魅力的で、特に、とても女性らしいのです。なぜなら天上の顔を持ち、彼女が視線を向け、微笑むのを見れば、人は紋章のような白百合を忘れ、黄金の冠を忘れるのです。神々しい春により香りをつけられ現れる青春の花の前では、その花が唇から、カビア万歳や地面に外套という的外れなアンダルシアの言動を引き出すのです。或いは、私は彼女を食べてしまうでしょう！　昨夜は、実は彼女を食べてしまうほどの欲望でなく、彼女の小さな薔薇色の象牙の右手に接吻する欲望を与えていました。それは、王宮の階段を登った後、取り澄ました召使たちの間にフェーリエの絵画のある比類なきサロンの一つがあり、儀礼の拍手が響き、大勢の貴族の間に道が開け、摂政のドニャ・クリスティーナと共に彼女がやってきた時でした。きりっと立ち、威厳があり、にこやかな美しい顔のアメリア女王、青のおとぎ話の女王、トレビゾンダの王子の婚約者のために或いはカマラルサマンの王子のためにふさわしいのです。そして、彼女に膝を折りお辞儀をし、また大変有難く彼女が差し伸べる手に幸せな公爵が礼儀にかなった接吻をするのです。カマラルザマンの代わりに、幸せな夫ドン・カルロスがやって来ました。彼は、スポーツをして若々しい二十九歳にも拘わらず、少しおなかが出ていました。オルレアン公爵は、スペイン語をしゃべるのが好きでした。こうして、その言語で知り合いの老将軍に挨拶し、王冠を戴く女友達が紹介する富裕な女性貴族たちに挨拶するのです。彼女は、女神のように、若くりりしい女神のように歩くのです。疑う余地のない神性があらゆる場所で彼女を表します。その目は、ここ、スペインでは魅力的と呼ばれるもので、潤んで甘く、しかもいつも威厳があるのです。

しかし、それでは小姓たちは？　それに陽気な犬のように彼女の側に寝そべる小びとは？　翼のある馬車と額に星を持つ付き添いの女性たちは？

彼女の後ろからくる女性たちは、おとぎ話から抜け出したようで、くりくりと肥えた伯爵夫人は、顔を赤くしながら扇を扇ぐことを止めません。年のいった侍女たちは、こちらはアヒル歩きで、あちらは何だか近視で、太っちょの腕で、絹とビロード、エメラルドやダイヤをつけています。ポルトガルの郷士出身の王は、彼の父親で文学者のドン・ルイスよりも親しみはないのですが、武人らしくあちらこちらに挨拶していました。そして、両陛下が通り過ぎました。全ての頭の上、あの遠くの方、磁器のサロンの端の方に、ポルトガルの荘厳なアメリアの冠の上でゆれるダイヤモンドの星がもう見られるのです。

誰かが――誰でしょうか？――詩人の友人です！――私の側に近寄り、私の記憶にルイ・ブラスの記憶を呼び覚まします。

ところで、今朝の新聞は、王様が昨日プラドで十羽の鶉（うずら）を狩ったというニュースを伝えているのです。

春の序曲

別の夜に私たちが夕食を終えた時――気品のある愛すべき住まいでした――貴婦人たちはサロンに向かいました。食堂では葉巻に火がつけられました。雄弁な議員がトルストイの不思議な機知のひらめきにつき講釈していました。無口な詩人は外套を着て窮屈そうに瞑想していました。政治が火を煽っていました。そのうちに温室の中の貴族的上品さの中で芽生えた貧血症の葉を見せる机の上の花々の中の青白い花と私は会話を始めたのです。

――銀鈴の薔薇よ――私は彼女に言いました――もしかして、あなたは、春の到来に満足していないのですか？

――ああ――叫びました――私は、人工的な暖かさに元気づけられた人生をせいぜい数時間生きるだけだということをあなたは知らないのですか？　おお、博学よ！

――薔薇は震えて私を遮りました。

その後、花の声の繊細な調べを続けました――。本当に、イタリアの詩人が言ったように、春は一年の内の青春なのですよ……。

――おお、博識だ！――お返しに私はさえぎりました――。そうして青春は人生の春なのです。それは野の祭典です。春の交響曲が鳥たちの愛撫を祝い、庭では、少女が花束を作り、彼女の顔は花咲く花壇の最良の薔薇なのです。さえずりは、青い空を陽気に飛び、そして、マブは、とても朝早くに、美しいアクセントでおはよう、お嬢さんたち！　おはよう、紳士たち！　と言いながら、なでしこや白百合の間を散歩するのです。もうすぐ、貴方は、冬の衣服や毛皮や腕套を手放し、午後の甘い終焉に明るい陽気な衣服を着て、その目で羽振りを利かすために、パレルモの豪華なパレードにゆくブエノス・アイレスの女性たちを見ることでしょう。おしゃべりな気取った雀たちが木々の上で、首から声を出して千の名高い物語を語るのです。夜には、一つならずも優雅な宮殿で光や微笑みや舞踏会があるのでしょう。

薔薇は、サラ・ベルナールを真似るという否定できない願望を意識しながら、その柔らかな声を震わせていたのでした。

――それではよろしいですか――私は突然始めました――、君の極小のかぐわしい魂は――私は君と同じく花の魂の不滅について知っているのですから――、次の春にはどこにいるのですか？

――神は、天国を私たちに選ばせるのです。私は私の天国を選びました。おそらくあなたが何度かえも言われぬ快楽で眺めたいくつかの赤い唇です。おお！――結論づけました――幸せな人間の薔薇です！

――なぜですか？

――なぜなら、永遠の太陽である愛を楽しむことができるから！　愛する心に春は一年中続くのです！

パックのリンチ

リンチというものは古くからあるのです。

これは、ブロセリンダの密林で起こったことです。

パックは、本物のアフリカ人のように真っ黒になって行くのでした。なぜなら、詩人のインク壺に落ちたからです。

野に出ました。そして、一羽の白い蝶が彼を見るとすぐに、大声で叫び始めました。助けて！　助けて！　と。純潔を南部の黒人により襲われ、勝ち誇った人道的な叫びのこだまの中でヤンキーの絞首台により復讐した若い米国人女性の一人と同様に。

するとすぐに、蝶が助けを求め、木々に住む雀の一群や怠け者のフクロウやはずかしがり屋の優しい鳩たちが言いました。そいつよ！

そいつだ！　小川から蛙がラッパを吹きました。女王蜂が蜂の巣の扉から覗きながら言いました、そいつよ！　老いた黄金虫が、その球を転がしながら、低い声で言いました、そいつだ！　森の速い聖霊たちの一団に追跡され、友人の妖精たちの密使たちに未だに追跡され、良き少年ロビンは、インクの黒い変装で誰に知られることもなく早足で慌ただしく走って行くのでした。

僕だよ、友人たちよ、僕の友人たちよ！　彼は大声で叫びました。

しかし、コップの中であぶられたカニの姿にまで全てに形を変え、子供の顔をし、トンボの翼を持ついたずら者で陽気なパックを誰も見分けられませんでした。

彼を見分けることが重要だったのでしょうか？　公衆の怒りは彼に対するものでした。そして、恨みがましく腹を立てた白い蝶は、昔の屈辱の罰を求めました。

ブナの近くで、逃亡者は、虫とかささぎにより捕えられました。

絞首台行きだ！　絞首台行きだ！　それが皆の叫び声でした。

愛の裁判所も軍法会議もありませんでした。

薔薇たちや小鳥たち、森の全ての生き物たちは、不幸な者に敵対していました。

彼を絞首刑にするための綱がありませんでした。しかし、バイロンをびっこにした残酷な妖精が、白髪を引き抜き、それで、パックをほとんど枯れた月桂樹に吊るしました。愛すべき庇護者マブと天上の詩人シェイクスピアにより愛され、褒められた優しい聖霊を愛する少女たちよ、恐れることはありません。

パックは、ブロセリアンダの密林で黒い淫奔によりリンチを受けたにも拘わらず、いまだに生きており、健康で、愛らしく、歌を歌い、詩を朗読しているのです。

生きているのです。なぜなら、幸いにも、彼が吊るされたあそこの場所を慈悲深い妖精が通り、シンデレラの服を裁断したはさみで、パックの綱を切ったからです！

説教壇と傍聴席

説教壇：神と共に入り、教えたのだ。私の息は大衆の上を行く。
傍聴席：私の息は、人間から出で、人民の上で騒ぎ立つ。
説教壇：おお、杉よ！
傍聴席：おお、棕櫚（しゅろ）よ、おお、月桂樹よ！
説教壇：私は聖霊の舌である、私はしゃべる炎であり、燃える言葉であり、神の無限と人間の精神の唯一の仲介者である。
傍聴席：私は、お前が私に与えた神々しい物を持っている。おお、自由よ！　政治演説的な雷鳴は、人民の雲を貫き、その深い勝利のこだまは、諸国を屈服させる勝ち誇った者たちの戦車が告げるラッパなのだ。
説教壇：私は、法王の冠の下で湧き上がる声だ。私は、大司教の不可謬（ふかびゅう）性だ。私は神の漁夫ペドロであり、アッティラの前のライオンなのだ。私は、全ての人間の高みの上にある高みから湧き上がる。私の神学的至上権は、死体が如何に崩れ落ちるかを死なずには決して見ることのできない人間の目には見えない聖体顕示台の白い炎の中で始まるのだ。

傍聴席：おお、鷲よ！

説教壇：おお、鳩よ！

傍聴席：それで、シセロンは？

説教壇：そして、アンブロシア、クリソストモ、アグスティンは？

傍聴席：東洋の太陽の深紅色の中で、帝国の虎、国王のライオンがあくびをする。

説教壇：聖餐の白いテーブルクロスの上には、その鳴き声がダビデの快い調べのように響く羊がいる。

傍聴席：ファンファーレよ、震えよ！

説教壇：讃美歌集よ、歌え！

傍聴席：自由よ！　一体いくつの犯罪がお前の名前で犯されるのか！

説教壇：父よ、お赦し下さい、なぜなら彼らは何をしているのかを知らないのです。

傍聴席：私は真実を言おう。世界の始まりから、私は人間集団の一員なのだ。私のものは政府であり、市民的勝利であり、敵軍の首切りを祝う古い讃歌から、マルセイエーズと呼ばれる途方もない響き渡る轟きまでなのだ。エスドラは、私の稲妻をサウルの前で輝かせた。モーゼは、忘れがたいファラオンの前で。ビクトル・ユーゴーは、私が島に行った時に植物の下で予言した。以前、パブロは私のものだった。

説教壇：私のは、ファンだった。彼もまた島を持っていた。その鷲の翼で、全ての嵐に打ち勝った。そして、彼の言葉は、幻想の空色の深い言語だった。神が支配的な言葉の才能と蜜と力を合わせるクリソストモ的な特別な才能を与えるときに、私の両手からこの稲妻を放たせるのだ。
傍聴席：世界の果てしない魂よ！　私は法の勝利と法の聖なる力を予言する魂だ。私は、お前の祭壇に、誇らしげな戦利品と合戦の血にまみれた軍旗を運ばせる者だ。私は、同じ時間を動かし、同じ衝動でシーザーの剣と革命のギロチンを動かす。そして、焼き払われた王座の残り火で詩人の口を焼き清めるのだ。
説教壇：私は、エゼキエルの炭でだ。

羊皮紙（I）

ロンギヌスが、我らキリストの脇腹を傷つけた後、槍を手に逃げ出した時は、受難の道の悲しい時であり、聖なる焦燥が始まった時でした。

干乾びた山の上に、三つの十字架がその影を投げかけていました。生贄に立ち会うために集まった群衆は、町への帰途についていました。気高い孤独な、神の愛の迫害された白百合であるキリストは、丸太の上で青ざめて血を流していました。貫通された足の近くで、情人、マグダレナが髪をふり乱し、両手で頭を押さえていました。マリアは、母親のうめき声をあげていました。悲しみの聖母！

その後、儚い午後は、夜の黒い荷車の到着を告げていました。エルサレムは、明かりの中、夕暮れの柔らかな一陣の風に震えていました。

ロンギヌスの走りは速かったのです。そして彼の右手に持った槍の尖端では、星の輝く血のような何かが光っていました。

盲人は、太陽の喜びを取り戻していました。聖なる傷口の聖水は、この魂の中で光の勝利を妨げる全ての暗闇を洗い流しました。

かつて盲人の家であった扉の前には、偉大な大天使が、翼を開き、両腕を高く掲げておりました。

おお、ロンギヌス、ロンギヌス、ロンギヌスよ！　お前の槍は、あの日から計り知れない人間の善となるだろう。槍が傷つけた魂は、信仰の天上の感染に苦しむであろう。それゆえにサウロは、雷鳴を聞くであろうし、パルジファルは純潔なのであろう。

ハセルダマでユダが首を吊ったと同じ時間に、ロンギヌスの槍が理想的に花開きました。

両者の姿は、人間の目に永遠に残ったのです。

一体誰が裏切り者の縄を慈悲の武器よりも好むのでしょうか？

令嬢

甲板にのぼると、最初に私が聞いたのは、少しばかり喉音の柔らかな震える叫び声でした。——オオオウ！　オオオウ！　メアリー嬢に何が起こったのだろうか？——と私は思いました。

メアリー嬢は、私に合図し、美しい金髪の頭を計り知れない悲嘆に捕らわれた女囚のように動かしました。私は彼女の側の船舷にやって来て、彼女の見る方向を見て、彼女の奇妙な動揺の原因を理解しました。一隻の大型石炭汽艇の近くのボートの上で、全裸の六人ほどの黒人の子供たちが尾長猿のような身振りで笑い、動きながら、大きなわめき声をあげていたのです。アフリカの太陽は、灰色の靄で不透明に輝いていました。乾燥した島々が、黒雲に覆われてそびえていました。塔と旗を持つ灯台のある岩山サン・アントニオは、空の奥の遠くの方にほとんどぼやけて見えました。石ころだらけの恩知らずのサン・ビセンテは、曲線の湾と、火山土の海岸、古い鉄色の尖端と尖った出っ張りだらけの不毛な山頂を持っています。木造屋根と赤い瓦の町は寂しい光景です。ポルトガルの砲座は、我々の船の近くにあり、海風の吹くままにかすかに揺れていました。そして、俊足の蒸気船は、そう遠くないところに碇を下ろし、白い胴体の汽船の上では、イタリア移民たちの頭が群がっていました。

――ミスター、ムッシュー、セニョール！　裸の黒人の子供たちが腕を旅行者たちに伸ばし、歯を見せて、野蛮な話し方で英語やスペイン語、ポルトガル語の言葉を話していました。そして、そのうちの一人のほぼ思春期の真に狐猿は、驚いた私の友人のお嬢さんの前で体を捻じ曲げ、叫び声をあげて最も注意を引いていました。あれら小動物たちは、ウナギの敏捷性を持って泳ぎながらいつも旅行者たちが投げるペンスを求めていました。猿たちの兄弟のアダムの服でそれを求めていたのです。そして、英国の恥じらいが、動揺して震えながら、サウスサンプトンの都市のあの優しい娘の口からその震えを破裂させたのでした。彼女の奇妙な苦悩があまりに大きかったので、私は視線で、視線のみで、彼女にこれらのすべてのことを彼女に言ったのでした。〝オフェリア、尼寺に行け〟と。それほども些細なことを気にするその神々しい恥じらいは、単純ではありません。恥じらいは沈黙の中で震え、或いは、純潔な頬の薔薇色で抗議するのです。彼女は決してショッキングという言葉を発しませんでした。白い百合を彼女の両手に持ち美徳の祭壇に運ぶのです。老いた大工ホセの清浄無垢な妻に大天使ガブリエルが運んだあの一対の百合で、彼女にはこう挨拶したのです。

――〝お前は慈悲に満ちている〟と。

恥じらう魂は自然の造形や無垢な裸体を見ても決して侮辱を感じないのです。

エバ、我らの大昔の祖母は、ルシフェールの言うことを聞くまでは、彼女の体の恥じらいに気づきませんでした。

君の良心のとがめが、英国のお嬢さん、罪のレンズを通じて世界の神秘を見ていると思わせているのです。恥じらいが彼女に射られた矢を感じるためには、天上の雪の胸甲のどこかに既に亀裂が入っていることが必要なのです。

また、目で見る光景がそれ自体罪の芽生えや邪悪の本質を持つことが必要です。ミロのヴィーナスの調和のとれた至高の裸体を見た時に、美の聖なる感動以外の何かを感じることができる穢れた林野の神は誰なのでしょうか？　もしや立派な聖ブエナベントゥーラが、不信心の詩を読むことを勧めるにあたり、魂を色欲で毒することを考えたでしょうか？　一体誰が、絵画の智天使たちや生まれたばかりの神の子たちに葡萄蔓の葉をあえて置こうとするでしょうか？　初期の本や聖人たちは、今日では不純や罪作りと考えられる言葉で事柄や事実を挙げるのです。そして、美しい金髪の人よ、エステールやルスは、君のようにおそらくは、このアフリカ人の子たちほどには、黒くもなく、それほども醜くもない裸の子供たちの合唱隊を見ても、オオウ！　とは叫ばなかったのです。恥じらいを傷つけるものは、疲れを知らない魔王の王子の地獄の美しい創作であり、あれらの踊り、あれらの裸体、アグスティンに呪われ、パブロに罰され、ヘロニモや正しい著述家の法話や聖母教会の言葉によりに破門されたものです。純潔により罰せられた裸体は、けがれないディアナや矢だらけのセバスティアンの裸体ではありません。それは、踊り手サロメの裸体か脚を上げたニニ嬢、振付師の先生やその他のものなのです。

それはそれとして、彼女は、幾枚かのペニー硬貨を真っ赤になって白い歯を出して笑うこれら哀れな類人猿に投げて、昨日の午後、彼女の両手の中に私が見たカトゥール・メンデスの本を読むことを止めるのでした。

私たちは、地上を行く三人の旅行者でした。メアリー嬢と私たちです。一緒に、新しい貝やサンゴの首飾りを売り歩くきゃしゃでにこやかな黒人の女の子たちに囲まれながら見て歩きました。何世紀もの間、自然に打たれた山の上に作られた巨大な彫像の頭の遠くの輪郭を見ました。そして、このあいだ中、私の記憶にしっかりと残ることとなった英国人女性の知られた擬音語――オオオウ！――の声を再び聞くことはありませんでした。

彼女は、サクソン族の上品な典型です。清々しい薔薇色の顔と、絹のような黄金の髪、唇には生き生きとした甘い血液、鳩の首、豊かな胸、竪琴の曲線の腰と騎手のいたずらな帽子をかぶった美しい構築物の律動性の冠を戴いているのです。彼女との会話では、うぶな無邪気さと女学生の機知のひらめきを持っていました。なぜ、これほど短い間の友情で、これほどの率直さなのでしょうか？　と私に語りました。ワイトの詩的な島での婚約時代の珍しい物語を私に話しました。恋人を凛々しく、高貴で、少しだけ百万長者で、そしてそれほど高潔ではないのだと描きました。宗教者の学校を卒業したばかりだとも私に語りました。優しく私に話し、その青い目で私を見て、英国の魅力的な小鳥のように抑揚のあるリズムの英語で歌ったのでした。

この時点で、令嬢には、女性的な魅力があったので、私は彼女に対して芽生えてきたある種の愛情を感じつつありました。そして、私は目で彼女に差し向けていた別の演説を口ではっきりと述べることを望んでいました。海の真ん中で、私たちがアフリカ地域から去った時に、一度ならずも、月明かりの下で、波が銀色に輝き、船を暁の光が包み込む中、私たちは、お気に入りの恋する詩人たちの優しく誘う音楽的な詩を朗読しました。彼女もまた小声で、夜の風の中に、恋愛詩の嗚咽や、シューベルトの嘆き、サンロフの愛すべき笑いを放っていました。うっとりとさせる旅行者、その天使が私に語ったところでは、会葬のためにリオ・デ・ジャネイロの彼女の叔父、プロテスタントの牧師の神の家に向かっていたのでした。

リオの入り江では、既に遠くのあそこの蒸気船の上で、魅惑的で無邪気なメアリーは、私に鳩の翼のように、さようならの白いハンカチを振って別れを告げていました。

——神様ありがとう！　神様のおかげで、もうその厄介者が船を降りるのだ。——私の近くで、はげの年老いた英国人の旅行者がうなりました。

——それはなぜですか？——私はびっくりして叫びました。

——なぜなら、貴方は知らなかったのですか——返答しました——下の船長から、航海の間中……

私は彼に言い終わらせませんでした。私の甘美なオフェーリアよ！　そして、彼女の濡れた青い目、その微笑み、カトゥール・メンデスの本を思い出しながら、私は、アフリカの裸の黒人少年たちの前の英国の恥じらいの喉音の擬音語以上に私の驚きを表現する最良の言葉を見いだせませんでした。

――オオウ！

これはディアマンティーナ姫の微笑みのお話です

彼女の父親、白い髭を生やした老いた皇帝の側に、未成年の王女、ディアマンティーナがおりました。勝利の祝賀会の日です。彼女は、二人の姉妹と一緒におりました。一人は春の薔薇のような薔薇色の服で、もう一人は青い錦織で、背中には、黄金の輝く巻き毛が寄せ集まっていました。ディアマンティーナは、全て白で装い、銀と雪で飾られた素晴らしい雪花石膏のように白いのでした。広げた翼を持つ洋紅色の極小の小鳥のような処女の顔にだけは、理想的な蜜で一杯の花咲く彼女の唇が青の国の素晴らしい蜂を待っていました。

権力と権勢の星座のような玉座でひと際光彩を放つ王の一族の前を、高官や戦士、宮廷の貴族たちが行進し、そこを通り過ぎる際に、うやうやしくおじぎをします。枢機卿（すうききょう）の玉座の上には、鷲がその翼を広げ、ライオンがその大きな口を開けています。少しずつ、一人一人、ゆっくりと通り過ぎるのです。君主の前で、短い間立ち止まり、その間に、飾り紐をつけた高官の取次係がよく響く震える声で、功績と栄誉について告げます。皇帝とその姫たちは、平然と聞き、時々、鉄のこすれる音や武具のきしむ音が厳粛な静けさを乱すのです。

取次係が告げます。

——こちらは、トレビソンダとビザンシオでは偉大であったロヘリオ王子です。彼の容姿は、若者のそれです。なぜなら、ほとんど思春期を抜け出してはいなかったからです。しかし、彼の価値は、ギリシャ人アキレスと同じでした。彼の武器は、樫の木と鳩を誇示するのです。なぜなら、力を持ちながら、優雅さと愛を礼賛するからです。東洋の地である日……。

帝国の老人は、鋼の手袋の手で銀色の髭を撫でつけ、そして、ロヘリオ王子を見ます。彼は、サン・ホルへのように繊細で優雅で、右手で剣の柄を持ち、絶妙な廷臣の傲慢さを持ってお辞儀をするのです。

取次係が告げます。

——こちらは、アレオン公爵です。ガリアは、彼を絹の手綱で黒馬を御する勝利者として称賛しました。彼は東方の三賢人アレオンで、神の出現であり、恐るべき者たちや知られざる天才たちの守護者なのです。姿を見えなくしてしまう草を知っており、ヒドラの葉で彫られた角笛を持ち、その音は、魂を驚かし、最も勇敢な者たちの髪の毛を逆立てると言われています。黒い目と響く言葉を持ち、闘いでは、我らの皇帝の名前を告げ、決して敗北せず傷を負いませんでした。彼の城にはいつも黒い旗がはためいています。

アレオンは、熱い砂漠のライオンと同様に通り過ぎます。薔薇色の服の年長の姫が素早く燃えるような視線を彼に釘付けにしました。

取次係が告げます。

——こちらは、無敵のヘラクレスのように力強いペンタウロです。ブロンズの両手で、合戦の激しさの中、有名な戦士たちの盾をへこませました。猛獣の鬣（たてがみ）のように、雄々しく荒っぽく震わせる長い頭髪を持っています。誰も彼のように、敵との遭遇のために嵐の中を走りません。彼の腕は脱臼し、抑揚格の勇ましい女神の乳房により養われたように思えます。山の獣の匂いを発するのです。

青い服の姫は、境内を唐突に横切る凄まじい騎士を凝視するのを止めません。その巨大なかぶとの上には、厚い鬣の羽根飾りが高く掲げられています。

行進する列のグループから一人の金髪の若者が出てきます。そのナザレ人の髭は、輝く金羊毛でできているようです。その甲冑は、銀でできています。彼の頭には、銀色の白鳥が首を曲げ尊大な翼を広げているのです。

取次係が告げます。

——こちらは、詩人ヘリオドロです。

群衆は、未成年の姫、ディアマンティーナ姫が一瞬震えるのを見ました。暁は素晴らしい雪花石膏のように白い、白色の錦織を来た少女の白い顔の上で燃え上がります。そして、羽を広げた洋紅色の極小の小鳥は、青の国の蜂が理想の蜜で一杯の花咲く唇に達すると、真珠の柔らかな輝きを見せながら、微笑みで赤くなった翼を弓なりに曲げるのです……。

キャベツの出生

地上の楽園で、花々が創造され輝く日、そして、エバが蛇に誘惑される前に、悪魔が、最も美しい新しい薔薇に近づきました。それは、その花が、天上の太陽の愛撫のためにその赤い純潔の唇を差し出している時でした。

——君は美しい。

——そうなのよ、私——薔薇は言いました。

——美しく幸福だ——悪魔が続けました——。君は、色と優雅さと香りを持っている。しかし……。

——しかし？　……

——君は役に立たない。どんぐりで一杯のこれらの高い木々を見ていないのか？　これらの木々は、繁茂している上に、その枝の下に立ち止まるにぎやかな群れに食物を与えるのだ。薔薇よ、美しいことは取るに足らないのだ……。

すると薔薇は――あとで女性になることに誘惑されて――有益性を望みました。そうするとその赤紫色が青ざめていったのでした。

次の暁の後に良き神が通り過ぎました。

――父なる神よ――あの花の姫が、その香り立つ美しさの中で震えながら言いました。私を役に立つようにして下さいますか？

――その通りにしよう、私の娘よ――神は微笑みながら答えました。

そして、それから、世界は、最初のキャベツを見ることになったのでした。

花合戦にて

一昨日の午後、私は、オデッテの店から身なりの立派な金髪の紳士が出てくるのを見て、一目で彼がお忍びのサクソンの皇太子であるような気がしました。しかし、彼が歩くのを見て、私は全く疑いを持ちませんでした。incessu patiut（歩くのを見れば神のようです）……。そして、彼が美しい二人乗り馬車に乗るのを見ると大急ぎで彼の方に向かいました。

――貴方様は、貴方様はもしかして？……（近くで夏の帽子の下のその輝く髪、青い目、オリンポスの神々の気質を見分けることができました。）

――そうです――私に笑いながら言いました――、私です。私は白いカーネーションを探しに入ったのです。ボタン穴につけるには絶妙な種類です。なぜなら、私が知っているところでは、それは、イギリス皇太子の考えで、今日ロンドンで使われている花だからです。しかし、私は急いでいます。もし、私に同行されたいのなら、パレルモに一緒に行きましょう。そこでは、祭りはもう始まっているはずです。

私たちは二頭の若馬に引かれ、赤ら顔の御者にあやつられた優雅な馬車に乗りました。三人全員が英国人です。

アポロ――なぜなら金髪の紳士は別人ではなかったからです――は、私に美味なシガレットを差し出し、このように話し始めました。

――ずっと昔から、あそこでは、神々が永遠に私たちから去っていったと言われています。何という嘘でしょう！　確かなことは、キリストが私たちに大きな災厄を被らせたということです。非常によく私たちを知っていたユダヤ人エンリケ・ハイネは、私たちの敗北につき一度話したことがあります。そして、彼の友人、抒情詩の百万長者は、私たちがストを宣言したと確言したのです。真実は、もし私たちがオリンポスの神々を見捨てても、私たちは地上を見捨ててはいないということです。神々自身にとっても多くの魅力を持つのです！　私たちの幾人かは幸運を、その他はとても悪い運を持っていました。私は最も幸運だった一人ではありません。私は、腕の下に竪琴を持ってほぼ全世界を歩き回りました。アテネに住めなくなった時には、パリに行きました。あそこで、私は長い間奮闘しましたが、大きなことはできませんでした。私は芸術の同じ都で、落ちぶれた書籍商人の召使や御用聞きだったことを告げましょう！　私は幸運を試すためにアメリカに来ることを決め、良き日に、移民としてエンセナダに上陸したのです。私は、一編の詩も作らないと決めました。そして、実際のところ私は既に富裕な農場主なのですから。

――しかし、貴方様、貴方様の息子たちは詩人ではないですか？

――第一に彼らはほぼ全員が私のことを忘れてしまったのです。昔のミューズの女神たちは、現代のひどいミューズ神にとって代わられたと嘆くのです。人為的なものが以前インスピレーションと呼ばれていたものにとって代わるのです。エラトは今やモルフィナと名付けられています。そして、不可解なバベルの塔では、昔、私がお気に入りの者たちに教えた言葉以外の全ての言葉が話されるのです。他方、私が一つの聖堂も持たない時に、メルクリオとクリトンが君臨するのです。君たちが詩人と呼ぶ者たちは、既にあまりに実用的な生活にかまけているのです。証券取引所で何パーセントという事項を調査に行くために、誰がソネットの最後の三行詩をないままに放っておいたのかを私は知っています。

――しかし、貴方様には、必要ないのでは？――私は彼に言いました――脚韻の快い横暴というものは。

――ここだけの私たちの間だけなのですが、――私に返答しました――私が昔の仕事にかまけることを止めていたわけではないと告白しなければなりません。ある時間に、取引の騒がしさが落ち着いて、私の勘定が整理された時に、私は現代人の仮装を捨てて、夜の風の神や池の白鳥と一緒にいくつかの詩節を作ろうとするのです。

私は、詩人ギド・スパーノの家を通り、陽気な老いたライオンの銀色の美しい頭の上に神々しい私の一陣の風を置いてくることが嬉しいのです。作家オユエラを訪問し、何日も前から詩の雲花石膏細工をしていないことを叱り、オブリガードの家では、詩人の魂の中に叙情のかがり火の炎を蘇らせるのです。その後は、他を訪問します。そして、最後に、私の最も好きな訪問です。貧しい詩人たちの散らかしたむさくるしい部屋や無名の一度も名声の愛撫を決して感じたことのない哀れな霊感を受けた者たちの極貧のボロ屋を訪問するのです。その名前が響き渡らず、翼のある神の黄金のほら貝では決して響き渡ることのないであろう彼らは、私を呼び、私に忠実であり、夢の青いベールに包まれているのです。

私の竪琴に関しては、素晴らしいケースにしまっていて、時々、その弦を愛撫して楽しんでいるのです。

——貴方様は、もしや芸術愛好家になったのですか?

——私はスポーツマンの資格で、サロンでよく朗読し、私が詩の上品な愛好家であるかのように装うのです。私ができる限り退廃主義的な方法で響かせようと努めたいくつかの叙情詩が一冊以上のアルバム、二本以上の扇に保存されています。なぜなら、それが流行だと思われるからです。今、春の祭りで、私は歌の必要性を私の中に感じ、そして、私の顔を照らすべき聖なる炎に人々が視線を注がぬように、視線を落として歩く必要があるのです。もし私が誰だか知れれば、頻繁にやって来るだろうことが分かりませんか?

——本当のところ、高名な花々の勝利に霊感を受けて感じ入ることは、もっともなことです。パレルモは、今日では異教徒の美しい野であり、そこでは、古き良き時代のように、豪華な花の美しさが祝われるのです。

Die, quibus in terris inscripti nomina regum
nascantur flores...
（言って下さい、どの地で王の名を刻む花が生まれたのか）

ビルヒリオのラテン語の響きの中、私たちはパレルモに着きました。祭りは、始まっていました。旗と花々、香を焚き込めたトロフィー、花びらと香料の散財です。愛と優美さが、花の仮装行列の愛すべき合戦を行っていました。

アポロは朗読を始めていたのでしょうか？　私は知りません。しかし、馬車の間を通る時に、春のなかでも最も甘美な春を体現しているポルテーニャと呼ばれるそのバラの花が、花束の行きかう中で、こう告げる声を聞きました。

——詩人は、花々の由来を歌いました。グラジオラス、神々しい月桂樹、ヒヤシンス、慈愛深い天人花、そして、女性の肉体と同様に、明るい庭で花咲く残酷なバラ、花のヘロディアスは、どのようにして生まれたのでしょうか。そして、白百合のすすり泣く白さは、ため息の海の上を転がりながら、青ざめた水平線の青い香煙を通して、目覚め、夢の中で泣く月の方に昇ってゆくのです。

やがて一休みの後、

――バラは、女帝のようにその紫のマントを引きずりました。曙は、その婚礼の日に、皇太子の花にダイヤモンドの首飾りを贈ったのです。白百合は、パルシファルです。白を纏った純潔の白い騎士が通り過ぎます。三色菫は、威厳を保って司教の服を着ている博士たちです。そして、大教会堂や修道院の大司教や修道院長のように、愛や思い出が彼らを叙階する時、彼らは、時の本や祈祷書の中にその墓を見つけるのです。チューリップは、バッキンガム宮殿のように輝かしく、その豪華な光輪をつけて気取って歩きます。修道院の菫たちは、見習僧たちの合唱隊のように、オフェーリアの魂のために我らが父よと祈りを捧げるのです。輿（こし）の上で、絹の日傘の下、菊の女性が、アヘンの湯気の中、半ばまどろんで彼女の国日本を夢見ながらやって来ます。そのうちに青い蓮が、神々の手を探すかのように、もったいぶって立ち上がるのです。封建時代のツルボランや陽気な白百合は、キダチルリソウ属の占星術師に星占いを相談します。そして、雛菊と呼ばれる白いボヘミアンたちは、恋人たちに幸運を告げます。釣り鐘草は、緑の鐘楼から、晩の祈りの鐘をつき、婚礼や葬式を告げるのです。一方で、つばきは、その花びらの間に、トラビアタの歌を歌うのです。誰が、ミニョンの声のこだまに近寄るでしょうか。祝婚の素晴らしいレモンの花です……。

独り言は中断しました。

とても優雅な馬車の上で若いきらびやかな貴婦人が立ち上がります。その美しさは、仮装行列の女王の冠を戴くのに値するのでしょう。アポロは胸襟のカーネーションを引き抜くと、その麗人に投げました。これは、プレスの仕切り席の前で起こり、そこは、花合戦が最も騒ぎ立つ所です。

その後、私は聞き続けました。

——花合戦、何が視線の合戦と共にあるのでしょうか？　ため息は争いません。なぜなら、それは、相互の哀願の使者だからです。

このような仮装行列では、花々はしばしば悪いメッセージを運び、しばしばそれは嘘のメッセージなのです。私は、一人の騎士が、〝愛している〟という語句で打ち明け、花を贈るのを見ました、その時、彼の心の中では、全ての愛の炎は既に単なる灰になっているのです。一人の優しい快活な少女が、四つのレモンの花に同じ答えを託しました……。そして、そのあまりに奇妙な告白を運ぶ時に、バラは、いつもよりもっと赤くなったのです。

明るい服や古帽子や麦わら帽子がうれしい時期です！　人造大理石の上の月明かりの愛すべき時です。公園や庭で花々が、ヴァルプルギスの祭りや青いミサを祝う時です。一方で、春はいつも永遠の愛の手紙を運びます。他方女性たちの頬は、センティフォーリアのようにみずみずしいのです。そうして、偉大な自然は、豊饒な一陣の風を心の熱い発散の中で合わせ、神々は私たちから立ち去ってはいかず、いつも地上にとどまり、接吻や詩歌があり、理想のオリンポスの神が、人間の手により物質信仰が掲げた建物の上に、比類なき光の冠を戴く頂上を高く掲げるでしょう。

ヒュームの宮殿で、私たちが別れた時には、神はとても上機嫌で、とても良き食欲を持っておりました。私にオラシオの詩やマンシリャ将軍の格言につき語りました。彼の住所を私にはくれませんでした。そして、ダフネを追いかけているかのようにとても速く駆け足で立ち去ったのでした。

アシャベロの道理

その国の名前を私は覚えていませんが、おそらく知られているどの地図帳にも載っていないある国で、住民が最良の政府の形態を作ろうと欲しました。彼らはあまりに慎重なので、その国には多くの年老いた賢者や名高い政治家がいるにも拘わらず、最良の仕事をするために、詩人に相談に行きました。すると彼はこう答えました。

――私は、ジャスミンの祝婚歌や妖精への挨拶や森の神の彫像のための碑銘等を手掛けていてひどく忙しいのですが、考えて、君たちが行うべきことにつき助言しましょう、しかし、私が答えを与えるために三日間の期限を乞いたいのです。

そして、その詩人はサロモン王よりもより詩人であったので、星や植物や動物たち、全ての自然の生き物たちの言葉を話し理解したのでした。そうして、一日目には、野に出て、どれが最良の政体なのかにつき瞑想していました。茂った樫の木の下に武勲物語の松の下のシャルルマーニュのような一匹のライオンが寝そべっているのを見つけました。

――王様――彼に言いました――、陛下は、垂れ髪のあるペドロ・デ・ブラガンサ種でありうることを私は知っています。人民にとって何が最良の政体であるのかを私に言って頂けますか？

――恩知らずめ――ライオンは彼に答えました――。プラトンがお前たちをその共和国から残酷に追い出して以来、私は、お前たちが君主制の長所につき疑義を挟むとは決して考えたこともなかった。

お前たち詩人よ！　王の偉大な壮麗さなしには、お前たちは詩歌を称揚するための王位も黄金もアーミンの毛皮さえも持つことはないのだ。革命の血の赤や二重の憲法や例えばカルノット氏のシャツの胸飾りの白を好むのならば別だが。長髪のヌーメンは、彼の帝国で〝民主主義〟という言葉が話されることを禁じたのだ。共和国はブルジョアジーである。そして、誰かが民主主義は悪い臭いがすると気づかせた。ティエール氏は、その冷淡さで、ヒメトの全ての蜜蜂を逃がしてしまうであろう。尊敬すべきジョージ・ワシントンやアブラハム・リンカーンは、唯一ウォルト・フィットマンのような素晴らしい野蛮人によって適切にうたわれるかもしれない。しかし、人民と呼ばれるはかり知れない恐ろしいヒドラにこれほどもこびたビクトル・ユーゴーはこの世紀で最も貴族的な精神であったのだ。それゆえに、私の番であるが、私は、最も幸せな人民は、伝統を尊重する人民ということである。世界の存在以来、ライオンの吠え声以上に森に最大の威厳を与えるものはないのだとお前に言おう。ということで、もう私の意見は分かるだろう、絶対君主制だ。

少しして、思索する詩人は、牛の骨の上に虎を見つけました。その肉は飲み込まれたばかりでした。

——俺は——虎が言いました——お前に軍事独裁を勧める。木の枝や険しい岩の後ろに潜み、自由なバッファローのひしめく群れや羊の牧群が通り過ぎる時に、自由万歳！　と叫び、歯や爪を最もうまく使いながら最も美味な獲物の上に襲いかかるのだ。

しばらくして、カラスがやって来て、猫族の動物が残した骨をめちゃめちゃにつつき始めました。

——私は、共和制が好きだよ——叫びました——、そして、特にアメリカ共和国が好きだ。なぜなら、それが最も多くの死体を私たちに与える戦場であるからね。これらの饗宴は、あまりにしばしば行われるので、野蛮な部族の肉食を除いては、私たちにとってこれ以上の物はない。そして、レストラン〝マイトレ・コルボ〟に誓って、私は真実の言葉を述べているのだよ。

詩人に尋ねられて月桂樹の枝の茂みから鳩が言いました。

――私は神聖政治ですよ。私の体に体現されています。聖霊は、神の光の下、至高の司祭で三度王であった教皇の上に降りて来るのです。最も幸せな人民は、聖書の時代のように、万物の創造者を道しるべと首長として持つ人民です。

狐が答えました。

――親愛なる貴方様、もし人民が大統領を選ぶならとてもうまくいくことでしょう。もし君主を宣誓し戴冠すれば、それは、私の称賛に値するでしょう。一人一人に是非宜しくお伝え下さい。そして、もし祝宴の日に私に太った鶏を贈るならば、私は喜んでそれを受け入れ、羽と共にそれを全て食べてしまうでしょう。

ミツバチが答えました。

――私たちは、ある機会に、群蜂の女王を打倒しようと欲しました。それは、ビクトリア女王のようなものです。なぜなら、蜂の巣は、その行政形態において今日の英国にとても似ているということを知るべきです。しかし、しかし、一度だけの試みが私たちにあまりに悪い結果を与えたため、全ての収穫した蜜が使い物にならなくなったのです。その上に、雄蜂が増加して、私たちの生涯で最悪の時を過ごしました。その時以来、私たちは慎重になることを決意しました。私たちの巣穴はいつも六角形で、私たちのかしらは雌なのです。

——共和制万歳！——木の果物の上で果物をつっつきながら雀が叫びました。森の市民たちよ、注目！　発言を求める！　君たちは、創造の日から忌まわしい圧政に従属していられるのか？　獣だ！　時は来た。進歩は、たどるべき航路を君たちに示しているのだ。私は、二本足の人間が住む都市からやって来た。そして、あそこで普通選挙や議会制の長所を見てきた。私は、選挙投票箱という隠れ場所を知っていて、人身保護法につき論評できる。君たちの中で誰が、自立政府や家庭内ルールの利点を否定できるだろうか？　ライオンや鷲は、消滅すべき奴らだ。くたばれ鷲たちよ！　怪鳥たちの種よ、行け！　森と空気の共和制合衆国を宣言しよう！　自由、平等、友愛を宣言しよう！　動物による動物のための独自政府を創設しよう。私は、言いたい。明日、私は最初の司法官に選出され得るのだ。卓越した熊やきつねの独自政府を。すぐにも武器を取るのだ！　戦争、戦争、戦争だ！　そして、その後に平和があるだろう。

詩人よ——鷲が言いました——、その扇動家の言うことを聞いていましたか？　私は君主制擁護者です。もちろんです。女王でありながら、シーザーやボナパルテのような戴冠した征服者たちに常に付き添ってきたのですから。私はローマやフランス帝国の偉大さを見てきました。私の像はロシアやドイツ人の偉大な帝国の紋章の上にあるのです。ヘイル・シーザーは私の最良の挨拶なのです。

それには詩人が反論しました。——ジュピターの鳥のようにヤンキーの土地でラテン語を話せば、それは、〝E pluribus unum（アメリカ合衆国）〟と叫ぶようなものですよ。

——最良の政府の形態は——牛が言いました——、くびきや手足の切除を強制しないものだ。

そして、ゴリラが言いました。

——政府の形態だって？——どれもだめだ。その人民には自然の懐に帰るよう助言するのだ。文明と呼ぶものを放棄し、原始的な野生の生活に戻れ、その中で真の自由を見つけることができると俺は考える。俺は、俺としては、ダーウィンの中傷に抗議する。なぜなら、人間的動物が行い、考えることは何ら良いものではないからだ。

二日目に詩人は、他の意見を聞きました。

バラ。——私たちは、政治については、夜のドン・ディエゴや昼間のひまわりがささやくことしか知りません。私は、女帝ですが、私の宮廷と私の栄誉とそして私を賞賛する詩人たちを持っています。私は、ルイ十四世と同様ネロンを賞賛します。ポンパドールという、この美しい名前を愛します。それ以外の意見は持っていません。美は全ての上にあるのです。

白百合。——キリスト教の女王陛下に譲るわ！

オリーブ。——率直に言って、私は共和制を助言します。良き共和制は、あそこに理想形があるのです。しかし、あなたたちの共和国の大部分では、毎年戦争の後に平和の聖堂を月桂樹で飾るために、私を枝のないままにしておく年はないのですよ。

コーヒー。——ドン・ペドロ王時代に輸出された数百万キンタルと今日の輸出量を比べてみて下さい。その結果が私の答えです。

サトウキビ。——君たちに共和制を助言する。そして、キューバの自由のために働くことを願う。

カーネーション。——それでボウランジェール将軍は？

三色すみれ。――私の着ている服に従い、私の持つ色に従うことです。それが私の意見です。

トウモロコシ。――共和制だ。

イチゴ。――君主制よ。


夜に詩人は星たちに相談しました。その中に一番明るい等級の星がありました。金星は、バラと同じことを言いました。火星は太陽の専制政治を認めました。ただ、隕石のはかない扇動が深い空の威厳を乱すのみでした。

三日目に詩人は、住民に返答をするために町に向かいました。そして、その途中で彼が聞いたあれらの異なる全ての意見の中で、どれがより道理があって住民を幸福にするためにふさわしいかを考えていました。

突然、彼は、弓のように背中の曲がった老人がやって来るのを見ました。雪のほとばしりのような長い髭を持ち、その白い髭の上に、口をついばもうとする赤インコに似たセム族の曲がった鼻がありました。

――アシャベロ！――詩人が叫びました。

太い杖に支えられて急いでやって来た老人は、立ち止まりました。そして、詩人が今の問題につき説明すると、アシャベロは、次のように語り始めました。

――悪魔は、年老いた悪魔ほどには知らないというのが周知の真実ということを知っているだろう。私は悪魔ではないが、いつの日にか神の王国に入らねばならない。しかし、私は長く生きて私の経験は大洋の水量よりも大きい。それ故につらさもそうなのだ！　しかし、国家を統治する最良のやり方に関しては、言わねばならない。あれこれ全てを正確に教えられるかは分からない。なぜなら、地上を歩き回って以来、わしは、共和国、帝国、王国において同じ悪を見てきたが、王位についたか又は人民の選挙により政権についた男たちは、正義や善の健全な原則によっては導かれなかったのだ。私は、家臣の父親のような良き王たちを見、国にとり、あらゆる災厄の総和であった大統領たちを見てきた。各々の人民が、それに値する政府を持つという共通の場所は、常に思索にふけることをさせないのだ。確かなことは、アッティラが通り過ぎれば、人民は哀れな羊の群れのように震えあがる。時々、ハルンーアルーラシッドが、時々はルイ十一世がやって来る。共和制は多くある。プラトンの共和制からボウランジェールのそれまで、そして、ベネチアの共和制からハイチのものまで……。人民は、子供や女性じみた多くのものを持っている。ある日、その黄金の冠によって君主制を愛し、別の日には、色付帽子によって共和制を礼賛するのだ。

男たちは、銃剣で突き刺し、銃弾で腹を裂き、脳をずたずたにする。今日では、共通の問題を指揮するものを上席に配置する。しばらくして、同じ手続きで引き下ろし別の者を配置する。或いは偽りの式典や民主主義の模擬戦が行われ、平和の太鼓やラッパの音に合わせて、選ばれたものが勝利するのだ。本当のところ、人間は行っていることについて知らないと私は言うのだ。自然の中では永遠の神々しい知性の秩序や正義に気付くのである。人間の仕業によってではない。そこでは、彼らを照らす道理が彼らを毎日新しい深淵に落下させるように思える。それ故に、ある国の幸福は、政府形態の中にはないと言わねばならない。むしろ共和国大統領や神権の陛下たちであれ、その運命を指揮する者たちの選択にあるのだ。

ソロモンやペロ・グルリョのものと思われる言葉で、ユダヤの老人が更に話しました。そして、世界の政治問題につき、あまりに雄弁であったので、詩人は、彼の答えを待って集まった市民たちの前で、一つ一つその長い演説を繰り返したのです。

話し終わるとすぐに、彼の周りに抗議と叫びの嵐がわき上がりました。

ギリシャの古典図書を読んだ赤の市民は、彼の額にバラの冠をつけました。その後、公共の問題につき詩の教師に相談したそれほども慎重なあれらの人々は、大きな喚き声をあげてその場所から彼を追い出しました。花々の微笑みと鳥たちの大騒ぎと星たちの青を見渡す燦然と輝く理論の驚嘆の中で。

オラシオについて（パピルス）

木の陰で、読書に没頭しながらかさばった巻物に目をじっと据えていた別荘の主人は、――声の物音がすぐ近くに聞こえるまで――招待客が到着したことに気付きませんでした。詩人との約束に赴かれる尊いメセナスをのせた駕籠（かご）を運ぶ四人の美しい奴隷たちが先頭にいました。その後ろには、陽気な参加者たちがやって来るのが聞こえました。リディアの陽気な勝ち誇った笑いは、祝宴の喜びを告げるものでした。アリスティオ・フスコの気さくで温かい声は、スキャンダルで有名な偉大な恋人、エリオ・ラミアの声と共に震えていました。そして、その声は、出来事を注釈しつつローマ人の女性の軽薄さを喉全体で吹聴するアルビオ・ティブロでなければ勝ることはできませんでした。

ブドウ園で、全ての輿が立ち止まり、全員が声を一つに合わせて、邸宅の主人に挨拶をしました。主人は両腕を掲げて、栄誉を受け入れながら、満足げに、喜びながらやって来ました。

——おはようございます、オラシオ！

オラシオは、挨拶を交わしながら、奴隷や召使たち、特に彼の近くで、ワインで一杯のギリシャの壺を既に準備して微笑むお気に入りの女奴隷に合図をしました……。

盃がサビーナのえも言われぬワインで満たされた時に、周知の通りアウグスト皇帝の寵愛を受けた騎士アレシオは、詩人に敬意を表して如才ない理由を述べ、魂の幸福と緑の月桂樹の比類なき幸福を与えるミューズに荘厳なミサの儀式を執り行いました。また、抒情詩人たちを保護することで天上の計画を遂行し、最も熱烈な讃美歌と心からの称賛を受けるに値するということをシーザーに思い起こさせるのでした。

全ての声や全ての拍手は、寵臣のためでした。唯一金髪の若者で、黄金の宝の髪を尊大なライオンの鬣のように揺らす若者リグリーノだけは、軽くしかめっ面をしながら、盃をあげて、気負った傲慢な態度をとっていました。皇帝の友人により発せられた言葉にあまり思慮深くなく笑い、主人を流し目で見ながら皮肉っていました。

キンティリオ・バロは、半ば開かれた唇で、おずおずとソロンやアルケシラオがワインの良き愛好家であると告げます。リベールは、お気に入りの神に違いありません。

——飲め！　オラシオが叫びます。カトンを非難する者は、人生についての正しい知識を持っていないのだ。

ガラスのような高笑いが聞こえます。それは、バラの花束を右手でゆさぶるリディアで、笑う赤い唇の間に、いたずらな白い歯を見せています。

——私はワインを愛しているのよ——そう言うのです——テレフォの唇と同じよ。フラッコの六韻格音楽は私の大きな楽しみなの。そして、私は、私の女王、ヴィーナスの名前でこの花の花びらをむしり楽しむの。

リグリーノは、若者同様に、話します。

——私は美女と同様の意見だ——そして、彼の顔は、そのきゃしゃで怪しげな体の上で紫色になるのです。

ミルタラは、その目をオラシオに釘づけにしています。尊大な解放奴隷であるミルタラは、遠くないところで、手に髭をのせて考え込んでいます。クリスポ・サルスティオは、聞くふりをして、これほども親密なもてなしをする者を大声で褒め称えるのでした。

——ここにはないのだ——そう言うのです——クレソの偉大な富や、幸運により王位につき、多くの特権を持つ者たちが飲むための金の盃もない。私たちは、有名なローマの名酒や高名なブドウ園の液をからにはしない。しかし、詩人の家は、ミューズの優しい吐息に守られた忠実な友情の甘い香りを発散するのだ。

参加者全員が、視線を抒情詩人の方に向けました。詩人は、軽く頭を動かし、お気に入りの奴隷が少し前に編んだ額の上の清々しい天人花の頭の冠を震わせて、ゆっくりと話し始めました。詩人は、本来の安らかな愛を語り、新鮮なミルクや新酒、春の花々や少女の頬や密錐花序をうたいます。ロペルシオやビルヒリオとの友愛の思い出を語り、アウグストの名誉ある名前を歓呼し、温厚に微笑みながら聞いていた友人メセナスの方に右手を差し伸べるのです。エピキュールを注釈し、アナクレオンテの明るい聖堂に詩の美しい松明をともします。葡萄のように長短短格をもぎとり、薔薇のように揚々格をむしるのです。ティブルティーノの柔らかなくつわを噛みながら翼の生えた前足で地面を蹴るペガサスの馬を紹介し、マンリオ執政官時代の壺を賞賛するのです。その壺は、酒で満たされた壺です。その壺は、私は見ていたので描写することができます。胴体の周りにはたくさんの葡萄が描かれており、葡萄畑では、花咲く青年期の偉大なバッカスが舞姫たちやライオンたちに囲まれており、その大きな口は、霊感の威厳がおのずと畏敬の念を感じさせる甘美さで湿るのです。近くには、シレーノの像があり、飾りの巻き毛と収穫したばかりの葡萄蔓を巻き毛の頭の上に載せた半神半羊の森の神の合唱団が踊るのを見て笑うのです。

オラシオが、長い演説の後、メセナやフスコにより愛撫され、美しい女友達の輪から笑顔のお世辞でこびられた時、私は、詩人がいつもお気に入りの散歩をする木立の中に退出しました。

私、ルシオ・ガロは、貴族の誇りの下で苦しみ、悪行を告白しつつこの頁を書いているのです。それは、期限付きで計画的に運んだものです。なぜなら、この村の土地に足を踏み入れた日から考えていたからです。フォセオの人であるハンティスの女奴隷フィリスを愛するのです。私は、深い苦さや過酷な悲しさに苦しみました。嫉妬の酢を飲み、ファンティアスのフィリスへの口づけを見て、屈従の中、絶望に満ちて拳を噛んだのです。なぜなら、彼女は私に魂を与えたからです。オラシオが競争相手たちの中で最も嫌われた者の激昂をかき立てたと確信し、私は、今すぐに木立の最も重い木の幹を斧で切りに行きました。オラシオが、石の下のネズミのように、木に押し潰されるためにもしかして幸運が私を助けてくれるのではないかと思ったのです。

私、ルシオ・ガロは、前記につき書いてから五年後に、試みたことを後悔していないと告白します。フィリスが、私の愛には、ふさわしくなかったことは確かです。木は、高名な詩人に死を与えませんでした、彼は、このように始まる美しい詩を世界に残したのです

Ille et nefasto te posiut die.（もう少しで死ぬところだった）。

クリスマス・イブのお話

サンタマリア修道院の修道士ロンヒノスは、修道院の真珠でした。この場合、真珠では言い足らないでしょう。それは、小箱であり、富であり、比較しようのない、見つけることのできない何かです。同人は、模写において肉筆書を大文字で飾ることに抜きんでている博学なベニート修道士を助け、台

所では、断食の後に許される揚げ物の快い匂いを発散させ、こうして、聖器係として奉仕し、畑の野菜を育てるのでした。昼間或いは夕暮れには、合唱団指揮者である彼の美しい声は、礼拝堂の天井の下で調和を持って響きました。しかし、彼の最大の美点は、その素晴らしい音楽的才能にありました。オルガン奏者としての両手に、その優れた両手にあったのでした。修道院全体で誰も彼ほどには、調べを奏でる鳥の群れのように音符を湧きたたせ、あのよく響く楽器を知っている者はなく、彼ほども天上の聖霊にとりつかれ、祈りの続唱や讃美歌やグレゴリオ聖歌を伴奏する者はいなかったのです。枢機卿猊下(げいか)は、――忘れられない日に修道院を訪問していましたが――最初に修道士をすぐ愛撫しながら祝福し、最後に、彼が弾くのを聞いた後、ラテン語で賞賛の言葉を述べました。ロンヒノス修道士の中で際立つ全てのものは、最も優しい素朴さと最も天真爛漫な陽気さにより照らされていました。何か仕事をしていた時には、神の小鳥である修道士たちと同じようにいつも唇で讃美歌をうたっていました。そして、お布施でいっぱいの鞍袋と共にロバの腹をけりながら戻って来る時には、太陽の下、汗をかいたその顔には、陽気な甘い輝きが見えていて、農夫たちが家の玄関に出てきて、彼に挨拶し、彼らの方に招くのでした。〝これ、こっちにきなさい、ロンヒノス修道士、一杯やりなさい……〟彼の顔は、修道院に保存されている画板の中に見ることができます。謙虚で黒い目の品のある顔、少し持ち上がった鼻、子供っぽいいたずらっ子の天真爛漫な表情、半ば開いた口、優しい微笑みです。

さて、あるクリスマスの日に、ロンヒノス修道士が隣村に行くことになりました。しかし、私は諸君に修道院のことは何も言わなかったでしょうか？　それは、農夫たちの村の近くにあって広大な森からはそう遠くないところにありました。そこは、修道院の創設以前から、妖術師の集会や、妖精や風の神の会合、悪の力を助ける多くの他の物があり、神はそこから我々を守って下さるのです。天空の風は、夜の静けさの中、或いは静かな夕焼けの中で、聖なる僧院から神秘的なこだまや大きな響き渡る震えを運ぶのです。それは、キリストの修道士たちの声に伴奏しているロンヒノスのオルガンで、祝福の叫びを投げかけていました。そうして、それは、あるクリスマスの日でした。良き修道士は、辛抱強い哲学的なロバを駆り立てながら、驚いて額を手のひらで叩いて叫びました。

——なんて私はろくでなしなのだ。苦行を三倍にして、一生パンと水だけで生きるのに値する！皆が修道院で私を待っているというのに！

既に夜に入っており、修道士は、十字を切った後、修道院に向かう道を行っておりました。影は地上に侵入していました。既に寒村は見えませんでした。そして、夜の中で黒い山は、巨人や悪魔の住む巨大な要塞のように見えました。

そしてロンヒノスの場合ですが、我らの父と聖母マリアとを繰り返し祈りながら、歩きに歩いていましたが、ロバのたどる道がいつもの道でないことに気付き驚きました。全能の神に慈悲を乞いながら、涙をためた目で空を見上げました。その時、大空の闇の中で美しい星が見えました。黄金色の美しい星で、彼と共に一緒に歩き、地上に光の繊細なほとばしりを送りながら、道しるべとかがり火になったのです。彼は、あの不思議につき、神に感謝し、少し歩くと、別の時代の預言者バラアムのように、ロバが前に進むのを拒み、それから彼に人間のはっきりした声で言いました。

——修道士ロンヒノスよ、自分が幸せなのだと考えなさい。なぜなら、お前はその美徳により、驚くべき褒美が与えられるのだから。

彼は、それを聞くや否や、物音と、えも言われぬ香りの波を感じました。そして、彼がたどっていた同じ道を、彼が眺めたばかりの星に導かれて素晴らしい盛装の三人のお方がやって来るのを見ました。三人全員が贈り物と王のしるしを持っていました。先頭は、アズラエル天使のような金髪で、長い頭髪は、肩の上に散り、貴石を鏤めた黄金のとんがり帽子の下には、胸の上で輝く真珠や金糸を織り込んだ髭があり、渡り鳥や黄道十二宮が素晴らしい形で刺繍されたマントに覆われていました。それは美しい白馬にまたがった騎士、カスパール王でした。もう一人は、黒い髪で、目も黒く、深い輝きを持ち、顔は、アッシリアの浅い浮彫りに見える顔と同じで、額には、素晴らしい王冠をかぶり、はかりしれない値打ちの衣服を着て、いくらか年老いていました。そして、彼を見ただけで、人はアジアの地の中心の神秘的で富裕な国の君主だと言ったでしょう。それは、バルタサール王であり、ダイヤモンドの炎の太陽である神秘的な宝石の首飾りをつけていました。彼は東洋ふうに飾られた鞍のついたラクダに乗ってやって来ました。三人目は、黒い顔に、独特の威厳ある風采で視線を向けていました。ターバンのルビーやエメラルドの輝きが彼を包んでいました。物語の最も豪壮な君主は、象の上の象牙と黄金の細工された椅子に座って進んでいました。それは、メルキオール王でした。陛下たちが通り過ぎました。そして、メルキオール王の象の後に、これまでにない早足でロンヒノス修道士のロバが行き、彼は神秘的な喜びに満たされ、長い数珠の粒を数えておりました。

そして、――残酷なエロデスの日々と同様――王冠をつけた東方の三賢人は、神々しい星に導かれ、馬小屋に到着し、そこには、画家たちが描くように、女王マリア、聖人ホセ、そして、生まれたばかりの神がいるということが起こったのです。そして、近くには、ロバや牛が、夜の冷たい空気をその健康的な息の熱で温めていました。バルタサールは、ひれ伏して、子のそばで、真珠と貴石と金粉の袋を開けました。カスパールは、黄金の壺の大変珍しい没薬を差し出しました。メルキオールは、乳香と象牙とダイヤモンドの贈り物をしました。

そうすると、心の底から、良き修道士ロンヒノスは、微笑む幼児イエスに言いました。

——主よ、私は、修道院でできうる限りあなたに仕えているあなたの貧しいしもべです。可哀想な私は、何を貴方に贈れるのでしょうか。どんな富やどんな香水やどんなダイヤを持っているというのでしょうか？　主よ、私の涙と私の祈りを受け取って下さい。それが、私があなたに贈ることのできる全てです。

そして、ここで、東方の三賢人の王たちは、ロンヒノスの唇に祈りのバラが芽吹くのを見、その匂いは、全ての没薬や香油をしのぎ、その目からは、たくさんの涙がこぼれ落ち、愛と信仰の至高の魔法によって、最も光り輝くダイヤモンドに変わったのでした。これら全てが、格段のものであり、地上には牧師たちの合唱の響きが聞こえ、厩（うまや）の天井の上には、天使の合唱団のメロディーが聞こえたのです。

一方で、修道院は大きな悲嘆にくれていました。祈祷の時間でした。礼拝堂の広間は、蝋燭の炎で照らされていました。修道院長は、悲嘆にくれて、儀式のマントをつけ椅子に座っていました。修道士たちや修道院全体が、驚きの悲しみで顔を見合わせていました。どんな不幸が、良き僧に起こったのでしょうか？　なぜ村から帰ってこないのでしょうか？　そして、既にミサの時間となり、修道院の誉れである素朴な至高のオルガン奏者を除いて、全員が、席に着きました。一体誰があえて彼の場所を占めるでしょう？　誰でもありません。誰も鍵盤の秘密を知らず、ロンヒノスの調和ある才能を持ってはいないのです。そして、修道院長が儀式の開始を命じたので、音楽なしで全員がぼんやりとした悲しみに満ちて神に向かって歌を歌い始めるのでした……。突然、讃美歌の時に、鳴り響くはずのオルガンが、いつになく鳴り響きました。その低音は、聖なる雷鳴であり、そのクラリオンは、崇高な声で、そのパイプ管は、すべて不可解な天上の命により活気を与えられたようでした。修道士たちは、奇跡の炎に満たされて歌いに歌い、あのクリスマスの夜に、農夫たちは、修道院のオルガンの見知らぬ快い調べを風が運ぶのを聞いたのでした。そのオルガンは、栄光のセシリアの繊細で純粋な天使の手により弾かれているように思えました。

聖母マリアの修道士ロンヒノスは、少し後にその魂を神に委ね、有徳の誉れの中で亡くなりました。その遺体は、今も穢れなく保存され、修道院の合唱団の下、象牙細工の特別な墓に埋葬されているのです。

アメリア嬢の事例（新年のお話）

Ｚ教授は、令名高く、雄弁で、人の心をとらえ、その声は、深く、同時に響き渡り、その屈服せずにはおかないわけありげな身振りは、〝夢の造形〟に関する作品を発表した後は、特にそうなのでした。諸君は、おそらく私の言うことを否定するか、あるいは限定的に受け入れるでしょう。しかし、彼のはげ頭は、珍しく、有名で、美しく、荘厳であり、もし好みであれば叙情的です。おお！　そうでは決してないと私は確信しているのです！　諸君は、太陽の光やバラの香り、いくつかの詩の麻酔性の特質を如何に否定するというのでしょうか？　はてさて、夜半過ぎ、ローウェンスティンガーという名前のユダヤの放蕩者のロココ風の美しい食堂において真正のシャンパン、ロデレールの十二個のコルク栓の礼砲の音で挨拶した後、博士のはげ頭は、自慢の光輪を掲げ、光の気まぐれにより、鏡のガラス面の上では、どのようにしてか象牙の磨かれた球体の上に、何だかモーゼの輝く角のようなものを形作る二本の蝋燭の炎が見えていました。博士は、私の方に大きな身振りと博学な言葉を差し向けました。私は、いつもはほとんど沈黙している唇から平凡な語句を言い放ちました。例えばこのようなものです。

――おお、もし時間が止まることができるのであれば！――

博士が私にさし向けた視線と私の叫びを聞いた後の彼の口を飾った笑いの部類は、誰をも当惑させるものだったと私は告白します。

――紳士よ――シャンパンを味わいながら私に言いました――、もし、私が、若さに完全に幻滅していなかったら、もし、今日生きることを始めた全員が既に死んでいるということを知らないとしたら、つまりは、魂の死人で、信仰もなく、感激もなく、理想もなく、内側が白髪で、人生の仮面でしかなく、それだけであったら……、その通り、もし、そのことを知らなかったのなら、もし、君に世紀末の男以上の何かを見たのなら、君が発音し終えたばかりの〝おお、もし、時間が止まることができるのであれば！〟という語句は、私の中ではより満足のいく回答を持つのだよ。

――博士！

――その通り、別の機会にもそうであったように、君の懐疑主義は私の話を妨げるものだということを君に繰り返そう。

――私は――確固とした静かな声で答えました――神と教会を信じます。奇跡を信じます。超自然を信じるのです。

――その場合には、私は、君を笑わせる何かを話すことにしよう。私の話が、君をよく考えさせることを期待するよ。

食堂には、四人の招待客が残りました。家の主人の娘のミンナの他に、記者のリケット、ヒルチにより派遣されたばかりの聖職者プレアウ、そして博士と私でした。私たちは、サロンの陽気さの中で新年の最初の時の慣例の挨拶、ハッピーニューイヤー、ハッピーニューイヤー、新年おめでとう！を遠くに聞いていました。

博士は続けました。

――これがこうであるとあえて言う賢者は誰だろうか？　何も分かっていないのだ。我々は知らないし、知ることはないのだろう。誰が、正確に、時間の観念を知っているだろうか？　誰が確実に空間が何なのかを知っているだろうか？　科学は盲人のように手探りで歩いてゆき、時々、真実の光の曖昧な反射に気付くことができた時に、勝利したと判断するのだ。誰も象徴的な蛇を一律の円周から離すことはできなかった。三倍も大きなヘルメスから我らの時代まで、人間の手は、永遠のイシスを覆うマントの輪郭をほとんど持ち上げることができなかった。事実、法則、そして根源という自然の三つの偉大な言葉につき絶対確実には、何も知ることができなかった。広大な神秘の分野で深く研究しようとした私は、ほとんど全ての夢を失ってしまった。

有名な学会や分厚い本の中で賢者と呼ばれた私であり、人文学の起源と終焉についての研究に全人生を捧げた私であり、カバラ神秘学説、神秘学そして神知学に深く入り込んだ私であり、賢者の物質的な平面から魔術師の天体の面や魔法使いの精神面に移った私であり、アポロニオ、エル・ティアネンセとパラセルソが如何に働いたかを知っており、我らの時代においては、私は実験室で英国人クローキーズを助け、仏教のカルマとキリスト教の神秘主義を掘り下げた私であり、同時に苦行僧の知られざる科学とローマの僧の神学を知っている私であり、その私が、至高の光の一本の光線さえも我々賢者たちは見なかったということ、そして、神秘の無限と永遠性が、唯一の驚くべき真実を形作っているということを諸君に告げるのだ。

そして私に向かいながら言いました。

――何が人の根源であるのか知っていますか？　馬の尻、ヒバ、リンガ、シャリラ、カマ、ルパ、マナス、ブッドヒ、アトマ、すなわち肉体、生命の力、天体、動物の魂、人間の魂、精神力、精神の本質……。

ミンナのいくらか嘆く顔を見ながら、私はあえて、博士を遮りました。

——貴方は、もし時間が止まることができるのであればということを私に示そうとしているように思えますが。

——それはそれとして——彼は言った——序説の論考が君たちにはうれしくないようなので、君たちに話すべき物語に移ることにしよう。それは次の通りだ。

二十三年前に、私はブエノス・アイレスでレバル一家に知り合った。その創設者は、素晴らしいフランス人紳士でロサス大統領時代に領事職を遂行していた。

私たちの家は隣同士で、私は若くて情熱的であった。レバル家の三人の乙女たちは、神話の三姉妹と競合できたであろう。愛のかがり火を燃え上がらすには、ほんの少しの火花しか必要なかったことは言うまでもない……。

愛だ、アモール。太っちょの賢者は、右手の親指をチョッキのポケットに突っ込み、軽快な太い指で大きな腹をとんとんと叩きながらそう言って続けました。

——私は、率直に言って誰が特に好きというのではなく、ルス、ジョセフィーナ、アメリアの三人が私の心の中では同じ位置を占めていたと告白できるのだ。同じ位置というのは多分違うであろう。なぜなら、アメリアの燃えるような目と同様に甘い目、陽気な赤くなった笑い、子供じみたいたずらは……、彼女が私のお気に入りだったと言おう。彼女は年少で、わずか十二歳であり、私は三十歳を過ぎていた。このような理由で、それにいたずらっ子で快活な性格のかわいい娘だったので、私は彼女を少女のように扱い、他の二人の間には、私の燃える視線、私のため息、私の握手をばらまき、一人には真剣な結婚の約束までしていたのだ。情熱の恐ろしい、罪ある重婚であると君たちに告白しよう。しかし、小さな娘アメリアは！ ……。私が家に着いた時には、満面の微笑みとおべっかで最初に私を迎えに走って来るのが彼女ということが続いて起こったのだ。ここでのお決まりの質問は、〝それであたしのボンボンキャラメルは？〟だった。私は、喜んで座り、行儀の良い挨拶の後に、少女の両手をバラ色のキャラメルやチョコレートのおいしい色、様々な小粒菓子でいっぱいにし、それらを彼女は、口いっぱいにして口蓋や舌や歯でよく響く音をたてて味わうのだった。

すね半分の服を着た綺麗な目のあの小さな娘への私の愛着の理由を私は諸君には説明できないだろう。しかし、問題は、私の勉学により、ブエノス・アイレスを離れねばならない時に、悲しむ感傷的な見開いた目で私を見つめるルスに別れを告げる際に私はいくらかの感激を装い、また、泣かないようにバチスタ麻布のハンカチを両歯の間に挟むホセフィーナには、偽りの握手をし、そして、アメリアの額には、一つの口づけを、最も純粋で、最も燃え立つ、最も純潔で最も熱い口づけを刻んだのだった。私が人生で与えた全てのことについて一体私は何を知っているのだろう！ そして船でカルカッタに出発したのだった。君たちの愛すべき、賞賛すべき将軍マンシーリャが東洋に行った時と同様、若さに満ちて、響きのよい新しいポンド金貨と共に。私は、神秘の科学を渇望していて、未だ貧しい西洋科学が我々に教えられないものをインドの偉大な魂マハトマの間で、学ぼうとしていたのだ。

ブラバトスキー夫人との間で維持していた書簡による友情が苦行僧の国で、私に広い分野を開いてくれ、私の知の渇望を知っていた一人以上の導師グルーが真実の聖なる泉への良き道に導く用意があったのだ。そして、私の唇が、そのダイヤモンドのような涼しい水を堪能したと信じたのは確かだったが、私の渇きをなだめることはできなかった。私は、私の目が見たいと切望するものを執拗に探した。ゾロアスタのケヘルパス、ペルシャのカレップ、インド哲学のコベイ・カーン、パラセルソのアルチエノ、スウェーデンボルグの辺獄、チベットの森の中で仏教僧の言葉を聞いた。カバラ哲学の十のセフィロス、無限の空間を象徴するものから、マルクスと呼ばれる生命の根源を内蔵するものまで。私は、精神、空気、水、火、高み、深み、東洋、西洋、北と南を勉強したのだ。そして、ほとんど理解するところまできて、しかし、いまだに、サタン、ルシフェル、アスタロット、ベエルゼブット、アスモデオ、ベルフェゴール、マベマ、リリス、アドラメルチ、アアルを心底で理解するには至らなかった。私の理解の悶えの中、知識へのなだめられない切望の中で、私の野心を獲得するところに達したと考えた時には、私の弱点のきざしと貧弱さが出てくることに出くわし、それらの考え、神、空間、時間が私の瞳の前に、最も不可知の靄を形作るのだった……。私は、アジア、アフリカ、ヨーロッパ、アメリカを旅した。ニューヨークの神知学支部を創設するために、オロコット大佐を支援した。そして、これらすべてに――急に博士が、金髪のミンナをしっかりと見つめながら一語一語抑えつけるように言いました――すべての科学と不死が何であるかということを知っているかい？一対の青い目或いは黒い目なのだ！

――そして、話の結末は？――ミンナ嬢が甘くうなりました。

博士は、これまでになく真面目に言いました。

――諸君、私は、話していることは全くの真実であるということを誓う。物語の結末？　私は、二十三年の不在の後、ほんの一週間前にアルゼンチンに戻ったのだ。私は太り、かなり太り、膝小僧のようにはげて、戻ったのだ。しかし、私の心の中に愛の熱い炎である年をとった独身者の巫女を維持していた。そして、それ故に、私の最初にしたことは、レバル一家の行方を調べることだった。〝レバル家の女性たち、――人々は私に言った――アメリア・レバルの事例の女性たち〟。そして、これらの言葉には特別な微笑みが伴っていた。哀れなアメリア、哀れな少女について私は怪しむに至った。そして、探しに探して、その家を見つけたのだ。中に入ると、黒人の年老いた下男に迎えられ、彼は私の名刺を持って行くと、ある部屋に私を通した。そこは、全てがぼんやりとした悲しみの色に染まっていた。壁や鏡は、喪中のベールで覆われていて、二つの大きな肖像画がピアノの上で愁いを秘めて暗澹と互いに顔を見合わせていた。それは、私には二人の姉たちであることが分かった。少しして、ルスとホセフィーナがやって来た。

――おお、私の友よ、おお私の友よ！

それだけだった。言外の意味と臆病さと途切れ途切れの言葉、それに悲しく、とても悲しい暗黙の了解の微笑みに満ちた会話であった。私が理解しえたすべてのことは、二人とも結婚していないということであった。アメリアについては、あえて私は何も質問をしなかった。おそらく私の質問は、あれらの哀れな人たちに苦い皮肉として、おそらくは、救いようのない不幸や不名誉を思い出すことにつながるのであろう……。そこにおいて、私は一人の少女が、飛び跳ねながらやって来るのを見た。

その体と顔は、私の哀れなアメリアのそれと全く同じであった。そして、同じ声で叫んだのだ。

——それであたしのボンボンキャラメルは？

私は言うべきことを見つけられなかった。

二人の姉妹は青ざめ、青ざめて顔を見合わせ、悲嘆にくれて頭をゆり動かした。

さよならをつぶやき、左の膝を折りながら、私は、何か奇妙な一陣の風に追い立てられるように通りに出た。その後、全てを知ったのだ。私が罪深い愛の果実と信じていた少女は、アメリアだった。彼女にとっては、時間時計は、指し示された時間で止まっていたのだった。見知らぬ神の如何なる考案なのかは知る由もない！

二十三年前に私が残したのと同じ少女であり、幼年時代のまま留まり、生命の進行を抑制していた。

Z博士は、その時に全くはげていて……。

オノリオの悪夢

どこなのでしょう？　遠くの方には、奇妙な建築物の圧倒的で巨大な眺望があります。幻想的な騎士団、驚くべき途方もない東洋趣味の様式です。彼の足元には、青黒い土、遠くないところには、痩せて荒廃した木々の植生があり、無慈悲で静かで奇妙な空に向かって無言の嘆きを曖昧に表しながら哀願するように枝を伸ばしていました。あの荒涼とした所で、オノリオは、冷たい恐怖に取り憑かれているのでした。

いつなのでしょうか？　それは人の記憶のない時、時間時計からおそらく逃れた一粒です。照らす光は太陽の光ではなく、幽霊のような天体の病的な燐光の明るさのようです。オノリオは、宿命的な時の影響に苦しみ、その不可解な時間の中で、全てが普遍的な苦悶の痛ましい靄に包まれているのを知っているのです。目を高く上げた時に、戦慄が神経網を走ります。深い空の底から、来たるべき救いようのない大破局を告げる謎の記号を形作る神秘的な星座が浮かび上がりました……。オノリオは、その唇から、抑圧され戦慄した嘆きのうめき声を漏らします。

あいっ……！

そして、まるでその声が造物主の力を持ったかのように、塔や円堂やアーチや螺旋階段で満ちたあの広大な都市が蜘蛛の繊細な糸が切れるように物音や大音響もなく崩壊したのでした。

どのように、そしてなぜゆえ、オノリオの記憶の中に、夢想家の語句〝人間の顔をした暴君〟があらわれたのでしょうか？　彼は、頭脳の中でそれを聞き、まるで、残虐な神に捧げられたあがないの生贄のように、受難の時が近づいているのを理解しました……。おお、孤独な受刑者の説明のできない苦しみ！　彼の四肢は恐怖の締め具でしばりつけられ、石のようになりました。その髪の毛は聖霊が近くを通った時のホブの髪のように逆立ちました。彼の舌は、口蓋にへばりつき、凍り、動かなくなりました。そして、彼の開かれ固定された目は、打ちのめされた行列を眺め始めました。彼の前には、顔の無数の軍団と数えきれない身振りの軍隊が出現しました。

最初は、夢を見始める時に神経質な者たちがよく見る巨大な顔でした。陽気な巨人たちの顔、脅迫するような、思いに沈んだ、或いは涙ぐむ顔です。

その後は……。

少しずつ、その痛ましい幻影の中にこれらやあれらの線や輪郭や顔つきが判明していきました。額のはげたパシャ、まどろんだ目、三つ編みの髭をたくわえたアッシリアの王の顔。厚い二重顎のビテリオと一人の黒人、笑いで死にそうな黒人。白い仮面が全ての表情で何倍にも増殖していきました。道化役者、無関心な道化役者、優しい道化役者、馬鹿な道化役者、恐ろしい道化役者、高笑いで失神する道化役者、痛々しく、悪賢く、無垢で、うぬぼれ屋で、残酷で、温和で、犯罪者の道化役者。道化役者は、彼の魂の詩を、皺やしかめ顔、片目の目くばせ、顔のよじれで示していました。彼の後ろには全ての道化芝居の類型や象徴的な化身がいるのです。こうして、大きな灰色のシルクハット、百人の充血したジョン・ブルと残虐なティオサムたちが聳え立ち、その後ろでは、パンチが曲がった鼻の上で、そのずる賢い視線を燃え上がらせていました。切れ長の目とアーチ形の口髭の黄色いシナの高官の近くには、膨らんだ修道士がおり、そのうりざね顔の瞳には、黒いインゲン豆が嵌め込まれていました。フランス人の長い鼻、ドイツ人の頑強なあご、イタリア人の大きな口髭、スペイン人の渋面、エキゾテイックな顔、黒人の王バルタサールの顔、クインシーのマレイ人の顔、ペルシャ人の顔、ガウチョの顔、闘牛士の顔、異端審問官の顔……。〝おお、神様……〟オノリオは嘆願しました。そうすると〝まだだめだ、最後まで続けるのだ〟という声をはっきりと聞きました。そして、平凡な都市生活者の群がる大衆が現れました。人間と呼ばれる存在の全ての状態、食欲、表情、本能を表す顔、眼鏡をかけた賢者の広いはげ、太っちょの銀行家の顔の上で光るアルコールを含んだけばけばしい宝石に飾られた鼻、愚鈍で厚い口、獣の出っ張った頬骨や顎骨、蒼白の顔、ひ弱な年金生活者の顔つき、肺結核患者の視線、サロンの愚か者の威厳のあるばかげた笑い、乞食の懇願する表情、三つの専門職・異なる長広舌の異なる部分における雄弁政治家、競売商人、そして多弁家。〝助けて！〟オノリオは叫びました。

そうすると、その時、仮面が乱入してきました。一方、空では東洋の黄金の柔らかな色が消えかけていました。仮面の軍団です！　最初に、容赦のないエウメニデスの前のオレステの顔のようなギリシャ人俳優の震えあがる悲劇の仮面が現れました。そして、愉快な樋先の雨水落とし口のような別の笑い顔。やがて記憶現象により、オノリオは、日本の舞台のことを考えました。そして、彼の目の前には、日本の仮面が大洪水のように花開きました。厳島の宝物のにこやかで歯の抜けた顔、出目上満の顔、その引きつった頬、三重の線虫の皺の刻まれた額、そして広がった鼻が獣のようなこの上なく陽気な顔つきを与えていました。攻撃的な醜悪さののりあきの顔、アジア的カシモドのしかめ顔そして全て黄金でできた神々の光り輝く仮面。中国は、巨大な頭蓋骨の老子の顔、ポウータイ、大馬鹿者の笑いを浮かべた淫蕩な人、コネイ・シン、文学の神、気味の悪い仮面、そして、かぶとと髭と薄い口髭のシナの高官や戦士たちが行列をつくって行進するのです。最後にオノリオは、洋紅色や朱色の燃え立つものを見ました。そして彼の目の前をカーニバルの群れが飛び回ります。全ての目が、アーモンド形、丸型、三角型、ほぼ無定形のもの。全ての鼻が、平べったい形、ロクセラーナ形、ボルボン家形、立った鼻、円錐の鼻、陰茎形、下品な形、洞窟のような鼻、司祭の鼻、軍人の鼻、有名な鼻。全ての口が、弓なりの口、半月の口、アーチ型の口、穿孔器でできた口、肉質の、神秘的で、官能的で、甘党の、さもしい、犬のような、蛙の、馬の、ロバの、豚の、きゃしゃな、溢れ出る、開口しよじれた……唇。全ての情熱、大食、羨望、淫乱、七掛ける七倍に増幅された七つの重罪……。
そしてオノリオはもうこれ以上は無理でした。突然失神を感じ、甘い夢の薄明かりの中にいて、そのうちにカーニバルの陽気な仮装行列の和音が耳に届くのでした。

イリリアの聖エルマンシオ僧院の写本の中で発見された
リボリオ修道士著、シキア姫の不思議な物語

I　シキア姫が住み、父である魔法の王の住む都市について

エメサの領地の遥か向こうのフェニキアで第二の迫害と聖人オノフレの聖なる説教の時代に、修道士リボリオは羊皮紙にシキア姫の物語を書きました。それは、洗礼の聖水により清められた異教徒により語られました。その出来事は、異教徒が住んでいた驚くべき都市において、これら記録の頁の中で立証されているのです。この修道士リボリオは、デシオ皇帝の統治下で、受難に苦しんだ聖人ガラシオンとエピステナの友人でした。

そしてそれは、アジアの広大な秘められた王国の全都市の中の魔法の王が住む最大の都市でのこと

です。そこでは、人間たちが巨大な彫像と異なる習慣と他の人たちとは異なる別の作法を持っていました。私たちが話しているこの物語が起こった時代は、我らがイエスの名の下に使徒たちが全世界にふりまいた光は、未だに届いてはいなかったのでした。あれら異教徒の巨人たちは、様々な金属でできた巨大で凄まじい形の像や偶像を崇拝していました。それは、青銅の山や硬い石のような都市であり、記念碑的な宮殿は、キリスト教徒たちが知らない奇妙な建築で、巨大な城壁、柱そしてほぼ雲の高さで消えるとても高い螺旋階段を持っていました。そして、近くには、茂った森と大きな林があり、そこでは、王の狩人たちが、ライオンや鷲、バッファローの狩りをしていました。大都市の広場には、偶像があり、その前では、樫の木全体が燃やされるかがり火が燃え、神秘的でちなまぐさい祝宴が開かれていて、それを王が黄金と鉄の椅子に座り眺めていました。彼は、魔法使いの王であり、妖術師の科学を知っており、ソロモン王のように、多くの神秘的なことを知っていました。そして、空の鳥たちや野の獣たち、木の枝や山の声までもが彼には隠し事を持たないほどでした。なぜなら、東洋の全ての科学を勉強したからです。そこでは、魔法が偉大な知識に含まれており、悪い聖霊のしわざは智慧なのです。そこからイエス・キリストが我らを自由にされますように。巨大な都市の中心に王の住まいがあり、全てが、大理石と縞瑪瑙の石でできている素晴らしい円屋根や塔を戴いていました。その中で、素晴らしい色とりどりの綺麗な鳥たちや密かに隠れた国々の香る花々の見えるうっとりする庭に囲まれた素晴らしい東屋の中に、君主の美しい娘、シキアが住んでいました。彼女は、その白さにおいて荘厳な白い鷺や最も高名な白鳥の白さをも凌ぐのでした。

Ⅱ　シキアの美しさの描写と如何に秘密の魔法で父親が姫に奥義を伝えたか

王国の全ての住民の間では、シキアは、例外でした。なぜなら、あの巨人の国の記念碑のように堂々とした都市では、彼女の姿は、ずばぬけたものではなく、むしろ、上品で優しいため、広い両手と赤い長いたてがみの巨大な王のそばでは、人間の鳩か、白百合の生き生きとした花の容姿を持っているのでした。そして、彼女の目は、二つの青い謎であり、彼女の髪の毛は、太陽を一杯にはらんだように輝き、そのバラ色の唇は、最も美しい花冠でした。その体の律動は、調和の輝きであり、彼女の小さな白い手が、ライオンの頭の偉大な王の額を優しく馴らし上下する時に、王は、秘密の魔法で、彼女に祈祷療法と招魂の力強い言葉、音楽や空気の極、鳥の言葉そして地上で動き生きとし生けるものの全てを心の底で理解するための奥義を伝えたのでした。こうして姫は、庭の小鳥たちの語るのを聞いた時には、よく響く高笑いで笑い、噴水のほとばしりの独白を聞いた時や風に動かされるバラの会話を聞いた時には、考え込むのでした。

円形競技場や堀の中で見守る虎やライオン、象やクロヒョウの猛獣の間を彼女が秘密の力のおかげでまるで子羊の間を行くように無傷に勝ち誇って行くのを眺めるのは本当に美しくも不思議なことでした。そして、彼女は美の至高の魅力で全てを支配する大自然の女王のように思えました。また最も不思議な鳥たちに取り囲まれ、そのうちあけ話を聞き、或いは、じっとして、花咲く東屋から空の星を読むことを覚えて星たちを眺めるのを見るのは美しくも不思議なことなのでした。そして、そのように魔法の科学でこれほども満たされていたのですが、ある日、悲嘆と悲しみに暮れ、涙にあふれて、夜を明かすということが起こったのです。そして、まるで石や大理石の彫像のように、言葉を発しませんでした。

Ⅲ　姫の悲嘆の原因を調べるために王が使ったいろいろな方法について　そして如何にして隣国の三人の王がやって来たのか

王は、美しい娘に、言葉をかけ、優しい道理をさし向けましたが無駄でした。なぜなら、彼女は、それほども嘆き悲しみ無言にさせる原因の言葉を発しないままだったからです。そして、君主として姫を夢中にさせ、悲嘆にくれさせるものが愛の問題であると考え、彼の最強の四人のラッパ吹きに、街の塔の最も高いところから曙が生まれる辺りに向かって四つのよく響く黄金のラッパを吹くように命じました。明るい叫びは、その魔法のおかげで山々を喜ばせ、愛で鳥たちをうたわせながら、木々をいっそう緑にし、猛獣たちの大きな口を愛で湿らせ、花々のつぼみと陽気な風を愛ではじけさせ、岩さえもがその硬い外殻の中に心臓を持つかのように感じさせました。そして、しばらくして最初に中国の王子が、駕籠に乗ってやって来ました。それは、風に乗ってやって来て、孔雀（くじゃく）の形をしていました。それ故に、尻尾は、当然全て虹の色で塗られており、比類なき天蓋として役立ち、それは、全て才能と呼ばれる精神のなす業でした。そして、後からは、りりしい風采の立派な衣服のメソポタミアの王子が、ダイヤモンドやルビー、エメラルド、アレクサンダー石、そして、珍しい石や輝く前述の紅玉等の貴石でいっぱいの馬車でやってきました。ゴルコンダの国のその他の王子たちもまた美しく、形容しがたい宝石類を持ち、オルムスの別の王子は、柔らかくうっとりさせる香りを周囲に放っていました。なぜなら彼の豪華な馬車や衣類そして全身が彼の王国の真珠で飾られていて、それらが東洋の王たちの娘たちの結婚式の付添人となる妖精と呼ばれる魔法使いたちに好まれる最も香りの良い花のような素晴らしい香りを放ったからです。そして、すぐに尊大な頭髪を持つペルシャの王子がやって来ました。香を焚きながら、えも言われぬ音楽を奏でる楽器を演奏する奴隷たちが彼の前を先行します。そして、幸あるアラビアやインドの遠隔の地からの更に多くの王子たち全員がやってきて姫に面会しましたが、彼女は、一言も発せず、日に日により悲しくなるのでした。黄金の魔法のラッパのこだまの中で、彼らの誰もが彼女に選ばれた者には至らず、遠い国々から来て愛に目覚めさせられた彼らのようには、姫を再び愛に目覚めさせることはありませんでした。そのために、王は、大きく落胆し、それからいつもシキアの悪の原因を調べようとして、都市の最も高い塔にギリシャの国の辺りに向かって響きの良い銀のラッパを吹くように四人の最強のラッパ吹きを派遣しました。そうするとギリシャ人の国の辺りから大きな豪華な馬車が到着しました。そこでは素晴らしい七弦琴の奏者がその七弦琴を掻き鳴らし、天使のように二つの翼を広げた巨大な装飾を持つ女性の高い像の上で美しい若者たちが手を振り、唇の側に、歯で掴んだ長いラッパを持っていました。それでもシキアは、輝かしい馬車を見ても一言も言わないのでした。そうすると王は、別の四人のラッパ奏者に都市の最も高い塔から銅製の響きの良いラッパを水平線の全ての四地点に向かって吹かせました。大音響が聞こえ、世界のあらゆる所から、鉄の鎧をまとい闘う腕力のある騎士たちが鉄鎧を纏った馬にまたがってやって来て、その歩みで地面が揺れるのでした。最も勇敢な騎士たちは、サラセン人の間でも、最も凄まじい戦闘のあったガリアやその後英国となった王国の地から来ていました。全ての場所から来ていましたが、どの強力な道具も、どの勝利の印もシキアにその魅力的な声を聞かせるようにさせることはできませんでした。

そうすると、王自身が、都市の最も高い塔に昇り、いつも腰につけていた大きな角笛を三度吹きました。すると、周りの全てが不思議な震えにつつまれました。魔法の角笛に合わせて、東洋の科学に満ちた全ての賢者たちがやって来ました。彼らは大変な物知りであり、王であったので、魔法の秘密を知っているのでした。ペルシャ人は、見事な冠と、星座の十二宮の刺繍の服を着ていました。インドからの賢者たちは、ほとんど裸で、神秘的な目と豊かな長い髪を持っていました。その他、ヘブライ人は、聖なる言葉と秘密の名前の描かれた紅玉色の布を胸につけていました。その他の遠方の国の賢者たちは、黄金の冠と、金糸で三つ編みにされた髭を持ち、手には、黄金の美しい宝石の指輪をつけていました。姫は、全員を見ても無言のままでした。最後に、隣国の三人の王がやって来ることになりました。ハフェット種族のバルタサール、カム種族のガスパール、セム種族のメルキオールです。三人全員がシキア姫を長い間じっと見守った後、悲嘆にくれる君主に次のように話しました。

Ⅳ　隣国の三人の王が、彼らの国で真の神の名前において彼らに洗礼を行ったトマスと呼ばれる令名高き外国の聖人につき如何に話したかについて

三人の王は、姫の目は、深く、飽くことを知らない欲求に輝きながら自らを省みており、魔法使いの術は、シキアの魂の渇きを鎮めるには十分ではないと述べました。そして、彼らは、バラミタの伝統を知っており、占星術を深め、昔、新しい唯一の偉大な全能の神に黄金と乳香と没薬を供えるため

に一つの星に導かれて遠いところに行き、馬小屋で彼を見つけたこと、その同じ時に、彼らの国には、トマスと呼ばれるあの神の使者がおり、彼は、彼らが以前持っていたもの以上の最良の知恵を感じさせ、我らキリストの名前において、洗礼を行ったと述べました。その力と支配は、偶像、悪い聖霊の根源そして悪魔の全ての空理空論の影響と力を破壊したのでした。そのために巨人の魔法使いの王は、外国人トマスを探しに行かせ、彼は、都市に入り、その同じ瞬間に、広場の偶像が地に落ちて砕け散ったのでした。なぜなら、復活したキリストの傷に触り、福音の真実を説教するために遠くの国々に行っていた聖人トマスだったからです。そしてシキア姫は、聖人を見ると、立ち上がり、次の言葉を発しました。

――おお、神々の中で最も偉大な神の使者よ、私の悲嘆と私の深い悩みが何であるかをお考え下さい。なぜなら、私は、私の魂の渇きを鎮めることのできる唯一の水を唇に運ぶことができないからです！　おお、王子たちよ！　私の目に隠されたものは愛ではありません！　なぜなら、私は、その不思議な甘美さ、その驚くべき不思議とその力の秘密がどのようなものかを知っているからです。そして、それ故に偉大な王国の継承者たちや最も美しい若者たちが私に恋してきた時にも私の唇は動かなかったのです。それは栄光ではありません。私は、その拍手を知っていますし、最も素晴らしく勝ち誇った馬車の上でそれが響くのを聞きました。それは力ではありません。そしてそれ故に力においては目に見えない雷の騎士たちと同様、巨大な斧や剣を持ち鉄兜で覆われた征服者たちの行列を前にしても私は感激しなかったのです。それは科学ではありません。その最後の言葉を私は学びました。おお、父よ！　あなたと私のために召集されてやって来た天才たちのおかげで。そしてそのようにしても、知恵者や魔法使いの前で私の舌は、一言も言葉を発しなかったのです。おお、外国人よ！——最も高く荘厳な声で叫びました——。私の持つ秘密が唯一の私の幸福なのでしょう。唯一一人の人間だけが、私にそれを教えられるのです、貴方の国の人間です。今の瞬間にもその人間はここから多くのレグアのところでガリアへの道をざらついた貫頭衣を着て、粗野な杖を突き、縄を腰のあたりに締めて通っているのです。あなたに懇願します。おお、真の神の使者よ！　私が、知ることを熱望する神秘を知りながら、私の幸福を見られるならば私は地上で最も幸せな姫となるでしょう。

——おお、不幸な女性だ——驚く聴衆を前にトマスは答えました。あなたの望みは、父なる神の意思に反するということが分からないのですか？　どんな人間も、ガリアの道を通るその巡礼者以外には、秘密の中の最も恐れ多い秘密、貴方が知りたいと切望する秘密を持つことができないことを知らないのですか。しかし、我らの神のために、その意思が果たされますように。

そして、聖人トマスは、都市の最も高い塔の上に昇り、強い声で三度叫びました。

——ラサロ！　ラサロ！　ラサロ！　……。

V　シキア姫の不思議な物語がどう終わったのか

そうすると、ざらついた貫頭衣を着て、粗野な杖を突き、縄を腰のあたりに締めた男がやって来るのが見えました。彼が通る時には、全ての物が神秘的に震えるように思えました。彼は青ざめていました。人は、彼の目を未知のめまいを被らずには見ることができませんでした。しかし、微笑むシキアの目は、彼の両目に釘付けとなりました。まるで、何か隠れた深い闇に押し入ってゆくことを欲するかのように。彼は、ゆっくりと姫に近づき、耳に二言告げました。シキアは聞くと、直ちに心地よく眠り込んでしまいました。

――シキア、シキア――ライオンの頭の巨大な王が吠えました。

シキアは永遠に眠りに落ちたのです。

トマスは、東方の三賢人の巨人の隣人たちを訪問し、こうして天上と我らイエス、世界の救済者の栄光のために多くの魂を獲得しました。神のために、栄光と名誉と治世が永遠に与えられますように、アーメン。

ここでシキア姫の物語は終わるのです。

カイン（小説の断片）

肉料理店を出る時に、将軍は、仲間たちの間で熱心にアルバロ・ブランコについて話していました。仲間のあいだでは親愛を込めてカインと呼ばれていました。彼は、情熱的で誠実で寛容でその立派な頭の周りに光輪のようなものを置き、そのりりしくよく知られた頭の上には、明るい絹綿のビロードの帽子が傾いていました。小説家ポルテルは、讃辞の一つ一つに、紋切り型のお辞儀で答えていました。全員が最近到着したばかりのアルゼンチンの画家と最近パリのサロンで受賞したリンゴという彼の絵の話を既に聞いていました。アルマンド・シルベストレが――南米のための栄誉として――彼の裸体の年間写真版を彼に献呈しました。そして、才能以上の支援もなく、幸運の善意以上の期待もなく――パリを征服するために！――ブエノス・アイレスからまさにパリに出発したその若者の立派で勇敢な闘いを誰が知らないでしょうか。あそこでは、同国人たちの多くが、彼が悲しみに苦しむのを見ていたのです……。

貧窮！　とあなたは言いたいのですね――ポルテルのか細い声が遮りました――。あのバビロニアでは、彼の持っていた唯二人の友人、二人の才能あるアルゼンチン人の同僚だけが彼を慰め激励しました。我々の間では、芸術に多くのことをなした知識人で画家、作家であるファチノシと体と心が気高く率直な芸術家ソリボです。彼らは多くの苦い議論に参加し、一度ならずもうらやましい勝利を得たのです。そして、将軍が、ところで、今日彼らに会うので、自宅での昼食を彼らにリマインドするのを忘れないようにと言いました。賞を受けたアルバロ・ブランコの絵を見ることにしよう。彼らはビクトリア広場に到着し、別れを告げました。ロハスは、日刊紙の編集部へ立ち去りました。将軍は、若い外交官に伴われていました。ポルテルは、外套のポケットに両手を突っ込み、耐え難いアルトゥリートの質問に無敵の沈黙で防戦していました。それでそのパリシーナは？　パリシーナを見たのですか？　パリシーナは、画家の正妻だったのですか？　彼女はとても綺麗だったと人が言います。魅力ある金髪の女性で、パリのパリシーナです……。いつ彼女を紹介してくれるのですか？　アルバロ・ブランコは嫉妬深いのですか？　そして、目と身振りと言葉の抑揚で、如何に彼アルトゥリートが、例の踊り子の男であり、競馬場の舞台の男で、ロペス・デ・オソと人が呼ぶようなひどく邪な悪党であるということを理解させたのでした。

次の日、将軍の昼食会には、一人の招待者も欠けることはありませんでした。接待役にふさわしい昼食会であり、首都中で最も儀礼にかなった豪華な〝館の主人〟のひとりとしての名声を有することは不当なことではありません。既にキューバ葉巻に火がつけられ、参会者たちは、いくつかのグループに分かれました。それらのグループのうちの一つでは、ポルテルの声が震え、別の作家と議論をしていました。ロハスです。そうして、芸術、芸術は同時に楽しさと教育であるべきなのです。有用にして甘美。今日、芸術は何の役に立つのかを見て下さい。そうして、指でラ・ナシオン紙のロンドンからの電報を指し示しました。

それはもうほとんど悪の言葉に化しているのだと更に強い調子で叫びました。昔の俗物たち、以前はブルジョアと呼ばれた彼らは、最近の激しい心理学者嫌いと比較すれば、曖昧な影なのだ。おお！亜流犯罪人類学者ロンブローゾか副次的ノーダンズだ。スキャンダルの鐘が如何に飛び交い始めたかを見るがよい。全ての瞬間を利用するのだ。永遠の馬鹿者たちが、その最もおぞましい分泌物を芸術の顔の上にぶちまけるための素晴らしい好機を見つけるのには、その消化不良の英国人大根役者ペトロニオの下品な仮装行列で十分だ。純粋の芸術は、純粋の神を必要とするのだと外国人が言いました。神から離れれば芸術家はその苦しみを受ける。諸君は、エルネスト・ヘローが本の中で言うことを知っているか？　芸術は、ある程度そして、ある方法で、我々が窒息していた地下室の蓋を爆破させる力だ。よろしい！　地下室を押し潰すことが好まれてきた。そして、それは影の勝利だ……。これら全ては、彼は話を遮りました、これら高踏派と呼ばれる者たち、そして同様に象徴派そしていわゆる退廃主義者のせいなのだ……。

アルバロ・ブランコは、神経質に両手を苛んでいました。これには、将軍が先んじました。諸君、友人たちよ。絵画が待っているぞ。彼らは隣のサロンに向かいました。最初は沈黙があり、その後、承認と譲歩の知的表情で相互に見合いました。あそこの、そう遠くないところで、外国人がアルバロ・ブランコの両腕を抱きしめていました。〝これだ、そう、親愛なる友よ、これこそが芸術だ！〟少しずつ見て、美しい幻影を思い起こし、その絵画を理解したのでした。アルバロ・ブランコのエバは、象徴の壮麗さを帯びていました。木が成長し、至高の魅力で満たされていたのです。芸術家の魂が湧き上がり、透き通り、色の不思議な音楽で表現されていました。女性が無口に語っていました。〝私は、純粋で雄弁な光の歌なのよ。私は木の唯一のリンゴよ。私の中に善と悪の科学、至高の喜びと至上の幸福が閉じ込められているの。私は蛇の言葉を知っているわ。そして最初の男の肋骨から出てきた時に、その心を誘惑させたのよ。私は男の心の女王よ。緑の茂った枝の下で、生まれたばかりのリンゴの間で私は最も甘く、最も誘惑的なの。私の唇や舌の蜜に比べられる蜜はないわ。蜜とミルクが舌の上にあるのよ。私の香水ほどの香水はないわ。私は誘惑者で勝利者だったのよ。〟

外国人は、象徴の中に入り込み、歌を聞いていました。自然の朝の、世界の曙の、そして最初の太陽の天上の栄光を想像していました。最初の露は、最初の花々の上のダイヤモンドの音符を震わせます。とても繊細な芳香の風が、神秘的な目の偉大な牛の上を通り過ぎ、愛する小鳥たちの歌う、えぶくろの上、荘厳なライオンの上、木々の竪琴の上、手つかずの純粋な薔薇の薔薇色の処女たちの上を通り過ぎます。そして、ギリシャの庭には、茂った木の上、天上の聖なる懐の上で生命と光と芳香と調和が一緒になると思える場所があるのです。頬のように薔薇色で、唇のように赤く、胸のように丸くしっかりした木の上に、禁断のリンゴが誕生の輝きに包まれていました。その誕生の無邪気さの中に未だに、刷り込まれたような女性を造った神の手、それは女性の素晴らしさを形作った同じ手の刷り込まれたような痕跡を持っています。それは、エバの清浄無垢な皮膚のように上品で絹のような皮膚であり、エバの素晴らしい顔のように薔薇色で、エバの穢れなき乳房のようにサテンの軽いヴェールと共に震え、絶頂にあり、魅惑的なのです。

握手が続きました。アメリカ研究者たちの情熱の叫びと結論と感嘆的結語が続きました……。

——貴方、アメリカが何であるのかを見て下さい！——それから外国人は、笑いながら画家を見ていました。——そうです。アメリカは、アンドレス・ベリョ氏とホセ・ホアキン・デ・オルメド氏のアメリカは……。——そしてアルバロ・ブランコの両手は、若馬の上にありました。アメリカの外交官は、彼の月並みな話を敷衍しておりました。幸運にもカインの一節が鳴り響いた時に、会話の話題が変わりました。アルバロ・ブランコは、絵画のモデルをどうやって知ったのかを話す途中でした。リンゴは生きていると将軍が言いました。大理石の全ての神々やキャンバスの女性たちは、詩人の創造物のように生きていたのです。画家は多弁になりました。事実、人生の流れの中で、知識の迷宮の中で、そして、旅行中にここやあそこ、生身で想像力と幻想が生んだ多くの人物や顔を見ていたのでした。彼の意見は、最もスキャンダラスな唯美主義者に追従しながらも、自然が芸術を模倣すると確言するところまでいくものではありませんでした。しかし、彼は、本物の生きたハムレット、オテロ、イングレスの泉、ミロのヴィーナス、ルーブルの両性具有、三銃士、ミミ・ピンソン、サランボ、クアシモド、オフェリアそしてデアを見たのでした。

彼はハムレットがドイツの小さな村に住んでいたことを完璧に覚えていました。彼の知性は、パン屋の助手としては十分でした。しかし、その顔と表情、視線を見れば、彼の唇からは呪いの言葉〝天使と光の使者よ〟や〝ネズミ！〟という叫び声がしきりに出てくると思ったでしょう。オテロとは、ニューヨークとハーブルの間のフランス汽船の船内で交際しました。太っちょで退屈なデスデモナと一緒に旅行していました。彼女は、ピアノで恋愛詩曲を上手に歌うのでした。フエンテに対して。

Jeune oh! si jeune avec sa blancheur enfatine. Debout contre le roc la Naiade argentine...

（若人よ、おお！　魅惑的白さを持つ若人であれば、岩に寄りかかり立ちなさい、泉の精よ）

彼女が服を着ていたのを見ました。彼女は田舎の、涼し気な薔薇色の美しい女性で、熱烈に純潔であり、その無邪気で天真爛漫な象牙色は、征服した全ての鉄や黄金を打ち砕くことができるほどでした。

ミロのヴィーナスは、ヤンキーだったのであり、バンジョーに合わせてミカドや北米の歌を口ずさんでいました。謎の両性具有者は、プロテスタントの司祭の娘で男女両性の体と謎めいた顔、滑らかで美しい髪を持っていました。

アトス、ポルトスそしてアラミスは、三人の学生でした。彼らには口ひげや三銃士の魂も欠けてはいませんでした。パリの通りをミミ・ピンソンに追従していました。詩歌の中のミミ・ピンソン自身で、同じ人です。ラウデリレット！　金髪の同じ髪を持つ……サランボは、二級の劇団の合唱員で、その目やその腕は、フラウベルトを暗譜していました。そして、彼のアパートには、彼の白い見事な裸体に巻き付いた蛇がおり、それは、転売店で買った王蛇でした。カシモードは、大臣の守衛でした。オフェリアは、ブエノス・アイレスの売春婦でした。デアは、病院の仲間でした。これら各人物が、こういうふうであったのでクリエーターの各芸術家は、それを認知したのでしょう。リンゴに関しては、そう、確かに、生身で存在していました。彼はスケッチをするためによく行っていたブエノス・アイレスの近くの島で彼女に知りあったのでした。素晴らしい景色の場所で、そこでは、河が、どこにもないような素晴らしい色の段階を見せていました。〝リンゴ〟は、イタリアの両親の清々しい綺麗な娘で、十四歳でしたが、十八歳に見えました。彼にとっては、なぜ告白しないのか？　ということであり、彼の恋愛小説の興味深い頁でした。ほとんど説明できない健康的で純粋なキューピットでした。芸術が、半分中に入り込み、若い年頃と夢が花咲いていました。未だに、蛇は、その過酷な教訓や偽り、虚偽やニーチェの猫の裏切りや、ひとつの罠や邪悪さえも彼女には教えていなかったのです。彼は、善人でほとんど子供でした。こうして、良き、ほとんど原始的な夢を抱くことができました。彼女もまた彼女のやり方で彼を愛したのです。彼女が笑むのを見れば、ラシエラスやベティーナスの姿を想像の中に連れてくるのです、陽気で、気の利いたタランテラの曲を老人たちの是認するまなざしの前で、歌とタンバリンに拍子を合わせて歌うのです。河の岸辺での悪意のないデートでは、花咲く葡萄畑の下、田舎の健康な娘が全ての歯を見せて笑い、蜜柑の花の枝を手を触れずに抱くのです。彼女はマスコットであり、七面鳥の番人であり、羊たちにより知られ、畑仕事の下男により望まれていいます。薔薇おそらくは田舎の果物なのです。一個の果物、それ故に彼女をリンゴと呼んでいました。なぜならその美しく、美味で、香しい果物と似ているからです。良き土の上で愛により芽吹き、空の太陽の光線と風の翼のみに愛撫された手つかずのリンゴ、そこには、鳥たちがそのくちばしを試したこともなく、蜂や蝶さえもとまったことがないのです。乙女の果物、つながりのないひとつの果物です。最後には誘惑者の彼女の上に彼らの目を固定させ、そして、アダムの口に大食の水を湧き出させました。毎日彼女を見に行き、彼女が喜ぶ同じ場所に画架を据え付けました。小さな家に近づくと、野生の音楽のような彼女の笑いを感じました。口説かれ好きな淑女の笑い声は、しばしば盃や銀、金、ガラスの壺に落ちる真珠と比較されますが、リンゴの笑い声は、まるで、パンのフルートの七つの下あごの中で、異なる七つの西風が楽しみ、狂おしい愛を生みながら、それぞれがメロディアスな音符か噴水の笑い声、或いはシダリサかガラテアかクロエの笑いのような笑い声なのでした。

彼女は、詩節の中のように、花を摘み、お気に入りの牛の乳を搾りながら笑いました。大きな赤い牛で、その対称的な巨大な角は、空の青の奥底で、昔の竪琴の両腕を形作っていました。彼女は歌いながら乳しぼりをしていました。彼女の上を田園の香りの一陣の風が通り過ぎ、軽く、力強く乳を抑えつける彼女の薔薇色の指でミルクが泡立ちました。或いは、時々、画家を見ながら静かに乳しぼりをして、コップが既にミルクでいっぱいとなる時に、彼女の二つの大きな、恋する、子供のような澄んだ目を彼にくぎ付けにしながらコップを持ってくるのです。そのかわりに彼は、最良の花々を摘んで、花束にして、世界で最も優しい姫に捧げるかのようにフィノホサの牛飼いの女性に捧げていました。一日、その翌日が過ぎましたが、彼が花束を新しくしないので、彼女は、胴衣から渇いた花をはずしませんでした。あの顔は……。ある日、彼は彼女の肖像画を描くのだと言いました。彼女は、両親の承諾を得て受け入れました。町の学校で見た女教師のように、一番いいスカートを着て、髪をたくし上げました。画家は、同じ結髪をほどくようにさせ、彼女は、困惑と立腹の中で同意しました。リンゴは薔薇色になり、乱れた髪の彼女を画家はそのまま描きました。画家が描いていくに従い、彼女は、絵を見たくなりました。静かにしていることに骨が折れたので、もどかしさと立腹を装い、彼女は、笑いのフルートを漏らしながら答えました。下絵を描き終えた時、彼女は大満足でした。家族全員がやって来て、絵を見て、リンゴを見ました。今夜はロマンティックな伝統に忠実な時であり、小夜啼鳥は、純潔な少女の側で、神々しく素朴な詠唱と愛のリトルネロを歌ったのでした。芸術家ロメオは、田舎のジュリエットに、かなり抒情的ではない、恋愛遊びの言葉で話しました。ジュリエットは、リンゴの役割を保ち、ロメオはタンタロスでした。しかし、おお！　リンゴは、大地の活力に満ちて、その匂いは、熱いもだえを覚醒させるものでした。ヘスペリデスの庭のリンゴ、スラミータが要望するリンゴの中のリンゴ、聖書を芳香でいっぱいにする誘惑的で神秘的な至高の果物でした。

外に出ると、外国人は素晴らしきルイスブロエクの本の一頁に思いを巡らせながら歩いていました。第七章七つの贈り物のオテロの翻訳を思い出していました。Au milieu du paradis Dieu a planté l'arbre de la vie, et de la science du bien et du mal...ete. ...（天国の中で神は生命と善と悪の科学の木を植えました）。そして象徴主義の説明を。

ホテルの階段を上り、彼の部屋に向かう前に、カインのほとんど神学的な彼への相談を思い出し、パリシーナの扉を叩きました。

——パリシーナ？

——おはいりなさい！
銀鈴のような甘い声が聞こえました。

遠方の声

なぜ、聖人伝は、時代の政治家たちの世俗史のように、忘れられた者たちを持つのでしょうか？この忘れられた者たちには、アリマテアの聖ジュディとローマの聖フェリックスが属します。アトス山の老僧の世に知られていない記録の中に、彼らの生活の素描がかろうじてあるだけであり、紀元二十年のティベリオ帝の治世下に如何に受難を受けたかが語られるだけです。

カヨ・フェリックス・アピアノは、高貴な家庭の出身でした。自然は、彼に美しく凛々しい容姿を与えました。ローマでの最初の数年の間、未だに、彼の長衣の紫の帯が栄誉を示している時に、彼の母親カシアはアポロ神に彼を祭りました。

彼の調和への嗜好は極端でした。楽器を演奏し、当時有名であった詩人たちのところへしばしば通っていました。その関係からミューズの愛の中に入ったのです。しかし同時に、不信心な習慣は、若い魂に、快楽の魅力を見せつけ、花の冠を戴く生活を享受することに彼を向かわせました。こうして、歌と饗宴の生活を過ごし、寵愛に甘やかされ、宮廷人たちに好まれたのです。その後多くの国々を旅しましたが、新しい景色の贈り物を詩人の心や切望する目に与えるという欲求はそれほどなく、新しい恋人と楽しみ、新しい女性たちの目を見て、新しい口もとに口づけするためなのでした。彼の生活は、その不摂生により有名となりました。好色の悪魔が彼にとりつきました。彼の父親はある日、それらの醜聞に疲れて、彼をある期間ユダヤに送り、執政官に監視と愛情と良き助言を依頼しました。

ヘルサレムの近くのアラマテアで、ホセの娘、ジュディが生まれました。彼女の家族は、町の良家でした。少女には、幼年期の後に、持ち前の独特のはつらつさと美しさが現れました。彼女の声は、両親の家を明るくし、彼女の目には、不思議な炎が燃えていました。成長すると狂おしい赤いバラのような女性の香気を与えるのでした。彼女の血は、赤いバラのようでした。彼女の心臓は、狂おしい処女のそれでした。好色の悪魔が彼女にとりつきました。ある日、商人たちのキャラバンが通った時、ジュディは消えたのです。老いた父は、その恥辱に泣きました。

ジュディは、美の錯乱した夢の所産でした。その美は、おそらく罪の偶像の素晴らしくも恐ろしい彫刻師である悪魔の手が介入したものでした。その特別な美しさとその心の奥の魅惑は、その影響下に落ちてゆく感覚の中で、悩ましい悦楽に似たものを生み、それは戦士オロフェルネスの首を切った別のジュディが持っていたものでした。ヘロディアス、テトラルカたちの残酷なセンティフォリア、サロメのその蛇の踊りは、神の洗礼者の聖なる頭を落下させました。なぜなら、全ての悪魔的な美しさの才能を持って生まれた人間の雌たちは、血を好み、奇妙な刑罰を喜び、殉教の見世物を前に喜びで燃え上がるのです。

彼女たちは、福音主義者のファンの見たものと生き写しです。それは、頭上に秘密と書かれた言葉を持っていたのです。

それらは妖術の魅惑的で忌まわしい行為です。罪の宣告です。アリマテアのジュディは、罪深き女という名前を持つことができたのです。

ベタニアの小さな村の居酒屋で、幾人かの穀物商人や執政官の警備兵たちが楽しんでいました。多くの売春婦たちがワインを給仕し、やがて楽器の音に合わせて、踊っていました。全員の中でマグダレナという苗字の金髪の女性マリアとアリマテアの黒髪の女性ジュディが拍手喝采を受けていました。二人はその体の美しさの中に、七つの魅力を七十倍も持つのでした。なぜならそこは七つの悪の聖霊の住処だからです。

二人は、両目の視線の中に、湿潤な愛撫を持ち、熱い望みを持つのです。その髪には、欲望を呼び覚ます香油を持ち、唇には、肉欲の闘いを呼びかける微笑みを持つのでした。マリアは、けだるく情熱的であり、ジュディはより激しく荒々しいのです。マリアは、凛々しい棕櫚のように傾き、ジュディは蛇のような歩みで、血潮の全ての初春が彼女の中に包含されているように、目や胸や腕や腹を踊らせるのです。

フェリックスは、踊り手を見て、彼の生命の中に、欲望の炎が燃え上がりました。愛情が合わさり、身振りで示されたのです。

後刻、ベトニアで畑、太陽、花々がありました。

フェリックス——愛する人よ、美しい日だ。

ジュディ——美しく甘い日ね、私の愛する人。

フェリックス——木にリンゴがあるよ。鳥たちがこんなにも陽気なのは見たことがない。

ジュディ――私の良い知らせの最良の使者たちである蝶たちは、私にとって、決してこれほども美しくはなかったわ。

フェリックス――口づけを一つ。

ジュディ――口づけを一つ。

フェリックス――確かに、おお、ジュディ、幸福は地上に見つけられるのだ。ここで僕たちがそれを見つけたように。僕は、つかの間の喜びに疲れて、僕の船が、波に碇を投げたように君を選んだ。君は、僕の心の保管人だ。

ジュディ――あなたは、私を選んだわ。

フェリックス――僕は君を選んだ、おお、力強い女性よ。君がローマの商人に従属していた時に君を知った。僕たちの心は、理解し合った。僕たちの視線は、僕たちの秘密を語り合った。君は、僕の魂と体が待ち望んだ人だ。

ジュディ――私は、不可解なあなたの力に引きずられているように感じたのよ。

フェリックス――そして、ほら、ここでは君は喜びの至高の秘密を包含している。君の口づけが僕を燃えさせた最初の瞬間から、君は、僕の命の竪琴を今までになく震わせたのだ。

ジュディ――私は愛することを知っているわ。

フェリックス――それだけかい？　君は殺すすべを知っている。愛撫を痛みと合わせる。暗い秘密を礼賛する。墓場の断崖の縁まで戯れたり飛び跳ねたりする愛のライオンを連れてゆくのだ。

ジュディ――私は愛することを知っているわ。

（退出）

影の口の声——バラとリンゴの種を蒔くのだ。淫乱の享楽を味わえ、マンドラゴラとバラの血の液のように、お前たちは一緒になるのだ。お前たちは、悪と享楽に宿命づけられている。なぜなら、一つはもう一つなしにはいられないのだから。

イスカリオテのユダ——フェリックス、私の良き臨終の時の兄弟よ、私は死ぬのだ。私は、断崖の底に落ちようとしている。私たちは一緒に陽気な居酒屋を歩き回り、美しい女たちを見てきた。私は、無頼師の近くで、幸福と幸運を見つけるものと信じていた。私は兄弟たちの宝の番人に任命された。無頼の影が、いつもさいころを投げるよう駆り立て、たやすいありそうな富の幻影を心の目で追うよう私を駆り立てた。私は、穏やかな善人たちの間では荒れた罪深き者だった。

昨日お前は、あの漁師たちと一緒にいる私を見ただろう。あの漁師たちは、私の仲間だった。彼は、至上の甘美な威厳ある不可解な目を持つあのナザレ人だった。

しかし、私は、ほら、ここで全ての宝をサイコロで失ってしまったのだ。全ての宝は、昨日サイコロを私と振った百人隊長の手元にある。今日は、持っていた最後の宝を賭けた。オオ、フェリックス！　三十個の真っ赤になったおきのように私の両手に落ちた三十枚の硬貨。私は賭け、負けた、居酒屋の親愛なる仲間よ。目の前に永遠の壁が立てられない限りは、私は、私を見る悲しげな顔を眺めることを止めないだろう。私は、お前に別れを告げに来た者だ。私を見ないで、幸運に選ばれた者やむしろ悪の宿命の犠牲者を見るのだ。私は首筋のための縄を持っている。アセルダマにぶら下がる体は、賭けで最後の皮膚の一片まで引きはがされたために首つりをした者のものだと明日語るのだ。私ではない、おお、フェリックスよ、私は自殺者ではなく、必要に迫られたものだ。一匹の子羊を自分を救うために売った。子羊の代価をなくした。そして私の存在は、既に私には属さない。このことを明日お前たちの息子たちに話すのだ。

ハイロの娘——ジュディ、私はあなたのところに来ました。なぜなら、あなたは私の幼少期の女友達だからです。今は、昔のように私の目の瞳を見ないで。私の目の瞳の中心にある黒い二つの点を見ないで。なぜなら、もしそれを見たなら、お前は墓の中に落ちてしまうから。

私たちが一緒にバラの花束を作った若かりし頃の後、私がアリマテアにいた時、私は空の太陽を面と向かって見たの。でも、その後私の見たものをあなたに言うべきではないわ。最初に見た時に、私の人生に暗い印象を残したの。不思議な光輪のような強力な光の痕跡。今日、私の魂と魂の目の中に残った印象、私に質問しないで、ジュディ、私の妹よ。

ジュディ——あなたは、もしかして、愛の原始の太陽を見たの？

ハイロの娘——死よ。

（退出）

ロンヒノス——私は、水と血のおかげで見ることができた盲人だ。両方が至高の秘跡が喜ぶ液なのだ。おお！　心の海の水、人間の心臓の血！

全てが成し遂げられた。既にキリストが死んだ時刻だ。キリストは、この世から悲嘆にくれて出立した。人間たちは、闇のように、彼を理解しなかった。なぜなら人間たちは闇に満ちているからだと預言者は言った。しかし、ほら、ここで復活祭が、神の象徴の勝利を告げるのだ。

ホセ――私はお前のことを知らない。哀れな女よ。私は遠くから来た。私の懐には何もない。もうすでに遅い。私は仕事の後で休むつもりだ。それで年老いた私の魂は幼年期の魂のように満足している。お前に施しを与えることはできない。

ジュディ――お父さん！

ホセ――お父さん？　お前のことは知らない、哀れな女よ。

ジュディ――私があなたに言えないことを言って、私のほつれた髪よ、涙の赤い目よ。

影の口の声――ほら、ここには、おお、アリマテアのホセが居る。そして、その引き裂かれた哀れな女はお前の娘だ。彼女は罪を犯し、お前の髪を不名誉で白くした。しかし、マリア・マグダレナの女友達とフェリックスの愛人が天上の師の声を聞く日がやって来た。そして、彼女の心は、愛のその最も多感な琴線が打たれる時の全ての心と同様に感動した。そして、哀れな罪深きものは、救いを求めて立ち上がった。それから彼女の香油の香る髪は、花々を無視した。

そして、それは金曜日だった。最後の金曜日、その日には、地上が震え、聖堂のベールが裂けた。そして、お前は、おお、アリマテアのホセよ、お前は磔刑(たっけい)の十字架の近くで、救世主の体のために石の隠れ場を持ち、お前の肉体の肉である両目を持ち、女たちと子たちの目と三人のマリアとファンの目を共に持つのだ。そして慈悲は、極めて神聖な光の短剣のように、罪深きものの心を貫き、神は、マリア・ラ・マグダレナを許したのと同じようにアリマテアのホセの娘を許したのだ。

ホセ――彼女はこのように罪を犯したのだから、神よ彼女をマリア・ラ・マグダレナのように許して下さい。光の神の祝福が肉体の神の呪いを消して下さい。

砂漠の道に、ラクダの毛の外袍を着た二人が行くのです。四つの足は、道の石ころでサンダルをずたずたにしていました。神に選ばれたかつての罪深い二人は、キリストの信仰を説教しに行き、ほどなく、ピラト執政官により、ユダヤで磔(はりつけ)にされるのです。

一人は、ローマのフェリックスであり、ライオンの円形競技場への道を行きます。

もう一人は、アリマテアのジュディであり、ライオンの円形競技場への道を行きます。

二人は、苦しみ、二十年間罪の贖いを行いました。彼女らは主の人間たちです。その歩みは神聖なのです。

詩人――私は、私の思いや感情を体現する言葉を語ります。私は、神の思し召しのまま世界にそれを与えます。大衆が私を理解することを探し求めません。私は、選ばれた者たちの耳のために話したいのです。人民は、貴族と一緒になるのです。彼らにとって私の存在は、私の言葉の意図的な音楽なのです。

羊皮紙（Ⅱ）

残酷な皇帝、バレリアーノとデシオがキリストの息子たちを生贄にしつつ、迫害の残忍な狂暴さを見せてから百二十九年が経っていました。澄んだ空の日にテバイダの小川の近くで、半人半獣の森の神サテュロスと半馬人ケンタウロスが面と向かって出くわすことが起こりました。

（これらの二つの生き物の存在は、聖人や賢者たちの証言で確かめられています。）

両者は、澄んだ空の下、喉が渇いていて、その渇きをいやしました。ケンタウロスは、手の窪みの上に水を取り、サテュロスは、清水の上に傾きながら水を飲みました。

その後このように話しました。

――それほど昔ではない時に――前者が言いました――私は北の場所からやって来て、神々しい人に出会ったのだ。おそらく麗しい老人に変装したジュピター自身であろう。

彼の目は鋭く力があり、その偉大な白い顎鬚は、腰まで垂れていた。粗野な杖に支えられてゆっくりと歩いていた。私を見ると、私の方にやって来て、右手で不思議な合図をし、私は彼がその意思でオリンポスの稲妻を投げることができるほど偉大であるのを感じた。神々の父を目の前で見ている私には、そうしている他なかったのだ。不思議な言葉で私に話したが、私はそれを理解した。私の知らない道を探していたが、私は、どうやったのかは分からないが、奇妙な未知の力に従い指し示すことができた。

私は、これほどの恐れを感じて、ジュピターがその道をたどる前に、狂ったように、腹を地につけ、髪を風になびかせて広い平原を走ったのだ。

――ああ！――サテュロスは叫びました――。お前は、もしや今に新しい曙が東の扉を開くことを無視するのか、そして、全ての神々が、別のもっと強く偉大な神の前に崩れ落ちたことを無視するのか？　お前の見た老人は、ジュピターではなく、オリンポスの神の誰でもない。それは、新しい神の使者だ。

今朝、太陽が出た時に、私たちは、未だにかつての膨大な山羊の軍団が残っている山の近くにいた。私たちは、四方八方に向かってパンを呼び求めながら叫び、すぐにこだまは私たちの声に反応した。私たちの呼子笛は過去の日々のようには鳴らなかった。そして、葉や枝を通して、私たちは、かつては魅惑であったバラ色の生き生きした大理石のような一人の妖精も見ることはなかった。死は私たちを追いかけて来るのだ。私たちは皆が毛深い腕を広げ、角の生えた哀れな頭をかしげて、唯一の不死の神と告げる神に庇護を乞うていたのだ。

私も、お前がその面前で未知の力の影響を感じた白い顎鬚の老人を見た。

数時間前、隣の谷間で、錫杖に支えられて、ざらざらの布の服を着て、腰のあたりを縄で縛り、祈りをつぶやく彼を見つけたのだ。彼は、ホメロスよりも麗しく、神々と話し、雪のように白い長い顎鬚を持っていたと誓う。

私は、両手に旬の蜜となつめやしの実を持っていた。それを捧げると、彼は人間のようにそれらが気に入った。彼は私に話しかけ、私は彼の言葉を知らないまま理解した。私が誰であるのかを知ることを欲した。そして私は偉大な神を探しに仲間たちから派遣されたと述べ、私たちのために取り成しを懇願した。

喜びで老人は涙し、全ての彼の言葉とうめき声の中でこの言葉が私の耳に神秘的な調和を持って響いた。キリスト！　と。その後、アレハンドリアへの呪いの言葉を上げたのだ。そして私もお前と同じように、恐れ、山羊の足が私を助ける限り早く逃げたのだった。

そうするとケンタウロスは、彼の顔にたくさんの涙が流れ落ちるのを感じました。古い死んだ異教に涙し、生まれたばかりの信仰に満たされ、新しい光の出現に感動して泣いたのでした。そして、その涙が、黒い肥沃な土の上に流れ落ちている間に、隠者、パブロの洞窟では、二つの白髪と二つのしらがの顎鬚、神により示された二つの魂が互いにキリストを歓呼していました。そして、アントニオが二つの怪物との出会いを隠者に語ったように、如何に荒野の隠れ場に到着したかを隠者の一人が話しました。

——本当に、兄弟よ、双方が褒美をもらえるだろう。その半分を神がひとりで世話する獣に、もう半分は人間に、そして、永遠の裁きは、褒美を与えるか或いは罰するかだ。

ほら、ここに、神を探したサテュロスへの褒美として、パンの笛があります。異教の笛は後に大聖堂のオルガンの管の中で成長し、現れることでしょう。それからケンタウロスは、ギリシャの昔の神々のために半分泣き、後の半分は、新しい信仰のために泣いた涙のおかげで、星座の素晴らしさの中で永遠に輝き続けるために力強い跳躍をして青空に昇天するまでは、生きている限り地上を走ることを言い渡されたのでした。

五月二十五日の物語

祖国、カルメンそして愛……。

それは、アルゼンチン記念日の前日でした。

パリシーナは、とても朝早く寝床から飛び起きます。笑い、小鳥のように歌うのです。行き来して、米粉をひっくり返します。おしゃべりし、服を着てお姫様のように綺麗になるのです。私の眠気のけだるさを振り払います。ほらもう私は目を覚ましました。準備完了。私は手袋のボタンをかけます。家から出かける時には、陽気にさわやかに私に尋ねます。

——ラウル、七月十四日のメンデスの詩の行を覚えている?

——どうして覚えないでいられましょう? 詩行の音楽で、音韻の群れ、子音の合唱で、愛と歓喜と共にフランスの祖国の日を祝うのですよ。そうして、私たちは、おお! パリシーナ! パリシーナ、パリジェンヌでアルゼンチン人のパリシーナ、私たちも五月の太陽の祭りを祝いましょう。最初にこの地上で自由が美しいと考えたあの年老いた皇帝たち、あの勇ましい若者たちや戦士たちが輝くのを見た栄光の太陽です。それは美しい愛の太陽でもあります、なぜなら、一年の最良の時に春の陽気な光と、バラの家庭と、大地の愛撫そして肥沃な炎を与えるからです。

音楽が響き、旗が花咲くその偉大な日をどこで祝いましょうか？　フランスの恋人たちがセーヌ川の甘い曲がり角に行くようにランチボックスとワインを持って、パレルモの森の片隅に、或いは、マシエルの小川が口づけするにこやかな島に二人きりで楽しみに行きましょうか？　それとも通り過ぎる軍楽隊を聞きに、或いは五月広場や古いピラミッドを見に、或いは舞踏会の服装の群衆で煮え立つ私たちの偉大なブエノス・アイレス通りを走りにいきましょうか。ためらいながら、私たちは大通りにおりました。パリシーナが叫びます。

——見て、何という白い羽根飾りの騎手なの！

長く白いたてがみで飾られたヘルメットをかぶった警官が馬でやって来ました。彼の後ろから、国歌や行進曲が響く中、国旗や軍旗を持った群衆が進み出ます。イタリア人たちです。

それは、アメリカのこの人民に挨拶するイタリア人です。その人民は、勝利者のガリバルディが任命され或いはアビイ・ガリマで苦しむ時に彼らと友誼(ゆうぎ)を結び、彼らにソル貨と宿と土地と仕事と両手の握手と抱擁を与えるのです。

群衆は、前に進み出ます。バルコニーには、女性の目がちりばめられています。白い手は、花をばらまき、男たちは拍手喝采するのです。

——アルゼンチン共和国万歳！　ビバ・イタリア！

パリシーナは、調和ある声で私に言いました。

——聞いて、祖国とは何？　人が生まれる場所？　人が住む場所？　子供の頃知った空や土や草や花なの？　あなたに言うわ。私の愛する人、諸国歌に合わせて、私は全ての祖国を持っているの。そのイタリア人たちが今はアルゼンチン人たちであるように、私はパリ人で今はアルゼンチン人とイタリア人なのよ。なぜって？　熱狂によって、この大陸でこんなにも素晴らしい国を照らす美しい太陽の愛によって、それから特に、あなたの腕に寄りかかってこれ以上歓喜に溢れた時間を決して過ごしたことがないから。祖国は私たちが幸せなところにあるのよ。

——それ故に——私は彼女に答えるのです。国際色豊かな小さく愛らしい小鳥は、今日は、君を町のように飾りたて、これまでになく魅力的で美しい明日の日を祝うための準備ができているのですよ。君のかわいい帽子は、君の髪の黄金の優美さの上に、大きな蝶のように止まりました。君の目は、歓喜で輝き、君の声は、最も完璧な音楽のように響き、君は晴れがましい頬を持ち、偉大な日々の君の歩み、そして君の神経質な日々の稲妻に休みを与えたかのように、君は、愛情深く優しいのです。

そして、ほらここで、フロリダ通りでフランス人たちのグループがイタリア人たちが通り過ぎる時に、イタリアの国旗を掲げ、ラテン人の団結を叫ぶのです。

そうすると、私の金髪の哲学者は、政治の事柄は、太っちょのはげた上院議員の仕事だと言います。国民は、政府と同じようには世界を理解していません。クリスピスの石畳の上をダンテの祖国とユーゴーの祖国の友愛が通ります……。

そして、パリシーナのための哲学としては、イチゴのアイスクリームがはるかに良いのです。並木道のテーブル席の一つに私たちは座り、そこで、私の美しい友人は、イチゴのアイスクリームを味わうと同時にその哲学も味わうことができるのでした。

次の日に、野に出発するために秣の準備ができていました。彼女は、パリのあの辺りからブージヴァルに行くのと同じように手提げ籠を準備します。ブージヴァルでのように、ラ・プラタ川の岸辺のわずかな人にしか知られていない花咲く隠れ場で、私たちは若さと、鳥と冷たい料理、フォアグラのケーキとおいしいワイン、燃えるような愛を持つのです。

私は、学生の魂を再び回復するでしょう。パリシーナは、ボッティチェリを賞賛するのを忘れるでしょう。そして、多かれ少なかれミミ・ピンソンの化身となるのでしょう。そうして、レンタカーに乗って、私たちの隠れ場への道を行くのです。一方、遠くでは音楽が、人間たちが聖なる叫びを聞いていると私たちに告げるのです。

あそこでは、川の岸辺の湿った草の上でテーブルクロスが手さげ籠の豊かさを支えます。私たちは、孤独と一緒に三人です。軽い風は見えないサテンで私たちを擦ります。新しい野の匂いが、小さい森の奥からやって来ます。広大な灰色がかった川は、とても低い声で物を言うのです。

一羽の小鳥が私たちの頭の上を飛びました。パリシーナは、歌を歌い、私は、赤ワインの瓶の栓を抜きます。冷たいチキンは、決してこれほどもかわいい二人の食欲に出会ったことはないのでした。

彼女は、花束を掴む優美さでチキンの足を二つの指で持ちます。彼女は少女のようにむさぼるのです。ピクニックのただ一つのコップの中でフランスのワインは満足し、呼び鈴をならすのです。

おお、英雄たちよ、おお、勇敢な騎士サン・マルティンよ！　おお、アルゼンチンの祖国の厳格な父たちよ、鉄のような隊長よ！　おお、ベルグラード、おお、リバダビアよ！　そして、お前は、おお、若く高名なモレノよ！　軍の砲声と軍隊の行進、市民の祭りと叙事詩の旗印と共に、田園詩の花束と若さと愛の喝采を受け取る時は、満足するに違いないでしょう。お前たちの栄光は、ワルキューレの乗馬隊のように、私たちの正面を通り過ぎます。一方で、パリシーナの目は青いダイヤモンドの甘い水の中で輝き、私たちのラッパに合わせ、このいたずらで陽気な黄金のひばりは、歌い、サクランボのように私の心をついばむのです。大砲のとどろきには、口づけの歓喜が答えるでしょう。公の演説や愛国的な長広舌と同様に、これらの女性の真っ赤な唇は、よく響くロンデルスや優しいソネット、愛される詩人の詩を語るでしょう。そして、民族の骨壺を空にすべきこの広い多産な土地で人生を生きるための勇気のような、春の年々を楽しむための見えないものが我々に到来するでしょう。

パリシーナは、髪を整えます。帽子の大きな蝶々がこの黄金の魅力の中に再びとまるのです。私の頭の中では、その後、魂の万国の祖国と心の広大な家族の名誉のために、韻律的な理論の中で、芽生えるべき抒情詩の倉庫に私を引き入れながら、詩の精神が小びとのように働き始めるのです。

そして、金髪の若い女性、その魅力的で象徴的な人は、私の上に、夢の喜びと愛の幻影を置き、胴衣のバラの花束のつぼみを取って、嬉しそうに、勝ち誇って私に勲章を授けるのです。

魚釣り

私は足元に、既にずたずたとなった鹿の頭を見ていました。そこでは、愛する弦が、流浪の風の中で、私の調和ある夢や甘い期待を語ることができていたのです。私はもはや他の楽器を持っていません――私の心の底のオルゴールと嵐の中で難破し壊れた竪琴だけです！　私の哀れな小舟は、粉々になり、苦い海の岸辺のすぐ近くで揺れていました。私の熱愛する幻想の悲しい崩壊です。そして、網は破れ、竪琴のように壊れていたのです。

（その妻は掘っ立て小屋のかまどの火を残したまま漁師を探しに出ていました。そして、夜の風が吹く中、腕の中で眠る子を揺らしていました。）

アイ、アイ、アイ！　私は、神秘的な深い怒りに満ちた黒い大海に向かって叫びました。神々は不公平でひどいのです。一体、鹿の頭でできた私の竪琴や私の小さな軽い小舟と海の神や人魚たちに知られ愛された網がどんな悪いことを世の中にしたというのでしょうか？

（ねえ！――腕に子を抱く女が叫びます――、今日は夕飯を食べるのかい？――掘っ立て小屋では良き残り火が燃えています）

――アイ、アイ、アイ！――私は空に向かって叫びました――神々は聞く耳を持たない意地悪なのでしょうか？

遠くのあの辺り、岸辺の黒いところ、黒雲の黒の下に、雪とリネンの外観を持つ白い姿がやって来るのを私は見ました。

私の壊れた竪琴と壊れた小舟と破れた網の前で憔悴した両腕の私のいるところに少しずつ近づいてきました。

それは、神でした。

——おお！——私は叫びました——私、私には死しか残されてないのですか？

——信仰心の少ない詩人だ——彼は私に言いました——、海に網を投げるのだ。

空が明るくなり、光る星座が輝きました。波は踊る星と流れ星に満たされました。

私は網を星で一杯の水に投げました。するとおお、何という不思議！　決して網がこれほども一杯になったことはありません。それは、跳ね上がる星たちのお祭りでした。神々しい生きた宝石が私の喜ぶ腕の周りで騒ぎ立ちました。

(神は、形容できない光輪の冠を戴き、砂と小さな貝殻の上に裸足の神々しい足跡を残しながら、泡の上を白く素晴らしい東方に向かって出立しました。)

周りの良き男たちは、嵐の後に、漁師の家で、これほどの喜びを見たことは決してありませんでした。

おお！　何という美味な夕食でしょう！　漁師はパイプを吹かし、その間にも聖なる竪琴が歌っていました。その妻は糸取り棒で糸を紡ぎ、子は、かまどの熱さの中で、二つの大きな指輪——土星の魚の残り骨——で遊ぶのでした。

月光

私の人生で悲しい夜のうちの一つ——私が女性の中でも最も不実な女性の思い出に苛まれたあの夜——、私は、人々が商売をし、クラブやスポーツで楽しむ大都会の外に私の歩みを向けました。

穏やかな空には、夢の青ざめた靄の中にいるような月が神秘的宿命のようにかかっていました。その輝きは降りてきて、広大な平野を銀色に照らし、夜の暗い木々に光のきらきらと震える糸を巻き付けました。

なぜなのだろうか?——私は、私の魂にしか聞こえないような密かな声で言いました——なぜ痛みを貪る孤独な魂があるのだろう? そして、私は、土星の詩の詩人が不思議な星である土星のある苦い実存の起源を発見するのを思い出しました。

月あかりで広がった広く白い道に、がたがたになった荷車が二頭の老いた痩せ馬に引かれてやって来るのを私は見ました。おそらく、旅回りのサーカスの一座だったのでしょう。何故なら、黒い熊や道化芝居の衣装やタンバリンや古びたトランクを見ることができたからです。もっと近寄ると、疑いありませんでした。カサンドラ博士やコロンビーナ女史やアルレキン……であることが分かりました。突如不安が私を捕らえました。あの全ての仮装行列の間には、愛すべき顔、青白く物憂げな月の女神セレーネが欠けていたのでした。

コロンビーナは意地悪く微笑み、意地悪な目くばせをしました。そして、体を傾け美しいお辞儀をしたのです。アルレキンは、三回宙がえりをしました。博士は、肩を揺すってのし歩きました。熊は、〝君はアッタ・トロルの狩りに招待されている〟と眼差しで私に言っているように思えました。そして、私が、ポケットの中でいくらかの銅貨を探していた時に、既に二頭の老いた痩せ馬は、銀色の月光の下、尋常ではない早足で遠くに去っていきました。

長い間、私は習慣となった瞑想に沈んでいました。突如、慌てて狂ったように走りながら白い広い道をピエロの天真爛漫な姿がやって来るのを見ました。たくさん走ったに違いありません！　彼の顔は苦悶の表情を露わにしていました。その顔つきは悲嘆にくれていました。そのよく知られたパントマイムで如何に後に残されたかを説明しました。彼が天上の恍惚の中で月の顔を眺めている間に、同僚たちが彼を置き去りにしたのでした。

私は、荷車の辿った道を彼に指し示しました。私は如何に私が彼の叙情的友人であったかを明らかにしました。今夜、私はセレーナの愛により徘徊し、女性の中で最も不実な女性の思い出によって苛まれていたのですから。そして彼は、小麦粉のお面の上で、最も深い同情を表明していました。

その後、彼は、あわてて走りながら、陽気な一座を探して後を追いました。そして私の魂は、なぜだか分からないのですが、あの伸びた道に月を静かに愛するピエロのあの哀れな白い男の姿が消えていくのを眺めた時に、大きなにがみを感じたのでした。

現代の武勲

灰色の日は、夢に口実を与えます。

そして、空気の中にほら、蜃気楼（しんきろう）があるのです。

決闘の場には、偉大で高貴な参加者たちがいて、王の二人の騎士と武具と兜とつば付きの兜があり、トゥリンとオルレアンズが闘おうとしています。

叩け、太鼓を、響け、ラッパよ！

淑女は、胴衣に薔薇の花を持っています。軍旗は、英雄的な風にたなびき、空は、有頂天のように青く、美しく、刺繍をした鷲たちが威圧するのです。

名門の旧家を宝石の黄金が照らします。恋人の王子を栄光の前兆で照らす姫の目に並ぶものはありません。

叩け、太鼓を、響け、ラッパよ！

一頭の馬、ベリベリアの鬣が、地面を青銅の木靴で叩き、もう一頭の馬は、燃えるような目を持ち、頭を振るいホブの本の中の馬のようにいななきます。

一人の王子が、代母に妖精を持ち、もう一人は代父に幻術師を持ちました。そして、一人は、白い薔薇と一角獣を愛し、もう一人は赤いカーネーションとキメーラを愛するのです。

叩け、太鼓を、響け、ラッパよ！

一人の槍持ちは、良きチター演奏者であり、もう一人の槍持ちは、手品を知っており、かまどのそばでイノシシをあぶる時には、彼ほど名言を語り、物語を話す者はいないのでした。

もう一人の槍持ちは、頬に裂けた剣創があり、もう一人の槍持ちには、四本の指が欠けていました。

両者は、太っていて、良き食欲を持っています。

叩け、太鼓を、響け、ラッパよ！

馬上槍試合が始まります。最初の衝突では、二つの甲冑は銀色にメッキされ、炎のアヤメの花のようです。特別席では、ひとつの声が大天使サン・ミゲルのようであると言い、もう一つが、龍を退治した後にその馬に飲み物を与える聖なる両性具有のサン・ホルへのようであると答えます。

叩け、太鼓を、響け、ラッパよ！

一羽の鷲が空をよぎり、言うのです。トゥリンと！

もう一羽の鷲が空をよぎり叫ぶのです、オルレアンズ！　と。

それには、軍旗が北風にはためきながら答えます。

それには、別の軍旗が南風にはためきながら答えます。

そして、一羽の鷲が、旗竿の尖端に止まり、もう一羽が別の尖端にとまります。

叩け、太鼓を、響け、ラッパよ！


二回目の衝突で一人の王子は、振り落とされます。落ちる時に、甲冑が黄金の雷のように音を立てるのです。そして、軍旗の鷲は、悲しみフランスに哀悼を告げに出立するのです。

トゥリンの王子は、馬の輪をかきます。恋人の姫の胴衣からは最も薔薇色の薔薇が放たれ、微笑みからも最も薔薇色の薔薇が放たれます。約束が舞うのです。

叩け、太鼓を、響け、ラッパよ！


そして、蜃気楼、残酷な蜃気楼は変化します。それからミューズ神は、私の耳を引っ張るのです。ここに二つのフロックコートがあります。ほらここに二人の本物のクラブ会員がおり、ほらここに、記者のオルレアンズと剣客のトゥリンがいるのです。

そして、芸術は、政治が壊すものを結び合わそうと欲し、ラテンの血が、これまでになくより香しく力強く巡り、ひばりが雌オオカミに向かって鳴くその間にも、チャルトレス公爵の息子は、少し思慮深さに欠けて報じたため、それ故にアマデオの息子は、彼の腹に剣をつき刺すのです。

叩け、太鼓を、響け、ラッパよ！

ジャネットのためのお話

ジャネット、午後の甘美さを見においで。その黄昏の柔らかな金色を、これほども憐れみ深い青の中に溶けたフラメノの翼のそのバラを。教会の丸屋根は、夕暮れの壮麗さの上にくっきりと黒い輪郭を見せているよ。ジャネットは、日の始まりと夜の到来を見るのです。そして、この優しい時に、お前の息が私の髪の毛を揺らせ、お前の香水が私の夢を支え、お前の声が、時々、私の瞑想の繊細なガラスを無邪気に砕かせるようにしておくれ。

なぜなら、お前が公爵夫人ではないことには何も罪がないのだから、おお、ジャネットよ！

お前の横顔がそれを語っています。悲劇のマリー・アントワネットの顔と同じお前の誇らしいバラ色の顔が。そして、あれほどもの優雅さでイスパニア舞踏パヴァーヌのステップを測ることを知っているのです。〝もし私がスゼットを愛しているとするなら、私はスゾンを熱愛しているのです〟と全能のフランスの抒情詩人が、ジュピターが楽しむ詩の中で言うのです。お前は、ジャネットであり、お前の自然の力のおかげで、ジャネットンではないのです。そして、お前はジャネットであるので、ジャネット、私はお前が好きなのです。そしてお前が黙る時、それは何度もあるのですが、賞賛すべき沈黙の長所を持つので、私は、空想で、お前の平織り綿布を隠す仕立て服や大きな化粧粉のついた頭髪、イチゴや心臓をおいしそうに食べる皇帝鳥の幻想画を喜んで贈らせて頂くのです。そして、ギロチンは……。

ジャネット、黄昏は、お前に何と言っているのですか？　私は、お前の目にそれが映っているのを見るのです。お前の二つの謎の黒い目の中に、お前の二つの謎の黒い目と不思議な鳥のダイヤモンドのような目の中に。（お前の目のような驚くべきパペモールの鳥の目なのでしょう）

私は、いま黄昏の物語を、お前がそれを理解したくないはずだとの明確な条件の下に朗唱しましょう。なぜなら、もしお前が唇を開こうとすれば、物語の全てのパペモールの鳥が飛んでゆくからです。お聞きなさい、それだけです。見なさい、それだけです。聞きなさい、もし、お前がマタキン王国の女の庭番であった時に、聞いたことのある音楽が響くのなら、そして狩りに出た王子たちが通る時には、行列の中にいくつかの顔を認知したと思うのなら見なさい。そして、もし、この夕方の消えかけの宝石が、驚くべき存在の時をお前の記憶の中によみがえらせるのであれば……。

このお方は、ある王様で……。（お前の魅力的な小さな頭の中に、私のジャネットよ、色の噴水の鍵が解き放たれたばかりではないのかい？　千一夜物語の口調がお前を呼び求めるのではないのかい？）

王はベルゾールでした。カマラルサマンが住む土地からもっと向こうの、オパリナス島にいました。そして、ベルゾール王は、全ての王と同様、一人の娘を持っていました。彼女は、宵の明星が空の絹の中で生まれた時の憂いある日に生まれました。

全ての姫たちと同様に、ベスペルティーナ――これが彼女の名前でした――は、妖精の代母を持ち、彼女は、誕生の日に全ての勝利の幸運と全ての幸せを持つと予言しましたが、唯一の条件は、特別な神秘の星座の下に生まれたため、絹の空色に、宵の明星が現れる時でなければ決してその美しさを見せることはないだろうこと、そしてその磨かれた銀と象牙の城から外には出ないであろうということでした。なぜなら、ベスペルティーナは、夕暮れの花であったからです。それ故に、太陽がその調べの中で輝く時には、孤独で凋れたような島々以上に悲しいだけでしたが、西風の優しい時が来ると、島々の喜びに並ぶ喜びはないのでした。ベスペルティーナは、子供の頃から、庭や東屋で走り回るために外に出ていました。

おお、限りなく繊細な悲しみに満たされた喜びよ！　……。白鳥たちはえも言われぬ末期の苦悶に近づいているが如くに、池で歌い、そして孔雀たちは、並木道や不思議な幾何学模様の庭で、まるで何かがやって来るのを見ることを待っているかのように厳かな様子で立ち止まるのでした。おお、愛らしい陽気さよ！

そして、それは白い影の歩みで通り過ぎるベスペルティーナでした。

なぜなら、彼女の甘美で幻影のような美しさは星の姫のようだったからです。

その肉体は蝕知できず、その接吻は名を持っていました。不可能です。

彼女の皮膚の下には、オパールと真珠が光っていました。彼女の歩みには、大きな白百合や鮮やかな白バラやジャスミンの震える密錐花序がかしずくのが見て取れました。

彼女の前を、人間の目を持つ、月で生まれた雪色のグレイハウンド犬が行っていました。そして、全ての調和がとれた静寂の中、庭や東屋や並木道を歩いて、現れた月の輝きの中、小夜啼鳥の挨拶を聞くためにたち止まりました。小夜啼鳥は、彼女に言いました。

——ベスペルティーナ姫、遠くの国に、青の皇子がおり、貴方の唇と心臓に最も快い蜜を持ってくるはずです。しかし、太陽の胸甲と炎の羽根飾りを持つ赤い皇子の魅惑に魅せられてはなりません。

そして、ベスペルティーナは、青白い銀と象牙の色の宮殿の奥の部屋に行きました……。暗青色の皇子のことを考えるために？　いいえ、ジャネット、赤の皇子のことを考えるためだったのです。

なぜなら、ベスペルティーナは、とても純粋でありましたが、女性であり、このように考える頭を持っていたからです。小夜啼鳥は、素晴らしく鳴く鳥だけど、とてもおしゃべりだわ。そして、赤い皇子は、ベルゾール王の料理人が作れないジャムやケーキを作るに違いないわと。


王は、ある日娘に言いました。

――二人の大使たちが、お前に求婚するためにやって来た。一人は、香りを焚き込めた霧の中やって来て、ビオラの音に合わせて言葉でメッセージを読み上げた。もう一人は、到着すると、庭のバラの花を枯れさせてしまった。なぜなら、その馬の息は炎だったからだ。一人は言う。私の主君は暗青色の皇子ですと。もう一人が言う。私の主君は、赤の皇子ですと。

夕暮時に、小夜啼鳥は、ベスペルティーナの窓で喉一杯に歌っていました。ベスペルティーナ姫、遠くの国に暗青色の皇子がいます。彼は、貴方の唇と心臓に、最も心地よい蜜を持ってくるはずです。しかし、太陽の胸甲と炎の羽根飾りを持つ赤の皇子の魅力に魅せられてはなりません。

――宵の明星に誓って！――ベスペルティーナが言いました。お父様、赤の皇子でなければ私は結婚すべきでないと誓うわ。

そして、そう炎の馬の使者に告げられると、使者は森を震わせるよく響く象牙の笛を鳴らしながら出発しました。

そして、数日後に、別の大きな音がオパリナス島の近くで聞こえ、白鳥や孔雀の目がくらみました。なぜなら、それは、炎の海のような、赤の皇子の行列だったからでした。彼は、太陽自身のような太陽の胸甲と炎の羽根飾りを持っていました。

そして言いました。

——どこにいるのか、おおベルゾール王よ！　お前の娘、ベスペルティーナ姫は？　彼女を私の宮殿に運ぶための私の赤い飾り車がここにあるのだ。

そうしているうちに、島では、正午であり光が全てを酸のように蝕んでいました。象牙と青ざめた銀の宮殿からベスペルティーナ姫が出てきました。

そうして、彼女は赤い皇子の顔を見られないということが起こったのです。なぜなら、孔雀や白鳥のように急に盲目となったからです。そして、飾り車の方に進もうとして、幻影のような体が消えてゆくのを感じました。そうして、はかり知れない輝く悲嘆の中で雪片か雲の綿のように消えてしまったのでした……。なぜなら、彼女は、黄昏の花だったからです。そして、もし太陽が出れば、宵の明星は青の中に消え入ってしまうのです。


ジャネット、黄昏の花にはビオラの音、白鳥には池の一切れのパン、小夜啼鳥には綺麗な鳥かご、甘党のベスペルティーナが食べたくなる美味なジャムは行儀の良い少女たちのためです。

——何てこと！　ジャネットは言うのでした。

ラインを通って

Près de la fenètre,aux bords du Rhin,
le profil blond d'une Margarète :
elle dépose de ses doight lents
le missel où un bout de ciel
luit en un candide bleuet.
Les voiles de vierges bleus et blancs
semblent planer sur l'opale du Rhin.

グスタボ・カーン

昨日の朝早く、私の隣人が歌い始めました。カナリアのように起き、カナリアのように歌うのです。金髪のドイツの娘です。名前をマルガリータというこのドイツ人の小鳥の頭が太陽を浴びるのを見れば、君たちは黄金は、取るに足らないと言うでしょう。そして、母親が、魔法の挿絵画家により彩色されたファウストの何かからはさみで切り取ってきたことは間違いありません。

Près de la fenêtre...
le profil blond d'une Margarète.

グスタボ・カーンの詩は、私の記憶の中で踊っていました。それで糸巻き棒は、マルガリータ？それで糸巻き棒は？

Près de la fenêtre...

忘れな草よりももっと青いその空色の瞳は、甘美な貴石の率直さで見るのです。或いは、物語の中で、目のように見つめる驚くべき宝石或いは不思議なめのうの率直さで見るのです……。見るときには、その明るい目、朝の目は、一日の喜びに貢献します。〝おはよう、お隣さん、おはよう〟それで、糸巻き棒は、マルガリータ、糸巻き棒は？

ああ！　そう。私はもっと近くで彼女に話さなければなりません。そして、もし彼女の澄んだ両目が私を許してくれるのなら、私たちはライン河を一緒に旅するのです。ラインを通って！　忘れな草よりももっと青い両目と一緒に、詩人が夢見ることのできる唯一の旅が行われるのです。

そして、私は、とうとうとても近くで彼女に話をし、彼女が奇妙な言葉でとてもすごいことを私に語ったのです。

父親は、典型的な市長のように、太っちょの腹で、パイプを肌身離さず、音楽の授業をするのです。

それ故にこれほどの洗練さを持ってドイツのカナリアは歌うのでしょうか？　私たちが会話をしている間にも、市長は、楽譜をめくり、ソルファターラ火山を意識しながら周囲の雰囲気をいぶすのです。私は、マルガリータにカーンの詩節を語り、そして、一緒にラインを旅するようまさに今朝提案しました。彼女が同意して私をしっかりと見るので、私たちは、白鳥の雪の積もった背中の上にいるようにようにドイツに出発するのです。

どのような特別な魅力をドイツ人女性たちが持っているかを私は知りません。それは、私たちに、夢の魔法を感じさせる上に、えも言われぬ――おそらくはウイリスや白鳥の女性たちから受け継いだ習慣――深い快楽を感じさせます……。ラテン女性は諸君を燃やしつくすのです。ドイツ女性は諸君に気つけ薬のような内面の熱さをもたらすのです。そして、このようにして月の光の中でいくら泳いだとしても、またローレライの声をいくら聞いても、すぐに諸君は、愛に燃え立つのを感じることでしょう……。その通りではないですか？　おお、崇高なハイネよ？

そして、カーンは、

Elle dépose de ses doigts lents
le missel où un bout de ciel
luit en un candide bleuet.

それは何の花ですか？　マルガリータ、金髪のマルガリータよ、お前の手がミサの古い本を置いた後に手折る花は？　それは、雛菊ですか、忘れな草ですか？　いいえ違います。それは薔薇でその心はお前の唇の血と競うのです。

日曜日です。鐘楼は、古い石造りの鳩舎から黄金の鳩を放ちました。市長は、楽譜を復習します。私の隣人と私はラインの道をゆくのです。もう私たちはそこにいます。あそこに城があります。もっと向こうには小さな村があります。あそこのもっと向こうには、マルガリータの家があるのです。

Les voiles de virges bleus et blancs
semblent planer sur l'opale du Rhin...

——それで糸巻き棒は、マルガリータ？

マルガリータは、家の窓際にいます。既にミサには行きました……。日曜日です。しかし、関係ありません。彼女は糸をつむぐのです。

——マルガリータ！　私はお前をとても遠いところから訪ねて来たのです。私の隣人と一緒に。その目はお前の目とよく似ています。

マルガリータは糸巻き棒と一緒です。

マルガリータは、微笑みで私に報います。そして、織り、織り、織るのです……。

昔、偉大なフェデリコ王の胸甲騎兵であった祖父が亡くなりました。マルガリータには、祖母がおり、彼女の大きなゆりのようなかぶりものは、歩いている時に、彼女の誠実なしぐさを是認していました。祖母は、昔、遥か昔に英雄的で燃えるような愛を知りました。年中行事の行列は、とても長くてほとんど前の方を行く人たちを見ることができません……。

——良きお婆さん、マルガリータには恋人がいるのですか？

——マルガリータには恋人がいるよ。右の頬にサーベルに描かれたサン・アンドレスの十字架を持っている学生ではないよ。給与を上げなければ皆殺しにするぞと労働者たちが脅した工場主でもない。マルガリータの恋人は、ブドウ園の持主さ。赤らんだ善良な若者で、美しい犬と美しい鉄砲とかわいいポニーに引かれた二輪車を持っているよ。

——それで、結婚式はいつなのですか？

——次の収穫時頃までにはね。酒樽が白ワインで一杯になるのさ。祖母はしゃべり、しゃべり、しゃべり続けます。マルガリータは織り、織り、織り続けるのです。

——それで詩人たちは、おばあさん？

案山子(かかし)たちは、キャベツ畑から全ての雀たちを追い払いました。

マルガリータは、シュトラウスのワルツを口ずさむのに必要なもの以外の音楽は分からないのです。

夜になろうとしています。夕暮れの動物たちが森の近くや川辺に現れるのです。

古いライン河は、そのバラードを語りながら流れます。漂う靄はすべてを包み込む夢のように広がってゆきます。河の曲がり角で下がり、城の側面で上がるのです。夜は、不透明の真珠の冠を戴いてそこで凍え、黒い髪の上には、曇った上弦の月があります……。既に、金髪の糸つむぎ人の小さな家は、眠りに包まれました。

夜が来て、窓の前で行列が始まり、そこには、伝説の花である糸巻き棒で糸をつむぐ少女がのぞいていました。

古いマンドリンの腹の中から出てくる歌の合唱が黄金の蜂の群れのようにざわめきながら通り過ぎます。そこでは、蜂がメロディーの巣を作りながら生きており、その周りを悪魔が回り、大熊蜂となるのです……。悪魔が、盛装して通り過ぎます。

盛装して悪魔メフィストフェレスが通り過ぎます。皆が周知のとおり、オペラの低音歌手です。彼の眉は林野の神ファウノスのように上方に逃げ、彼の額では羽が揺れ、口ひげは、サソリの尻尾を巻き上げ、炎の色の鎖帷子（くさりかたびら）は、痩せた肉を締めつけます。腰には、衣装の短剣があり、哀れな飾り剣は、刺すこともなくマッチの硫黄さえも持たないのです。

哀れな悪魔、メフィストフェレスが通り過ぎます。青ざめて物思いに沈む優しい男が通り過ぎるのです。ファウストが通り過ぎます。全身黒服に包まれて、自ら喪に服して行きます。哀れな彼の頭には、百の老いが沈殿し横たわります。憐れみ深い三日月が彼の青白い額を金色に輝かせる光を送り、隈に囲まれた彼の目を輝かせるのです。

なぜなら、彼は、あまりに多くの饗宴を行い、陽気な生活をあまりにも好んだため脊髄癆（せきずいろう）に深刻に脅かされているのです。彼の歩く様子を見なさい。彼と共に、ドゥレロの死が風笛の静まり返った音に合わせて拍子をとって歩んで行くように思えます。

貪欲と老いの淫乱により色あせた短いスカートをはいた女主人の老女が行きます。彼女と一緒に、一匹の蜘蛛と箒と蛙が、そして、ばかげた利子で金を与えるユダヤの太った犬が。それから十二歳の少女たちが支払い、割礼を受けた人や割礼を受けていない人をゆするキリスト教の太った犬がいます。それからソドマの灰の料理が調理されるのです。

バレンティンが通り過ぎます。けんかっ早い男、決闘で皮膚には穴があいているのです。ハエのように酔っぱらっています。人が銀行支店で彼を雇用し、情人と自転車を与えるので、大目に見られるのでしょう。

オルガン奏者が通ります、彼は、ミサの時に教会で演奏したのです。そして、内心は臨時のルーテル派教徒です。そうして、彼は尼僧を愛するのです。ゴゾスの太った尼僧シセフォラを愛し、彼女はパイ生地とよく熟した修道院のソースのかかった肉を彼に贈るのです。

偉大なウォルフガングがスケートをしながら通ります。彼の頭は、林を超えます。彼の黒いゆったりとしたマントは、胸のちりばめた星をのぞかせます。

盲目の悲しむミューズにより押しやられ、やがて、すすり泣き、顔を覆う黒い服を着た人々のグループの間に、哀れなハイネが麻痺患者の手押し車で通り過ぎます。膝の上で不吉なカラスに食べ物を与えながら行き、月のダイヤモンドのひとにぎりを食べさせるのです……。

手足の不自由な者と一緒に、一族の小姓のように熊がゆきます。たけり狂って通り過ぎるのです。裸の胸と暴力的な身振り、電撃的な視線で、生贄を噛み、子羊を絞殺しながら。奇妙な男が叫びます。

——俺は、寛大なザラツートラだ。俺の歩みに従え。支配の時だ。俺は光だ！

怒号する者の周りに石が落ちます。

——狂人ニーチェに死を！

行列が通り過ぎます、靄の灰色の捧げ天蓋の下を……。
私たちはラインの旅から戻りました。
私たちはそれを繰り返さないでしょう。
私はマルガリータの家の住所をなくしたのです。
糸巻き棒の音は何を語ったのでしょうか?
私たちはどこにいたのでしょう、甘美な隣人よ?
ハウプトマンは、鐘楼にのぼり、警鐘を鳴らしました。
市長の老いた顔は、楽譜を終わらせてピッコロを綺麗にぬぐいます。
——隣人よ、未だに貴方は何に従事しているのかを私に言っていないのですよ。
——私はあなたに言わなかったかしら? 私は婦人服デザイナーよ。
それであなたは?
——私は詩人です。

タナトピア

——私の父は、著名なジョン・リーン博士でした。ロンドン王立精神研究協会メンバーで、催眠に関する研究と老齢に関する有名な研究論文により科学の世界ではよく知られていました。それほど昔ではないのですが亡くなりました。神よ栄光を。

（ジェームズ・リーンは、ビールの大部分を胃の中に注ぎ、そして続けました）

――君たちは私のことを笑い、それは私の杞憂で取るに足らないと笑ったのです。私は君たちを許しましょう。なぜなら、率直に言って、我らの素晴らしいウィリアムが言うように、君たちは天と地における我々の哲学が理解しない事柄に何らの疑いも持たないからです。

君たちは、私が君たちの笑いのために大いに苦しんできて、最も苦い拷問さえも今被っていることを知らないのです……。そうです、君たちに繰り返しましょう。私は光なしには眠れないのです。廃屋の孤独には耐えられないのです。私は、通り道で小さな森から発せられる夕暮れ時の神秘的な物音に震えます。フクロウや蝙蝠（こうもり）の飛び回るのを見るのは楽しいことではありません。私が行き着くどんな町でも墓場は訪ねません。不吉なことについての会話は私を苛めるし、会話をする時には、閉じようとする私の目は、夢の愛によって光が現れるのを待っているのです。

私は、おお、神様！　死と名指ししなければならないものが恐ろしいのです。君は、死体のあるような家には、それが私の最も親しい友人のものであっても、私をとどめおかないでしょう。

見て下さい。その言葉は、どの言語においても存在する言葉の中で最も不吉な言葉です。死体……。君たちは笑い、いずれにしても私のことを笑うでしょう。しかし、私の秘密の真実を君たちに語らせて下さい。私は、五年間、私の父、リーン博士にみじめにも誘拐され、捕らわれの身となった後、逃亡し、アルゼンチン共和国に到着したのです。彼は、もしや偉大な賢者だったのか、いや偉大な悪党だったのではないかと疑っています。彼の命令で私は救いの館に連れてゆかれたのです。彼の命令によってです。なぜなら、彼はおそらく隠そうとしていたことを私がいつの日か暴露することを恐れていたのでしょう……。君たちが知るだろうことです。なぜなら、もう私は、これ以上、沈黙をがまんすることができないからです。

私は酔っぱらっていないと君たちに警告します。私は狂ってはいないのです。彼は、私の誘拐を命じました。なぜなら……留意して下さい。

（痩せて、金髪で、神経質で、しばしば身震いに揺さぶられながら、ジェームズ・リーンは、友人に囲まれてビール店のテーブルの上で彼の上体を持ち上げて、我々にそれらの考えを述べました。ブエノス・アイレスで誰が彼を知らないでしょうか？ 日常生活では彼は変人ではないのですが時々よくこのような奇抜な言葉を発するのでした。教授としては、我らの主要な学校の中では、最も評価された一人です。そして世間の男としては、いくらか無口なのですが、彼は、有名なシンデレラ・ダンスの最良の若い構成員の一人なのです。こうして、その夜、彼は奇妙な物語を語り続けました。それは、我々の友人ということもあり、からかいとあえて形容することはできませんでした。事実は読者に評価してもらいましょう。）

私はとても若い頃に母親をなくし、父の命令でオックスフォードの学校に送られました。私の父は、決して私に愛情を示さなかったのですが、ロンドンから年に一回、私が精神の孤独の中、愛情や愛撫なしに育っていた教育施設を訪問していました。

あそこで私は悲しくなることを学びました。人が言うには肉体的には、私は母親の生き写しであり、それ故に博士は、私をできる限り見ないようにしていたのだと想像しています。そのことについてはこれ以上君たちには話しません。それは私に思い浮かんだ考えなのです。私の語り方を許して下さい。

この話題に私がふれた時、私は感謝の力に震えました。君たちには私を理解するよう努めてほしいのです。と言うのは、私はあの黒壁の学校で悲しみを学びながら、私の心の中で孤独に生きてきたからで、未だに月夜には、私の想像の中で見るのです……。おお、当時、私は如何に悲しくなることを学んだことか！　私は未だに私の部屋の窓から、青白い不吉な月の光を浴びたポプラや糸杉を見るのです……。なぜ、学校に糸杉があったのでしょうか？　……そして公園に沿って、虫食いだらけの境界柱、時のらい病患者があり、そこでは、七十代の背中の曲がった忌まわしい学長が飼っているフクロウがよく休んでいたのでした。なぜ学長はフクロウを飼っているのでしょうか？　……そして私は最も静寂な夜の中で、夜行動物の飛ぶ音を聞き、机の軋（きし）み音を聞き、そして、私は誓って言うのですが、真夜中に、声を聞くのでした。〝ジェームズ〟。おお、声です！

二十歳となった時に、ある日、私は父親が来訪すると告げられました。私は喜びました。本能的に彼に嫌悪感を感じていたにも拘わらず喜んだのでした。なぜなら、あの当時、私は、彼であっても、誰かに打ち明ける必要あったからです。

父は、他の時よりもより優しくなってやって来ました。そして、私を面と向かっては見なかったものの、彼の厳粛な声は、私にはある種の優しさで響いたのです。私は、ようやく学業を終えたのでロンドンに戻りたいこと、そして、もし更に長くあの建物にとどまれば、悲しみで死んでしまうだろうと彼に言いました。彼の声はある種の優しさで厳粛に私に響きました。

——ジェームズ、私は、まさに今日、お前を連れて帰ることを考えていたのだよ。学長は、お前の健康がすぐれず、不眠症を患い、食が細いと私に伝えてきた。勉強のし過ぎは全ての行き過ぎと同様悪いことだ。その上、——お前にこう言いたかった——お前をロンドンに連れてゆく別の理由があるのだ。私の年では、支えが必要で私はそれを探した。お前には、継母（ままはは）がおり、私は彼女にお前を紹介しなければならないし、彼女は熱烈にお前を知りたがっているのだ。それ故にまさに今日、お前は一緒に来るのだ。

継母！　そして、突然、私には甘美な白い金髪の母の記憶が蘇ってきました。子供の私をたくさん愛し、たくさん私を可愛がりました。夜も昼もひどい研究室で過ごす父にほとんど捨てられた母、その間にあの哀れで繊細な花は憔悴していったのでした……。継母！　ところで、私は、リーン博士の新しい妻の専横を我慢しに行くのでしょう。おそらくは、恐るべき青いストッキングか残酷な知ったかぶりの女か魔女なのでしょう……。私の言葉を許して下さい。時々私は私の言っていることがおそらくは分かっていないか、おそらくはあまりに分かりすぎているのでしょう。

私は父に一言の言葉も返さずに、彼の手配に従って、ロンドンの私たちの邸宅に向かう列車に乗りました。

到着してから、私たちは古い大きな扉を通って中に入り、そこから主階に向かう階段が続いていました。私は不意に嫌な感じにおそわれました。家には、昔の召使たちは一人もいなかったのです。四、五人の老いた病弱な老人たちが、大きくゆるい黒い制服で、私たちの歩みに合わせて、無言でのろいお辞儀をしました。私たちは大広間に入りました。全てが変わっていました。以前の家具は、飾り気のない冷たい家具に代わられていたのです。サロンの奥には、ただ唯一、私の母の大きな肖像画がありました。ダンテ・ガブリエル・ロセッチの作品が薄絹の長いベールに覆われて残っていました。

私の父は、彼の実験室からは遠くないところにある私の部屋に案内しました。私におやすみを言いました。不可解な丁重さで私は継母について彼に尋ねました。彼はその時の私には理解できなかったのですが、ゆっくりと一言一言を愛情と恐れの入り混じった声で答えました。

すぐに会うことだろう……。彼女に会わねばならないのは確かなことだ……。ジェームズ、私の息子ジェームズよ、さようなら。お前に言うが、すぐに会うことだろう……。

主の天使たちよ、なぜ、私をあなたたちと一緒に連れてゆかなかったのですか？

そしてあなたは、母よ、私のお母さん、私の甘美な白百合、なぜゆえに、あの時に私を連れてゆかなかったのですか？　奈落に飲み込まれ或いは岩に砕かれ或いは稲妻の炎によって灰と化すことをむしろ選んだでしょうに……。

そう、それは、同じ夜でした。体と心の奇妙な疲れで私は、旅と同じ服を着たまま寝床に横になりました。夢の中のように、私は、私の部屋に、召使の老人の一人が近づくのを聞いたのを覚えています。どんな言葉かはわからないのですが、つぶやきながら、そして、やぶにらみの小さな目でぼんやりと私を見ていて、私には悪い夢を見ているような感じを与えました。その後、彼が三本の蝋燭の燭台を掴んだのを見ました。九時頃に目を覚ました時、蝋燭は部屋で燃えていました。

私は体を洗い、服を着替えました。その後足音を感じました。私の父親が現れたのです。初めて、初めて！　私の目に釘づけとなった彼の目を見ました。形容できない目であったことを君たちに確言します。決して君たちの見たことのない目であり、これからも決して見ることのない目でした。ウサギの目のように網膜がほとんど真っ赤な目で、その見方が特別で君たちを震え上がらせる目なのでした。

——さあ行こう、息子よ、継母がお前を待っている。あそこにいる、サロンに。さあ行こう。あそこの合唱隊の椅子のような背もたれの高い大きな椅子に一人の女性が座っていました。

彼女は……。

そして、私の父が、

——近寄りなさい、私の小さなジェームズよ、近寄りなさい！

私は機械的に近寄りました。女性は、私に手を伸ばしました……。その時に、大きな肖像画、薄絹に包まれた大きな肖像画から出てくるようなオックスフォードの学校のあの声、〝ジェームズ〟というとても悲しく、もっと悲しい声を聞いたのでした。

私は手を差し伸べました。私はあの手に触れて凍りつき、ぞっとして震え上がりました。私の骨が凍るのを感じたのです。あのこわばった、冷たい、冷たい手は……。そして女性は、私を見ていませんでした。どもりながら挨拶の言葉を言いました。

そして私の父が、

——私の妻よ、ここに、君の継子(ままこ)がいるのだよ、私たちのとても愛するジェームズだ。彼を見なさい、ほらここにいるよ。もう君の息子でもあるんだよ。

そして、私の継母は私を見ました。私の顎は上下がしっかり固まってしまいました。私は恐れにとりつかれたのです。あの両目は全く輝きを持っていなかったのです。気が狂うほど恐ろしい、恐ろしい一つの考えが私の頭の中にはっきりと現れ始めました。突如、匂い、匂いです……、その匂い、何ということ！　神様！　その匂いは……。それを君たちに言いたくありません……。なぜなら既に分かっているでしょう、そして、君たちに公言します。未だに精査すると、髪の毛がよだつのです。

そして、すぐにあの青ざめた、青ざめた、青ざめた女性の白い唇から声が発せられました。その声は、めそめそ泣く水がめからか或いは地下から出てきたような声でした。

――ジェームズ、私たちの愛するジェームズ、私の息子よ、近寄りなさい、貴方の額にキスを、もう一つのキスをその目に、そしてもう一つのキスを口にしたいわ……。

もう駄目でした、私は叫びました。

――お母さん、助けて！　神の天使たちよ、助けて下さい！　天上の能天使たちよ、全員助けて下さい！　私はここからすぐに立ち去りたい、私をここから引き出して下さい！

私は、父の声を聞きました。

――落ち着け、ジェームス！　落ち着け、私の息子よ！　静かに、私の息子よ。

――いやだ――私はもう召使の老人たちとつかみ合いをしながら、もっと大きく叫びました。――私はここから立ち去るのだ、そして、世界中に向かって言うだろう。リーン博士は、残酷な暗殺者で、彼の妻は吸血鬼で、私の父は、死んだ女性と結婚しているのだと！

ブエノエス・アイレスの守護神サン・マルティンの伝説

聖徒伝編集会員たちの聖人列伝の山の辺り、カバルカの太古の楽園の花壇の辺り、ジャコボ・デ・ボラヒネスの黄金色の庭園の辺り、クロイセットの畑の辺りには、未だにとても不思議なえも言われぬ花たちが探す魂に出会うのです。

こうしてエローの広い精神は魂を見つけるでしょう！

伝説の修道士のように、私たちは、もし好むのであればさえずりで私たちを千年生かさせる小夜啼鳥を聞くのです。今日は、天上の鳥が歌うのを聞きなさい。今日は、ブエノス・アイレスの守護神の日です。私たちは時代の流れに逆行して歩きながら帝国の時代のパノニアやサボリエに行くのです。

あそこに、マルティンがいます。その瞳が太陽を見て以降、神の子です。彼の聖性は、人生の始まりから彼に慈愛の後光をつけ、聖霊は彼の心臓に激情の炎をつけ、その意思に稲妻をつけるのでした。

こうしてキリストが、彼の幼年期に啓示され、十歳の時には、彼は体の内部に白百合が生まれるのを感じるのでした。

アポロのために！　ヘラクレスのために！――軍団司令官が叫びます――。この子、小さな激しいライオンは、私の期待をずたずたにするのだ！

なぜなら、その子は、異教徒の家庭から出て、洗礼志願者の蜜と亜麻布を探したからです。

優しい母は、彼に、咲くであろう薔薇につき話し、朝に鳴り響くべきフルートにつき話し、祝婚の暁について話すのです。幼児は、母の声を聞かずに微笑みます。なぜなら、目に見えない天使の竪琴から出る別の声を聞いているからです。

未だに薄髭の柔らかな羽が生えていましたが、青年は軍隊のラッパに呼ばれました。皇帝の声です。若者は馬に乗ってゆきます。馬上では、君たちは神秘的な深い目で、尊大な頭を覆う金属の上に神が選ばれた者たちにつけた荘厳な後光の繊細な曙の粉を見るでしょう。最初にコンスタンシオの軍団の中を行きます。その後、ジュリアーノのために馬に前足で地面をかかせるのでしょう。そして、その唇は、太陽の下、泉のダイヤモンドでなければ潤すことはないのです。

彼には、ディオニシオも、ヴィーナスもありません。そして、固いブロンズのあの肉体の中には、純潔の雛菊が刻まれているのです。両手は女官たちには花冠を運びません。時々、棘で身を苦しめたいかのように、或いは真っ赤な炭を喜んで握り締めるかのように凧を掴むのです。

アミアンスは、朝の時間です。寡黙な空からは冷気が針のように降り注ぎます。凧は、その雪の蜂たちを導きます。鳥たちが彼らの修道院に逃げてしまったこの時間に誰が家から出かけるのでしょうか？　屋根には一匹の猫も頭をのぞかせないでしょう。この時間に誰が家から出かけるでしょうか？彼の洞窟からは、極貧が出かけるのです。ほら、ここに、立派な宮殿の近くにみすぼらしい男が氷にかじかみながら震えています。寒さに震える隣人は空腹を抱えているのです。一体、誰が彼を助けるのでしょう？　誰がパンのかけらを彼に与えるのでしょう？

通りを通って、一頭の馬と美しいマントに包まれた軍人の紳士がやって来ます。

ああ、軍人さんよ、どうかお恵みを！

かじかんだ荒々しい右手が差し延べられました。軍人の紳士は、騎兵隊を止めました。彼の嘆きの両手はポケットを探しましたが無駄でした。彼は素早く短剣を抜きます。この若い、荒々しい紳士は何をするのでしょう？　彼は立派な美しいマントを外しました、美しいマントを、それを二つに裂き、半分を貧者に与えたのでした！　栄光あれ、パノニアの薔薇であるマルティンに栄光あれ。

やめておけ、やめておけ、若い兵士よ、陽気な仲間の間で、お前は笑いたてられるだろうから。お前の短いマントを、半分のマントを持っていくのだ。マルティンは既に寝床についていました。マルティンは休み、マルティンは眠るのです。そして、急に神の聖なる雷鳴のように、雷がとどろき、楽園の竪琴が歌います。天界の黄金の階段を通り、貧者がやって来るのです、N. S. J. C.（キリスト）が輝く服を着て、美徳に包まれてやって来るのです。軍の寝床で眠るマルティンを訪ねてやって来ます。マルティンは、彼に微笑む温和なイエスの王子を見るのでした。

愛の王の両手には何を持っているのでしょうか？　それは、マントの半分です、良き若い兵士よ。

そして、天使の行列に向かってイエスが言います。

――マルティンは、未だに洗礼志願者でありながら、この服で私を覆ったのだ。

マルティンは、キリスト教徒で、戦争の仕事をやめることを欲しています。彼の清純な心は大虐殺を好みません。羊の血を好むのです。羊の鳴き声は、彼の存在の奥底では、皇帝の百のラッパよりも彼を感動させるのです。蛮族の馬の駆け足のとどろきが聞こえます。

臆病な背教者は、蛮族の馬の駆け足を聞きました。そうして軍を集め、猛り狂う敵の脅威を指摘しながら、勝利するまで抵抗することが必要だと宣言するのでした。各兵士に彼の金貨の一部を与えました。

しかし、マルティンのところにやってくると、フリアノは、若い軍人が、金貨よりも休暇を求めるのを見て驚きを隠しませんでした。

フリアノが言います。

——君の言葉は私の気を重くするのだ。なぜなら、君に臆病が巣くっているとは決して思ってなかったから！

マルティンは答えます。

——作戦の日まではご安心下さい。それでは、私を十字の印以外の武器なしに第一線の前において下さい。そうすれば私が敵や死さえも恐れないことがわかるでしょう。

蛮族はやって来ませんでした。流れを変えた川のように立ち去っていったのです。そして、マルティンは神の軍隊に入りました。

ポワティエルには、ヒラリオ司教がいます。彼とマルティンは一緒です。ヒラリオは、これほども純粋な素晴らしい精神の富に驚くのでした。ヒラリオは、彼が天上の白百合の間に高く住まうために呼ばれたものと考えるのでした。彼は謙虚で、純潔で、愛情深いのです。

——君はもう助祭になるべきだ——ヒラリオは言います。

ところが彼は階級を拒絶するのです。

——それなら、エクソシストになるのだ、悪魔の恐ろしい敵だ！——司教の聖なる意思が反論しました。

このようにして、小男は、いつも美徳と力と慎みの最も強力な塔の一つの如きこの良き勇敢なマルティン、貧者のマントの男を持つのでした。

アルプスの雪の間を、マルティンが行きます。神の命令で、未だに優しい彼の両親に会い、キリスト教に彼らを変えるために。彼らの住まいの岩と雪の中から、盗賊が現れます。一人は巡礼者に死を与えるために、もう一人は命を助けるために行くのです。

——お前は誰だ？——頭が尋ねます。

——キリストの子です。

——お前は怖いのか？

——決して怖くはありません、何故なら神が危険な時に助けてくれるからです。

そして、うぶな魂の薔薇の香しい心の巡礼者が、盗賊を修道士に変えるのです。

ハンガリーでは、もはや父親をキリスト教に改宗することはできませんでした。母親は彼によってキリスト教徒になりました。アリウス教の種子が布教されており、木は既に花咲いていたのです。マルティンは、アリウス教徒に情熱で対抗しました。人は彼を鞭打ち、追放するのでした。アリウス教徒は彼をミラノから追放するのでした。彼は、どこに行くのでしょう？

ティレノの島で、彼は鳥たちと交信し、草を糧として、波と至高の内輪話をするのでした。波は、嵐の中でその髪と、世俗の華美の軽蔑と、波やキジバトと理解し合うような話し方を称賛するのでした。悪魔が島で彼に毒を盛り、攻撃しました。そして彼は、祈りで毒から救われたのでした。

再びガリアスでは、修道士の中の聖なる修道士は、施しを行い、神は、その幸なる神通力を生じさせるのです。一人の洗礼志願者を生活に戻しました。そして、神学の深い事柄が博士たちを震撼させるのです。神の審判を中止させ、寵愛を受ける騎士ルピシアーノの息子である自殺者を生活に戻したのでした。

そして、ほらあそこにトゥールーズの司教がいます。謙虚な人物は、無理やり高位につかされました。そうすると彼の信仰、希望そして慈愛は増大しました。そして、奇跡は新しい春を持つのでした。ときわ樫の表情に精通し、らい病の聖なる病に襲われた貧者に平和の接吻を与え治癒したのでした。彼が触ったもの全てが並外れた秘伝の美徳に満たされました。バレンティーノとジュスティーナは、マルティンが如何に神の炎を生じさせることができたかを知りました。

彼は、騒ぎ立つ教会を鎮めるためにカンダに行くのです。到着すると彼の言葉は騒ぎに打ち勝ちます。しかし、彼は〝苦行衣と灰〟と共に寝床に倒れます。そして、天に向かい、神のところに飛び立つ瞬間を待つのです。

――灰の上で――そう言っていました――一人のキリスト教徒が死ぬのを人は見るのだろう――。

末期の苦悶の中においてさえ、小男は、多くの美徳を前にあえて大胆なことをしました。彼の声は、暗闇の能天使を追い払ったのでした。それは彼の最後の考えでした。

――放っておいてくれ、修道士たちよ、空を見させてくれ、神を見ることになる私の魂が、前もって神へ導く道をたどれるように。

彼の肉体から黄金の光と薔薇の香が芽生えました。コロニア修道会のセベリーノとミラノのアンブロシオは、別の人生への歩みの啓示を受けました。

これが、おおよそのトゥールーズの司教、ブエノス・アイレスの守護神、神の聴罪師で大司教、サン・マルティンの伝説です。beati Martini confesoris tui atque pontificis と祈祷文が祈ります。ローマ教会は、彼を十一月十一日に祝い、その詳細な人生は、セベロ・スルピシオの聖人伝にラテン語で書かれていて、読むことができます。

平和と忍耐

あたかも何日間も、谷間と林の間を歩いていたようです。そこで素晴らしい幻影を見て、私は、突然、足が踏みつける地面が既に塩か純粋な雪のように白く、魅惑的な色の柔らかな薔薇のバラ色であることに気がつきました。私は、カバルカで同じような土地について読んでいたので、地上の楽園の近くに到着したということが分かりました。それは、周知のように、この世に存在するのです。そこは、アダムの狂気以前に神の言葉が創造した時のように、強烈な喜びに満ちています。そして、人間の霊魂に棲みつかれたかのような命を持つ不思議な甘い匂いの花々に飾られた黄金の広い扉を見た時に、私の確信はより確かなものとなりました。

しかし、武装した智天使の恐ろしい姿を見ることはなく、もし、あの魔法の花々の一つが私に話しかける声を聞かなければ、私の確信は揺らいだでしょう。その花は、蝶や魅惑の鳥のように茎から飛んできて、私の肩にとまったのです。

私は柔らかな声を聞きました。

〝お前がここで見ているのは、確かにお前の想像上の場所なのです。輝き光を発する剣で武装した智天使は見なかったでしょうけれど。それは、世界の始まりにおいて神が作った庭園です。そして、そこには、蛇が秘密を語る日まで、一人の男と一人の女が住んでいました。神の雷が罪人に話しかけ、天井の剣が彼らを追放した後に智天使は出発したのです。〟

私は言いました。

〝それでは、今は誰がこの場所に住んでいるのですか、そしてなぜ私は聖なる場所に入り込むことができたのでしょうか？〟

すると生きている花の声が言いました。

〝お前がやって来ることができたのは、お前の存在のある一瞬に罪のない自然に戻り、お前の魂を動物や事物の無垢な魂と合わせ、こうして不服従以前の原始的なアダムの生活に戻ったからです。ここに棲み、――神格を持ち、人間の浄化された肉体を持つ審判者が新たに地上に現れる日まで――統治するであろう者たちに関しては、純粋な生物であり、全能の神の意思により特別に高められた二つの生物です。彼ら二人は、仲良く天国に棲み、美徳の素晴らしさの中で統治しているのです。〟

〝名前は何かを知ることができますか――私はさえぎりました――?〟

そして花の声が、

〝平和と忍耐です。〟

私は、楽園の花々に飾られた黄金の扉を通りました。そして叫び求めたのです。

〝神の名において平和よ!〟

すると、神秘的な小森から、私を驚嘆させる姿が現れました。二つの甘美な大きな目は、善意と愛の未知の光に満たされ、大きな頭の上には、黄金の半月のようなものがあり、生命の四本柱の上に安座する頑丈な外形には、絹と黄金の皮膚のようなものがありました。

〝平和の姉よ――言いました――、私は神の名においてお前に挨拶しているのです!〟

〝兄弟よ――人間の言葉よりも荘厳な言葉で答えました――、この場所に来たことを歓迎します。なぜなら、お前は存在のある一瞬に罪のない自然と一緒になり、古代から汚れた人間の魂を動物や事物たちの魂と一緒にするという幸運を得たからです。〟

〝私の名前は平和です。そして、私はユダヤの厩で、悲惨さを神性とあわせ、受難を王冠と合わせた哀れな子の肉体をその息で温めたあの牛なのです。おお、わらと堆肥の間で王子の体は寒さに如何に震えていたことでしょうか! 年老いた旅人が、美しく青ざめた産婦を私の兄弟の背中に乗せて連れてきたのです……。〟

〝忍耐の妹よ――私は言いました――、私は神の名においてお前に挨拶しているのです！〟

平和の側に、最も美しい姿が現れました。おお、天上の奥深くから罪深き者の目では決して見られない光のしたたりが照らす耳の下の何と深い視線なのでしょう！　その姿は、自身から神秘的な魅力を発し、その上、大天使たちを喜ばすに違いない言葉で話しました。

〝私はお前に――私に答えました――神の名において挨拶するのです。私は歓迎されたものを知っています。なぜならお前は、信仰の科学と愛の恩恵がなければ我々のところにはたどり着かなかったのですから。〟

二つの舌は、私の魅了された精神に、神の子の誕生の不思議な物語を語りました。如何に生まれたばかりの子をその口で温めたか、如何に星の奇跡が三賢人を導いたか、如何に羊飼いの歌が青く調和のとれた夜に近隣の野原を喜ばせたかを。

〝もう分かります――私は美しい神秘につき聞いた後に言いました――どのようにして卑しい者たちの王にこのように奉仕するために、あなたたちが人間によりつくられた楽園に実際に住むためにやって来たかということを。〟

そして、平和と忍耐は、私の視線から消えて、再び生きた花の声が話しました。

〝本当のところ、私は、これが真の神秘であるとお前に告げるのです。何が地表の良き牛の褒美であったのでしょうか？　血と受難です。くびきは彼らのものです。その自然の甘美さは、人間の残酷性を引き寄せるように思えます。彼らのは去勢であり、畑を耕す疲労、研ぎ澄まされた棘、最後には汚された者に肉として奉仕するために首を切られるのです。地表での良きロバの褒美は何だったのでしょうか？　その目とその沈黙は全ての賢人の哲学を内蔵するのに、彼はのろまの象徴なのです。人間は彼の背中に荷物を山積みして愚弄するのです。そして悪魔自身が魔法使いの集会に出席し、聖人や美徳の人間を誘惑する時にそして姿を現わす時に、その形を探すのです。両者は、あざけりと笑いであり、そして、棍棒とナイフが彼らの褒美だったのです。〟

〝それ故に、ほらここに、無垢な人間や罪の子により奴隷にされた人間たちの自由を告げる救世主が来るのです。そして、彼らの兄弟たちが地上で苦しんでいる一方で、平和と忍耐はキリストの楽園に棲むのでしょう！〟

そうすると生きた花は、その茎に戻りました。そして、私は、私の心に神の香水の一滴が落ちたように感じたのでした。

海の物語

そう、私の友よ、海の歴史、多分伝説の方が良いでしょうか、おそらくはより正確には物語でしょう。これは、岩でできたような額を持つ漁師が私に語ったことです、プンタ・モゴテスの灯台にまでたどり着いた午後のことです。貴方は灯台についての将来の小説の草稿について覚えていますか？

小説や詩の事物はこれらの光る機械の周りを海鳥のように飛び回るのだとあなたが信じるのは、もっともなことです。漁師が私に物語を話した場所は灯台の近くですが、あそこで漁師は、マリア婆さんが幽霊のように、影のように通り過ぎるのを見たのでした。マリア婆さんは誰でしょうか？　そこに物語があるのです。貴方は最も美しい女友達に、彼女がもっとも笑う時に話して下さい。

あそこの、灯台の近くに、老婆のあばら家があります。以前彼女はとても陽気だったのです。その家では、漁師たちが宴会をしていました。マール・デ・プラタの最初の漁師の一人であった老人が住んでいました。あそこでは、お祭り騒ぎの夜には、ギターの音が決して鳴りやむことはなかったのです。それは、過ぎ去った昔のことでした。その時から今まで、その老婆は随分と泣いて、人々は、以前のように笑い踊るためには、その家にいかないのでした。

以前は、家の最上のもの、海岸で最も美しいものは、日々の曙と共にあるあの漁師の娘でした。彼女は、今は皺だらけの田舎じみて痛々しい、海水よりも苦い涙を流す老婆マリアの娘でした。少女は、健康なリンゴのようで、彼女ほどの自然の美しさは周辺にはないのでした。

父親が漁から戻った時には、彼女は波間から網を引き出すのを手伝い、貧しい家で食事を用意し、家では彼女の母親よりもより母親なのでした。たくましく、男性の美しい力強さを持ち、健康で、彼女に遠くの島々の恵みを運ばない大海の風はなかったのです。薔薇色で、そのサンゴは、最も美しい鮮血のセンティフォーリアの花咲く苗床でした。無邪気で自然なカモメでした。年齢は、十三歳か十四歳、二十歳だったでしょうか？　それら全てがあり得るのです。なぜなら、比類なき豊かさがあの明らかに勝ち誇った造形作品に現れていたからです。

髪の塊、二つの気さくで無邪気で野生的な光る目、抑えられた波のような胸、泡と風の声と笑いのような伸び伸びと響く声と笑い。

春がとうとうやって来ました、全ての冬よりもより嵐をはらんだ春が。ある時、カモメが何か未知のものの到着すべき場所を見張っているかのように、海の方位盤の四方位を見ていることがありました。

——娘よ——老婆マリアが言いました——、何かがお前に起こってるよ。どうしたんだい？——カモメは何も言わなかった。落ち着きがなく、奇妙な風に運ばれるように行ったり来たりしている、どこか知らない所、行きたくない所に。それでも行くんだよ。

起こったことは、泡の盛り上がりか風の一吹きのようにあまりに単純なものでした。一瞬で、人馴れしていない海鳥を略奪することができたのは誰だったのでしょうか？　或いは彼女を掴むべき手を探したのは彼女自身だったのでしょうか？　それは夏の時期でした。水兵だったのか都会の人だったのかは決して分かりません。分かったことは、若い女性は——私は、何という名前かを言いましたか？　サラという名前でした——、子供を産む直前であったということです。

彼女には、一人の女友達があり、事柄や夢を語っていたと人々は確言しています。彼女は、ブエノス・アイレスに出発する予定で幸せであり、そこには、大好きな男性が居て、彼はりりしく、優しく、裕福な青年であると言っていました。そう言うのですが、誰も確言はしません。確かなことは、女漁師の腹が大きくなっていることでした。リンゴの色はなくなってゆきました。海に愛された自然の娘にとり粗野な男がかつて欲しなかった他の出来事があまりに起こることを見て野性の光る両目は、悲しむのでした。そんな時に父親が亡くなったのでした。漁の日に波に溺れたのではなく、風と塩水との闘いに疲れ果てたためでした。

母のマリアは病気になり、ほとんど手足がきかなくなり、沿岸のみすぼらしい家では、哀れなサラがすべてでした。

老婆マリアは、寝床に倒れた時に気が動転し、その灰色の目、灰色の髪、痩せた腕の様子は、死とうわごとが哀れな魂をもてあそんでいるようでした。

サラは、食事を作りました。サラは洗濯をしました。サラは必要なものを探しに村に行きました……。そして、いつも、いつも誰かを待ちながら、道の一点の方を見つめていました。

彼女もまたその寝床に、さびしく哀れな寝床に行かねばならない日がやって来るまでは。そこでは死んだ胎児が生まれたのでした……。死んだのか殺したのか？　母親は、生まれると雌狼のように風に向かって吠えていたと言われています。

私に物語を話した海の男は話し続けます。それは、おそらくは伝説か多分お話でしょう。

およそ次の通り語るのです。

——その通りですよ、だんな、それは嵐の夜でした。わしは老婆マリアの隣人です。老婆のだんなが生きていた頃は、家のパーティーにも行ってたんです。あそこでわしらは歌って踊っていました。老人が死んでからはもうそれっきり喜びはありません。マリアは病気になったんです。サラは天命のようでした。彼女は不幸を持っていたんです。赤子が生まれようとする間、わしは、あれほど苦み切った顔を見たことがありません。マリアは死んでいくかのように見ていました。マリアは、わしら全員を悲しませながら岸辺を通り過ぎました。おお、その家の何という悲しさ！　おお、その見つめる様子の何という悲しさ！

そして、海に行った時は夜で、嵐の夜でした。まだ雷や稲妻はなかったんです。しかし海は怒り狂っていました。夜の遠くの方に音のない大砲の閃光がありました。空には星がなく、上方には光もなく、波は、ひどい様子で油断ならず、怒り狂っていました。このように始まるのです。灯台守は、既に午後の雲がどういう目的でやって来るかを知っていて、漁師や水兵も同様でした。そして、下の方では、まるで海が雲と一致協調しているようでした。

風は雲を次々に動かすのです。その後は稲妻、雷、稲光が暗い水面を解体するのです。ある夜は、だんな、そういう風だったんですよ。老婆は病気でした。子が生まれてサラは気が狂ったのでした。何時に生まれたかは誰も知らないですが、暁の時だったとわしは思います。なぜなら、少し後に、老婆マリアの声を聞いたからです。わしは眠らずに、嵐のことを考えながらいて、その時に、隣の家から叫び声のようなものを感じました。マリアの小屋です。一体どうしたのだろう？　とわしは言いました。そして、女たちだけになっていると思って、服を着て、刃物を持ち、あそこに行きました、家の方に。そうするとその時に海に向かう死人のような姿を見たのです。それは、シーツに包まれた姿でした。近づいていた嵐の閃光が、海の遠くの方を照らしていました。白いものは海の中に入って行きました。もっと中に、もっと中に……。それからわしは、マリア婆さんの家に着いたのです。そうすると白いシーツに腕を伸ばして、泣きながら、うめきながら、泣きながら、うめきながら弱々しく震える彼女を見たのです……。

——サラ！　……。

病気の老女は、起き上がっていました。痩せた腕を伸ばして、ほとんど弱々しく叫んでいました。

——サラ！　……。

白い姿は海の中に入って行きました、海の中に入って行ったんです……。

わしは、後になるまで、気づきませんでした。私は気づかなかったんです。なぜなら、最初は、わしは怖くて、とても怖くて、だんな。

——サラ！　……。——始まろうとする嵐の下、水中に白い姿が失われるまで。わしは、夜の寒さの中でほとんど裸でうわごとを言う病気の老婆を押さえつけました。哀れな少女の体を、わしらは、決して見つけることはできなかったのです。

ピエロとコロンビーナ（永遠の冒険）

暁は、耳を優しく引っ張りピエロを起こします。彼はピエロ、ブロンコ・デ・メンデス博士、バンビリェの友人であり、永遠に月に恋する人なのです。

ピエロは、時間の重みを感じません。彼は生き、食べ、夢見るのです。白い男に黄金ではない冠をかぶせようとするその悪党アルレキンがいるにも拘わらず、コロンビーナを付け回すようになったのは、後からのことです。

〝ピエロよ――暁が言います――今日はカーニバルの日ですよ。無精者、起きなさい。コロンビーナの顔を見に行きなさい。彼女は、今日の舞踏会を夢見て良き夜を過ごしたのです。なぜなら、お前の可愛い妻は陽気な舞踏会が大好きで、お前が居ないときに踊り、笑うのですから。彼女は、お前の最大の欠点が寂しさであると確言しています。お前は自分が詩人だと信じ、そこからあまり踏み外すことはないのです。お前は自分が夢想家だと信じています。そして、彼女は、豪奢な絹の衣服や黄金や真珠、ダイヤモンドの宝石が好きなのです。実際お前は、ピエロよ、大食でワイン好きにも拘わらず、寂しがりやなのです。女性たちは寂しがりやの男は好きではないのですよ。起きなさい、ピエロ、そして、小鳥のように陽気でバラのように美しいお前の連れの愛を逃がさないことを考えなさい。〟

ピエロは手足を伸ばすとひと跳びで起きあがりました。

コロンビーナは多くのことを学び、ニーチェを知っています。耽美主義者でラファエル前派主義者でアバブンです。素晴らしく偉大な貴婦人の役を演じながら化粧着に包まれてお姫様のように彼女の夫を迎えるのです。

そしてピエロは、彼女の全てを自分のものにしてはおらず、数日前から、いくらか嫉妬し、舞踏会には行かないよう懇願し始め、彼の顔の半分に命じるのでした。コロンビーナの大理石像の前で、命令は消散してしまい、懇願となり、懇願するピエロは、専横なピエロにならざるを得ません。ひざまずきましたが無駄でした。忘れられたセレーネの顔に似た悲しそうな顔をしたのですが無駄でした……。コロンビーナは、平然として、舞踏会に行くと彼に言ったのです。

〝それならいいでしょう――ピエロが口調を変えながら言いました――舞踏会に行きましょう、行きましょう一緒に。踊りましょう、笑いましょう、そして最も大切な時を過ごしましょう〟。

彼自身が、コロンビーナを輝かせる服を準備するでしょう。彼自身が満面の笑みで現れ、美しい女性を同伴してカーニバルに踊りにいくより他に良いことはないと喜んで宣言するのです。

コロンビーナは、彼のすることに任せます。なぜなら、彼女の小鳥の頭の中には、夫婦の幸福についての最も気まぐれな考えを持っていたからです。アルレキンのメッセージを受け取らなかったのでしょうか？　その中で優雅な愛人は、カーニバルの舞踏会のワルツの中で天と地を彼女に約束していました。

彼女は、アルレキンに同伴して特別な部屋でザリガニを食べることは神やピエロも怒らせないだろうと信じていました。

いたずらなコロンビーナ！

そして、ほらここに、舞踏会に出かける準備ができた夫婦がいるのです。

白い男は、白鳥のように白く、穢れなき、夢のような、白い帽子と白い顔と白い服と白い魂を持つのです。

そして黒のコロンビーナは、黒い帽子と黒い手袋と、黒のストッキングと靴、バラ色の多くのものを見せる黒い服、長く黒い杖、そして、彼女の魂を見せるのです。そこからは、哀れなピエロにとり黒い苦悩が生まれるのでした……。

二人は、舞踏会に満足して出かけます。それは、人類が狂気の宝石で身を飾ることが必要と信じる日です。あらゆるところから陽気な音楽が響いています。人々は通り過ぎ、笑います。通りを多くの仮面が行き過ぎます。全てが遊戯と炎に誘い、その灰は灰の水曜日のために役に立つでしょう……。腕と腕を組んでピエロとコロンビーナが仮面や仮装を通じて文句や冗談を言う通行人たちの間を行きます。

そして、コロンビーナは、内心不実な考えを抱きながら行くのです。

哀れなピエロ！

音楽を！　音楽を！

花とささやきと光。それは快楽の帝国です。

劇場は満席で、二人連れで煮えたぎっていました。本当に様々な仮装が巡っていました。仕切り席からは、紙テープが飛び、熱い視線が飛ぶのでした。

姫たちや娘たち、鳥やジプシーたちが、通り過ぎ混ざり合います。踊り手たちの雑踏の間を通って、ピエロとコロンビーナは、オーケストラの音符の雨の中、広い場所に入り込んでゆくのです。

それからコロンビーナは、アルレキンを遠くに見とめると、合図をしながら、すぐに彼女の夫の腕をほどき、陽気な大衆の騒ぎの中に消えていくのでした。

ピエロは、呆然として、あらゆるところに視線を向け、動揺し、あちらこちらを走りまわるのですが、逃げた妻を見つけることはできません。一地点から別の地点に行き、彼は押し潰されるのでした。

周りの注意を引く大げさな身振りをします。彼は歩き、踊る人々は、彼をボールのように放り出し、最後には疲れて、悲しみと絶望で一杯になって真昼の太陽を模した明るい電灯に照らし出された大きな階段で座って休もうとするのです。

人々が通り、人々が通り、通り、通るのです。そして、ピエロは急に彼の妻を見たように思いました……。いえ、彼女ではありません。彼女に似た人です。

そして、白い男は、絶望しながら、悲しそうな態度を続け、それは広々とした大理石の回廊の間を上り下りする人々により見られるのでした。

時間が、時間がたちました。時計は何分をもぎとります。もうすでに真夜中を過ぎていました。音楽は、何度もその陽気さでピエロの心を打ちのめしました。その時、急に、彼の肩に柔らかな手がとまるのを感じたのです。

――〝彼女だ〟

彼女です。彼女は彼に対し、踊り手たちの竜巻に引きずられたこと、ワルツの波に持っていかれたこと、そして、幸いにも友人、立派な友人アルレキン氏に出会い、彼は、元気づけるために特別な部屋でシャンパンの盃とザリガニに招待してくれたことを明らかにしました……。

ピエロは爆発しました。

――〝不運な人！〟そして悲劇的なおどけ顔をしながら、夕食の行われた部屋に案内させるのでした。

あそこには、良き気晴らしの印がありました。ワインの残りとケーキの残りが……。

ピエロは、嘘の多い妻の前で、その両手を合わせ、ブランコ博士の偉業を行うか、彼の不幸を忍耐で堪えるか沈思しました……。

一瞬の後に、ごちそうが彼を誘うのでした。彼をアクテオンにしてしまう妖婦の妻の特別な視線の前に、ケーキの残りを食べ、ワインの残りを飲むのです。

既に家にいます。ピエロは、慰めようもなくひじ掛け椅子に身を投げ、他方コロンビーナは、良き哲学者に大量の哲学を教え込もうとするのでした。

ローマのお祭り

ルシオ・バロは、ゆっくりと話しました。そしてその言葉は、櫂の音に拍子をつけられたかのようでした。宵の栄光は、空の祭典を紫色に染め、ローマの上に荘厳に降り注いでいました。神々しい都市ローマに敬意を表する自然の自発的な装飾であると思われました。光が遠くを金色や赤色に照らし、斜めの光線となって庭に落ち、海辺の絵になる場所に花々や女性たちやレズボスのワインの陽気さで魅了していました。元気と豊かさの素晴らしい湯船の中に沈みこむ万能の健康な空気のように漂い、思考を高め、純化し、言葉の表現を助けながら、神秘的な香のように、人間の香りを運ぶのでした。

ある航行地点において、カーテンが開けられたように直近の出来事の光景が開け、帝国の首都が全景を見せたので詩人は立ち上がりました。そして、パブロが船の縁にもたれかかり彼をしっかりと見ている間に、詩人は、いくらか声を高めながら、調和を保ちつつ目に見えない楽器が彼に伴奏しているのを聞いているかのように続けました。

——ほら、ここには私の最後の神がいます——彼が言いました——。ほら、ここには健康の聖堂で私が多くの供え物をしたローマがあるのです。その中では、私の中に残っている信仰が維持されているのです。彼女の顔は、未来の幻想の中で、私にはいつも唯一の輝きを放っているように思えます。力強い首の柱の上の毅然とした彼女の頭は、塔の栄冠の象徴的な誇りを支えているのです。彼女は、不死と勝利の主人の女神であり、父なる神ジュピターの直接の恩寵を受け、ジュピターは、彼女に意思と稲妻の天賦の才能を与えたのです。ロムロの雌狼は、市民の父に存在と力を与えるに違いない全ての神々の総体だったと私が考えていたのを知っていますか?

幼児が世に生まれた時に、法王庁は勝ち誇った生誕を告げる最初の叫び声の恩恵を彼女に与えたのです。ファブリーノは、将来の演説の無限連鎖の中で、基本的な環(わ)である最初の言語形式を言葉の中に放ったのです。

神の四足獣のミルクの中に、後に厳かな聖変化において根源的な食物となろう全能の民の逞しい肉、デドゥカを捧げ、輝く力の液体を濃縮した盃、ポティーナを捧げたのです。そして、創設者が、霊感を喜ばせる道を覚えながら初めて愛する故郷の山々を歩いた時に、彼と一緒にアベオナやアデオナが行き、彼と一緒に、イテルディカやドミヌカが帰って来たのです。全てが青銅の手を持つルパの上に、人間の能力と自由の令名高き花を地上に咲かせるためにあらかじめ定められた男爵の乳母と女教師の形で具現化したのです。ローマは、無敵であり将来も無敵でしょう。

ローマの人民の健康は、ベスタのようにいつもその名誉のために燃える炎を持つでありましょう。それは、何世紀もの間、馬車が通過する前に崩れ落ちてしまう聖堂の中にでなく、また、虚弱な巫女によって罪や死から守護されているのではなく、帝国の運命の履行において、全ての自由で高貴な人間の魂の中にあって、不朽の民族の精神により見守られ、掻き立てられ、至高の勢力によって支えられているのです。私は、子供の頃、田舎の神々のお祭りが祝われていた時に、父が私を農園に連れていったのを覚えています。私の人生の野においては、神の御体の幻影の聖なる戦慄を決して目で見たわけではありませんが、田園生活との慎み深い交信がありました。私は春の喜びに居合わせて、そこに参加し、祈願のブタや奉納された牛の血の滴りが跳ね上がるのを嬉しそうに見ていました。それから私は、清々しい葉冠をかぶり、私のあどけない体は野の香精を一杯にしみ込ませながら、満足した霊感の好意に信頼し、生贄のブタのために森の中に入ってゆくのでした。すきが黒い土を掘り下げる前、たくさんの穂から収穫物が取り入れられる前に、恩恵を与える女神に祈願がなされ、生贄がセレスに供えられ、懇願や神の恵みの所作を取りしきる家族のブナの木である私の父の白い頭を未だに私は見るのです。

私は、隣の牧場で摘んだ花々で春の偶像とマルテ・シルバーノの像を飾っていました。私の子供の耳は、木々の幹、みずがや、海辺や噴水のダイヤモンドから現れる超自然の声を聞いたと思ったに違いないのです。何度か私は儀式で持ち上げた両手の上に、原始的な聖壇の石塊の上に注がれる聖油壺を運びました。そして、家庭の守護神の姿が現れるのを待ち、近くの水から守護の妖精が出現するのを見ようと待っていました。一方で、私の花咲く精神の中では、好奇心と恐怖の混在したものが目覚めていました。私は、神々とすれ違ったと思いましたが、決してそれを知覚するには至りませんでした。そして、既に私の中には、偉大なことを実現するという希望がありました。私の唇からは、奇妙なリズムと私が創作した朗詠が湧き出し、それは、何も言わず、実際、私自身にとっても不可解ですが、優れた人間には理解されるであろうし、アルバレスの口もとの昔の讃美歌のように彼らに捧げられるものなのです。既に最初の年頃を過ぎて、私はヘラクレス信仰に熱心でした。そして、私の初恋の幸福の中で、私の指はバラの多くの冠を織りました。絶え間ない音楽、黄金の幸福な光は、それらの甘美な年月に私の時が舞い上がるのにいつも先んじていました。ミューズの神たちは私に恩恵を与え、私の世界の道の歩みを何も妨害しませんでした。ある日、私の両手に、エンニオの作品が落ちてきました。そして、私は、彼を通じてエベメロを知り、エピカルモの詩行の未知なる香水を吸い込んだのです。疑問が少しずつ私の魂の中にしみ込んできました。私の昔の享楽が持っていた繊細な持病が襲来してきたのを感じました。その後、まるで失神するかのように、それまでに感じたことのない弱々しさの中で私は形容しがたい眠りに落ちました……。

——それは、神の空腹なのです——パブロが遮りました。

バロは続けました。

——全ての神々は、私の希望を隠しているかのようで、私の疲れを避けているようでした。私が希望をつなぐことのできた唯一の神がローマで、ローマが愛と未来の自由の支えであると理解した時までには、既に最初の幻想が失われ、既に世界についての自らの仕事の考えを持ち、既に地上における我ら民族の使命を見定めていたのです。ローマ、良き女神。創造主ヴィーナスと復讐者マルテそして宮殿のアポロの信仰をよみがえらせたアウグストの回想録を我々は崇拝するのです。なぜなら、私にとっては、ローマの心と腕と頭の中で、三人の女神たちが一緒になるからです。母なるヴィーナスは、数知れない市民たちが湧き出るであろう勝ち誇った横腹を養いながら、平和の芸術に巧みな者たち、畑の主たち、農作業でのたくましい男たち、都市の生活を喜び、明るさと力を礼賛するローマ人の血の中にその炎とバラを再生するのです。復讐の軍神マルテは、古い月桂樹を若返らせ、成長させ、新しい月桂樹を香しい葉で覆います。祖国の侮辱を常に罰し、国民の腕を武装し、古代ローマ神殿の品格と威厳を維持するでしょう。そして宮殿のアポロは、単に戦士ではなく、その聖堂が四頭立ての二輪車の上に太陽の姿を見せるあの者でもなく、永遠の弓兵であり、ローマの精神を何世紀にも亘って鼓舞し、鼓舞して続けるであろう神であり、ローマ人の心に火をつけ、ラテン語とラテンの血は際限なき勝利の中で帝国を不滅にするでしょう。私はローマの祭典を夢見るのです、数百年の競技の如くに繰り返され、そこには将来、世界の全諸国が集まるでしょう。もし、一人の神が、有名な神々や今日では隠れているか病気であるか逃亡した神々よりも、より偉大であることが明らかになるのであれば、彼は偉大な司祭の化身として奉献の合唱と聖なる行列を取り仕切るでしょう。新しい信仰の司祭たちは、得られた勝利につき、富と人民の健康と聖なる尊ばれる美の保全につき、また、畝(うね)の穂、庭のバラ、愛と教養ある祖国と子孫に与える乳房と腹について、神の力に感謝するでしょう。それは、ローマの王権の下のアポロ神の王国なのでしょう。そして、国民は、絶対的優越と平和と幸福を与えた征服者の黄金の剣を祝福しながら、拍手をおくるでしょう。アポロ宮殿の聖堂ではなく、公の広場で、地上の最初の詩人により書かれ、若さと美しさを持つ男女の巨大な合唱団により歌われる世俗のカルメンが鳴り響くのでしょう。世界の心臓が震えるでしょう。歌は、天上の青い丸屋根の下、丘の上を、恵みの風により運ばれてゆくのでしょう。もはや、地上の聖母を尊ぶのはスキトスやインドス、メドスやガリアやゲルマニアだけではないでしょう。おそらく、これほどの威厳の前にかしずく新しい世界があるでしょう。

短い息継ぎの後に、以前に作っていた詩を朗読し始めました。おそらくは、彼自身が世俗のカルメンを歌うであろう未来の詩人に思いをはせながら。

ローマ、偉大なローマ、高貴な帝国、世界の聖母！
お前の視線に栄光がたちあがり
全身に力を纏い、右手に響きわたる勝利を持ち
そして、魔法のサンダルは、雷の首の上にある。

お前は、我らの血管の中に律動を与えるこの炎のワインだ、
ラテンの血のこの激しさ、
ロムロの渇いた唇への乳房に変わり
太古の日に、ざらついた拡大鏡を持ってきたのだ。

七人の王たちが最初に七つの丘を眺めた、
そして古い幹から立派な子孫が湧き出したのだ。
共和国にサビーノスの山の月桂樹を戴冠した、
美しいエトルリアの月桂樹とラシオの棕櫚だ。
高貴な輝きの偉大な行列！　難儀な征服、
貴族と平民、領事の輿。

斧、先駆警士、軍団……
どの洞窟で神秘的な神のハーモニーが未だに響き渡るのだろうか、
叙情的な清水の中でそのオリンポスの言葉を、
叙情的な清水の中で、水の精ヌーマから聞いたのだろうか？

そしてあそこには鷲の合唱がある。どこから勝利者たちはやって来るのだろうか？
空の四地点から、粗野なカルタゴから、
幸福な島々から、白く聖なるアテネから。
そして、お前の勝利者たちは、おお、シーザーよ！　ガリアの荘厳な森から来るのだ。

そして、全ての風に運ばれて

太陽の炎の下、大酒飲みたちが吹く風に、
尊大な皇帝のおごり高ぶる王冠が輝くのだ。

そして、彼の手が、持ちあがる時、ホベの手のようにローマ神殿を統治するのだ……。

パブロが再び遮りました。
——私は神に来るべき勝利を知らせるのです。
そしてバロが、
——ローマは不滅でありましょう！　……。

D．Q．

私たちはサンティアゴ・デ・キューバの近くに守備隊として駐留していました。その夜は雨が降っていましたが暑さは過酷なものでした。私たちは、飢えで死にそうになりながら、闘うこともなく絶望と怒りに満ちたあの場所を後にするため、スペインからやって来る新しい軍の中隊の到着を待っていたのです。受け取った知らせによれば、中隊は、今夜にも到着するはずでした。暑さが激しくなり、睡魔に苛まれ休めないので、私はテントの外に一息つくために出ました。雨は上がり、空は、いくらか晴れ渡り、その暗い奥底には、いくつかの星が輝いていました。私は、頭の中に積み重なっていた物悲しい思いを雲に向かって解き放ちました。あそこの遠くにある多くのことを考えたのです。私たちを責め立てるひどい運について、そしておそらく神が、鞭打ちを新しい方向に打ち、新しい方法ですぐに雪辱戦を行うことについて。多くのことを考えていました……。

どのくらい時間が経ったのでしょうか？　星たちが、少しずつ光彩を失っていくのが分かりました。平野を清涼にした風は全て曙の側から吹いてきました。そして曙が現れ始め、そのうちに、起床ラッパが何故だかわかりませんが悲しみに満ちて、私の耳に届き、朝の音符を撒き散らしました。すぐ後に、中隊が近づいていることが告げられました。実際、私たちのところに到着するのに時間はかかりませんでした。そして、我々の同志たちと挨拶をかわし、新しい太陽の下で友愛をちぎりあいました。その後、私たちは同志たちと話し合っていました。私たちに祖国の知らせがもたらされました。彼らは最近の戦闘の被害につき知っていました。私たちは悲嘆に暮れていましたが、闘い、復讐の怒りに騒ぎ立ち、敵にできる限りの損害を与えるという焼けつくような望みを持っていたのでした。我々全員が若くて勇ましかったのです、一人をのぞいては。全員が、私たちと交信し、会話しにやって来ました、一人を除いては。我々に糧食を運んで来て、それは配給されました。食事の時には、我々全員が少ない配給物資を貪り始めました、一人を除いては。彼は五十歳でしょうか、しかし、三百歳だったのかもしれません。彼の物悲しい視線は、私たちの魂の奥底までしみ込み、何世紀もの事柄を私たちに語りかけるように思えました。何度か、人が彼に話しかけましたが、ほとんど返答がなく、物憂げに笑っていました。孤立し孤独を探していたのです。海の方の水平線の奥の方を見ていました。彼は旗持ちでした。何という名前なのか？　彼の名前は決して聞いたことがありません。

従軍司祭が二日後に我々に言いました。

——我々には出発命令は未だ出されないものと思います。人々は闘いを欲していらだっています。幾人かの病人がいます。結局、いつ我々の哀れな聖なる国旗が栄光で満たされるのを見ることでしょうか？　ところで、貴方は旗持ちを見ましたか？　彼は病人を助けることに懸命なのです。彼は食べません。彼の分を他の人に運ぶのです。私は彼と話しました。彼は驚異的で奇妙な男です。勇敢で、心が大変気高いように思われます。彼は実現不能な夢を私に話しました。司教が乾杯で述べたように、間もなく私たちがワシントンにいることになり、首都に我らの国旗が掲揚されるであろうと彼は信じているのです。最近の災難が彼を悲しませました。しかし、彼は我々を守るべき未知の何かを信じています。サンティアゴを信じているのです。我ら民族の気高さと我々の大義の正当性を。貴方は知っていますか？　他の者たちは彼を馬鹿にして笑うのです。制服の下に、古い甲冑を身につけていると言うのです。彼は、気にしません。私と会話しながら、深くため息をつき、空を見るのでした。彼は、性根は良い男です。私の同郷人でラ・マンチャの人です。神を信じ、信心深いのです。いくらか詩人でもあります。夜になると八音節四行詩の詩を作り、一人で低い声で朗読すると人は言います。ほとんど迷信的に彼の旗を崇拝しています。徹夜で夜警をするということが確かめられています。少なくとも、誰も彼が眠るのを見たことがないのです。貴方は、旗持ちが風変わりな男であると私に告白するのでしょうか？

――従軍司祭殿――私は彼に言いました――、私はその男が、確かにいくらか風変わりであるとみていましたが、他方、どこかわからないのですが見たことがあると思うのです。何という名前ですか？

――私は知りません。――従軍司祭は私に言いました――。名簿で彼の名前を見ることは思い浮かびませんでした。しかし、全ての彼の物には、二つの文字が刻まれていました。D．Q．と。

我々が野営していた地点からすぐそばには深淵がありました。しかし、石ころだらけの割れ目には、影だけが見えていました。投げられた石は跳ね返りますが、落ちたとは感じません。美しい日でした。熱帯の太陽が大気を熱していました。我々は、出発するために兵籍に入る命令を受けました。おそらくは、同じ日にヤンキーの軍隊と初めて衝突するのでしょう。あの白熱した空の怒りの炎で金色に輝く全員の顔には、血と勝利の希望が輝いていました。全て出発準備ができていて、ラッパは、空気に黄金の印を描いていました。歩きだそうとしていた時に、一人の将校が全力で馬を駆けながら曲がり角に現れました。隊長を呼び、彼と秘密裡に話しました。そのことをどのように君たちに言いましょうか？　君たちの希望が建てた寺院の円屋根に君たちは決してつぶされたことはないのでしょう？　君たちの前で君たちの母親が殺害されるのを見ながら苦しんだことは決してないでしょう？　あれは最もひどい悲痛でした。それは知らせです。我々は敗北したのでした。どうしようもなく敗北したのです。もはや闘うことはないでしょう。捕虜として、敗者として降伏せねばなりません。セルベラは、ヤンキーの手中にあったのです。艦隊は海に飲まれ、北米の大砲がずたずたにしてしまいました。既にスペインが発見するものは世界に何も残っていなかったのです。我々は、勝利した敵に武器を引き渡さねばなりませんでした。全てです。そして、敵は直毛で山羊の髭髪のある大きな金髪の悪魔の形相で現れました。青い目の軽騎兵の警備隊を従えた米国の将校でした。そして恐ろしい光景が始まりました。剣は引き渡されたのです。銃もです……。幾人かの兵士はわめいていました。その他の兵士は青ざめていて、涙で目が潤み、怒りと恥で憤激していました。そして、国旗は……。国旗の時がやってきた時に、全員に予期せぬ驚嘆を与えた出来事が見られたのでした。数百年の深い視線で見ていたあの奇妙な男が、黄色と赤の旗を持ち、我々に最も苦い別れの視線をやり、誰もがあえて彼に触ることなしに、一歩一歩深淵に向かってゆき、その中に身を投げたのでした。崖の未だ暗いところから岩が甲冑の音のような金属音を返しました。

従軍司祭は、後になって思い悩んでいました。

――〝D．Q．〟……。

突然、私は、謎が明らかになったと思いました。あの容貌は、確かに私には見覚えがありました。

――D．Q．（ドン・キホーテ）――彼に私は言いました――この昔の本に描かれています。聞いて下さい。〝我らの郷士は、五十歳の年齢に近く、たくましい体格で、肉はやせて、顔は干乾びており、とても早起きで狩猟の友であった〟。キハーダ或いはケサダというあだ名を持っていたということです。――そこには、この事例を書いた筆者たちの間には、いくつかの差異があります――真実らしい推測によりキハーノという名前であったとみなされるとはいえ。

新年の物語

昔々、ユートピアの王国に、バラの花々の中のバラと呼ばれるとても美しい姫がおりました。その名前を持っていたのは、彼女を見れば、花々の女帝の人間の化身であると思われたからです。彼女の顔は、白紫のバラに似ており、そこからは比類なき芳香が発散され、ちょうど庭を散歩する時、それは、全ての花の胸奥の様々な息を超えるのでした。サン・シルベストレが十二月の最後の星を消し、輝くばかりの太陽の美しさが開かれた時に新年の暁が生まれました。そして、生まれた時に、彼女の父親の王と宮廷人たち全員が不思議な香りを感じ、あの顔の素晴らしさを見て、言ったのです。〝これは、バラたちの中のバラだ〟。そして、このように洗礼を受けたのでした。なぜなら、彼女がバルコニーに姿を見せると、人は、冬の雪の中にいても、或いは夏の強烈な炎の波の中にいても、春の到来を感じたのです。空気が喜び、香気が漂うのでした。激しい光が光り、森の精が覚醒するように感じるのでした。鳥たちの響きの良い群れは魔法の交響楽を奏で始め、そして、全てが若さと愛らしさで飽和するのでした。

バラたちの中のバラは、女王に戴冠されました。そして、世界でも同じような祝宴はありませんでした。外国の王子たちが行列をなして彼女に求婚するために競い合いました。多くの人が彼女の優しい目の視線を求めにやって来たのです。誰もが彼女が心から好む人を指し示すには至りませんでした。

そして、年老いた王が彼女に言いました。

——結局は、お前は、誰にお前の手の宝石を、唇の花を、お前の両目のダイヤモンドをそして神秘的なルビーを与えるのだろうか？

彼女は答えました。

——白鳥に。

白鳥に？

実際、庭の最も美しい池には、魔法のバラの木と東屋と一緒に調和ある王がおりました。白鳥です。それは真白く、銀色で、光沢のあるバラ色の瑪瑙のくちばしはヴィーナスのかかとのようでした。翼は雪花石膏でできた二つの扇で、首は気品ある印を儚い宙に描き、その秘密が感化してその場所を魔法がかかったようにするのでした。それは、官能的な鳥で、王女のお気に入りでした。なぜなら、彼女は、象徴的な恋人の愛撫でバラのように花開いた別の美しい姫、レダの寓話を読んでいたからです。

そして、夜が明けると、暁の甘さの中或いは夕暮の菫色と黄金色の時に、彼女は叙情的な恋人と愛や詩について対話するために池にゆくのでした。彼もまたそのオリンポスの魂と絹の詩のような体で彼女を愛していました。そして、彼女は、しばしば真珠のように白い裸になって、耳に心地よい不思議な夢の化身の楽しい音楽に身を任せるのでした。バラたちの中のバラは真珠の中の真珠でも有り得るのでした。

そうであるなら、年老いた王が言いました。

——誰を愛しているのだ？

そして素朴で自然な彼女は答えました。

——私は白鳥を愛しています。

——そうであれば、白鳥は、戴冠されるべきで、王座に座るであろう——と年老いた王が確言しました。

そして、そうなりました。


新年のある朝、長い銀のトランペットを持つトランペット奏者たちが、白馬に乗って、街の通りを、姫と白鳥の王子との結婚を告げながら歩き回りました。

そして、宮廷の前に、白鳥が導かれ、金の紫のクッションの上に置かれたのです。そして王女は笏を手に持ち、彼の白い王を情熱的に見ながら彼の側に座りました。そして二人は旗の下を行き、年老いた王は、雪のような顎鬚で承認したのでした。

そして、バラたちの中のバラは、その後、庭の池に行き、魅力的な王子を愛により愛したのです。


そうすると、彼は人間の声で話しました。

——君は君の夢と結婚することを望み、そして、世の愛を捨てて唯一無限の愛を探しました。私は、君に結婚式の宝石として不死を与えましょう。新年の朝に地上に開く全てのバラの花は、常に君の何かを持つでしょう。そして、君の香は春の季節の間続くでしょう。今日から、バラたちの中のバラでである君は、白鳥であり花であり、芳香と調和を一緒にする魅力的な花びらの雪のような白い魔法使いであるのです。

〝そして、何故なら君は不可能の神に神秘的な結婚で身を捧げようとしました。私は夢の女帝を知っていますし、素晴らしい不滅のサバの女王を知っています。なぜなら、私は、永遠のソロモン、智慧と分別の皇帝、そして、私の魔法の祈りの中の詩的領域の支配者なのですから。私は、純粋な美と至高の理性の総和なのです。〟

黒いソロモン

その時――ソロモンが最後の夢の中で休もうとし、他方で疲れた悪魔たちの群れがガラスのサロンで眠っている時――、ある午後でしたが彼は当惑していました。彼の目の前に、鉄の彫像のような異様な姿の精霊或いは影の王子が出現したのです。彼にとっては見たことのない一体どの精霊で？　どの闇の王子なのでしょうか？　彼の指輪の力は、その出現の前には役に立ちませんでした。彼は尋ねます。

――お前の名は？

――ソロモン。

賢者はとても驚きました。すぐに彼と同じ気質と視線を有する顔の不思議な美しさに気付きました。

驚くべき黒玉で彫られた彼自身と言えるでしょう。

――そうだ――黒い素晴らしいソロモンが言いました――。私は、お前と同じだが、唯一お前とは正反対なのだ。お前は、地球の表側の主だが、私は裏側を所有する。お前は、真実を愛するが、私は唯一存在する嘘を支配する。お前は昼間のように美しく、私は夜のように麗しい。私の影は白いのだ。お前は、太陽に照らされた側の事柄の意味を理解し、私は隠れた側の意味を理解する。お前は、目に見える月を読みとり、私は隠れた月を読みとる。お前の才能は、奇怪で、私のは、典型的な美の間で輝くのだ。お前は、天使がお前に与えた四つの石の指輪を持つ。悪魔たちは私の指輪に、水の滴、血の滴、ワインの滴そしてミルクの滴を置いたのだ。お前は動物たちの言葉を理解したと信じている。私はお前が単に音のみを理解し、言葉の秘密を理解していないことを知っている。

それまで無言であったソロモンが叫びました。

――偉大な神に誓って！　呪わしい精霊が神とその最良の創造物に対して、一体どうしてそのようなことを確言するのか？　人間たちは過ちに汚染され得る。しかし神の動物たちは清浄の中に生きているのだ。一体どうしてその無垢の考えが私をだまし得たのか？

そして、黒いソロモンは、

――呼び覚ませ――言いました――お前に、〝全ての創造物は神を褒め称えるように〟と書かれた石を与えた鯨の形の天使を。

ソロモンは、指輪を頭の上に置きました。すると奇形の天使が現れました。

――お前の確かな名前は何だ?――黒いソロモンが尋ねました。

天使が答えました。

――おそらく。

そして、消えてしまいました。ソロモンは、全ての動物たちを呼び、孔雀に言いました。

――お前は私に何と言ったのか?

すると孔雀は、――お前が裁くように、お前は裁かれるであろう。

こうして、彼はその他の家畜に尋ね、そして彼らは答えました。

小夜啼鳥――穏健さは、最大の財産です。

きじ鳩――陽の目を見なかった多くの人たちのためがより良いでしょう。

鷹――他人に対してあわれみを持たないものは、自分自身にも見つけることはないでしょう。

シルダールの鳥――罪深き者たちよ、神に帰依しなさい。

燕――善を行いなさい、そうすれば報われるでしょう。

ペリカン――天と地において、神が讃えられますように。

鳩――すべてが過ぎ去ります。神のみが永遠です。

カタの鳥――黙る者は、より確実に言い当てるのです。

鷲――どんなに我らの人生が長くとも、いつもその終わりが来るのです。

烏――人間から離れているのが、一番良いのです。

雄鶏――神のことを考えなさい、軽々しい人間たちよ。

なるほど、よろしい！――黒いソロモンは叫びます。孔雀よ、お前は嘘をついている。人間の間では、唯一はびこるのは悪い考えである。そして、動物の間では、人間と同様、信頼が羊をオオカミの口の中に置くのだ。小夜啼鳥よ、お前は嘘をついている。実力の行使なくしては何の勝利もない。穏健さは、平凡あるいは臆病と呼ばれるのだ。ライオンや大きな滝や嵐は穏健ではない。キジ鳩よ、お前は嘘をついている。弱者についてのお前の格言につき話さないからだ。弱さは、貧困と並んで、地上においては唯一の犯罪だ。鷹よ、お前は、七度嘘をついている。慈悲心は、無思慮でありうるのだ。ああ、信心深い者たちよ！　憎悪は救世主であり力強い。小さな者たちを押し潰せ、負傷者にとどめを刺せ、飢えた者たちにパンを与えるな、片足の不自由な者を完全に役立たずにするのだ。こうして、世界の完成に行き着くのだ。シルダールよ、お前は嘘をついている。お前は偽善の鳥だ。それはそれとして、神はXと呼ばれ、ゼロと呼ばれる。燕よ、お前は、嘘をついている。お前はタカの愛人だ。ペリカンよ、お前は、嘘をついている。お前はシルダールの兄弟だ。そして、鳩よ、お前は嘘をついている。お前は両方の妾だ。カタよ、お前は嘘をついている。吠えてとどろかす者は黙るべきではない。道理は常に彼と共にある。鷲、カラス、雄鶏よ、私は、お前たちを無分別の鳥籠に閉じ込めねばならない。それは、得意絶頂にあるソロモンが全く私に逆らうことができず、雄鶏の目玉が泉を見つけるために地表を貫くことがないほどに確かなことだ。

家畜たちは消えました。悪魔たちは、目覚め、ガラスを通して窺っていました。ソロモンは、その漠然とした不安と共に、話をして祈祷療法で支配することができなかった黒い自らの姿を眺めていました。そして、黒いソロモンが出発しようとしていた時、再び彼に尋ねました。

――お前の名前は何と言ったのか？

――ソロモン――微笑みながら答えました――。しかし、私は別の名前も持っている。

――何だ？

――フェデリコ・ニーチュエだ。

賢者は悲嘆にくれてしまいました。そして、無限の翼の天使と共に神の真実を熟視するために昇天する支度をしたのです。

シモルグの鳥は、急いで飛んでやって来ました。

――ソロモン、ソロモン。お前はそそのかされたのだ。自分を慰めるのだ、喜ぶのだ。お前の希望はダビデにあるのだ！

そして、ソロモンの魂は、神に合体したのでした。

アポロの七人の私生児

七人の姿が私の近くに現れました。全員が美しい絹を纏い、その身振りは韻律で、その調和ある容姿は魅力的でした。

話しかける時には、その言葉は音楽でした。もし、九人であれば、おそらく聖なるオリンポスのミューズだと信じたでしょう。彼女たちの中には、たくさんの光と調べがあり、至高の磁石のように引き寄せるのでした。

私は魔法の一団の方に進み出て、言いました。

——貴女たちの美しさは、貴女たちの魅力は、おそらくは、七つの重罪なのでしょうか、それとも多分七色の虹の或いは七つの美徳或いは大熊座の星座を形作る七つの星なのでしょうか?

——いいえ!——最初の女性が私に答えました。私たちは美徳でも星でも色でも罪でもありません。私たちはアポロ王の私生児たちなのです。私たちの母、リラの神秘の胸から風の中に生まれた七人の姫です。

そして、前に進み出ながら、更に私に言いました。

——私はドです。至高の女王、私の母の王座に昇るためには、純粋な黄金の七つの段階があります。私は一番目にいるのです。

もう一人が私に言いました。

——私の名はレです。私は王座の二番目の段階にいます。私の身の丈は私の妹のドよりも高いのです。しかし、私たちの髪の放射は、同じなのです。

もう一人が言いました。

——私の名前はミです。私は、一対の鳩の翼を持っていて、私の仲間たちの上を黄金の奔流をばら撒きながら飛び回るのです。

もう一人が私に言いました。

——私の名前はファです。私は竪琴の弦の間、ビオラの弓の下を滑り、ベースの響きの良い胸を震わせるのです。

もう一人が私に言いました。

——私の名前はソです。私は、私の母であるリラの王座で高位の段階を占めるのです。私は星の名前を持っていて、私の姉妹たちの合唱の間で確かに輝くのです。銀の扉と金の扉にある王座の秘密を開くためには、神秘的な二つの鍵があります。私の妹ファが一つのカギを持ち、もう一つを私が持っているのです。

もう一人が言いました。

——私の名前はラです。音の詩の最後から二番目です。私は眠り言いよどむ楽器を目ざめさせる女性です。そして、聖なるビロードのような小夜啼鳥は、私の胸の間で休むのです。

最後の女性は沈黙していました。私は彼女に言いました。

——おお、君は、君の母リラの一番高い段階に位置している！　君は美しく、善であり、魅力的です。ですから望みのように快く、さえずりのように繊細で、ガラスのように透明な名前を持っているに違いありません。

彼女は甘く私に答えました。

——はい。

蛆虫

ベンベヌート・チェリーニのことが話されていたので、偉大な芸術家イサアク・コドマノが彼の生涯で一度だけ一匹の火とかげサラマンドラを見たと確言したことを誰かが笑いました。

――諸君、笑わないように。私が諸君を見ているように、もしサラマンドラでなければ、蛆虫(うじむし)か雌蟷螂(かまきり)を見たということを私は諸君に誓います。

諸君に、かいつまんでその事例を話しましょう。

私は、ほぼ全アメリカと同様、妖術が行われ、魔法使いが見えないものと交信する国で生まれました。土着民の神秘は、征服者たちの到着でも消滅しなかったのです。むしろ、植民地ではキリスト教により、奇妙な力や悪魔礼拝や邪視を呼び起こす慣習が増大したのです。私が最初の数年を過ごした都市では、よく覚えているのですが、悪魔や幽霊、小びとの出現について普通のことのように話されていました。私の家の隣に住む貧しい家庭では、例えば、イベリア半島の大佐の幽霊が若者の前に現れ、中庭に埋められている宝を啓示したということが起こりました。若者は尋常ではない訪問により亡くなりましたが、家族は裕福となり、今日でもその子孫は裕福なままです。一人の司教が別の司教の前に現れ、大聖堂の古文書室から失われた文書がある場所を示しました。私が居合わせたある家の窓からは、悪魔が女性を連れ去りました。私の祖母は、頭のない修道士や地獄の蜘蛛のような一本の毛むくじゃらの大きな手が現れた恐ろしい夜の存在を確言していました。これらすべてを私は子供の耳で学んだのです。しかし、私が影と暗い秘密の世界を見て、それに触れたのは十五歳の時でした。

あの町では、州内のスペインの町と同様、隣人たち全員が夜八時か遅くとも九時には扉を閉めるのでした。通りには、人気がなくなり、静かになりました。軒先に巣くったフクロウや郊外の犬の遠吠え以外には物音は聞こえません。

医者や司祭、或いは夜間救急を探して外に出る者たちは、各々の電柱に置かれた石油の街灯のわずかな光にどうにか照らされた石ころと穴ぼこだらけの通りを通ってゆく必要がありました。

幾度か音楽や歌のこだまが聞こえました。恋人から恋人へのロマンティックな愛のささやきを語るギター伴奏によるスペイン風の小夜曲や詠唱、恋愛詩曲でした。これは、一台のギターから恋人の歌い手、最少人数から四重奏、七重奏更にフル・オーケストラとピアノにまで変化し、誰か金持ちのぼんぼんが、望みをかける淑女の窓の下で演奏させていました。

私は十五歳で人生と世界に大きな焦燥感を抱いていました。そして、私が切望したことの一つは、通りに出られること、そしてこれらセレナーデの人々と一緒に出かけることでした。しかし、どうやってやるのでしょうか?

幼年期に私の世話をした大叔母は、一度数珠で祈りを捧げると注意深く家中を歩き回り、全ての扉を閉め、鍵を持ち運び、私をベッドの天蓋の下にきちんと寝かせつけるのでした。しかしある日、私は、夜にセレナーデがあるのを知りました。更にその上、私と同じほど若い友人の一人が、祭りに参加することとなり、その魅力を最も魅惑的な言葉で私に大げさに話すのでした。その夜に先んじる全ての時間を私は落ち着かずに逃亡計画を考え、準備しながら過ごしました。そうして、政治のことを話したり、トランプや三人のカルタ遊びオンブルをするためにやってきた大叔母の訪問客たちが去った時――その中には、一人の司祭と二人の学士がいました――、そして全ての祈りが終わり、誰もが眠った時に、私は尊敬すべき婦人から鍵を奪う計画を実行に移すことしか考えませんでした。

三時間ほどが過ぎました。それは私にとって骨の折れることではありませんでした。なぜなら、私は彼女がどこに鍵を置くかを知っていたからで、その上、彼女は至福を得た者のように眠っていたのでした。探していた鍵の所有者は、どの扉に対応するかを知っており、遠くでバイオリン、フルート、そしてチェロの和音が聞こえ始めた時には、私は外出することができたのです。私は自分が大人になったつもりになりました。メロディーに導かれ、私は、すぐにセレナーデの行われているところに着きました。音楽家たちが演奏する間、集まった人々は、ビールやアルコールを飲んでいました。その後、テノーリオの役を演じていた仕立て師が、最初に〝青白い月の光に〟を歌い、その後に、〝覚えていますかあの時、曙が……〟を歌いました。私にとって特別なその夜に起こった全てのことを如何に記憶にとどめているかを諸君に理解してもらうために、私はこれほどの詳細に入るのです。あのドゥルシネアの窓から、別の窓に行くことを決意しました。大聖堂の広場を通りました。そして、その時に……。私は十五歳だったと言いましたが、熱帯であり、私の中には、思春期の全ての欲求が傲慢に目覚めていたのです……。そして、私の監獄の家では、学校に行くためにしか外出せず、あの監視とあれら原始的な習慣がありました……。ですから全ての不思議を知らなかったのです。そうして、セレナーデの後に、大聖堂の広場を通った時、ベールをかぶり眠りに任せたかのような女性を見た時の私の喜びはどれほどだったでしょう！　私は立ち止まりました。

若い女性？　年老いた女性？　乞食？　狂人？　私にはどうでもよかったのです！　私は、夢に見た天啓と憧れの冒険を探しに行きました。

セレナーデのことは遠のいていました。

広場の街灯の明るさがわずかに届いていました。返事がなかったので、私は、前屈みになり、私に返事をしたがらず、できるだけ顔を見ないようにしていたあの女性の背中に触りました。私は横柄に言い寄りました。

そして、私が勝利を得たと信じた時には、あの姿が私の方に振り向き、その顔を露わにしたのです。

おお、驚きの中の驚きです！　あの顔はねばねばとして崩れていたのです。一つの目が骨ばった膿んだ頬の上にぶら下がり、腐敗した夜の冷気のように私に近づきました。おそろしい口からは、しわがれた笑い声が出てきて、その後、あの〝もの〟が最も気味の悪いしかめ顔をしながら、このように表すことのできる音を発しました。

――クググググ……！

髪を逆立てて私は跳び上がり、大きな叫び声をあげました。呼んだのです。セレナーデの幾人かが到着した時に、その〝もの〟は消え去っていました。

諸君には、私の誓いの言葉を与えます、諸君に話したことは、完全に確かなことですとイサアク・コンドマノは締めくくりました。

ファラルスの称賛に値する思いつき

〝おお、このファラルスは、何という偉大な人物でしょう！〟彼を知っている全員がそう言うと、ファラルスは、目を閉じて、嬉しそうな笑みを浮かべてその讃辞を聞くのです。

ファラルスは、カタラン人で、その民族のとても勇敢な特質を持っています。特に彼は商売については大胆です。唯一粗野すぎるのです。もし、もう少し粗野でなければ、ふんだんな資金を得たであろうし、それを注意深く守ったでしょう。なぜなら、亡くなった夫人と百五十万も使ったことが歴史となっているからです。それは歴史なのです！　いくら彼が青春の過ぎ去ったことと言っても、それは歴史なのです！

パリのファラルスを知る者たちは、三十年以上前から彼が日常的に二十フラン金貨ルイスを探す以外に専念しないことを知っているのです。ルイスのこと、ルイスのことしか頭にないのです。もし何かが上に落ちてくれれば、更に良いのです。そしてその何かはよく落ちてくるのです。何ともよく落ちてくるのです！　それほども粗野で優秀なファラルスは、それを探している人間たちの間で、いつも彼よりももっと粗野な人間を探すのです。

ファラルスは何をしているのでしょうか？　全てです。薬剤師のことにつき知っており、合資会社の仲間が探しても無駄であった秘密の特効薬を発明し売り出したのです。半分挿絵画家、半分写真家、半分仲買人、半分書籍商人、半分パン屋で、そして特に、パリ人が言うように、〝お金〟を見分けるための繊細な嗅覚を持つ、スペイン語を話すお金なのです。なぜなら、ファラルスは、曖昧な宣伝ビラに関心があり、ある人々が宿泊するホテルを訪問し、その後、その肖像写真と短評を発表するのです。〝シナルバの名高いチョコレート商人ドン・フルクトウオソ・ミエールと美しいご夫人がパリに到着しました。これほど令名高き泊り客に対して、我々は挨拶し、快適な滞在を望みましょう〟。そして、ファラルスは、彼の金貨ルイスを失わなかったのでした。そして、もし収益が落ちてこないなら、別の物が落ちてくるでしょう。

ファラルスは、ユーモアを持ち、風変わりな機知のひらめきを持っています。なぜなら、少し前に、彼が言うにはとても太っていて〝ジャガイモを上手に煮炊きする〟ファラルス夫人が病気となったことがありました。そのことは、なにも我らの人物の生き方を変えなかったのです。というのは、彼の愛妻がどうしているのか質問した時には、〝不便、不便、不便！〟としか答えなかったのでした！ ファラルスの性悪人！

ファラルスは、医者を信じません、信じるとしても、私が言ったように、彼が薬剤師の多くのことを知っているのであれば医者の何を必要とするのでしょうか？ こうして、ファラルスの妻は（神は本当に彼女を栄光の中に持つべきです）、彼の夫の全知識で投与した全てを試さねばなりませんでした。苦い水薬、甘い水薬、怪しい水薬、全ての色の水薬をです。

――ご夫人は引き続き如何ですか、ファラルス？

――私は彼女を軟膏の中に包んでいますよ。

ファラルス夫人は、私たちが後で彼女の消息を知ったところでは、全くあきらめて、まずい飲み薬と塗り薬を我慢したのでした。肥満だったのが骨と皮ばかりになりました。そして、ファラルスは、新しい処方箋を発明し、恐ろしい平静さでそれを彼女に与えたのでした。可哀想なファラルス夫人！

しばらくその途方もない男を見ることはありませんでした。

そして、更に彼が彼の金貨ルイスをとらえることを習慣としていたホテルや民宿でも彼を見かけることはありませんでした。

――ファラルスはどうしているのだろうか？――私たちは話していました。

数日前に、私はこれまでになく彼が活気づいているのを見かけました。腹のかさが増し顔はより広くなり、並木道の舗装路の上をいつもよりもっと鷹揚（おうよう）に歩いていました。

――ファラルス、随分ひさしぶり！

――貴方、私の帽子の黒いリボンを見て下さい！――私に言いました――。でも損をしたのですよ。

――付け加えました――。損をしたのです！　それほど良き間食が好きな貴方！

――しかし、何を、ファラルス、何を私が損したのですか？

――〝肉料理コテレッテス〟ですよ！　二日前に私の妻を埋葬したのです。多くの友人が埋葬に行きました。帰る時に、彼らをこの近くの私の知っているボイリョンシートに招待したのです。そして、あそこで指をなめるほどの〝肉料理コテレッテス〟を私たちに出したのです。損をしたのです、損をしたと私はあなたに言うのです。損をしたのです！

！　ファラルスの悪魔！

（アポロン神の春）

ふんだんな髪。夢と意思を持つ両目。若さ、若さが一杯の詩人が話します。

――私は大洋の向こう側で生まれました。大草原と偉大な川の土地です。私は思春期からアベルであると感じていました。私の全人生を生き、ロバの顎骨でカインを骨抜きにすることを決心したアベルです。私は両親を悲しませました。

なぜなら、彼らはとても早くから私の中に竪琴の兆しを見たからです。私は商取引の環境の中で数字に取り囲まれ、それから私は柵を飛び超えました。祖国の全ての讃え歌の中で、唯一私の精神の中には、詩の朗唱が残りました。自由！　自由！　自由！　私は、すぐに心の底の意思の力によって自由を感じたのです。

そして私は、同志である長兄を知りました。彼は私に右手を差し伸べながら、戦いと叫びのための広大な陣地を示し、人類の連帯の感情の中で、悲劇的人生と強烈な詩を持つ美しく向こう見ずなあの若者に手ほどきをしたのです。私の放縦な生活は、労働階級の扇動と混ざりあい、未だ青年期には、自分が赤い闘争や抗議の決意ができていると考えていたのです。大胆な狂おしさを詩句にし、響きの高い不可能の詩を作りました。私の運動と活動にあこがれる魂は、春に場末に漂いました。私は、どこに行っているかをよく知らないのではなく遠くのラッパが私をどこに呼んでいるかを知らなかったのでした。私は自然の神秘にかぶれ、そして大衆の運命は、私にとり謎であり主題であり強迫観念でした。誇りで私は燃え上がりました。人類の連帯の中で自分を震える個であると考えました。私にとってては何も不思議なことはありません。そして、私の個は、夢と創意を持つ頭蓋骨の箱以外には何も荷物を持たず、世界を侵略するのでした。

私の精神は、庭でした。私の野心は、人間の自由、神の翼でした。そして、プロレタリアや卑しい者たちや労働者たちの魂を奮い立たせる鐘よりも良い鐘を見つけることができなかったため、私はキリストを下層地区の居酒屋や飼い葉桶の中に探しに行きました。私——無反省の曙——は、全ての暴力の無益さを理解することなしに憎悪の力を信じました。私は、私の歌の楽器を愛撫せず、途方もない怒りのようなものを私の心に押し付けました。私は、正義を渇望する途方もない至福を探す広大な修道院となるために生まれたことを理解しました。私の航路は、いつも青に向かっていました。私の抑圧された若い考えのすべての河のためには、私は感覚の河床や言葉の瀑布以外の最良の出口を見出さなかったのです。私の反逆心は、花の冠を戴いていました。高貴な闘争と良き戦闘の準備のできたと思える同志以外の同志を持っていませんでした。私は〝偉大な牧群〟が通り過ぎるのを見たのだと思いました。私はそれを死んだ人間の幽霊を呼び起こす洞窟のような夜に夢に見ました。他方で、私は眠れる孤独なコンドルのように人間たちから離れ、暁の頁の染みのように、雪の真っ白なシーツにくっきりと輪郭が浮かび上がるみすぼらしい人間の巣箱の絶望的な光景と共に、剥き出しの山頂の偉大さについて考えていました。とうとう透明な微風が、あの時に私を鼓舞し、別の時には私の耳を平手打ちしていた詩の連節が侮辱する者の身振りで身をよじりました。私は、大雄弁を愛しました。なぜなら、預言者たちは、比喩で人民に話し、詩人や巫女たちは、謎で時代に語りかけていたことを知っていたからです。時々、私は暗闇を探していました。私は、四六時中、宿命的なものの尋問を危惧していました。鉄に話しかけるのを聞いていたのです。私の初恋は、夢に見た薔薇ではなく、生きた肉体でした。私は、とても早くから存在の衝撃により締めつけられていました。私は、貧窮の胸を愛撫しに行きました。そして愛が湧き出たのです。ロマン派的なのでしょうか？　どこまで情熱は、思春期の女性の薔薇に代表された最も崇高な現実を美化するのでしょう？　私の悲しみや私の嘆きのお気に入りの貧窮さえもが、実際すべて幸福により美化されたのでした。私の人間的な幸福の理想は、減少しませんでした。しかしながら、私の衝動や争いの宣告にもかかわらず、女性の魂と口によってより穏やかになったのです。私は、生活、血そして魂を愛する女性の中に探し見つけるのでした。しかし、それ故に私が下層の私の兄弟と考える者たちの苦しみを忘れたのではありません。その最初の苦悶を私はインドの過去の循環的な伝統にまで探しに行ったのです。私の性格が時々首をもたげていました。

猛々しい野生の若馬
騎手の拍車は感じていない！

私は意思の低下や最も上品な真珠を汚す下賤や貧窮を決して理解できませんでした。私は、時々、都市を逃れ、広大な大草原の中で内心の苦悶に混ざり合う詩が飛び立つのを見つけるのでした。万物のリズムは、自分自身のリズムや私の血流や私の詩行の創作と混ざりあうのでした。都会に戻ると、私は大衆に話しました。私は貧困に直面しながら生きていましたが、自由、自由と愛の環境の中に棲んでいました。初めての年頃の力強さ、幻想と夢の私の宝と一緒にいると私は熱狂と落胆とためらいの時を避けられませんでした。私は常に全時代の困難を感じながらも、自分を反逆の騎士として叙階しました。私は不公平の宿命を理解するに至りました。そして、私の同情は、偉大な戦没者であるサタンやカインやユダに向かいました。とうとう、私はこれほども広く長い私の土地が狭いということを発見し、そして、海のもっと向こうに未来を見たのです。私は大移動を求め、英雄的な人生を切望しました。大洋は、私の頭の翼にとっては新しい天啓でした。愛自体が、私の征服計画を元気づけるものでした。旧大陸で、私は、自由の憧れを求め続けました。人民の闘いに参加し、大火や冒涜を見て、多頭獣のわめき声を聞き、犠牲と戒めによる人類の改善を信じました。私の頭に、故国アメリカの古い伝説がよみがえり、過去の土着の神が私の戦いの散文と広く響きわたる詩歌の中に再び現れたのです。〝古いオンブの物語〟は、私の中で眠っていた三つの民族の魂を目覚めさせました。そして、ヨーロッパの風、乾いた風は、私の長い髪を動かす時に、新しい未知の勇気を私に吹き込んだのです。

その後は、覚醒したような、人生の新たな光景のようでした。私は、暴力の無益さと民主主義の凋落を理解しました。私は、永遠の中では瞬時の我々の生活を律する宿命的な法則があることを理解しました。これまで以上に、我々の人間の苦しみの罪の贖いは、唯一愛にあることを知ったのです。存在の井戸は、天国の我らの美徳にちがいないのです。我々の種子の詩或いは我々の頭脳は神聖な作品であるはずです。神秘は、全てにあり、特に、我々自身の中では陰と陽でありうることを知ったのです。そして、太陽、果物、薔薇、ダイヤモンドそして小夜啼鳥は、愛に執着することを知ったのです。

午後が黄金の空気のなかに甘い喜びを溶かしていた調和のある時刻に、このように風変わりな長髪の詩人は話しました。部屋は質素でした。古い絶対自由主義者は、その才能の誇りと本物の伯爵夫人の愛人と更に真の未来に満ちた若さと共に芸術家の貴族趣味を露呈していました。

そして、私たちは、パリの熱狂の中に出かけて行ったのでした。

復活祭のお話

えも言われぬ夜でした、本当に……。その豪華で優雅なホテルでのクリスマス・イブのパーティー、そこでは、国際色豊かなこれほどもの美しさと醜さが一緒になりポンド、ドル、ルーブル、ペソとフランが競合するのです。そして、シャンパンの陽気さと共に、バラ色の白さと輝き、宝石の光景が、やがて気の利いた音楽が遠くに聞こえます……。

誰が、私をあの貴婦人たちのグループに案内したのかは覚えていません。そこでは、米国人、イタリア人、アルゼンチン人女性たちが花咲いていました……。そして、あのもう一人の魅惑的で不思議な女性に、私は驚くほど魅了されたのでした。彼女は、全ての飾りが首につけた赤い細い飾り紐だけなのでした……。やがて、令名高きある外交官が、数か国語を話す洗練された驚くべき言葉の才能を持つ若いドイツ人を私に紹介しました。彼は美女から美女の間を社交界の女性たちを喜ばす心地よい軽口をたたきながら行くのでした。

――Mヴォルフハルト――公使が私に言いました。たいへん気持ちのいい人物です。私は、長い間そのドイツ人と話しました。彼は私たちがカスティーリャ語で話すことに固執しましたが、そういえば、私は、これほども上手にカスティーリャ語を話す同国の外国人に会ったことが決してありませんでした。私にスペインや南米への旅のいくつかを語りました。共通の友人や神秘主義の趣味につき話しました。ブエノス・アイレスでは、彼は、公館で偉大な詩人で私の古い同僚、素晴らしい友人のパトリシオと親交があったのです。マドリッドでは……。短時間で私たちは親密な関係を持ちました。ホテルの優雅な雰囲気の中、少し遅れて現れた一人の貴婦人が私の注意を引きました。その容姿は、私の中に荘厳で同時に優雅な何かを呼び起こしました。話し相手に私の賞賛と興奮を気づかせてしまったので、ウォルフハートは、私にそっと微笑みながら言いました。

――注目して下さい、貴方！　歴史的な頭！　歴史的な頭です！

私はよくよく注意して見ました。あの女性は横顔が、そして髪型が時代の誇張ではなく、クレオパトラの髪型にとても似ているのでした。その外見、その様式、特に、首に唯一の飾りとしてつけていた赤い飾り紐にとても興味をそそられた後で、私は言うのですが、マリー・アントワネットの肖像とあまりにもよく似ているのでした。私は長い間沈黙して彼女を見続けていました。本当に彼女は歴史的な頭だったのでしょうか？　そして近くには、それほども歴史的な……。あそこから目と鼻の先、コンコルディア広場には……そうです、あの頭は、シルカシアナ風やベルプール風、英国兜風、純白の頭巾風、愛のかがり火風、セッター犬風、ダイアナ風、更にたくさんの髪型で、あの頭は……。

貴婦人は、ホールの端に座りました。そして、彼女と話す唯一の人はヴォルフハルトでした。私にはドイツ語で話していたように思えました。ワインが私の想像力の中に、黄金の靄を動かし、その魅力的で神秘的な姿の周りには、えも言われぬ想像の翼を生えさせました。オーケストラは、偶然行列舞踏パヴァーヌの曲を演奏していました。化粧粉をつけた頭髪、殺人バエ、実現した夢のトリアノン宮殿、きらびやかな優美さ、詩に縁取りされた放蕩、これほど多くの素晴らしい姿、それほど繊細で刺激的な優雅さ。回想、逸話、手紙、パンフレットの頁……。私には、それらの題材についての最も美しい著作の中の詩句が思い浮かびました。モンテスキュー、フェゼンサックやレニエールの詩句、ルシーニのイタリアの詩物語……。そして優美な空想と共に、神秘的物語と秘伝本の賢者により研究された具現化、科学の可能性、それは、結局は、日々より深くなる謎への譲歩でしかないのです……。簡単に興奮した私の頭脳はすぐに行動に移りました。そして物思いから脱した後、私はドイツ人にあの貴婦人の名前を尋ねました。すると彼は答えをもつれさせ、その頭についての歴史のことのみ繰り返し、確かに私は満足しなかったのでした。私は固執するのは正しいとは思いませんでしたが、会話についていくようにして、ドイツにこれほども賞賛に値する美の典型があることについて私の輝くばかりの友人を祝福しました。彼は曖昧に私に言いました。

——彼女はドイツ出身ではなく、オーストリア出身なのですよ。

彼女は、オーストリアの美女でした……。そして、私は、クルチャルスキー、リオッテイ、ボイゾットそしてグレビン博物館の地下の蝋人形に至るまで細部にわたる相異なる類似点につき探していました……。

——まだ早いですよ——滞在するホテルの入り口で彼を見送る時にヴォルフハルトは私に言いました。——。少し寄って行って下さい、私の出発前にもう少し何かおしゃべりをしましょう。明日、私はパリに行きます。そして、今度いつ私たちが出会うのかは誰にもわかりません。イギリス風にウイスキー・ソーダを飲みましょう、それから私はあなたに何か面白い物を見せましょう。

私たちは、エレベーターで彼の部屋に上がりました。ボーイが英国の飲み物を我々に持たせました。そのドイツ人は、古い紙の詰まった雑記帳を取り出しました。あそこには、木版画の古い肖像画がありました。

——ほらここに——私に言いました——、私の祖先、ハイデルバーグ大学教授テオバルド・ヴォルフハルトの肖像があります。この私の祖父は、おそらくは、少しだけ魔術師であったのですが、確かなところではかなり博学でした。彼は、アルド・マヌンシオにより出版された不思議に関するジュリウス・オブセケンスの作品を作り直し、有名な本、驚異と予言の年代記という一五五七年にバシレアで編纂された二つ折り本を出版したのです。私の先祖は、自分の名前ではなく、コンラドゥス・リュコステネスというペンネームで出版したのです。テオバルド・ヴォルフハルトは、心底から健全な哲学者であり、私の理解では、白魔術を実践していました。彼の時代は、犯罪と災いに満ちたひどいものでした。あの道徳家は、残虐と裏切りと闘うために天啓を使い、驚くべき事例により恐怖と不可解な現象の兆候を通じて、如何に目に見えないものの悪い兆候が現れるかを人々に説明したのです。一つの事例は、一五五七年の彗星の出現でしょう。それは十五分しか続きませんでしたが、恐ろしい出来事を予告したのです。天の兆候は地上の災難でした。私の祖父は、彼が幼少期に見たその彗星のことについて話していました。それは巨大で、血の色で、その端は、サフランの色に変わっていました。それを描いたこの木版画とリュコステネスによる説明を見て下さい。彼の目が見た不思議を見て下さい。上の方には、威嚇する巨大な剣を持つ腕があって、端の方に三つの星が輝いています。しかし、先端にある星が最も大きく明るいのです。その側には、剣や短剣があり、全てが雲の環の中にあり、武器の間には、いくつもの男たちの頭があります。もっと後になって、シモン・グアラルドがこの幻想的な不思議について著述し、彗星につき言及しています。"Le regard d'icelle donna telle frayeur à plusieurs qu'aucuns en moururent : autres tombèrent malades" そして、著者が言うには、リヒテンベルグ——占星術師——の弟子ペトルス・グレウセルスは、恐ろしい現象を芸術の法則にかけて、自然の結論を引き出したのです。それは、最も賢明な精神が半世紀の間、錯乱を被るとの予測でした。もし、リュコステネスがハンガリーやローマの災害を指摘すれば、シモン・ゴウラードは、ハンガリーの地でのトルコ人の恐ろしい破壊につき話し、スアビアやロンバルディアそしてベネチアの飢饉、スイスでの戦争、オーストリアにおけるウィーン包囲、英国の旱魃、オランダとゼランディアの大洋の氾濫、そしてポルトガルで八日間続いた地震につき話すのです。リュコステネスは、多くの不思議なことにつき知っていました。東洋から戻ってきた巡礼者たちは、天上の光景につき話すのでした。一四八〇年にアラビアで威嚇的な外観の時間と死の特質を持つ彗星が見られなかったですか？　宿命的な予兆に続いて、コリンチアの惨害やポーランドの戦争が起こりました。ラディスラオとマティサスエル・エル・ウイニアダが同盟したのです。注釈者のこの一文を見て下さい。〝雲はその艦隊を持っている、風がその軍隊を持つように〟。しかし、ドイツの中心に住んでいたリュコステネスは、そのような事実に落ち着くことはありませんでした。我々の時代の紀元一一一四年には、雲の間に、艦隊の姿が見えたと述べています。リヨンの司祭、聖アゴバルドは、より事情に通じています。彼は、その素早い船がどの空想的な地域に向かうのかを驚くばかりに知っているのです。マゴニアの国に行くのです。そして、高僧の聖人は、その道筋については留保し、語っていません。それらの船はテンペスタリィと呼ばれる妖術師によって率いられていました。はるかに多くを彼について語れるのですが、本筋に行きましょう。私の祖先は、我々を包む空と全ての大気が常に神秘的な幻影に満ちていることを発見するに至りました。そして、彼の友人の錬金術師の助けにより、妙薬を作り出すに至ったのです。それは、唯一例外的に人間の視覚に現れるものを普通に知覚させるのです。――ヴォルフハルトは結論付けました――そして、ここで、微笑みながら付け加えました、この小粒の錠剤の中に奇跡があるのですよ。もう少しウイスキーはいかがですか？

そのドイツ人が機嫌の良い人物で、英国の酒のみでなくすべての人工的な天国の愛好者であることには疑いがありませんでした。こうして、私に指し示した錠剤の箱の中に見えたのは、いくつかのアヘンかアメリカインディアンの大麻の合成と思われました。

――ありがとう――私は彼に言いました――、私はこれまで決して試したことはなく、聖なる麻薬の作用も試したくはありませんでした。ハッシッシでもキンゼイの毒さえも……。

――これもあれもやらないのですか。より神経質でない者にとっても何かしら強精となり素晴らしいのですよ。

彼が固執するので、私はウイスキーの最後の一飲みと一緒に錠剤を飲み、それから別れを告げました。すでに通りは寒くなっていましたが、私は、血管の中を心地よい熱が巡っているのに気付きました。そして錠剤のことを忘れながら、度重なる試飲の効果につき考えました。コンコルディア広場に着いた時、シャンゼリゼ通りの側を私から遠くないところで歩く一人の女性に気が付きました。私はいくらか彼女に近づき、あの時刻に徒歩で、立派に盛装した彼女を見て驚きました。特に、反射する光で、その偉大な美しさを見た時に、彼女がクリスマス・イブのパーティーでその容姿に興味をそそられた貴婦人であることを知りました。真っ白な首に唯一の飾りとして赤い、傷のように赤い繊細な飾り紐をつけていた貴婦人です。私は、遠くで時計が時を告げるのを聞きました。自動車のラッパを聞きました。私は不思議な酔いにとりつかれたように感じていました。そして、すべての超自然の出来事についての考えを私から引き離しながら、オベリスクを既に通り過ぎて、チュイルリー宮の側に向かった貴婦人の方に進み出たのです。

――マダム――私は彼女に言いました――マダム……。

湿気と寒さに満ちた曖昧な霧のようなものが降り始めていました。そして、広場の光のきらめきが薄められ幽霊のように見えました。貴婦人は、広場の一地点に着いた時に私を見ました。すぐに、映画の舞台のようなものが私の前に現れました。夢のような雰囲気の中で多くの人々の絵幕のようなものがあり、私は実存の中、自分の本当の時間と頭脳の時間をどのように感じたかを言い表せませんでした。私は両目を上げました。そして、空のくすんだ背景の中にリュコステネスの本の版画にあるものと同じ像を見たのです。巨大な腕、巨大な剣が頭に取り巻かれていました。私を見た貴婦人は、悲しくも不吉な容貌をしていて、それは祈祷療法により、衣服を取り換え、スカーフの一種を羽織り、その長い尖端が前の方に落ちていて、頭には既にクレオパトラ風の結髪はなく、哀れなヘアネットがあるだけで、その端の下からは白くなった髪が見えていました。やがて、私がもっと近づこうとした時に、私は側に荷車のようなものを見、三角帽子と剣とそして槍を持った男たちの輪郭のぼやけた姿を見ました。別の側には、馬に乗った男とそれから絞首台の一種がありました……。おお、神よ！当然ながら！ ここに既にみた光景が再現されるのです……。私には、まだこの瞬間において、内省があるのでしょうか？ そうです、しかし目に見えないものが、その時には見えて、私を取り囲むのを感じました。そう、それはギロチンです。そして、悪夢の中のことが起こっているかのように、――映画のことをもう話したでしょうか？――悲劇が展開するのを見るのです……。どうして私が細部に気付くことができないのか分かりませんが、再び貴婦人が私を見たのが分かりました。そして、天上の予言的な光景から湧き出たサフラン色のきらめきと腕と剣と雲と頭の下、ほんの少し前にホテルのサロンでの魅惑的で荘厳で尊大な様子、血の色の細い紐のみで飾ったとても白い首で私を感嘆させたあの女性の頭が、機械の斧の下で、如何に落ちるのかを見たのでした。

どのくらいあの神秘的な光景は続いたのでしょうか？ 私はそれを言うことができません。なぜなら、それは、科学が手探りで歩む未知の帝国の下にあり、夢が存在せず、実験的な観察によれば、数千年が一秒で過ぎ去り得る時間だからです。あの全ては消えてしまいました。そして、私は自分のいる場所に気が付き、常にチュイルリー宮の方に進んでいきました。前に進み、庭の中にいる自分自身を見たのでした。そうして、どうして扉が未だに開いていたのかを素早く考えずにはいられませんでした。あの夜の時刻の青ざめた靄の中で、私は常に前に進み続けました。リボリ通りの側のおそらくは開いているだろう最初の扉を通って、私は出るのだろう……と自分自身に言いました。どうして開かないわけはないのだろう……？　しかしあの庭は、チュイルリー宮の庭だったのかそうではなかったのか？　真冬の暗い枝の茂みの木々……。私は、一歩を踏み出し、石のような何かにつまずきました。そして、嘆き声と同様の途切れ途切れの息の詰まりそうな、あい！　という声を聞いた時に、私は、ほぼ無意識にぞっとする驚きで一杯になりました。私の足を打ったあれから出ていた声、そしてそれは石ではなく頭でした。そして、私は、視線を空の方に上げて、以前にすさまじい剣やあそこにはリュコステネスの版画の頭があった場所に月の顔を見たのです。そしてあの庭は、密林のように広大に広がり、その不思議の場所の厳粛な魅力で私を満たしました。そして、天上では煤けた黄金のベールを通して月の頭が悲しそうに輝いていました。そののち、私は、詩や聖書の確かさの中で、脈絡のない理由により、私の頭の箱の中で今日の新聞で読んだ言葉が響くのを感じました。〝最後の時！　トリポリ！　北京占領！〟。神聖性へのあこがれにより、説明のできない苦悶を経験しながら、私は考えました。〝おお、神よ！　おお、神よ！　我らの父よ！　……〟

私は視線を戻し、片側に甘美に光り輝く明るさの中、百合の姿を見ました。そして、ルクセンブルグのオルフェオ・デ・グスタブ・モレオーのと同じ頭を百合の上に見たのです。顔は、悲しみを言い表していました。そして、周りには生物と呼ばれる生命の動きがありました。なぜなら、その魂は動きによって明らかにされるからです。そして、無生物と呼ばれるものは、その動きが内密なもので隠れているからです。そして私の記憶では、あの頭がこう言うのを聞きました。〝やって来るだろう、やって来るだろう和親の日が、そして竪琴は、その時、平和の中で神に祭られるであろう！〟そしてオルフェの頭の近くで、私は奇跡のバラを見、海の草を見、それに向かって黄金のカメが進んでいたのを見たのです。

しかし向こうの方で、大きな叫び声を聞きました。その叫びは多くの声の合唱のような叫びでした。そして、諸君に語った明かりの中で叫んでいたのは木であるのが分かりました。葉の多い木々の一本で、多くの頭の実で一杯でした。そして、私はそれが、回教徒の聖書が物語る木であると考えました。私は、アラーの偉大さと全能を讃える言葉を聞きました。そして木の下には血がありました。

私はもはや前に進むのではなく、庭の出口の方に後ずさりしようと努力しながら、後光のさしたように物陰で際立ち或いは木の幹の間から湧き上がる数知れない頭からのささやき、声、言葉があらゆるところから出てくるのを見ました。いくつかの悪夢が痛々しい瞬間に起こっているので、私はいくらか恐怖を減じようとして、私に起こっていた全てのことが夢であると考えました。そして、そのうちに私は、英雄の白い手で掴まれた恐ろしく忌まわしい頭、蛇の蠢く地獄の金羊毛騎士団により掴まれた頭を認知することができました。それは、それほども呪われたメドゥーサの頭でした。そして腕からは女性の黄金の肉のように、別の頭がぶら下がっていました。ちぢれた黒いあごひげのある頭です。それは、戦士ホロフェルネスの頭でした。それからローマで地上に水を湧き上がらせ、風変わりな人生を送った使徒であるファン・バウティスタのまるで生きているような頭です。更に、ロドリゴ・エイアス・デ・ビバールが彼の父親のテーブルの上に復讐の夕食会で投げつけたもう一つの頭がありました。

そしてその他は、英国のカルロス国王の頭やマリア・エストゥアルドの頭でした……。そして頭は増えてゆき、集まり、気味悪く積みあがり、血と墓場の夜の冷気が空間を過ぎていきました。そして、バヤセトの二千人の鷹匠の逆立った頭であり、王たちやアジアの大名たちの宮殿で首を切られた女奴隷たちの頭でした。それから信仰や憎悪、人間の法により斬首された数えきれない者たちの頭があったのです。野蛮な遊牧民や刑務所や王室の塔の斬首された者たちの頭やジンギスカン、アブドウルハミデス、ベハンジネスの頭でした……。


私は、自分自身に言いました。おお、勝ち誇った悪よ、いつも地上に居続けるつもりか？　そしてお前、パリよ、世界の頭、お前もまた、斧で切られお前の広大な体から引き抜かれるのか？　私の内なる言葉が聞かれたかのように、ルイ十六世の頭やランバリェの姫の頭、貴族の頭や革命家たちの頭、聖人の頭や暗殺者の頭が見えていた集団から、手にその頭を持った司教の姿が進み出ました。それからガリアスの人で殉教者のディオニシオの頭が叫びました。

――本当に、お前たちに言う、キリストは蘇らねばならない！――

そして、斬首された使徒の側に、私はホテルのホールの貴婦人を見ました。オーストリアの貴婦人で裸の首、しかし、そこには、赤い飾り紐のように紫紅色の傷が見えました。そしてマリー・アントワネットが言いました。

――キリストは蘇らねばなりません！

そして、オルフェオの頭、メドゥサの頭、オロフェルネスの頭、ファンの頭、パブロの頭、頭の木、頭の森、頭の途方もない群衆が深い叫び声で叫んだのです。

——キリストは、蘇らねばならない！——キリストは蘇らねばならない！……

——食後すぐに眠るのは決して良くないですよ——私の良き友人の医師が結論付けました。

イスラエルのシロハヤブサ

談話室には、四つの小さな事務机があります。全ての事務机は午前中から四人の旅客により占められています。その様相には、人種の印が際立っています。それはドゥルモントの動物園から引き抜いてきたように思われるでしょう。

近くでは、幾人かが会話をしています。

——貴方——フランス人が言うのです。大きな声でお金という言葉を発音して下さい。そうすればすぐに、四人全員が如何に振り返るのかが分かるでしょう。

——それでは、お金……——私は大きな声で言いました。

書きものをしていた男たち全員の四つの頭が持ち上がりました。そして、我々のグループの方を見ました。証明はなされたのです。健康で元気に溢れ、薔薇色に上気し、ハゲタカの容貌で、曲がった鼻、そして追跡する目つきの四つの頭でした。それらの商人たち、それらの獲物の搾取者は、先祖伝来の悪魔にとりつかれていて、ユダヤ教会シナゴーグよりも以前に、銀行やフランクフルト、ウィーン、ベルリン、パリ、ロンドンの黄金の館を信仰していたと思われました。それは、アメリカで獲物を探すためにヨーロッパの偉大な鷲やこのりによって派遣された四羽のシロハヤブサでした。

そして一人一人が、会話の中で、その考察を表明し、逸話を語り、またユーモアのある話を語りました。

——一人よく知られた人物がいるんだ——誰かが言いました——。ある時、オレンジの積み荷と乗客の黒人とユダヤ人を運ぶ小船で行っていた。激しい大荒れの嵐が突然やって来た。そして、嵐と随分と闘った後に、積み荷を軽くする必要があったのだ。船頭は海にオレンジをほうり投げた。それから木の長椅子を、それから黒人を、それからヘブライ人を。そして、ひとたび嵐が過ぎ去った時に、岸辺で大きな海獣が釣り上げられた。そうしてその腹を開くと、長椅子に座ってオレンジを黒人に売っているユダヤ人が見つかったのだ。

——実のところ、これらの人々は、予言が履行させ、イスラエルが世界の主となり、このすべてにより、忌み嫌われ迫害されることを必要に迫られ余儀なくされたのです。らい病患者よりもさらに悪く見られ、忌み嫌われ、あらゆるところで追い払われ、強制居住地区や奴隷、そして、火刑さえも宣告されました。彼らには故国が禁止されたのです。その時、彼らはお金にその場所を見つけたのでした。彼らは欲深く、器用でした。そして、シャイロックは、彼の不滅の短剣を研いだのです。文明が進歩するにつれて、その呪われた、しかし積極的で恐るべき民族の力は増大していきました。黄金探しが増大するに従い、資本の全能と世界的な影響力を持つ全世界的な上流社会が作られ、その羊皮紙は小切手で、その絶対的優位は、全ての欲求を喜ばせながら、全ての頂上を侵略するのでした。ほら、ここに、マモンの鷹たちの作品がありますよ。イスラエルのハヤブサたちの作品が。

四人のヘブライ人たちは、既に立ち上がり、所有の印として、事務机の上に彼らの雑記帳を置いておりました。太い葉巻を吸い、大きな声で話しながら、大げさな表情と身振りをし、その長い脚と幅広い足で大股で歩き、散歩をするのでした。そして、彼らの中には、意地の悪い攻撃的な獣性があったのでした。

東方の女三賢人

――貴方は――私は白いあごひげの修道士に言いました――、多くのことを知っています。もし何か古い本の中か埃をかぶった継ぎ合わせの作品の中に、東方の三賢人の妻たちに言及する何かがあるのかどうか言って下さい。彼女たちは我らの主であるイエス・キリストを礼賛するために行き、その時、ベレンの厩には薔薇色のにこやかな子がいたのです。なぜなら、確実にガスパール、メルキオールそしてバルタザールは各々が妻を持っていたはずだからです。

――本当のところ――修道士は私に答えました――私は、尊敬すべき図書館或いは古色蒼然とした古文書館においても君の質問の対象に言及したものは一度も見たことがありません。ほぼ確実なのは、一人の妻だけでなく多くの妻を持っていただろうということです。なぜなら、彼らは異教徒か偶像崇拝者或いは神々の崇拝者であり、悪魔の代表として一夫多妻制を承認していたからです。しかし、私は、そのことについては何も知りませんし、そのことと関係のある文章を一度も読んだことはありません。

私はその他の賢者や研究熱心な者たちに相談し、このことについては何も調べられないと納得しました。しかし、私は——とても初めのころから——長い髪と天上と地上の神秘の映った目を持つ若者——詩人——が人生の道を通りゆくのを見たのです。そして詩人たちがしばしば賢者たちよりもより物事を知っていることを思い出しました。

——断念しなさい——私に調和ある夢の創造者が言いました——それらの曖昧な学識に配慮することを。そして、別の三賢者の妻たちの物語を聞きなさい、彼女たちは、確かに、お前の心のもっと近くにいるはずなのだから。

——私の魂はクリスタという名前です。厩で戴冠されるために殉教の女王が生まれました。彼女は、聖母マリアと職人の娘で、生誕の夜に厩の周りで百人の羊飼いの男女が踊り歌いました。一つの星が私の魂の厩の屋根の上に現れました。そして星の光の中で、生まれたばかりの女の子を訪問するために三賢女が到着したのです。

とても遠い国からやって来ました。一人目は、白いロバに乗り、銀と真珠に全て覆われていました。二人目は、一角獣に乗っていました。三人目は、孔雀の上に乗っていました。生まれたばかりの女の子は、尊敬の印を受け取ったのです。一人目は、彼女に乳香を捧げ、二人目は黄金を、三人目は没薬を捧げました。

三人が話しました。

――私はエルサレムの女王です。

――私はエクバタナの女王です。

――私はアマトゥンテの女王です。

――殉教の女王よ、明日、お前は残酷な磔の刑を受けねばならないのだから、ほら、ここに乳香があります。

――殉教の女王よ、明日、お前は釘付けとならねばならないのだから、ほらここに没薬があります。

すると幼女の魂は優しい声で答えました。

――私は汝を歓迎します、純潔の女王よ！

――私は汝を歓迎します、栄光の女王よ！

――私は汝を歓迎します、愛の女王よ！

汝ら三人は、私に素晴らしい贈り物を持って来ました。それ故に、運命の時間が来るまでの間、選ぶべき三つの天国があることが私にはほのかに見えるのです。

第一の天国には、乳香の香気のつけられた聖なる雲が形をとり、巨大な丸屋根があり、そこを通じて星の愛と大天使の微笑みがほのかに見えるのです。あそこでは、楽園の光の白い額にしわを寄せた美徳が君臨するのです。トロノス（第三階級の天使）とドミナシオネス（第四階級の天使）は、比類なき壮麗さの輝きを感じさせます。讃美歌集の神秘的な音が、父なる神の力強い平和と子の極めて神聖な魔法とそして崇高な聖霊の神秘を語るのです。神々しい雪のような白百合は、魅惑的な天の川で処女たちや至福を得た者たちが栽培し摘み取るのです。

二番目の天国では、黄金が勝利のダイヤモンドの星をちりばめた素晴らしい宮殿を形作っています。広いアーチが太陽の砂埃の中に広がっているのです。あそこを偉人たち、強者たち、黄金の月桂樹の冠を頭に巻いた者たちが通り過ぎるのです。

あそこでは、古い月桂樹が成長し、巨大な柱からは樫と月桂樹の冠がぶら下がっています。人間以上の者たちが広大な地平線の上の荘厳な光景に喜ぶのです。鷲が身近に飛び回ります。そして、そして、比類なき雲班石と瑪瑙でできた舗道の上では、堂々とした落ち着きでライオンたちが背伸びをしています。ラッパの雷鳴が時々響き、響き渡る風が、令名高き軍旗と王の旗をなびかせるのです。

三番目の天国では、花咲く島々の最も美しい島で、柔らかな雰囲気の中、没薬が香りをつけています。魅惑的な小広場と魔法の東屋を柔らかな黄金で覆う青く輝く空の下にあるのです。薔薇は、孔雀によって守られた庭に君臨し、白鳥は華やかな池と泉に君臨するのです。もし、お前たちに遠くの音楽が聞こえるなら、それは、小さな森の秘密の中のフルート、竪琴そしてシタラです。そこから口づけの音やため息や笑いが芽生えるのです。

それは女性の帝国です。女性の不思議な肉体が、その異教の自然な裸形の中で現れた時、心を和らげる夕暮れを薔薇色に染めるのです。天上の捧げ天蓋の下、キジバトの群れが通り過ぎ、木立の後ろには、蹄の割れた毛むくじゃらの生き物に追われる白い姿が交差するのが見えるのです。

――そうであるならば、お前は苦しまねばならない、なぜなら、お前は容赦なく罰せられるからだ、殉教の女王よ。――エルサレムの女王が言いました――、昇天の時に香煙の天上の楽園をより好むのは間違いないのではないですか？

そして、魂が言いました。

——ああ、本当に私の存在の最も純粋な部分はこれほども神秘的な館に広がるのです。信仰という名のダイヤモンドが、希望という名の真珠が、慈悲という名の愛の燃えるようなルビーが存在するのです。私は父なる神の全能の前に震え、子の崇高さが私を引き寄せ、聖霊の炎が私を熱くするのです。しかし……。

——もう知っています——エクバタナの女王が遮りました——お前は、確実に昇天の瞬間に黄金の楽園を好むのでしょう……。

そして、魂が言いました。

——ああ！　本当は、富と支配的な未来と力の欲求が私を支配するのです。君臨することほど美しいものはないのです、そして、帝王のマントかアーミンのマントそして笏と支配的地位は絶対的に魅力的なのです。お前たちに誓います、偉大なアレハンドロは、私にジュピター神について考えさせ、軍隊の至高の音は、私の存在の一部に英雄的な震えを与えるのです。でも……。

エルサレムの女王はため息をつきました。エクバタナの女王は微笑んでいました。アマトゥンテの女王が言いました。

——残酷な罰をお前は耐え忍ばねばならない。お前の礫は痛ましく、そして凄まじいであろう。お前は、棘と辛酸と酢に苦しむだろう……。

そして、幼子の魂は女王を遮りました。

――私はお前と一緒になりましょう、ご婦人、没薬の楽園で！　……。

入植せよ！　…

疲れて、だらしなく嘆かわしい服を着た男が私の前に居ます。悲嘆にくれ、興奮し、運命を呪うのです……。私はヨーロッパで彼と知りあいました。貧しく凡庸な知識人の不安定な暮らしをしていました。何とかジャーナリズムで働いていました。ごくわずかな報酬で欲のない記事や大衆的な挿画の慎み深い詩を掲載する順番を待っていました。しかし、結局、なんとか家族と共に節食しながら生きていたのです。なぜなら、不幸者は結婚していたからです。その後、社会的革新の考えに感化され、新聞や議会の権威者たちの悪口を言うようになりました。ひどいことです！　そしてある良き日に、ブエノス・アイレスが桃源郷で、そこでは、街路が英国ポンドで舗装されており、人々が講演をしながら百万長者となり、入植のためにヨーロッパ人が必要なのだ――統治することは入植することだ！――というのを読んだことにより、我らの人物は、妻子を捨てて、欲のない記事や慎み深い詩句を作るための素質以外に荷物を持たずに、未知の有望なものに身を投げたのでした。こうして、ある日、彼が言うように知的移民は、偉大なアルゼンチンの大都会に上陸したのでした。彼は、いくつかの曖昧な推薦状を持って来ていました。そして、それらは、雑誌〝バター皿〟での彼の公職を思い出させるものでした。しかし、彼には全ての割り当ての扉が閉じられていたのです。

――そして今は、私はヨーロッパに戻りたいのです。もう一年間も闘っていますが何もすることができません。新聞社は私を決して受け入れてくれないのです。そしてそれが私の主な希望でした。あちらの方が良かったと言うことです！

――貴方――私は彼に言いました――、貴方はアペズテギア侯爵の事例を知っていますか？　アペズテギア侯爵は、遥か昔、スペイン占領時代のキューバに行った偉大な領主です。彼は、巨万の富の所有者で、住居を構えるために行った美しい島の利益と改善に努めたのです。あの時代、移民の事柄につき多くのことが書かれ始めていました。一般的に農業とキューバの富の進展のために最初に行うべきことは入植であると言われました。そして、入植の必要性については、ハバナの全紙において途方もない社説や寄稿記事が書かれたのです。広告は確固たるもので、力説されたのでアペズテギア侯爵は、世間一般の熱狂に感染し、自分の財産でスペインからかなりの数のアンダルシア人の家族を来させました。なぜなら当時は皆どれも同じで、バスクやアストゥリアスやガリシア、その他の移民の優秀性は証明されていなかったからです。ハバナに前述の家族たちが到着し、公爵は彼らを宿泊させるためにアンティーリャス諸島の素晴らしい、荒れる海の前の海岸に沿ってテントを張らせました。最初の数日は、彼らは旅の休息のために過ごしました。高潔な領主が食料を配給させ、家族たちは母国の元気づける水っぽいワインを注がれ、すっかり食べつくしてしまいました。ギターが聞かされ、海風は、一陣の風の中にペテネラ民謡やソレアレス、マラゲーリャの響きやアンダルシアの日に焼けた震える土地の全レパートリーを運んだのでした。そしてあれは、永遠の陽気さと絶え間のないお祭り騒ぎでした。数日が過ぎ、侯爵は、騒がしい入植者たちは既に休息し、十分に楽しんだのだと独り言を言いました。そうして、移民グループの家長の一人と話すためにテントの一つに向かいました。

――何某――彼に言いました――、あなた方はもう仕事を引き受けるために行く時だと思います。私は、原野に全員出発させる準備はできていますよ。

――何のために？――アンダルシア人が驚いて言いました――。それなら私たちは行きません。なぜなら私たちはそのために来たのではないのですから。

――それでは、何のためですか、神の人間よ？

――だから入植するためですよ！

侯爵が、単に入植のために行ったあの善良な人々との間で解決したことについては、歴史は語りません。しかし、起きたことの教訓は明らかです。貴方、素晴らしい貴方様は、アルゼンチンに〝入植するために〟来るということを信じられますか……。そして、問題は、必要とされ望まれることは、やって来る人たちが入植のみでなく働くということなのです。そして、働きに来ることは、知的な意味ではないのです。なぜなら、既に大首都で相当数の労働者階級を作り出したからです。そうではなくて土地を耕し、大草原でアルファルファや麦を生産させるという意味です。桃源郷は存在します。しかし、あそこの奥地にです。不断の努力に頼る必要があります。全てのことと同様、特に幸運に頼る必要があるのです。そうです。貴方が私に芸術家や作家、記者、更には詩人の事例を示すだろうことはもう分かっています。彼らは、この気前の良い共和国で適切な分野を見つけ大当たりしたのです。しかしそれらは例外的で、並外れた才能を持っているか、むしろ豊かさの道を開き、更に相対的な財産の道を彼らに開いた貴重な支援をおそらくは持っていたのです。そして彼らは、全意志と全能力で働き、働かねばならなかったのです。なぜなら、競争しなければならず、征服した月桂樹と獲得した地位の上に常に警戒し、目を覚ましていなければならないからです。自由主義的職業です……。私がブエノス・アイレスの分配を監督していた紳士の秘書だった時に、学問のある弁護士や博士たちが——知的移民です！——たとえ単純な郵便配達夫の職であっても……、とても良い推薦状を持って申請にやって来たことを覚えています。彼らの中には、人口を増やし、劇場や娯楽に行くことができ、融資の剣を振り回すためには首都に残る必要があるとは全く信じない人がいました。彼らは証書や肩書を脇に置き、地方や原野に行って活発に耕し、桃源郷に出会うことになるのでした……。その後、アペズテギア侯爵のアンダルシア人たちの希望を果たして入植に従事したのでした……。未来のためアルゼンチン人を作り出すのです。新しい村をつくり、新しい街を作るアルゼンチン人です。長い間、如何にユダヤ人たちが——タルムッドのいくつかの章が語っているにも拘わらず——土地を耕し家畜を飼育することには適格ではないと信じられていたか、貴方、考えてもみて下さい。そして、ヒルシュ男爵のおかげで、アルベルト・ゲルシュノフのとても素晴らしい才能ある筆により示されたものとは反対のことが植民地において示されたのでした。なぜ、貴方はユダヤ人たちがしたことを行うために、幸運を試しに行かないのですか？　何故、貴方は、実例で活力を教え、文学を企業実践の後にもってくるその令名高き選抜兵であるブラスコ・イバニェス氏によって入植されようとしないのですか？　……。貴方は憧れを持っているに違いありません、なぜなら、自国の鍋物料理を放棄し、征服者たちの道をたどったからです……。貴方は勇敢なインディオたちが、三等でやってきて、貴方自身が言うように、カインの生活を過ごした後、数百万のお金に充ち満ちて母国に帰り、住民たちに病院や学校を贈与したという話を聞いたか或いはそのインディオたちを知っているでしょう。そして特別なやり方と見られたとしても、彼らは、故郷から貧しいままに出てきて、海の向こうの驚くべき都会で金持ちとなって戻ってきた人間の美しい伝説を携えているのです……。貴方はアメリカ帰りの成金になって、欲のない散文や慎ましい詩句を莫大な活動や肩書に変えたいとの誘惑にかられませんか？私は、もし神が、他の道に私を連れて行かなかったとしたら、そして、始めるために既に少し遅くはないのであれば貴方に確言するのです……。貴方はエドワルド・タレロの最近の詩を見ましたか？あるのです、そうです、貴方。タレロは、この大都会の騒がしさと雑踏を捨て、全てのバビロニアのもっと向こうに行き、健康的で平穏な田舎の生活に専念したのです。貴方は美しいことを聞きたいですか？　聞いて下さい。

……私は、大騒ぎと豪華さを放棄して以来
この人生で、ファンファーレやラッパのないこの生活を探し、
砂漠で生活し、そこで私はもはや扇動家ではなく
法的な嘘を代弁することもないのです。
私の心は、哀れ！　世界から損傷を受け
深い沈黙のこの淀みの中に
私の廃墟のくずの形を整える律動を探したのです、

この美しい丘の凱旋アーチの上で。
あるいは少なくとも、凱旋アーチの後ろの
〝なぜそのことを言わないのだ?〞という田舎の墓の曲線の上で。

ここでは、私は、犬であり評判の良い馬であるのです、
そして、私は人間からは逃げますが、イエス・キリストには、近づくのです、
渇ききったいばらと謙虚な振る舞いと
フエゴ島の夜の光沢のある十字架と共に。

ここでは、憂愁の仕業と魅力によって、
空想の光が私をその王国に受け入れ、
パタゴニアの空の透明の塔の上に、
我らの青い旗の印を見るのです。
灰色の耕地で、私はパンとワインを作ります、
あるいは風の濾過(ろか)機で透明の液を作るのです
感情がその翅鞘(ししょう)を
雪の信心深い孤独にまで高めるために……。

そして、叙情的美しさは、同時に真の智慧の教訓であり模範であり続けるのです。貴方、私に言って下さい、貴方は、その詩人やその哲学者のように家庭を築きに行くことに誘惑されないのですか、哲学者は同時に生活の理解者であり、潜み隠れた場所で家庭を築くために行くのです。そこでは、福祉と快適性そして富を産む上で、自然が仕事の協力者なのです。しかし、そのためには、意志と決意を持ち、もっと多くの印刷インクと都会の楽しみを忘れ、アペズテギア侯爵のアンダルシア人のテントが入りきらないラプラタ川の岸辺を少し忘れる必要があるのです……。そして、このようにして、貴方は昔からの散文と詩句を続けるために昔の故郷に戻るか、或いは魂と心で、〝入植せよ〟ではなく、働くために来たのだと確信して内地に入り込むかなのです……。

最後の序文

私がラ・ナシオン紙の編集部から出た時に、私は、洗練されたネクタイに美しい真珠と立派な貴石の指輪をして、優雅に服を着、身だしなみに気を遣うさっそうとした若者と出会いました。

彼は、私に大変礼儀正しく挨拶し、私に言うべき何か重要なことがあるので、一緒に行きたいと述べました。私は〝彼は若い詩人で近代的な詩人なのだ〟と思い、喜んで同伴を受け入れました。

――貴方様――私に言いました――、ずっと以前から私は貴方様と会談を持つことを希望していました。全てのカフェテリアやバーを探したのです。なぜなら……私は、貴方の物語と貴方の伝説を知っているからです……。貴方様、お分かりでしょうか？

――はい――私は彼に答えました――、完全に分かります。

――そして、私はどこにも貴方様を見つけられず失望しました。しかし、最後に街路で貴方様を見つけたので、この機会を利用して、私は貴方に言うべき全てのことを述べるのです。

――……？

――貴方の文学的権威と文学的名声のことです。そしてかなり以前から貴方様は大変な賞賛を受けた散文と詩歌の序文の一つで信用を傷つけているのです。そうです、貴方様、私に明白かつ明確に言わせて下さい。

若者は、ローマの市民が話したであろうように、また米国の市民が話すように、少し強くたたくような調子で私に話しました。そして彼は続けました。

――私は、貴方様が認められた価値のある男たちに与える賞賛について述べているのではありません。それは説明でき、自然なことです。いつも相互的であるわけではないのですが……。

貴方は何が言いたいのですか！　私は、貴方が誰か無名の優れた人を発見した時に、時々貴方が告げる叙情詩人たちや思いがけない説教について述べているのです。熱帯或いは非熱帯の若者、隠遁者や耽美主義者を貴方様は、世界の最良の善意を持って私たちに紹介するのですが、すぐに貴方様の悪口を言い、貴方様のことを悪く書きながら報うのです……わかりますか？　……ある機会に貴方は他人の館のために、立ち上げたほぼすべての柱廊が上から落ちてきたと書きませんでしたか？　いいえ、私に反対しないで下さい。私は貴方の理論を知っているのです。賞賛は、誰からのものであれ、才能を持たないものには才能を与えることはできないのです……。頭に月桂樹を巻かず、ヘブライ人やよく知られた学長の相応の書簡を持ち、傲慢に満ちた心を持たないようなシペシペやチャスコムンやチチガルパの吟遊詩人はいないのです。そして、これらすべては害をなすのですよ、貴方様。やがて貴方様は序文と称賛の詩歌と著作を持ってやってくるのです。そう私は推測しますが、いつの夜なのかは誰もわかりません……。

〝そうです、私は、貴方様が、今日では誰なのかを誰も知らない友人たちや凡庸でつけ込む人々に向けたビクトル・ユーゴーのいくつかの詩につき話すだろうことはもう分かっているのです。貴方様が、ヴェルレーヌ献呈の言葉について私に話すであろうことも知っています。しかし、それは、罵倒には仕返しさえしないのです！　いいえ、私に貴方様の寛容な感情を話さないで下さい、若者を励ますことが必要で、誰も若者が後になってどうなるかは分からないという話をしないで下さい。いいえ、決してしないで下さい。その知的な思いやりに固執しないで下さい……。自分の身に向かうのです。貴方が励まし助ける全ての者たちが貴方の非難者と変わる上に、貴方は間抜けの名声を作り上げることとなるのです！　私を遮らないで下さい、お願いします。そして、あなたはうまくやっているとお思いですか？　決してそうではありません！　貴方が祝福するこれらの多くの無名の若者たちは、彼らの時間を無駄にし、人生を台無しにするのです。自分を天才的な情熱の持ち主で〝神〟であると信じ込み、家族や自分自身のために有益であろう別のことに専念する代わりに、空虚で役に立たない散文や詩歌をせっせと作ることに考えもせず突進するのです。無分別な思春期に私が奇異に思う何かにご託宣を垂れ、そのエネルギーを失い、嘲笑や失敗すらも彼らは知覚していないのです。幾人かは過剰な評判を獲得するのです。途中で反省し、都合の良い方向に進む者たちもいます……。彼らは少数なのです……。貴方は、軽率な喝采でアメリカと同様にスペインでも一体どのくらいの害を与えたのでしょうか？　貴方に、よく知られた序文や紹介文、新聞での讃辞のために二度ならず原稿を運ぶどんな髭の薄い男でも、父なるアポロにより精油を塗られ印をつけられるのです。彼は天才か驚異的な人になるに至り得るのです。そして、何故に、一度ルゴネスでうまくいったからといって、貴方は全員がルゴネスだと信じるのでしょうか？　幾人かに貴方は魅力を見出し、その他には力を、全員には芸術の情熱を、ミューズの司祭のための資質を見出すのです……貴方は何というお人よしでしょう！　詩的カリスマや流しのギタリストや流しのアコーデオン奏者の頭が如何に砕けるかを見るのを望むアナトリストや皮肉屋や意地悪でないと言うのでなければ！　私が貴方に、パンにはパン、ワインにはワインと俗な格言が告げるように、あまりにはっきりと言うことをお許し下さい。……。そしてすぐに私は言ったばかりのことに執着するのです。貴方はそのすべての善意とぼろを着た者たちの聖ビセンテ・デ・ポールとなることで何を引き出すのですか？　敵ですよ、親愛なる貴方様、敵です！　私は貴方に声を上げた一人を知っています。そして、彼は貴方を自宅まで追い詰めたのです。そして、最後には、貴方が彼に与えていた派手な褒め称えを彼に十分見出さなかったために、貴方に反対して書いたのです。ところが既に二倍も褒め上げていたのですよ！〟

〝これらすべてに貴方は留意しないのですか、神の人よ？〟　そしてもう一人、その人を貴方は、あまりに芸術的な方法で描きましたが、今日では、彼は新聞で侮辱的に貴方に言及しているのですよ！　そして他にも多くの人たちがいるのです！　貴方は殉教のための資質を自ら認めるのですか？〟

〝貴方は、貴方の良き愛情が私たちに示したいとするそれらの宝を私たちに見せることに固執するつもりですか？〟反省して、貴方の通り道に戻って下さい。愚かさにとてもよく似たその善心に固執しないで下さい。彼らが応じたやり方を思い出す時に、貴方に苦悩を与えるに違いない緒言と献呈があるのです……。本当に真の才人や真の詩人、偉大さを予言するマルセルスが現れる時には私はそのことを言わないのです。貴方はそれをしないで下さい。貴方は貴方のラッパを鳴らして下さい、その叙情的な楽器をよく振って下さい。しかしそれはあまりに奇妙なのです！　そして貴方は読者と同様、間違う危険を冒しているのです。そして、貴方の判断と良き趣味を信じる者たちはウサギと称して猫を掴むのです。貴方はユーゴーの手紙を真似ることにすら満足しないのです。〝諸君は、偉大な精神である〟、〝ingamus dextras〟。〝私は諸君に敬礼する〟しかし違うのです！　貴方は、冷たい土地の詩人たちの思いがけない価値につき長々と述べるのです。貴方は私たちに果たされることのない約束を指し示すのです。騎士道の全ての条件を併せ持っているかどうかを考えることなく仲間として受け入れるのです……。おそらくは、その条件をあまりに持ち合わす時に……貴方は、新参者が聖なるシボレスを然るべく発音できるかを調べずに入ることを許すのです。名声の都市に入ることを許すのはもはやこれ以上はだめです……。だめです、貴方様、駄目なのです。

〝貴方は、行いを変え、安易な予言の戸棚を閉めることが必要なのです。マルセリーノ・メネンデス・イ・ペラヨ氏に起こったことを思い出して下さい。自推では世に出ず、世間に推薦できる誰もいなかった時代です。そして、ドン・マルセリーノは、その権威をほとんど失う所まで来たのです。そして、それに気づいた時に、序文の蛇口を閉めたのです……。紹介するのを要求する者たちは、全ての香炉が燃えつきねば満足しないのです……。もし貴方が称賛を惜しみ、減らすのであれば、敵意や恨みがすぐに現れるでしょう。こうして、賞賛された人に恨みを抱く人に対して恨みを抱く人を競わすという尽きせぬ喜びに貴方は、どのくらい悪い思いをしなかったというのでしょうか？　……しかし、言語と筆を持つ貴方にとっては、知的な奉仕者以上に悪い者はいないでしょう……。私にいかなる意見もしないで下さい、ここでは私たちはよく承知しているのです……。いくつの柱廊や、序文や、緒言や肖像や紹介文をあなたは書いたのでしょうか、見てみましょうか？　そして、もし、お気に入りの人たちの間で幾人か残っているのであれば、何人の忠実な友人たちが残っているかを貴方は指で数えて私に言って下さい。……。そうです、もちろん例外はあります。しかし、結局、それらの結果に身をさらす値打ちはありますか……？　そして、もうその危険な利他主義に終止符を打つ時なのです。貴方、私を信じて下さい、このようにそれをおこなって下さい……。それを私たちはとても願っているのです。すぐにも貴方は、そのことにつき私たちに感謝するでしょう。〟

若者は、その言葉の雪崩(なだれ)の下で私に何も返答させなかったのでした。私たちはホテルの入り口までやって来ました。私は別れを告げるために彼に手を差し伸べました。しかし、彼は私に言いました。

——少しお待ち下さい。貴方様にほんの少しの奉仕を乞いたいのです。——そして、原稿の一巻きを取り出し、私にそれを渡しました。

——貴方は何を望んでいたのですか？——私は彼に尋ねました。

そして彼は、決意し、へつらうように言いました。

――序文です。

ペドロ修道士の奇怪な死

それほど前ではないのですが、スペインの町の修道院を訪問していて、名所の案内役を買ってでた親切な僧が、墓場を通る時に、私に、一つの墓石を指し示しました。それは、〝ここにペトルス修道士が眠る〟とだけ読みとれました。

――これは、――私に言いました――悪魔に負けた者の一人です。

――既にもうろくし年老いた悪魔にですか――彼に言いました。

――いいえ――私に答えました――、科学で身を守る近代的な悪魔にです。

そして、起こったことを私に話したのでした。


ペドロ・デ・ラ・パシオン修道士は、知の焦燥を起こさせる悪い聖霊により頭のおかしくなった人でした。痩せて、角ばって、神経質で、青白く、修道院の時間を祈りと規律と修道院がもたらす富により彼に認められた研究室の間で分配していました。とても若い頃から神秘科学を研究していました。会話の時間には、ある種大げさに、パラセルススやアルベルト・エル・グランデの名前を挙げていました。硝石を硫黄と混ぜるという悪魔的な恩恵を我々に与えた別のシュワルツ修道士を深く賛美していました。科学を通じて、ある種の占星術や手相学を始めるまでにのめり込んでいたのでした。科学が黙想と聖書の精神から彼をそれさせていったのです。彼の魂の中には、好奇心の悪が巣くっていて、我らの最初の教祖たちを失いました。彼がある実験で用心深くなり興奮していた時には、祈りそのものがしばしば忘れられました。全ての読書が彼には許されていたので、修道院の豊かな蔵書を自由に読めましたが、その著者たちは、常に怪しげでないわけではなかったのです。こうして、透視術師の能力と白魔術の効果を試すことを望むまでになりました。知の渇望そして科学が反キリストの本質的な力となる蛇の武器を原則として構成していること、そして、真の信仰の人にとっては知恵の始まりが imitium sapientiae est timor Domini（神を畏怖すること）を忘れたことが原因で、彼の魂が大きな危険にあったことは疑いがないのです。

おお、幸せな無知、聖なる無知よ！　ペドロ・デ・ラ・パシオン修道士は、幾人かのセレスティーノ教団の僧たちになされた天上の美徳を理解していなかったのです。ユイスマンスはそれらすべてにつき長々と述べました。それは、聖徒列伝の神秘的で奇跡的な輝きの中で神に好まれた最小限の幾人かに光輪を与える美徳です。

学者たちは、聖霊の目の前で、愛の魂が理解力の魂よりもはるかに至福を授けられたということを高らかに説明し注釈します。エルネスト・ヘローは、荘厳なステンドグラスの中に聖人の姿や、それら慈善の功労のある者たち、それら謙虚な恩恵を与えられた者たち、それら鳩のように清純な者たち、簡素で白百合のように白く心の清い、精神の貧しい、神の鳥たちの幸運な兄弟たち、愛情あふれる修道女の目で蒼穹の澄んだ星たちにより見守られた人間たちを描いたのです。ホリス・カールは、功徳ある篤信者で、おそらくは、後で叙階されるのですが、駄弁にも拘わらず、素晴らしい本の中で、楽園の輝きを身に纏うドゥルタルが、俗人のブタ飼いの姿となって、豚小屋に大天使の合唱団の賞賛と天上の能天使の喝采を降りてこさせたのです。そして、ペドロ・デ・ラ・パシオン修道士は、そのことを理解していなかったのでした……。

彼は、もちろん、議論の余地のない信徒の信仰で信じ、信じ込んでいました。しかし、知の焦燥は、彼の精神をそそのかし、自然と人生の秘密の詮索に彼を投げ入れたのでした。その時点では、知の渇望と禁漁区や世界の神秘に侵入するというその手に負えない欲望が如何に罪の仕業であり、永遠の神を崇拝する絶対的献身をこうして妨げるための最低のおとりであることには気が付いていなかったのでした。そして、最後の誘惑は致命的なものとなるのでしょう。

何年も前のことではないのですが、ある出来事が起こりました。ペドロ修道士の手に新聞が届き、その中で、不透明な体を通して撮影する方法を見出すに至ったドイツ人レントゲンの発見のおかげによりレントゲン写真で達成された全ての進歩につき詳しく語られていました。彼は、クロッキーの管の中に包含されているX線の陰極の光のことを知りました。手の解剖学的構造が明白に透けて見える写真版を見ました。そして、その特許品は、密閉された箱や荷物の間に撮影された物を描いていたのです。

その瞬間から彼は落ち着いてはいられませんでした。なぜなら、信者の欲求の苦悶の何かが彼の切望をちくりと刺すのでした。もっともその中に冒涜が含まれているのは見なかったのではありますが……。彼の神学と物理学が混じり合う密かな考えを実行させてくれる、あの賢者たちの装置のような器具をどうやって見つけることができるでしょうか？　……。彼の燃え上がる想像力の中で積み重なった数千の事柄を彼の修道院でどうやって実現できるでしょうか？

礼拝や祈祷や讃美歌の時間には、彼がある時には物思いに耽り、ある時には突然驚愕したように動揺し、ある時には突然の血の炎により顔が赤くなり、またある時には恍惚したように視線を高く上げ或いは地上に釘付けすることを修道院の他の全員が気が付きました。あの闘争的な胸の内にしっかりととりついた罪の仕業でした。善悪の科学の木と一緒にある聖書の知識欲の罪でありアダムの原罪でした。そして、それは、頭蓋骨の下の嵐以上のものでした……。複数の奇妙な考えが修道士の頭の中に押し寄せましたが、その貴重な器具を獲得する方法を見いだせませんでした。熱中した修道士の貧しい実験室に新しい賢者たちの不思議な器具を見るために、そして切望する原板を取り出すことができ、人類の知識と信念における新しい時代を開く魔法の実験を行うためには、彼は一体人生のどれほどをも捧げないことがありましょうか！　……。彼は、サント・トマスに捧げられたもの以上を捧げるでしょう……。既に我らの身体の内側を撮影できるのであれば、すぐにも人間は、自然と魂の起源を巧みに明確に発見するに至るのでしょう。そして、聖霊がそれを許すに違いないとして神聖な事柄に科学を適用してゆくのでした。何故に恍惚の光景や天上の聖霊の表現の中に、正確な真の姿を捕らえないのでしょう？　もし、ロウルデスにおいてベルナデッタの幻影の時代にコダクスがあったのなら！　もし、キリスト或いは聖母が著名な信者たちにその肉体的な存在で恩恵を与えた時代に、陰影のカメラが適切に応用されていたのなら！　……。おお、如何に不信心者たちを納得させ、如何に宗教が勝利するでありましょうか！

こうして、暗闇の血に飢えた王子たちの一人に誘惑されて、哀れな修道士は頭脳を絞ったのでした。そして、それらのある時期、彼の欲望がより強くなった瞬間に、僧房での規律と祈りに従事すべき時間に、修道院の僧の一人がその僧服の下に包みを持って彼の前に現れました。

――同志よ、――彼に言いました――、賢者たちが世界を驚かせているそれらの器具の一つをお前が欲していることを聞きました。ほら、ここにありますよ。

そして、驚くペドロ修道士の両手の上に包みを置くと、姿を消しました。姿を消す時に、修道士の僧服の下に子山羊の二本の足が現れたことに気付く時間もありませんでした。

ペドロ修道士は、不思議な贈り物の日から、実験に身を捧げました。病気の口実で暁の勤行に欠席し、ミサに出席しませんでした。州管区長司祭は、彼をしばしば戒めました。そして全員が、彼が怪しく神秘的に通り過ぎるのを見て、彼の体と魂の健康を心配しました。

彼は、その支配的な考えを追求したのです。彼自身や果物や本の中の鍵やその他の日用品をその器具で試しました。ある日まで……。

あるいは、むしろある夜まで。不運な者は、とうとう、彼の考えをあえて実行に移したのです。疑い深く、静かな歩みで聖堂に向かいました。広間に入り込むと、聖櫃に聖体の晒されている礼拝堂に向かい、聖体容器を引き抜き、聖体を取ると素早く僧房へ立ち去りました。

次の日、ペドロ修道士の僧房には、大司教が州管区長司祭を前にしておりました。

――猊下――管区長司祭が言いました――、ペドロ修道士が死んでいるのを見つけました。頭が少しおかしくなっていました。それらの研究が彼に害を与えたのだと思います。

――師よ、これを見ましたか？――猊下は、床から拾った現像された写真版を示しながら言いました。そして、その上には、釘から外された腕と聖なる目と甘美な視線を持つ我らの主イエス・キリストの姿がありました。

私の叔母ロサ

私の隣人の女性は、既に叱りつけられてサロンの隅で泣きじゃくっていました。しかし、家族の周知のプロセスの後で、彼女にはそれほど罪がないことが分かっていたか或いはすでに解決されているのでした。主要な罪人は、〝雲の上を歩いていると思われるこの若者で、僕にとっては頭痛の種なのです！〟

僕は、傾いた頭を持っていました。しかし、幸せなうぬぼれの強い犯罪者であり、未だに手に入れた楽園の眩惑を保持していたのです。全てがバラと白百合で善と悪の果実、葡萄が歓喜の苦さを未だ糖分の中に持っている時であり、葡萄の収穫期の始まりである十五歳の金髪の楽園です。

僕の父は、暴君で、説教を繰り返し続けました……。

――なぜなら、お前は、既に大人だと思っているが、お前は、怠惰な若者に過ぎないのだ……。お前は、空中の蝶を見ながら歩いているように見えるぞ……。ロベルト、顔を上げ、私をよく見るのだ！　私はお前の多くの過ちを許してきた。お前は、学校では模範ではない。お前の数学の教師はお前をロバだと宣告する。そして、私はお前の数学の教師の言うことに十分な理由があるということを見出しつつある。お前はほとんど話さず、話す時には独り言で話す。お前が不合格となった日に、お前の母親は、教科書の間に愛の詩歌や手紙を見つけた。これが真面目だというのか？　しかし真面目とは別のこのことだ。お前の今の過ちは最も厳しい罰に値し、お前はその罰を受けねばならない。お前は、たわごとを言い、夢見ながら歩くことでこうなったのだ！　現在の美しい夢だと！　もしかしてお前は、紳士の成人年齢にあるというのか？　私は今まで決して用いてこなかった厳格さを以てお前に義務を知ることを教えねばならない。私はお前に本当の大人になることを教えねばならない。今からお前は大人の男になりたいか？　そうなら、大人の仕事をするのだ。実際、大人ぶる惚れっぽい若者として歩き、また詩歌よりも悪い何かをすることは、紳士となることを望む者にはふさわしくないのだ。詩歌、そして、詩歌の後は、短詩だ、今持っているのはこれだ……悪党め！

これほどもがみがみと言ったことは決してありませんでした。

——僕は結婚したいんです……。——僕は、とうとう、辱めを受けたにんじん風のやり方と声で叫ぶことができました。

そうすると、とてもばかげていたに違いない僕の言ったことに対する二倍の高笑いの後に、熱弁を振るうために進み出たのは僕の母親でした。

——結婚するですって！　どうやってお前は結婚するつもりなの？　お前の奥さんをどうやって維

持するつもり？　お前が行った暴挙を償うことができると思っているの？　僕は結婚したいんだ！　……。学校の子たちが結婚したのを一度でも見たことがあるのかい？　なぜなら、お前は学校の子供以上ではないいんだよ。そうして、お前のお父さんの言う通りだよ。それら分厚い本、それら詩歌、それら役に立たない紙屑が全ての原因だよ。それだから、お前は勉強もせずに毎日を怠惰に過ごしているんだ。そして、怠惰は全ての悪徳の母なのだよ。お前がしでかしたばかりのことは、怠惰の仕業なのよ。なぜなら、もし何か役に立つことに従事しているのなら、悪い考えを持たないだろうからね……。そして確かなことは、お前へのあたしたちの極端な親切心がお前を日に日にだんだんと悪くしていったことなんだ。お前は田舎に出て田舎で働くべきだったよ。お前は学業を続けたくないのだね？　田舎に行きなさい！　お前の父さんがお前を商売に専念させたいと思った時は、とてもよい考えを持っていたんだ……。お前は気まぐれな強情を張って、あたしがお前に懇願した後で、勉学を決意して、あたしに弁護士になると申し出た……。何をやったんだい？　お前は高校生ですらないんだよ。僕は結婚したいんだ！　それでお前の家では何を食べるつもりだい？　なぜならお前は家を持たねばならないからね。既婚者は家を欲するのさ！　お前と奥さんは何を食べるつもりだい？　詩歌や花や星かい？　……。それから、今すぐにそのすべての紙くずを火にくべるんだよ……。その頭のおかしい女がお前に書いた手紙をあたしにお渡しなさい……。そして準備をしなさい、なぜなら、お前は本当の大人の男になるために、必ず、農園で働くために田舎に行くのだから。お前は、今から大人の男になりたいかい？　それじゃあ、大人として働くんだね！　悪党め！

　そして父親の声がとどろきました。

――よく言った！

君は知っていますね、聖なる春よ。そして君は皇帝の暁で僕が本当に両親の言葉で描かれた残虐な人物であるかどうかを。なぜなら、それは僕の春の暁の時期だったのですから。そして、僕の肉体と魂の中には、全ての壮麗さで、生と愛の魅力が花咲いているのでした。僕の詩の夢は既に暗青色の大天蓋と素晴らしい金の天幕を広げていたのです。僕の夢は、勝ち誇った未来或いは絹の夜そうして明るい満月の下の香りだったのです。僕の星はヴィーナスでした。僕の鳥は驚くべき孔雀か小夜啼鳥でした。僕の果実は、象徴的なリンゴか異教の葡萄でした。僕の花は、バラのつぼみでした。なぜなら、それで女性の白い胸を際立たせて飾ることを夢見ていたからです。僕の音楽は、ピタゴラスの定理でした。全ての場所で聞いていたから。パンは、僕のあこがれ、接吻し、愛し、生きるのです。僕の理想の化身、浴室である日驚かせた金髪の女の子、青年のアクテオンは、僕の白い女神の前では、寡黙ですが、欲望の最も怒れる犬たちに噛まれていたのです。そうです、僕は生命力の常習犯で、暁の盗賊でした。そう、父よ母よ、貴方たちが十六歳の僕の前で稲妻を光らせるのはもっともでした。なぜなら僕は四月を略奪する直前にあり、五月の虐殺を行う直前で、若さと愛と性の全能の栄光の勝利を僕の血の震える全ての月の女神たちと共に祝う直前であったからです。そして貴方たちの叱責の嵐の下、非難を聞く一方で、僕は王の旗のように、最も豊かな香水をつけた金髪がはためくのを見ていました。そして、少女の二つの美しい唇の赤い花冠を思っていました。その繻子(しゅす)の輪の後ろには、最も甘い果実の天上の蜜があったのです。そして僕の中に情熱の中の情熱を最初に目覚めさせた優しい声を聞きました。そして、僕の神経質で欲深い指の下には、全ての清純な宝、黄金の宝、象牙の宝、そしてルビーの宝がありました。白鳥の翼、波、竪琴です！　違います。僕ではなかったのです。罪人は、僕ではなかったのです。僕は、無限のオーケストラの新しい楽器以上のものではありませんでした。そして、いくら怒り、狂い、響きわたっても、木々の最も小さな雀や水の中の最も小さな魚以上のことはしなかったでしょう。

僕は、出発のための準備をせねばなりませんでした。征服した楽園、僕の愛する王座、僕の象牙の街、僕の魅惑的な花々の庭、僕の特異な芳香の庭を捨てるのです……。そして、僕は悲しく、うなだれ、死の直前のようで僕の出発は、死の国への旅のようでした。

なぜなら、これら全てが死でなくて何なのでしょうか？　僕にとり全ての生であったものとは程遠いものでした。

そうして、僕は一人庭に残りました。一方で両親は、姪を〝やがて説明するだろう理由により〟彼らの家に遣(や)ったのでした。

こうして、僕は抑えつけられ、僕の幸運から、僕の肉体の美しい天使から、僕の幻想から、全てのあらゆるものから見捨てられたのでした……。暗い生涯です！　そして、当時は、ロマンティックで髪の毛も多かったのですが、古いピストルのことを考えることを止めませんでした……。僕は、どの戸棚にそれがしまってあるのかを知っていました……。僕は、二通の手紙を書くのでしょう。一通は、私の両親のために、もう一通は……。そしてその後……。

——プス！　プス！　プス！

そして僕は、弾を自分に向け発射するでしょう、最も愛した人の名前を呼びながら……。

——プス！　プス！　プス！

おお、神よ！　僕の良き叔母ロサが、庭に面した窓から僕を呼んでいました。これほどの不運の中で、何か慰めを約束するかのように僕を呼んでいました。

——行きます、叔母さん！

そして、四つ跳びで庭に降りました。花咲く蜜柑が香り、しばしば鳩やはちどりが訪ねる小さな庭です。

僕の叔母ロサ・アメリアを諸君に紹介しましょう。純潔の五十歳に届いた頃でした。彼女は、首にかけた小さな細密細工ロケットが証明しているように、青春時代は、とても美しかったのでした。彼女の髪は既に白髪になっていました。――しかし昔の雪はどこにあるのでしょう――。そして、彼女の肉体は、愛すべき年齢のりりしさは失っていましたが、彼女の顔には、リンゴの柔らかなみずみずしさが維持されていました。いくらか青ざめた貴族的な尼僧院長の顔は、愁いのあるはかない微笑みによって、黄昏のように照らされていました。青春時代に愛する恋人を持っていました。ロサは、その頃、バラのようで、全ての良き乙女たちの中ではお姫様でした。許嫁（いいなずけ）は家族からは好まれなかったのです。そして結婚式は永遠に苦いものとなりました。なぜなら許嫁は亡くなったからです。とても美しい私の叔母は、やつれ、やつれ、やつれて、やつれていきました……。そして、レモンの小枝は木の上で乾き、哀れな女性は、全生涯を通じて聖人のような服を着たのでした。彼女には、姪たちを子供たちのように愛するという慰めが残りました。彼女に近づく全員をサン・ペドロの使徒書簡の中に巻きこみながら、とても美しい花束を作り、夫婦を形作るのでした。

――私はもう全てを聞きましたよ――僕に言いました――、そして起こったことは、全て知っています。苦しまないで。

――でも、僕を田舎に送るのですよ。そうすると僕は彼女に会えなくなってしまうのです。

――構わないですよ、坊や、構わないですよ。お前は彼女を好きなの？　それでいいのよ！　お前は彼女が好きなの？　いいでしょう！　それでは、お前たちは結婚するのよ、お前の叔母ロサが保証します。

そして彼女は、一呼吸置いた後、大きく息をつき、このように続けました。

――息子よ、人生の最も美しい時を失わないように。若さは一度限りなのよ。そして花の季節に花を手折らずに、逃してしまう人は、生きている間には再び花を見つけることはないでしょう。この白髪を見てごらん、それは、私の昔の美しい黒髪なのよ。私は愛して、そして、愛の法を守ることができなかった。こうして私は、悲しみの中でも最も長い悲しみと共に死んでいくのよ。お前は、いとこを愛し、彼女もお前を愛しているわ。熱愛をしなさい、竜巻に引きずられてしまいなさい。それは思慮深くはないわ。でも、それは、自然の作用で、疑う余地もなく、神はお前たちをあまりお怒りにはならないはずよ。そして任せておきなさい、ロベルト、私の息子、お前の叔母がお前たちを結婚させるでしょう。未だお前たちはとても若いのよ。三年か四年の間にお前たちは一緒になれるでしょう。でも、お前の父親のことは気にしなくていいわ。彼女を愛しなさい！　お前は、田舎に行くでしょう。私が火を保っておきましょう。お前は私に手紙を書くのよ（おお！　何と気高い叔母さん）、そして、私は、お前の手紙を手渡すでしょう……。お前が結婚したがっているから人はお前を笑うのですよ！

それなら結婚するのですよ。田舎にある期間お行きなさい。そうした後で、彼女は、お前の妻になるのでしょう。そして、確実に彼女はお前にくびったけなのよ！

　こう言って、再び滑り込むように彼女の部屋の方に去っていきました。そして、ほら、ここで僕は錯覚を持ったのです。僕の叔母は、僕の近くにとどまっていましたが、素晴らしい美徳により姿を変えていました。老いた独身のくしで梳（す）かれた白髪は、黄金の密な髪の毛に変わっていました。彼女の服は、裸体の中で最も神々しい裸体が現れた時に消えていました。繊細で不思議な芳香で香気がつけられ、それは雪のように白い神聖な肉体の光のかすかな靄を放っていました。その青い目の中で宇宙の無上の喜びを放射していました。そして彼女の神秘的な赤い口は、白百合の言葉のように僕に話したのです。

――私は、不死のアナディオメナ、白鳥の栄光の守護神よ！　私は事物の素晴らしさなのよ、その存在は、世界の神秘の神経を感動させるわ。私は神々しいヴィーナスよ、王たちの女帝で詩人たちの母なのよ。私の瞳は、ジュピターの渋面よりも強力だったわ、そして、私のベルトでパンを縛りつけたのよ。春は私の紋章のラッパよ、そして、暁は私の鼓手よ。ギリシャのオリンポスの神々は、一人の不死の神を除いて死んでしまったわ。そして他のすべての神々は消えてしまうかもしれない。一方で私の顔は、いつまでも世界を明るくするでしょう。お前の時代に勝利し歌いなさい。おお、聖なる思春期！　花咲きなさい、五月、実りなさい、秋よ。五月の罪は地上の重要な美徳なのよ。私の飾り車を空に運ぶ鳩は、地球の四地点で繁殖し愛のメッセージを南から北に、東から西に運ぶのよ。私のバラは全ての風土で血を流し、全民族を芳香で満たすのよ。口づけのおごそかな自由が世界を音楽で満たす時が来るでしょう。暁の甘美さを味わわなかった人は不幸よ、茎の上で花を、葡萄畑で葡萄を腐らせ、乾かすままにさせた人は不幸なのよ。バティロという名前の若者とアナクレオンテという名前の老人に幸せあれ！

しっかりと鞍をつけたラバの上で、一人の良き黒人執事を同伴し、僕は農園に向けて出発しました。あそこでは、詩を今まで以上に書いて、しばらく後になって僕はとても遠くに立ち去りました。僕の隣人の女性には、彼女が既に未亡人となり、子であふれるまでは、再会しませんでした。そして、私の叔母ロサには、決して再び会うことはありませんでした。なぜなら、乾いたレモンの花と共にあの世に行ってしまったからです。

時と墓場を通じて、口づけを彼女に送らせて下さい。

ウイツジロポクストリ（メキシコの伝説）

私は、少し前に、記者委員会代表として米国の国境の町からカランサの駐留部隊のいたメキシコのある地点に行かねばなりませんでした。あそこでは、戦士で凄まじい軍の首領のパンチョ・ビリャに属する領土の一部に深く入り込むための推薦状と通行許可証が私に渡されました……。私は、私の友人で革命の義勇兵の中尉に会わねばなりませんでした。彼は、彼の陣地の中では、滞在中何ら恐れる必要はないと私に保証しながら、情報資料を私に提供するのでした。

私は自動車で国境線の少し向こうまで旅をしました。同行したのは、ジョン・パハップス氏です。医者で、また、新聞業界の人で、北米の新聞社に勤め、私の人生で知り合った最も奇妙で恐ろしい男たちの一人であるレゲラ大佐、より正確に言えばレゲラ神父に仕えていました。

レゲラ神父は、年老いた修道士で、マクシミリアノの時代の若い頃には、当然帝国主義者で、ポルフィリオ・デイアス時代には、皇帝は変わりましたが、それ以外は何も変わりませんでした。彼は、バスク人の年老いた修道士で全てが神の決定により定められていると信じていて、特に、神聖なる指揮権は、彼にとって論ずるまでもないものでした。

――ポルフィリオは支配した――そう言っていました――なぜなら、神がそれを望んだから、なぜならそうあるべきだったからだ。

――でたらめを言うな！――アルゼンチンにいたことのあるパハップス氏が答えました。

――しかし、ポルフィリオには、神との交信が欠けていたんだ……。神秘を尊重しない者は、悪魔に持っていかれるのだ！　そして、ポルフィリオは、我々に街の通りを法衣なしで歩かせたのだ。それに引き換えマデロは……。

ここメキシコでは、特に、神秘に満ちた土地に人々が生きているのです。ここにいる全ての先住民たちは、他のことは話しません。そして、メキシコの国の運命は、未だにアステカの原始的な神々の手中にあるのです。別の場所ではこういわれます〝引掻きなさい……そうすれば……が現れるだろう〟と。

ここでは何も引掻く必要がないのです。アステカやマヤの神秘は、いくら多くの人種的混血がなされようとも全てのメキシコ人の中に生きているのです。そしてそのことは軽視されています。

——大佐、ウイスキーを飲め！——パハップス氏が〝ルオルズ〟の瓶を差し出しながら言いました。

——わしは、むしろコミテコを好むのだ——レゲラ神父が答えました。そして、大袋から取り出した塩の紙とメキシコの蒸留酒で満たされた水筒を私に差し出しました。

歩き、歩きながら、私たちは森の端に到着しました。そこで〝止まれ！〟という叫び声を聞いたのです。私たちは立ち止まりました。そこからは通ることができませんでした。裸足で大きな帽子をかぶりライフルを構えた幾人かの先住民の兵士たちが、我々を引き留めました。

年老いたレゲラが首領と話しました。首領は、ヤンキーも知っていたのです。全てがうまく終わりました。私たちは、目的地点に着くため二頭のロバと一頭の駄馬を持っていました。行進を続けていた時に月が出ました。我々は一歩一歩進んでいきました。突然、私は叫び、年老いたレゲラに向かって言いました。

——レゲラさん、貴方を何と呼んでほしいですか、大佐ですか、それとも神父ですか？

——あんたを産んだ女のようにだ！——骨と皮ばかりの人物がうなりました。

——貴方に言うのは——私は答えました——、私がかなり心配していることにつき貴方に質問しないといけないからです……。

二頭のラバは、いつものだく足で行きました。そして、ただパハップス氏のみが駄馬の腹帯を調整するために時々止まっていました。主に彼のウイスキーが必要であったからではありますが。

私はヤンキーを先に通り過ぎさせ、その後、私のロバをレゲラ神父のロバに近寄らせて彼に言いました。

――貴方は勇敢で、実践的で昔の人です。貴方のことを全ての先住民が尊敬し、とても好いているのです。内密に私に言って下さい。未だに、ここで征服時代或いは征服前の途方もないことをよく見るというのは確かなのですか？

――良き悪魔があんたを連れて行ってくれるように！　煙草を持っているかい？

私は彼に紙巻煙草を一本与えました。

――なら、あんたに言おう。わたしは、何年も前からこれらの先住民を自分自身のように知っている。そして、彼らの間で彼らの一人として生きているんだ……。

マクシミリアノの時代以降、とても若くして、わしはここに来たのだ。既に司祭だった。そしてわしは司祭であり続けて、司祭で死ぬだろう。

――それで……？

――そのことには首を突っ込むな。

――貴方の言うことはもっともです、神父、しかし、そうです、私は貴方の風変わりな人生に興味があるということを許してくれるでしょう。これほどもの年数、貴方は一体どうやって司祭、軍人、伝説の男として、先住民の間にこれほどもの間、身を置き、最後には、マデロと共に革命に姿を見せることができたのですか？

年老いたレゲラは、大きな高笑いを放ちました。

――ポルフィリオが神の何かを持っていた時には、全てがとてもうまくいった。そして、それはドニャ・カルメンのおかげだった……。

——どういうふうにですか、神父？

——だから、そういうことだ……！　要はその他の神々が……。

——どれですか、神父？

——土の神が……。

——しかし貴方は彼らを信じているのですか？

——黙れ、若いの。そしてもう一杯コミテコを飲め。

——パハップス氏を招きましょう——私は彼に言いました。彼は、既に随分と先に行っていました。

——パハップス氏、パハップス！

ヤンキーは私たちに答えませんでした。

——待って下さい——私はレゲラに言いました——、彼に追いつくかどうか見てみましょう。

——行くな——彼は密林の奥を見ながら私に答えました——。あんたのコミテコを飲むんだ。

アステカのアルコールは私の血に特異な活気を与えました。

少し黙って歩くと神父が私に言いました。

——もし、マデロが騙されなかったら……。

——政治家たちに！

——いや、息子よ、悪魔たちにだ……。

——それは、どういうことです？　あなたは心霊学のことを知っているのですか？

——そんなことでは全くない。要は、彼が昔の神々と交信するに至ったということだ……。

〝そうだ、若いの、そうだ。そしてお前にそのことを言おう。なぜなら、わしがミサを行うとしても、それは何年もの間それら全ての地域でわしが学んだことを取り去らないのだ。そして、お前に一つ警告しよう。我々は、ここでは十字架では、ほんの少しのことしか行ってこなかった。そして、内面と外面において原始的な偶像の魂と形が我々を打ち負かすのだ……。ここには、昔の神々を屈服させるための十分なキリスト教の鎖はない。そして、いまや特にそれらの悪魔たちは現れるのだ。〟

私のロバが、すごく動揺し、震えて後ろに跳び上がりました。私は、やり過ごそうとしましたが不可能でした。

——落ち着け、落ち着け——レゲラが私に言いました。

彼は、ナイフを取り出すと、木から小枝を切り取り、そのあと、それで何度か地面をたたきました。

——驚かないように——私に言いました——がらがら蛇だ。

その時に、私は道に沿って死んでいる大きな蛇を見ました。そして、旅を続けている時に、私は密かな笑い、神父の密かな笑いを聞いたのです……。

——私たちはヤンキーを再び見てはいないですよ——彼に言いました。

——心配するな、いつか彼を見つけるだろうよ。

私たちは先に進みました。大きな木立を通って進まねばなりませんでした。その後ろには、滝の水の音が聞こえました。少しすると〝止まれ！〟です。

――またか！――私はレゲラに言いました。

――そうだ――私に答えました――。我々は革命勢力が支配する最も危険な場所にいるのだ。我慢しろ！

一人の将校が幾人かの兵士たちと共に先に進みました。レゲラは彼らに話し、私は彼が将校に答えるのを聞いていました。

――これ以上先に進むのは不可能だ。あそこに夜明けまで居残らねばならないだろう。

私たちは、眠るために杜松（ねず）の下で野営することを選択しました。言わずもがな私は、眠ることができませんでした。

私は自分の煙草を切らし、レゲラに乞いました。

――持ってるぞ、私に言いました。しかし、マリファナと一緒だ。

私は、しかし、こわごわと受け入れました。しかし、なぜなら、その陶酔的な効果を知っているからでした。そして、私は吸い始めました。

すぐに司祭はいびきをかき始めました。それで私は眠ることができなかったのです。

密林では全てが静かでした。しかし月の青白い光の下の恐ろしい沈黙でした。すぐに私は、遠くに、長い悲鳴と鳴き声のようなものを聞きました。それは、やがて吠え声の合唱となりました。私は、その野生の密林の不吉な音楽を知っていました。それは、コヨーテの遠吠えでした。

私は、叫び声が近づいていると感じた時に起き上がりました。私は気分がすぐれませんでした。そして、司祭のマリファナのことを思い出しました。もし、そうであるならば？ ……。

吠え声は、増していきました。老いたレゲラを起こすことなく、私は自分のリボルバーを取ると、危険のある場所の方に向かって行きました。私は歩き、森の中にいくらか入り込み、月の明るさではないある種の明るさを見ました。なぜなら、月の明るさは森の外では白ですが、それは、森の内側では金色だったからです。私は引き続き中に入り込んだ所で時々コヨーテの吠え声と交代に人間の声の漠然としたささやきのようなものを聞きました。行けるところまで進みました。ほらそこに私の見たものがありました。巨大な石の偶像でした。偶像であり同時に祭壇なのでした。どうにか私が指し示したその明るさの中で聳え立っていました。

詳しく述べることは不可能です。石の塊の腕と触手のような蛇の二つの頭が一種死神の巨大な頭の上部で合わさり、その周りには、真珠の首飾りの上に切りとられた手が数珠つなぎでつながり、そしてその下に、私は命のうねりの中に奇怪な動きを見たのです。

しかし、何よりも私は、我々の荷物を運ぶために仕えていた同じ幾人かの先住民に気が付きました。彼らは静かにもったいぶってあの生きている祭壇の周りをぐるぐる回っていました。

生きているのです、なぜなら、私はじっと視線を注ぎながら特別な読み物を思い出していて、あれがメキシコの死の神、テオヨミキの祭壇であると悟りました。あの石の上では、生きた蛇が騒ぎ立ち、その光景は恐ろしい現実となっていました……。

私は前に進み出ました。コヨーテの群れが、吠えることなく、ひどい静けさの中やって来て、神秘的な祭壇を取り囲みました。蛇たちが、集まり騒ぎ立ち、そして、蛇の塊の足元に、一つの体が動いているのに私は気づきました。男の体です。パハップス氏があそこにいたのです！

木の幹の後ろで、私はぞっとして沈黙していました。幻覚かと思いましたが、実際そこにあったのは、ヨーロッパのオオカミよりももっと不吉な吠えるコヨーテ、それらのアメリカの狼たちが作るあの大きな環でした。

次の日、私たちが野営地に到着した時に、私のために医者を呼ばねばなりませんでした。

――私はレゲラ神父のことを尋ねました。

――レゲラ大佐は、――私の近くにいた人が言いました――今のところふさがっています。銃殺のため三人が残っているのです。

私の頭に、血文字で書かれたような文字模様が思い浮かびました。ウイツジロポクストリ。

マルティン・ゲレのお話

――それはお話ですか？――ペレス・セダノの夫人が尋ねました。

――物語です――年老いたMポワリエールが答えました。嘘のように思える物語です。何年もの間不在であったとしても、女性が自分の夫を他の男と取り違えるなんていうことがどうして可能でしょうか？

結婚したばかりの幸せで健康で陽気なペレス・セダノは、彼の夫人を見ました。

――不可能よ！――彼女は、今度は、彼に意味ありげな視線をやりながら叫びました。

――私はその事例を知らないわ――集まりの常連の令嬢が言いました。

――それならば、もう一度お話ししましょう――ポワリエールは付け加えました。私が法学部の生徒であった時に、ジーン・デ・コラスの“De l'arrêt mémorable du parlament de Toulouse, contenant une histoire prodigieuse”というタイトルの論文で読んだように、それは小説のように面白いことを諸君に保証します。あそこでは、一五三九年頃にとても若くして、熱愛したマルティン・ゲレとベルトランデ・デ・ロルスという名前の二人がアルティガットのガスコーニュ・リエウクス教区で結婚したのです。十年間幸福に暮らしていました。――よく注意して下さい十年です！――そして、突然、夫が行方知らずとなり失踪したのです。八年してその場所に彼と全く同じ男が現れました。同じ大きさ、同じ顔つき、“同じ個人的な目印”です。額の傷、欠けた歯、左の耳の染み等々です。捨てられた女性にとっては大きな喜びで、腕の中で、そして寝床の中で彼を迎えるのでした。そして全てが素晴らしかったのです。しかし三年が過ぎてから、その問題の夫は、アルノウルト・デュ・シルという名前で、あだ名がパンセッテということが分かったのです。彼は全員を騙し、主にマルティン・ゲレの妻を騙すすべを知っていたのです。彼は彼の権利を要求するために現れ、そこから訴訟となりました。二十五人から三十人の証人のうち、九人か十人は詐欺師はマルティン・ゲレであると確言し、七人か八人がデュ・シルであるとしました。そして残りは迷いました。二人の証人がロシェフォートの兵士がそれほど遠くない昔に、アルティガットを通った折に、デュ・シルがマルティン・ゲレとして通り過ぎるのを見て驚き、大声で彼は詐欺師であると言ったと断言しています。なぜなら、マルティン・ゲレは、フランデスに居てサン・ローレンスの作戦でサン・カンタンの前で弾丸により足を切断され、木の足を持っていたからです。しかしほぼ全員がその容疑者がアルティガットに到着した時には、見たこともまた決して知り合ったこともない会う人全員に彼の名前で挨拶していたと宣言しています。

そして、彼を知らないと言う人たちには、彼らにこう思い出させていました。〝十年前、十五年前、或いは二十年前に、私たちがこの場所にいて、このようなことをしていて、誰某のいるところで、このようなことを話したのだ〟と。そして、更に最初の夜には、彼の望む夫人には、〝私が出発した時にこの長持に置いておいた白絹で裏打ちをした白いズボンを探してきて〟と言いました。あそこにはズボンがあったのです。

裁判所は、大いに困惑しました。しかし、良き強き神は、常に正義を助けることを好むことを示しつつ、これほども不思議な出来事が隠され罰せられぬことのないように、奇跡的に本物のマルティン・ゲレが現れるようにしたのです。彼は、一年前に兵士により記された通り、棒の脚を持ってスペインから到着し、詐欺の異議申し立てを行ったのです。警察官たちは、一人或いはもう一人にも尋問されていないより内密のことにつき秘密裡に要請しました。一度陳述した後、囚人を連れて来させて、同じ尋問を行いました。彼は、もう一人と同じように応じ、一同を驚かせ、デュ・シルが魔法の何かを知っていると思わせました。〝本当に考えるべき大きな理由があった――本件訴訟についての興味深い注記において、もちろん深い学識を有するジーン・デ・コラスは述べている――〟と言っています。この用意周到な者が何か家族の魂を持っていると考える大きな理由があったのです。

世界の創生以来、悪魔が人間を彼の王国につなぎとめ、惹きつけるために残酷にも人間に対して行ってきた不思議と忌まわしい暴挙の間にあって、魔法の百貨店を持ち、このような商品のための店を開き、魔法の力を通じて全てが可能であるということを説得させながら、大きな驚異に畏怖させられた無数の人間たちにこれほども長い間その商品を与えてきたことを疑うべきではありません。

警察官たちはベルトランデを出頭させました。彼女は突然、やってきたばかりの男に目をやると、悲嘆にくれ、風に揺さぶられる葉のように震え、顔を涙にぬらして、走り出し彼を抱きました。そして、軽率さとデュ・シルの誘惑と詐欺とずるさに操られて犯した過ちにつき赦しを乞いながらも、特にマルティンの姉妹たちがあまりに簡単に囚人が彼の兄であると信じ込み、保証したことをとがめたのです。

到着したばかりの男は、兄弟たちと出会って泣きましたが、ベルトランデの極端な落涙と悲嗚にも拘わらず、痛みや悲しみの兆候一つ示さず、反対に厳しい人嫌いな節制を示しました。そして、彼女を見ようともせずに彼女に言いました。〝その落涙は、脇に置いておけ。それには私は感動もせずまたすべきでもない。そしてお前は、私の姉妹たちを口実にするな。なぜなら、父、母、兄弟、姉妹たちは、妻が夫を知る義務があるようには、その息子や兄弟を知る義務はないからだ。お前以外の誰のせいでもない。〟そのことにつき、警察官たちはベルトランデを告発しようとしました。しかし、この最初の出会いで、マルティンの心を和らげることは決してできず、その厳格さも取り除けませんでした。

詐欺師デュ・シルは、一度あばかれると、次の判決を受けました。〝裁判所は……デュ・シルを刑に処する。アルティガットの教会の前で高潔な告白を行い、あそこでは、ひざまずき、シャツで、頭と足をむき出しにし、首に縄をつけ、両手には燃える蝋燭の松明を持ちながら、神と王と正義と前述のマルティン・ゲレとベルトランデに許しを乞うこと。そして右が行われれば、デュ・シルは、高等裁判所の執行官の手に引き渡され、執行官は彼を通りやアルティガットの前述の場所のいつもの場所を引きまわし、そして、首に縄をつけ、マルティン・ゲレの家の前に連れてゆき、あそこで、絞首台で吊るされ絞殺され、その後体は焼かれる……。一五六〇年九月十二日宣告。〟

受刑者は、守衛所からアルティガットの場所まで連れてゆかれ、リューの判事により聴聞され、彼の前で長い間その罪につき告白しました。しかしながら、彼の企てを計画した時に、最初の機会を与えたのは、七、八年前にピカルディアの田舎から帰ってきた時、親友や家族を含めた幾人かが彼をマルティン・ゲレと間違えたことで、このように他の多くの人たちも間違えてしまうかもしれないと考えて、できる限り油断なくマルティンの職業や彼の妻や親戚、彼がよく言っていたことや去る前にしていたことを詮索し、調べることを思いついたと言明しました。しかしながら、降神術師であることや幻術或いはある種の魔法を使ったことについては常に否定しました。その他、いずれにせよ強い邪悪に取りつかれていたと告白しました。絞首台に昇ろうとする時に、後悔とその行いへの嫌悪を大きく示し、神とその子イエス・キリストに大声で慈悲を乞いながら、マルティンとベルトランデに許しを乞いました。そして処刑され、彼の体は吊るされ、その後、焼かれたのです。

大変興味深い！——全員が叫びました。

——そして思うのは——ある種思わせぶりな言い方でマダム・ポワリエールが言いました——おそらくもう一人ともっと気ごころを通じさせていればね！

——私の愛妻に関しては——ペレス・セダノが結論付けました——詐欺師がどんなにしようとも、決して私を別人とは間違えないでしょう……、

そして、ペレス・セダノ夫人は、彼女の夫が言うことを笑いながら是認しました。しかし、彼女はバラのように真っ赤になったのでした……。

完

訳者あとがき

今から四十年も前のことです。淡水サメで有名なニカラグアの湖を訪ねた時でした。色とりどりの遊覧ボートのある船着き場に着きますと向こうから小さな女の子が微笑みながら寄って来ました。おそらく八歳か九歳くらいで、陽に焼けた金色の髪と褐色の肌、大きな黒い目にぼろを着て、その上、裸足でした。私は、当時、信号機の前に群がる子供たちが停車した車の運転手たちにしていたと同様に小銭をせびるのだろうと思って、少し身構えたのですが違いました。驚いたことに彼女は、何かをしゃべり始めたのです。何かリズムのあるしゃべり。そう、それは、詩でした。響きのある甘く、妙に切ない詩の朗読だったのです。

〝マルガリータ、海は美しく、
風はレモンのかすかな香りを運ぶよ。
私は心の中で雲雀が鳴くのを感じる。
お前のアクセントさ。
マルガリータ、お前にひとつお話をしてあげよう。〟

この一節ではじまる詩です。

私は、たいそう驚き、あっけにとられて、たちすくみました。同時に、いたく感動し、その朗読に身震いすら感じたのです。中米の小さな国のこんな片田舎でぼろを着た裸足のこんな小さな娘までが、なぜこんなにも甘美な詩を朗々と詠むのだろうかと。詩を懸命に朗読するその姿はもはや小さな妖精のようでありました。それがルベン・ダリオの詩だったのです。

これが、ルベン・ダリオの作品との最初の出会いでした。私は、その作品に魅了され、邦訳を続け、また、ルベン・ダリオが日本とも関係が深く、多くの日本の風物を大胆な想像力でモデルニスム（近代文芸主義）に融合していることを知りました。以来ニカラグア言語アカデミー海外会員や欧州王立博士アカデミー名誉会員、マイアミのルベン・ダリオ世界運動名誉副会長としてルベン・ダリオ文学の普及に関わってきました。

ルベン・ダリオは、中米ニカラグアの生んだ最大の詩人で、イスパニア文学の巨匠、モデルニスムの父です。ダリオは、一八六七年一月十八日中米ニカラグアの北部のメタパ、現在のダリオ市に生まれました。両親（父は商人のマヌエル・ガルシア、母はロサ・サルミエント）は、ダリオの生まれる一か月前に離婚し、ホンデュラスに住む母親の元で幼少の数年を暮らした後、レオン市の叔母の家で十五歳まで育てられました。その家は未だに博物館として保存されております。大きな家で、小さな多感な子供にとっては夜怖い、何か出そうな家だったそうです。

ダリオは、幼少の頃から神童で三歳にして読み書きをし、最初の読本が「ドン・キホーテ」や「千一夜物語」、「聖書」であったと言われます。しばしば大きな声で朗読し、言葉の音楽的響きや美しい表現をつかもうとしていたと言われています。また、少年の頃からお祭りで聖者の列が通る時に割られるくす玉の中の紙片に詩を書き人気を博していました。その詩は誰に教わるわけでもなかったのですが完璧に韻を踏んでいたそうです。

そして、十三歳の頃から新聞に掲載された詩により彼の少年詩人としての名声は広く中米まで広まっていました。十五歳の時に、国立宮殿で無神論的・反宗教的な「本」と題する長大な詩を披露して欧州留学の予定が流れたり、エルサルバドル大統領と会談したり、ニカラグア大統領の秘書を務め、国立図書館に勤務したりします。そこでは古典文学を読みあさり、王立スペイン文学アカデミーの辞書を暗記したそうです。

失恋がもとで、十九歳で出国。以来多くの国の新聞社での活動の傍ら、一八八六年二十二歳の時、代表作「青…」を出版し、その後多くの詩や散文等の創作活動を続けます。一八九八年三十一歳の時、ラ・ナシオン紙のパリ特派員として出国、長年西欧諸国に暮らし、創作活動を続けモデルニスムの詩人、天才詩人としての地位を不動のものとしてゆきます。

彼はワインやシャンパン、葉巻やパイプもたしなみ、詩人の典型な特性である酔いどれボヘミアン的生活を享受し、放浪性をも兼ね備えていました。そして幾度も欧州各国と米州との間を行き来したのです。それは、一つには、詩人やジャーナリストそして外交官としての職務のための経済的・社会的動機と、更に未知なる文物への憧れ、そして、自らの理想の詩学の完成、詩における美の可能性の探究にあったといえます。一九〇七年四十歳の時には凱旋帰国しています。一九一六年四十九歳でレオンで永眠。遺骸は、レオンの大聖堂の地下に納棺されています。

また、ダリオは、詩人、ジャーナリストの他にも外交官として活躍しています。新大陸発見四百周年の代表メンバー（一八九八年）、ラ・プラタ市駐在ニカラグア領事（一八九三年）、ブエノス・アイレス駐在コロンビア領事（一八九三年）、パリ駐在ニカラグア領事（一九〇三年）、ニカラグア・ホンジュラス国境仲裁代表団員（一九〇六年）、スペイン駐在ニカラグア公使（一九〇七年）、パリ駐在パラグアイ総領事（一九一三年）等の公職を務め、祖国の発展と地位向上にも貢献しているのです。

詩人、記者、外交官として世界を見つめ、独自のモデルニスム世界を構築していったのです。

ルベン・ダリオの体現するモデルニスムは、西欧近代社会成立の兆しが見え始めた十九世紀末にイスパニア文学世界に現れた文芸運動です。一八九八年の米西戦争の敗北によりスペイン帝国の没落が決定的となり、イスパニア諸国が独立する中、スペイン再生への焦燥がスペイン文学をして九八年世代（ウナムーノ、アソリン、バリェインクラン等）の伝統への回帰に閉塞させていく中、時を同じくして出現したモデルニスムは、ヨーロッパ、特にフランス文学言語への接近を通じてより独創的で開かれたイスパニア世界文学を構築するものでした。モデルニスムは、感傷的なロマンチズムから脱却してフランス象徴派（ボードレール、マラルメ、バーレーン、オスカーワイルド等）、直感的な音楽的響きを持つ言語高踏派の唯美主義の影響を受け、洗練主義、神秘主義、新世界主義、万国主義、象徴主義、異国趣味、響きある韻律と言葉の洗練、芸術礼賛、ラテンアメリカの現実逃避・運命の高揚、フランス好み等を特徴とします。また、フランス世紀末文学の状況と中南米文学者の芸術嗜好との合致、かつ台頭しつつあった米英アングロサクソンの政治文化的優越にも対抗するものでした。

ルベン・ダリオは、詩、随筆、小説等非常に多作な詩人でした。その作品は、リズム感のある多様な韻律（六音節、十一音節、アレハンドリーノ十四音節、変則的韻律、強弱弱格等多様な格）による音響と視聴覚に訴える色と光の反射効果を持ち、礼拝用語、古語、科学用語、仏語なまりや新造語等の多用により絵画、彫刻、音楽世界が詩空間に表現されるのです。ギリシャ神話や中世の伝説（人魚やキメラや妖精、魔法使いにお姫様等）、東洋や日本の時空間を超えたエキゾティックでコスモポリタンなテーマを、たくましいバイタリティと創造力で包含しています。また、官能性更に、ブルジョア社会で困窮する詩人や港湾労働者を題材にするといった社会的視点も持っています。

物語集に収められている彼の代表作「青…」、「冒涜の散文」、「命と希望の歌」等には、モデルニスムの特徴と言われる独特の言葉のリズム感、音楽性、きらめく色彩感覚が満ち、そこから作り出されるエキゾティックで幻想的な世界の中では、あくまでまばゆく豊かなギリシャの芸術の女神ミューズが礼賛されるのです。まさに、芸術神の優美な扇に詩情が舞うかのごとくです。

特に代表作「青…」の中の「妖精」、「ブルジョアの王」、「青い鳥」等は、モデルニスムの象徴的作品ですが、当時のスペイン文壇では、一度もパリの地をふんだことのないダリオが最もシックでモダンでコスモポリタンなパリ風の精神を体現していると驚きを持って賞賛されました。

また、ダリオの生年（一八六七年一月十八日）と没年（一九一六年二月六日）は偶然にも夏目漱石（一八六七年二月九日生、一九一六年十二月九日没）と一致しています。ともに西欧文明の感化、ダリオはフランス文学、漱石は英国文学への接近により独自の文学世界を構築したことも共通しています。

灼熱の熱帯の国の詩人は、実ははるかな東洋の日本にも熱い思いを寄せていました。ルベン・ダリオは、作品の中で何度も日本にふれています。富士山の壮麗さをもつモモトンボ火山、帝の話や日本人の特徴をもつ兵士のこと（ニカラグアへの旅）、古風な日本のお姫様（俗なる詠謡）、日系キューバ人女性のこと、日本趣味のブルジョアの王様のこと（青…）、日本の絹の屏風のこと（青…）等です。

ダリオは、スペイン文学からの模倣を脱し、仏文学・言語の世界に接近することにより自立した独創的なイスパニア世界文学、近代文芸主義を構築したのでした。また、ラテンアメリカの運命と時代を常に意識する姿勢も貫いています。

彼の構築したモデルニスムは、メキシコ詩人アマード・ネルボやウルグアイの散文家ホセ・エンリケ・ロド、ノーベル文学賞受賞者のチリの詩人パブロ・ネルーダやガブリエラ・ミストラル、スペイン詩人フラン・ラモン・ヒメネス、アントニオ・マチャド、ラモン・デル・バリェ・インクラン等イスパニア世界の多くの作家に大きな影響を与えたのでした。

本物語集は、代表作「青…」、「冒涜の散文」、「ニカラグアへの旅」、「人生と希望の歌」等に掲載された作品を中心に新聞、雑誌、文学誌等に掲載された日本では未発表作品も含めて八十六作品が掲載されております。ルベン・ダリオは、詩人としてはもちろん、散文家や物語作家としての才能を存分に発揮しております。

モデルニスム作品特有の広範な知的好奇心に基づく幅広いテーマが語られます。愛や人生、青春、女性美、生と死、富裕なブルジョアと貧しき芸術家の対比、先住民世界、奇妙な逸話や伝説、神話、おとぎ話、戦争の英雄、コスモポリティズム、宗教的神秘、性、空想と科学等につきダリオは時に詩人、時にジャーナリスト、時に外交官として皮肉とユーモアを交えながらも知的で自在な語り口で饒舌に語り、味わい深い現代的な物語を紡いでいます。

本書を通じて、ルベン・ダリオというモデルニスム文学を構築した天才の作品を多くの読者に知って頂きたいと思います。また、本書に序文を頂いたホルヘ・エドワルド・アレリャーノ・ニカラグア言語アカデミー会長、アルフレッド・ロカフォルチ欧州王立博士アカデミー会長、エクトール・ダリオ・パストーラ・ルベン・ダリオ世界運動会長、そして序文と帯文をいただいた作家吉本ばなな氏に感謝いたしたいと思います。

また日本とニカラグアの友好関係が更に促進されることを祈念いたします。

（了）

著者プロフィール

Rubén Darío（ルベン・ダリオ）

1867年生、1916年没。中米・ニカラグアの国民的作家で、モデルニスム（近代文芸主義）の巨匠。19歳で出国しアルゼンチンの新聞特派員として活躍しながら、詩や散文の創作活動を続け、40歳で凱旋帰国。故郷のレオン市にて49歳で死去するまで、数々の公職も務めた。

訳者プロフィール

渡邉 尚人（わたなべ なおひと）

1956年（昭和31年）生まれ。

東京外国語大学西語科卒業後、外務省に入省。欧米・中南米公館に勤務、（前）在バルセロナ日本国総領事。ニカラグア言語アカデミー海外会員、欧州王立博士アカデミー名誉会員、ルベン・ダリオ世界運動名誉副会長。著書に『ロスト・ファミリー〜失われた家族の肖像〜』（文芸社）、『葉巻を片手に中南米』（山愛書院）、ルベン・ダリオの翻訳書『ニカラグアへの旅、インテルメッソ・トロピカル』（日本図書刊行会）、『青…　―アスール―』（文芸社）、オッペンハイマーの翻訳書『創造か死か』（明石書店）等がある。

ルベン・ダリオ物語全集

2021年４月15日　初版第１刷発行

著　者　Rubén Darío
訳　者　渡邉　尚人
発行者　瓜谷 綱延
発行所　株式会社文芸社
〒160-0022　東京都新宿区新宿1－10－1
電話　03-5369-3060（代表）
03-5369-2299（販売）

印刷所　株式会社エーヴィスシステムズ

ISBN978-4-286-22498-5